古典诗词中的
文化元素

GUDIAN SHICI ZHONG DE
WENHUA YUANSU

主　编／李正兵　　王杰波　　张淑红

副主编／林洪涛　陈　媛　陈立红　明　珠　朱云霞

编　委／周志全　蔡仲康　侯文兰　郭　宋　樊菊蓉

　　　　墙紫薇　张　燕

中国人民大学出版社
·北京·

新时代，中国发展日新月异，文化自信比以往任何时候都显现出鲜活的生命力。当我们立于充分肯定自身文化价值的层面上，全面探索，积极践行，大力弘扬，心之所向，目之所及，正是对中华传统文化持有坚定的信心。这种信心，也成为国家、民族乃至个人自信发展最坚固的底色。

中国古典诗词，无疑是中华传统文化中熠熠生辉的瑰宝。从先秦到汉魏、南北朝，诗不断发展，直至唐代繁荣鼎盛；宋元时期，词、曲的出现，极大地丰富了诗歌样式。古典诗词百花齐放，名家佳作层出不穷，积淀成中国文学宝库中不可或缺的精神财富。我们徜徉其中，汲取素养，获得力量，形成共同的价值追求，流淌成代代相续的文化血脉。

在这样一个宏阔背景下，顺应新时代的教育发展要求，全面深化课程改革，落实立德树人根本任务，是每一所有责任担当的学校面临的重大课题。昆明十中，深厚于百年办学历史的绵长学脉，得益于时代教育的使命呼唤，在继承与发扬中，理性思索，寻找学校办学过去、现在、未来的贯通点，契合育人育才的时代要求。传承百年的"求实"校训，这已经成为十中人共有的价值认同和精神密码。学校统筹、构建起特色化的"求实"课程体系，"实德""实智"

"实美""实雅""实琢"五个板块，并不断充实和丰富，以促进校本课程对国家、地方课程的延伸、补充和承续。在这样的课程改革的探索中，落实学生发展核心素养。

文化基础中的人文底蕴是六大素养之首，以文化为沃土，培根铸魂，夯实人文积淀，涵养人文情怀，从而丰盈审美情趣，让学生有更高的精神追求。在这个培养人、塑造人的过程中，引导学生感受中华文化的博大精深，领会鲜明的文化特质，形成独有的精神气质，是实现培养目标的有效途径；而优美灿烂的古典诗词中所蕴含的五彩斑斓的文化元素，为此提供了取用不尽的资源。正是基于这样的条件，在学校校本化"求实"课程体系的框架下，我们在"实智"课程中，从语文学科出发，抓住古典诗词和文化元素的内在关联性和创新点，糅合相关学科的知识，创作了本书，以期从文化元素视角，观照中国古典诗词，挖掘其中丰富的内涵，解读独有的文化价值，在匹配国家和地方课程的同时，又针对学生认知力和兴趣点，人文性和实用性相结合，用通俗、简洁、生动的语言，赏析古典诗词，荟萃文化元素，从而引导学生在阅读、吟咏、思考中更广泛地认知、体会、领悟古典诗词的文化美，再辅助于每一章后面的贴近学生的综合性、探究类的学习任务群，在一个相对系统的阅读学习过程中，进一步提升学生的审美能力和人文素养，充实学生的人文底蕴。

综合上述目标，我们遵循必要体例，创新体系，编写了这本校本教材。全书共四个单元24课，单元和章节之间力求内在的逻辑关联以及符合学生的认知规律，寻求以下几方面的突破：

一是育人方针和学科特性的自然融合。古典诗词浩如烟海、参差不齐，把握选文品质显得尤为重要。我们把每个单元归类的文化元素提炼出合理的人文主题，精选文质兼美的古典诗词作品，既有经典佳作，又有时代性、地域性和审美价值较强的非名家名篇。对这些作品的赏析，贯彻语文工具性与人文性相结合的精神，最终指向学生语文核心素养的人文底蕴的丰富和充实。

二是理论阐释和趣味激发的有机统一。在赏析诗词时，针对学情，注意理论性和趣味性的合理结合，是开发本校本教材的必然途径。如何把握好两者之间的度，检验着每位编委的原创能力。我们在每个单元开头加入篇首语，围绕"单元主题""单元内容""核心素养"三个方面进行简洁明了的阐释，为学生阅读学习本单元内容建立最基本的理论认知，并以此为导引，促进学生的有效阅读。在每课的文化元素组合上，注重"物""理""事""意"的创新编排，最大限度地为学生提供必要的古典诗词信息环境，更好地满足学生学习和发展上个性化、多样化的需求。每一章以诗句为标题，具体内容板块以诗句提领，从而创设诗韵浓郁的阅读氛围，带动更深层次的学习探究。

三是阅读思考和自主实践的有效延伸。单元人文主题和贴合课程标准的学习任务群两条线交织，推动学生在古典诗词创设的氛围中阅读思考的同时，用任务驱动学生进行必要的自主实践，拓展古典诗词学习的深度和广度。本书每个人文主题确定后，在浩瀚的古典诗词中精选相关作品赏析，无疑会挂一漏万，而这"漏"却如同中国山水画法中的留白，正好可以激发学生的自主性，让学生根据自己的喜好和能力去"补白"，从而丰富每个人文主题的内涵。这种有效延伸，最终能够达到"读书为本，得在书外"的效果。

教师，尤其是语文教师，所学所教，弥漫着文学因子，散发着浓厚的人文气息，自信于优秀中国文化的源远流长，赓续相传，文化自信促使我们责无旁贷必须承担起传经布道、教书育人的时代使命。我们在繁重的教育教学之余，统一认识，志同道合，尽己之力开发、构建了《古典诗词中的文化元素》一书。清代袁枚曾说"爱好由来下笔难，一诗千改始心安"，我们也可谓"一文千改始心安"。但是，限于学术水平、认知领域和自身的人文素养，再加上时间仓促，在编写过程中难免有疏漏、片面甚至欠妥之处。所幸有学校提供的教育科研、课程改革的良好平台，以及全体同人的鼎力支持，在这项开创性的工作中，不断适应未来教育的需要，以此为契机，更好地提升自身的水平和修养，和学生一起成长和进步。同时也期待着广大师生、读者的指瑕、斧正，让我们能够不断修订完善。

目录
C O N E T E N T S

古典诗词
中的文化元素

目录

2

◎ 第四单元

古典诗词 中的文化元素

目录

3

第一单元

长江滚滚东去，磅礴大气，风光万千；黄河奔腾咆哮，一路向前，不知疲倦。它们在中华大地唱响，孕育了中华文明。丝绸之路、亭台楼阁、琴棋书画这些中国名片闪烁着耀眼的光芒。借助古诗词蕴含的文化元素，我们可以看到这些名片别样的光辉，儒道禅的气息弥漫在不同时期风格各异的诗词中，寄寓着一种超然物外、与天地同化的情趣。这激发出我们对自然、对生活的热爱，增强了我们的民族自信心和自豪感。

本单元对城市元素进行探究，旨在引导大家在赏读中感受体悟。"九曲黄河万里沙，浪淘风簸自天涯"是刘禹锡对宁静生活的向往；"无边落木萧萧下，不尽长江滚滚来"是杜甫对韶光易逝、壮志难酬的抒发；"春风得意马蹄疾，一日看尽长安花"是孟郊意得志满、从容自得的展现；"日暮东风春草绿，鹧鸪飞上越王台"是窦巩对物是人非、千古兴亡的慨叹；"葡萄美酒夜光杯，欲饮琵琶马上催"是王翰奔赴沙场、杀敌报国的豪壮；"一杯连坐两髯棋，数片深红入座飞"是苏轼弈棋忘忧、闲情意趣的表达。

学习本单元，要结合地理、历史、音乐、书法、绘画等方面的知识，在吟咏诗歌、理解诗意的基础上体悟其间传统文化的意蕴；要养成积极向上的有益于身心健康的情趣，培养自觉的审美、审美感知、审美创造的能力。

不尽长江滚滚来，满眼风光千古兴
——古典诗词中的长江名城

滚滚长江东逝水，长江是中华民族的母亲河。与漫漫黄沙、大漠边关的黄河流域不同，长江流域的古城呈现出独特的风貌。本章以长江为主线，选取长江流域的成都、重庆、长沙、武汉、南昌、南京、杭州等城市，探究古诗词中这些城市的风貌；随着滚滚不尽的长江一路向东，领略古诗词中古城的别样风华。

◎ 晓看红湿处，花重锦官城

成都，别称蓉城、锦城。周太王有"一年成聚，二年成邑，三年成都"的诗句，成都因此而得名。成都是古蜀文明发祥地，我国十大古都之一。

成都是天府之都，"天府"形容土壤肥沃、物质富饶的土地。从秦至汉，巴蜀以四川盆地为中心得以发展。巴蜀大地富甲一方，故巴蜀之地又称为"天府之国"。《三国志》中记载"益州险塞，沃野千里，天府之土，高祖因之以成帝业"。这里物产富饶、城市繁荣，如宋代仲殊《望江南》写道：

成都好，蚕市趁遨游。夜放笙歌喧紫陌，春邀灯火上红楼。车马溢瀛洲。

人散后，茧馆喜绸缪。柳叶已饶烟黛细，桑条何似玉纤柔。

立马看风流。

这首词再现了成都市场的繁华兴盛，笙歌、灯火、车马、紫陌、红楼渲染了成都的繁华热闹。成都织造业发达，蜀锦蜀绣驰名天下。汉朝时朝廷还设有专管成都织锦的官员，成都的别称"锦官城"由此而来，又简称"锦城"。这首词不仅反映了成都丝织业的兴盛，也是天府之国商业繁华与城市兴旺的写照。

蜀中乐土英雄辈出，文人荟萃，汇集了许多人文故事，司马相如、卓文君、扬雄、杜甫等都与成都密切相关。

如宋代杨简《历代诗·三国》写道：

两汉四百载，分为魏蜀吴。

曹操始居邺，刘备据成都。

孙权在金陵，鼎足互相图。

公元 221 年，刘备在成都称帝，国号汉，史称蜀汉，与曹操、孙权形成三分天下的局面。成都是蜀汉的政权所在地。这里人才辈出、古迹颇多，众多诗人游览成都留下吟咏三国人物的诗篇，或仰慕英雄，或怀古伤今，如唐代杜甫的《蜀相》：

丞相祠堂何处寻，锦官城外柏森森。

映阶碧草自春色，隔叶黄鹂空好音。

三顾频烦天下计，两朝开济老臣心。

出师未捷身先死，长使英雄泪满襟。

此诗是诗人游览武侯祠而作。杜甫怀古伤今，追慕诸葛亮的英雄事迹，表达了对英雄的惋惜之情。公元 759 年，杜甫来到成都，在亲友的资助下，在浣花溪建起一座茅屋。杜甫在蜀地前后度过了八年时间，在成都草堂断断续续住了四年。在成都的这一段时光是杜甫一生中较为宁静太平的日子，他写下一些歌咏自然的清新小诗。

如《春夜喜雨》：

好雨知时节，当春乃发生。

随风潜入夜，润物细无声。

> 野径云俱黑，江船火独明。
>
> 晓看红湿处，花重锦官城。

再如《赠花卿》：

> 锦城丝管日纷纷，半入江风半入云。
>
> 此曲只应天上有，人间能得几回闻。

锦城的好雨润物无声，锦城的花鲜艳欲滴，锦城的丝管、江云终日纷纷纭纭，仿佛身在仙境一般。锦城的风物抚慰了这位历经苦难与忧患的诗人，生活在天府之国让人觉得这不是在苦难的人间。杜甫遇见成都，是杜甫的幸运，也是成都的幸运。如今的杜甫草堂以及杜甫的诗篇永远屹立在成都浣花溪畔。

◎ 夜发清溪向三峡，思君不见下渝州

重庆古称江州，又称巴郡、楚州、渝州、恭州。重庆位于我国西南部、长江上游，北有大巴山，东有巫山，东南有武陵山，南有大娄山，坡地较多，故有"山城"之称。581 年隋文帝改楚州为渝州，简称"渝"。1189 年宋光宗先封恭王，后即帝位，自诩为"双重喜庆"，升恭州为重庆府，重庆由此而得名。描写重庆的古诗词多表现当地独特的峡江风貌及风土人情。如南北朝萧纲《蜀道难·其二》写道：

> 巫山七百里，巴水三回曲。
>
> 笛声下复高，猿啼断还续。

七百里巫山连绵，巴水曲曲折折向东流，船行于巴水之上，笛声时高时低，两岸的猿啼断断续续。高峡、平湖、猿声是重庆三峡典型的自然风光。

李白与杜甫分别写过关于重庆三峡的诗歌，唐代李白《早发白帝城》：

> 朝辞白帝彩云间，千里江陵一日还。
>
> 两岸猿声啼不住，轻舟已过万重山。

公元758年，李白被流放夜郎，第二年春他行到重庆奉节，遇唐肃宗大赦天下，诗人喜不自胜，于是从白帝城乘舟东下至江陵。此诗即记录了自己的行踪及一路见闻，再现了峡江风貌。从白帝城至江陵（荆州）有600多千米，船行一日可还，当然是诗人的夸张之笔，喜悦之情不言而喻。

再如唐代杜甫《闻官军收河南河北》：

剑外忽传收蓟北，初闻涕泪满衣裳。

却看妻子愁何在，漫卷诗书喜欲狂。

白日放歌须纵酒，青春作伴好还乡。

即从巴峡穿巫峡，便下襄阳向洛阳。

762年，唐军在洛阳取得胜利；第二年，史思明的儿子史朝义兵败自缢，其部将相继投降，安史之乱由此宣告结束。当时杜甫正在四川，听闻这个消息后，欣喜若狂，写下这首诗。这首诗中，杜甫规划了他出蜀的路线，从巴峡穿过巫峡，再穿过襄阳直奔洛阳。但是杜甫回乡的愿望并未实现，他出蜀后在重庆滞留近三年。在夔州（重庆奉节）杜甫写下400余首诗，其晚年时的作品更显沉郁顿挫的风格，达到了杜诗的巅峰。如《登高》：

风急天高猿啸哀，渚清沙白鸟飞回。

无边落木萧萧下，不尽长江滚滚来。

万里悲秋常作客，百年多病独登台。

艰难苦恨繁霜鬓，潦倒新停浊酒杯。

这首诗是杜甫晚年在夔州时所作，被称为古今七律之冠。前四句写景，描写登高所见所闻，渲染了峡江萧瑟凄凉的秋景。后四句抒情，抒发了老、病、客、独、穷、思乡、忧国伤时等多重情感，交织着晚年杜甫忧愁个人及家国的双重情感，沉郁顿挫，感人至深。768年，杜甫思乡心切，乘舟出峡，但最终也没能回到家乡，一代诗圣凄然逝于舟中。

◎ | 但令归有日，不敢恨长沙

长沙，又名潭州，别称星城。长沙地处我国华中地区、湘江下游，有着"楚汉名城""潇湘洙泗"之称，著名历史遗迹有马王堆汉墓、四羊方尊、三国吴简、岳麓书院等。

长沙被称为屈贾之乡。古诗词中提到长沙，大多离不开屈原与贾谊两个人的故事。相传屈原曾住在长沙太傅里，并在一口古井旁边洗涤锦衣上的尘土，由此太傅里也被称为濯锦坊。屈原被贬长沙期间，仍心系国家百姓。他行吟泽畔，写下《离骚》《九歌》《渔父》等篇章。公元前 278 年楚国灭亡，屈原作《怀沙》，投汨罗江而死，世人称他为"屈长沙"。

贾谊，西汉文学家，少时便有才华，汉文帝时任博士，不久升迁为太中大夫，因受谗言被谪为长沙王吴著的太傅，世称"贾长沙""贾太傅"。在长沙，他创作了《吊屈原赋》《鵩（fú）鸟赋》。

两位诗人均与长沙有着紧密关联，古诗中常用屈原、贾谊的典故，或直接提到长沙，大多含有被贬失意的情感。如唐代宋之问《度大庾岭》：

> 度岭方辞国，停轺一望家。魂随南翥鸟，泪尽北枝花。
> 山雨初含霁，江云欲变霞。但令归有日，不敢恨长沙。

这首诗是诗人被贬度过大庾岭时所作，抒发了被贬的悲伤以及对赦免返京的信心。诗中的长沙，即指贾谊。此诗用贾谊的典故，表明自己虽是被贬之人但还是希望有重回长安的机会。

又如唐代刘长卿《长沙过贾谊宅》：

> 三年谪宦此栖迟，万古惟留楚客悲。
> 秋草独寻人去后，寒林空见日斜时。
> 汉文有道恩犹薄，湘水无情吊岂知？
> 寂寂江山摇落处，怜君何事到天涯！

这是一首怀古诗。此诗通过对贾谊不幸遭遇的凭吊和痛惜，抒发了诗人自己被贬的悲愤和对社会现实的不满，流露着愤懑之情。除了用典外，此诗的景物描写：秋草、寒林、斜阳、湘水等都充满冷寂之感，正是诗人情感的映射。所以与楚地、长沙有关的自然风物，如潇湘、沅水、洞庭、楚山、烟波等，大多是苦寒的基调。

◎ | 晴川历历汉阳树，芳草萋萋鹦鹉洲

武汉，别称江城，地处中国中部，素有"九省通衢"之称，交通便利。武汉是楚文化的重要发祥地，历史上一直是南方的军事和商业重镇，明清时期成为"楚中第一繁盛处"。武汉古称有夏汭、鄂渚、夏口、汉津、汉阳、江夏、武昌、汉口等。新中国成立后，三镇统一称为武汉市。

说到武汉，不得不谈及黄鹤楼。黄鹤楼位于武汉市武昌区，地处蛇山之巅，濒临长江。传说古代仙人子安乘黄鹤过此，因此而得名。黄鹤楼始建于三国，现存建筑以清代"同治楼"为原型设计，与湖南岳阳楼、江西滕王阁并称"江南三大名楼"。关于黄鹤楼的古诗词不胜枚举，最出名的当属唐代崔颢的《黄鹤楼》：

> 昔人已乘黄鹤去，此地空余黄鹤楼。
> 黄鹤一去不复返，白云千载空悠悠。
> 晴川历历汉阳树，芳草萋萋鹦鹉洲。
> 日暮乡关何处是？烟波江上使人愁。

传说中的仙人乘着黄鹤已去，千百年来留下空荡荡的黄鹤楼和悠悠白云。登上黄鹤楼可见汉阳晴川之景，白云、芳草、沙洲、绿树、烟波，色彩缤纷，气象恢宏；面对这黄昏烟波，怎能不生发乡思之愁呢？名楼与胜景、情思与哲理在此诗中交织，这首诗被认为是题黄鹤楼的绝唱。李白曾多次去过武汉，也写过与黄鹤楼有关的诗篇，如《黄鹤楼送孟浩然之广陵》：

故人西辞黄鹤楼，烟花三月下扬州。

孤帆远影碧空尽，唯见长江天际流。

这是一首送别诗。李白听闻孟浩然要去广陵，便托人带信，约孟浩然在江夏见面。几天后，他们相会于武汉，李白以诗相赠。全诗寓情于景，描绘了繁花似锦的阳春三月，以及浩渺无边的长江。诗人久久伫立在江边目送友人的离去，直到帆影消失在茫茫水天之际。其传递的是朋友之间深厚的情谊。

李白曾三登黄鹤楼（"一忝青云客，三登黄鹤楼"），描绘江城奇伟瑰丽的景色："东望黄鹤山，雄雄半空出。四面生白云，中峰倚红日。"

再如《与史郎中钦听黄鹤楼上吹笛》：

一为迁客去长沙，西望长安不见家。

黄鹤楼中吹玉笛，江城五月落梅花。

此诗是李白流放夜郎被赦免后，途经江夏所作。黄鹤楼头的悠悠笛声给凭栏远眺的诗人平添了无限思绪，引发了诗人满腔的迁谪之感以及"西望长安"怀念帝都之情。

◎ | 滕王高阁临江渚，佩玉鸣鸾罢歌舞

南昌，因"昌大南疆、南方昌盛"而得名。南昌地处我国华东地区，在鄱阳湖的西南岸，有"吴头楚尾，粤户闽庭""襟三江而带五湖"之称。南昌的古称有豫章、洪都、洪城、龙兴路、英雄城、南都、洪州、隆兴府等。

关于南昌的自然风物，多描绘其湖泽风光，如宋代王义山《念奴娇·南昌奇观》：

南昌奇观，最东湖、好景重重叠叠。谁瞰湖光新佳阁，横把翠峰截辟。十里芙蓉，海神捧出，一镜何明彻。鸢鱼飞跃，活机触处泼泼。

容斋巨笔如椽，迎来一记，赢得芳名独。猛忆泛莲前日事，诗社杯盘频设。倚看斜阳，檐头燕子，如把兴亡说。谁迎谁送，一川无限风月。

这首词描绘了南昌的湖光山色。南昌处在长江中下游地区，周围都是湖泊。这里的好景重重叠叠，波光粼粼，峰峦如翠，十里荷塘，鸢鱼飞跃，风光旖旎，是江南典型的湖泽风光。

南昌最能引起当今人们无限神往的胜景当属滕王阁，因唐代诗人王勃的一篇《滕王阁序》而名声大振，序中交代了南昌城的沿革、地理位置以及人文风貌：

豫章故郡，洪都新府。星分翼轸，地接衡庐。襟三江而带五湖，控蛮荆而引瓯越。物华天宝，龙光射牛斗之墟；人杰地灵，徐孺下陈蕃之榻。雄州雾列，俊采星驰。台隍枕夷夏之交，宾主尽东南之美。都督阎公之雅望，棨戟遥临；宇文新州之懿范，襜帷暂驻。十旬休假，胜友如云；千里逢迎，高朋满座。腾蛟起凤，孟学士之词宗；紫电青霜，王将军之武库。

王勃对南昌极尽赞美之辞。南昌城以三江（长江中下游）为襟、以五湖（太湖区域的湖泊）为带，控制楚地，连接瓯越，可见其优越的地理位置。这里物华天宝、人杰地灵，有徐孺这样的名士，洪州繁盛，俊采星驰，可见其在历史上的繁华以及文化渊源。

序中也有对滕王阁以及南昌自然、城市景观的描绘：

层峦耸翠，上出重霄；飞阁流丹，下临无地。鹤汀凫渚，穷岛屿之萦回；桂殿兰宫，即冈峦之体势。披绣闼，俯雕甍，山原旷其盈视，川泽纡其骇瞩。闾阎扑地，钟鸣鼎食之家；舸舰弥津，青雀黄龙之舳。云销雨霁，彩彻区明。落霞与孤鹜齐飞，秋水共长天一色。渔舟唱晚，响穷彭蠡之滨；雁阵惊寒，声断衡阳之浦。

这里层峦耸翠，鹤汀凫渚，山原辽阔，川泽迂回，落霞孤鹜，秋水长天。这是滕王阁周围的秀美山川之景。闾阎扑地，舸舰弥津，尽显南昌城物阜民丰、城市繁华的盛景。《滕王阁序》成就了王勃的美名，也成为南昌最闪亮的名片。王勃同时还创作了一首《滕王阁诗》：

> 滕王高阁临江渚，佩玉鸣鸾罢歌舞。
> 画栋朝飞南浦云，珠帘暮卷西山雨。
> 闲云潭影日悠悠，物换星移几度秋。
> 阁中帝子今何在？槛外长江空自流。

这首诗总括了序的内容，描绘了滕王阁的形势及宴会的盛况，并生发出人去阁在、江水永流的感慨。全诗从空间和时间的双重维度展开对滕王阁的吟咏，境界宏大高远，与《滕王阁序》双璧同辉、相得益彰。

◎ 江南佳丽地，金陵帝王州

南京地处我国东部，长江下游。南京的古称有金陵、建康、冶城、越城、白下、江宁、石头城、秣陵、建业、建邺、上元、集庆、应天、京师、南都、天京等。

历史上先后有东吴、东晋以及南朝的宋、齐、梁、陈在此建都，史称六朝，南京因此被称为六朝古都。除了是政治中心以外，这里自古就是繁华富庶之地。如南朝谢朓《入朝曲》写道：

> 江南佳丽地，金陵帝王州。
> 逶迤带绿水，迢递起朱楼。
> 飞甍夹驰道，垂杨荫御沟。
> 凝笳翼高盖，叠鼓送华辀。
> 献纳云台表，功名良可收。

这首诗描写南京是江南美丽富饶的地方，多次被帝王作为都城。小桥流水，朱楼隐现，气宇轩昂的屋脊夹着皇帝专用的道路，杨柳掩映住流经宫苑的河道，可见南京的富丽繁华。

又如唐代李白的《金陵酒肆留别》：

> 风吹柳花满店香，吴姬压酒唤客尝。
> 金陵子弟来相送，欲行不行各尽觞。
> 请君试问东流水，别意与之谁短长。

这首诗是诗人将离开金陵东游扬州时所作。风吹落柳花，漫天飞舞，和着酒香四溢，吴姬以酒酬客，金陵子弟纷纷来相送，一片和乐，体现了李白的豪爽性格，反映了他与金陵友人的深厚情谊，同时金陵生活的热闹繁华也可见一斑。

金陵是繁华之地，有着深厚的历史底蕴，很多王朝在此建都。但繁华盛景终是过往烟云，历代王朝都湮没在历史的尘埃中，不禁让人生发感慨。因而吟咏南京的诗篇，很多都是怀古诗，或怀古伤今，或借古讽今。如唐代杜牧《泊秦淮》：

> 烟笼寒水月笼沙，夜泊秦淮近酒家。
> 商女不知亡国恨，隔江犹唱后庭花。

金陵秦淮河岸自古繁华，是达官显贵们享乐游宴的场所。诗人夜泊于此，眼见一片灯红酒绿，听闻亡国之音《后庭花》，不禁想到唐王朝国运日渐衰微，统治者却昏庸享乐、不思进取，于是感慨万千，借古讽今，借诗歌传递着对国事深深的忧虑。

又如宋代王安石《桂枝香·金陵怀古》：

> 登临送目，正故国晚秋，天气初肃。千里澄江似练，翠峰如簇。归帆去棹残阳里，背西风，酒旗斜矗。彩舟云淡，星河鹭起，画图难足。
> 念往昔，繁华竞逐，叹门外楼头，悲恨相续。千古凭高对此，谩嗟荣辱。六朝旧事随流水，但寒烟衰草凝绿。至今商女，时时犹唱，后庭遗曲。

词人登临眺望，看见了金陵壮丽的景色，转头想起历代达官都争着过繁华的生活，六朝的往事却随流水消逝，如今只有寒烟笼罩衰草凝成一片暗绿，时至今日，商女们时时还把《后庭花》遗曲吟唱，此诗传达了诗人深沉的叹息，寄予对国事朝政的担忧。

◎ | 江南忆，最忆是杭州

杭州，古称钱塘、临安、武林。吴越国和南宋曾在此建都。杭州风景秀丽，素有"人间天堂"的美誉。杭州的美，美在自然，美在西湖，美在三秋桂子，美在十里荷花，美在烟柳画桥。杭州的美，美在人文。白居易、苏东坡等众多文人在此驻足，留下名传千古的诗篇。古诗词让杭州的美多了几分内涵和典雅。

描写关于杭州的自然风物及城市的繁华盛景的诗词有很多，如宋代柳永《望海潮·东南形胜》：

> 东南形胜，三吴都会，钱塘自古繁华。烟柳画桥，风帘翠幕，参差十万人家。云树绕堤沙，怒涛卷霜雪，天堑无涯。市列珠玑，户盈罗绮，竞豪奢。
>
> 重湖叠巘清嘉。有三秋桂子，十里荷花。羌管弄晴，菱歌泛夜，嬉嬉钓叟莲娃。千骑拥高牙，乘醉听箫鼓，吟赏烟霞。异日图将好景，归去凤池夸。

杭州处在东南要冲，三吴的都会，自古以来就是繁华胜地，这是概写。"市列珠玑，户盈罗绮，竞豪奢"以特写的镜头描绘了市场处处是珍玉珠宝，家家户户都有绫罗绸缎，可见其繁华。这里风光怡人，可观钱塘江大潮，可泛舟清秀的西湖，有三秋的桂子，有十里荷花。宋代林升在《题临安邸》中写道："暖风熏得游人醉，直把杭州作汴州。"这真可谓是醉人的风光、醉人的生活，"上有天堂，下有苏杭"。

又如唐代白居易《杭州春望》：

> 望海楼明照曙霞，护江堤白踏晴沙。
> 涛声夜入伍员庙，柳色春藏苏小家。

红袖织绫夸柿蒂，青旗沽酒趁梨花。

谁开湖寺西南路，草绿裙腰一道斜。

这首诗描绘了杭州春日绮丽的景色：这里有如画的风景、丰富的物产，钱塘江的涛声声声入耳；这里有伍员庙、苏小小家等古迹，街市上有人人夸赞的丝织绫，还有令人垂涎欲滴的梨花酒，也可见杭州生活的富丽、惬意。

描写杭州的自然风光大多显现江南水乡的特色，西湖、钱塘江大潮无疑是杭州山川风物的特色所在。西湖十景——苏堤春晓、曲院风荷、柳浪闻莺、花港观鱼、平湖秋月、断桥残雪、雷峰夕照、双峰插云、南屏晚钟、三潭印月在古诗词中就频频出现，不胜枚举。如唐代白居易《忆江南·其二》：

江南忆，最忆是杭州。山寺月中寻桂子，郡亭枕上看潮头。

何日更重游？

一句"江南忆，最忆是杭州"，将杭州推到了江南之首的位置。白居易对杭州真是情有独钟。去灵隐寺寻找中秋的桂子，登上郡亭枕卧其上就可以欣赏那壮阔的钱塘江大潮，杭州总是令人赏玩不够、饱尝不够，什么时候能再去游玩呢？

再如宋代杨万里《晓出净慈寺送林子方》：

毕竟西湖六月中，风光不与四时同。

接天莲叶无穷碧，映日荷花别样红。

这首诗描绘了西湖六月不同寻常的景色，而西湖六月之景当首推江南的"十里荷花"，碧绿的莲叶连接天际，清新明丽的荷花在红日映照下更加鲜艳欲滴，此情此景令人如何不心生向往。关于西湖，宋代苏轼在《饮湖上初晴后雨二首·其二》中描写道：

水光潋滟晴方好，山色空蒙雨亦奇。

欲把西湖比西子，淡妆浓抹总相宜。

这首诗写于苏轼任杭州通判期间。天晴气朗时，西湖水光盈盈、波光楚楚，景色正相宜；细雨迷蒙时，西湖的山色空灵，似有似无，也别是一番奇异之景。对于西湖来说，晴也好，雨也好，就像西子一样，淡妆也好，浓抹也好，都无改其美。苏轼的诗将西湖的美写活了，也写绝了。

顺着长江东下，本章选取了成都、重庆、长沙、武汉、南昌、南京、杭州等城市，列举了古诗词中关于这些城市的描写。有些诗词不能尽数，尽量选取最具代表性的诗词：或再现城市的山川风物，有的是峡江风光，有的是江南水乡，有的是名楼胜景；或探究重要诗人与某些城市的渊源，从而展现人文精神；或呈现城市的物阜民丰、繁华过往，以再现古城的历史风韵。从古诗词中，我们可以窥见一座城市的历史，感受一座城市的品格。古诗词不仅记载了城市的山川风物、人民的生产生活，见证了城市的发展及历史盛衰，也成为今天城市发展最闪亮的名片、最深厚的文化根基。

九曲黄河万里沙，浪淘风簸自天涯

——古典诗词中的黄河名城

历史文化名城是指"保存文物特别丰富并且具有重大历史价值或者革命纪念意义的城市"，它彰显了我们中华民族辉煌的历史和灿烂的文化，而优秀的古诗词见证和记载了历史与文化。本章以黄河流域沿岸的重要城市为基点，列举古诗词中关于兰州、银川、太原、西安、郑州、济南等城市的描写，探究古诗词笔下的名城，以期再现名城的历史、文化、风物与生活，探究古诗词与名城历史文化的天然联系。

◎ 十三为汉使， 孤剑出皋兰

兰州，地处我国西北地区、甘肃中部。兰州古称金城，《汉书》中记载"初筑城得金，故曰金城"，取"金城汤池"的典故，寓意坚固无比、牢不可破的城池。汉代时中央政府曾在这设金城郡，因金城南面有皋兰山，隋朝时更名为兰州。

兰州是我国古代重要的边关城池。兰州地处西北边塞要道，北有白塔山，南有皋兰山，黄河奔流于中间，地势险要，险要的边关城池是古典诗词中表现兰州城市形象最主要的内涵。如南朝吴迈远《棹歌行》：

十三为汉使，孤剑出皋兰。西南穷天险，东北毕地关。

岷山高以峻，燕水清沮寒。一去千里孤，边马何时还？

遥望烟嶂外，瘴气郁云端。始知身死处，平生从此残。

这首诗描绘了一位使者奔走于天南地北，孤身一人，仗剑天涯，西出皋兰的情形，可见皋兰在汉朝就是西北要塞。

到了唐代，边塞诗中多有吟咏兰州山川之险的诗作。如唐代高适《金城北楼》：

北楼西望满晴空，积水连山胜画中。

湍上急流声若箭，城头残月势如弓。

垂竿已羡磻溪老，体道犹思塞上翁。

为问边庭更何事，至今羌笛怨无穷。

这首诗是唐代边塞诗人高适登上金城北楼所作，描绘了兰州城壮丽如画的风景：登上北楼西望晴空旷远，黄河水势湍急，波涛怒吼之声如离弦之箭。兰州城头残月如弓、羌笛凄凉，展现出了兰州作为边塞军事重地的独特风光，明快而苍劲。除了描绘边塞的自然风光，古诗词中的兰州城也多展现其军事战况，如金代邓千江《望海潮·上兰州守》：

云雷天堑，金汤地险，名藩自古皋兰。营屯绣错，山形米聚，喉襟百二秦关。鏖战血犹殷。见阵云冷落，时有雕盘。静塞楼头晓月，依旧玉弓弯。

看看，定远西还。有元戎闻命，上将斋坛。区脱昼空，兜零夕举，甘泉又报平安。吹笛虎牙间。且宴陪珠履，歌按云鬟。招取英灵毅魄，长绕贺兰山。

兰州地处西边战争频发地带，饱受战争破坏，也造就了它的英雄气概。这里有滔滔的黄河，有金城汤池的古城，营地如锦绣交错，山形陡峭，关河险固，易守难攻。这首词展现了兰州的山川之险、气势之雄，歌颂了戍边将帅的英雄业绩，大气磅礴。

兰州除了是西北地区重要的边关城池外，也是丝绸之路上的交通要道、商业重镇。还有一些古诗词展现了兰州城另外一番风貌，清代诗人江得符就创作了十多首《我忆兰州好》。如《我忆兰州好·其一》：

> 我忆兰州好，当春果足夸。灯繁三市火，彩散一城花。
> 碧树催歌板，香尘逐锦车。青青芳草路，到处酒帘斜。

《我忆兰州好·其二》：

> 我忆兰州好，熏风入夏时。踏花寻竹坞，醉月泛莲池。
> 泉石多清趣，园林尽古姿。晚来水车下，凉意沁诗脾。

江得符是兰州人，他笔下的兰州少了边塞诗中的战鼓羌笛而多了瓜果飘香，熏风入夏，灯火繁华，酒旗斜依，让人流连忘返。这些诗词中的兰州多了几分山水相绕、安居乐业、物阜民丰的气息，展现了陇上乐土的另一派风貌，流露出诗人对家乡故土的热爱与赞美之情。

◎｜贺兰山下果园成， 塞北江南旧有名

银川，古称怀远，著名的塞上古城，素有"塞上江南，鱼米之乡"的美称。"银川"本用来形容黄河。自隋唐以来，银川就是党项、突厥、吐蕃、回鹘等民族的聚居地，为西夏的京都，在北宋时为"河外五镇"之首。银川因其奇特的塞上风光而具有独特的魅力。

塞上江南，初名"塞北江南"，最早指今宁夏北部黄河河东灌区，即现在的宁夏黄河灌区。这里自古就引黄河之水灌溉，河泽湖泊连地，沃野千里，农牧业发达，风景胜似江南，由此而得名。古诗词中早就有关于这里塞上江南风光的描绘，如唐代韦蟾《送卢潘尚书之灵武》：

> 贺兰山下果园成，塞北江南旧有名。
> 水木万家朱户暗，弓刀千队铁衣鸣。
> 心源落落堪为将，胆气堂堂合用兵。
> 却使六番诸子弟，马前不信是书生。

这是一首送别诗，赞颂了卢潘保卫祖国边地的英雄气概，也描写了灵武的富饶美丽。灵武，古称灵州，今为宁夏回族自治区下辖县级市，是银川市工业发展的核心区域。贺兰山下瓜果成片，引黄河水渠灌溉。这里枝繁叶茂，掩映千家万户，一派江南水乡的风光。此诗精辟地概括了灵州作为军事重镇的地理位置，交代了"塞北江南"的美名由来已久。

银川地处西北，也是古代少数民族聚居地，这里自古就是边塞重镇，所以不少边塞诗也会写到银川地区，如唐代王维《使至塞上》：

> 单车欲问边，属国过居延。征蓬出汉塞，归雁入胡天。
> 大漠孤烟直，长河落日圆。萧关逢候骑，都护在燕然。

这首诗是王维出使边塞时所作，记叙了出使的路线、过程，描绘了塞外的独特景观。"大漠孤烟直，长河落日圆"描绘了边陲大漠壮阔雄奇的景象，雄浑阔大。诗中的萧关，又名陇山关，在今天的宁夏固原，地处银川南面。实际上，王维出使河西并不经过萧关，但从诗中可知，银川处于西北边塞重镇，有着独特的边塞风光和重要的军事地位。

又如宋代岳飞《满江红》：

> 怒发冲冠，凭栏处，潇潇雨歇。抬望眼，仰天长啸，壮怀激烈。三十功名尘与土，八千里路云和月。莫等闲，白了少年头，空悲切。
> 靖康耻，犹未雪。臣子恨，何时灭！驾长车，踏破贺兰山缺。壮志饥餐胡虏肉，笑谈渴饮匈奴血。待从头，收拾旧山河，朝天阙。

这首词是岳飞的代表作，流露着精忠报国的英雄气概。"驾长车，踏破贺兰山缺。壮志饥餐胡虏肉，笑谈渴饮匈奴血"以夸张之笔表达了对敌人的愤恨之情，也表现了将士驰骋疆场的英勇无畏。诗中的贺兰山，在宁夏与内蒙古交界处。南宋时贺兰山被金兵占领，岳飞的志向是驾着长车直击敌人心脏，踏破贺兰山。由此也可见贺兰山是西北军事重镇，古诗词中的贺兰山、银川等与边防战争有着紧密的关联。

◎ | **忆在晋阳日，曾为痛饮家**

太原，古称晋阳，别称并州、龙城，有着 2500 多年的建城历史。太原位于山西中部，三面环山，黄河第二大支流汾河自北向南流经此地，古有"襟四塞之要冲，控五原之都邑"之称，自古有"锦绣太原城"的美誉。

太原"踞天下之肩背"，是古代游牧民族与中原民族的交汇地带，自古便出英雄豪杰，很多古诗词都写到了这里的英雄男儿，展现了独特的人文风貌。如三国时期曹植《白马篇》（节选）：

> 白马饰金羁，连翩西北驰。借问谁家子，幽并游侠儿。
> 少小去乡邑，扬声沙漠垂。宿昔秉良弓，楛矢何参差。
> …… ……
> 弃身锋刃端，性命安可怀？父母且不顾，何言子与妻！
> 名编壮士籍，不得中顾私。捐躯赴国难，视死忽如归！

这是一位武艺超群、渴望建功的游侠少年。他身骑白马，马饰金羁，衣袂翩翩，一路向西北疾驰。要问他是谁家的孩子，他是幽并一带的游侠骑士。年纪轻轻离开家乡，在边塞扬名，奔驰在沙场从不顾及个人生死，更不用说自己的父母与妻儿。为国家献出自己的生命，看待死亡就如同回归故里一样。这首诗歌颂了幽并游侠为国献身、视死如归的精神。幽并即幽州和并州，在今河北、山西、陕西一带。太原男子被统称为"并州儿"，他们武艺超凡、有着视死如归的英雄气概。宋代诗人沈与求在《山西行》中也写道：

> 山西健儿好身手，气如车轮胆如斗。
> 十五射猎少年场，戏格黄黑同拉朽。

山西男儿个个都是好身手，他们英气勃发、胆大如斗，十五岁的少年就射猎于疆场与黄黑格斗。此诗再现了山西男儿侠肝义胆的英雄气概。众多的古诗词表明太原地区历来重义守信，"士为知己者死"、赵氏孤儿、晋商诚信经商等故事都发生在三晋这块土地上。太原人文荟萃、英雄辈出，这是三晋文化的亮点，也是精华所在，展现了一座城市的人文风貌。宋代诗人郑獬曾寄居太原，离开这里以后，他在《忆在晋阳》中写道：

> 忆在晋阳日，曾为痛饮家。披衣投宿酒，把烛觅残花。
> 莫解玉骢马，且留金钿车。壮游今不复，愁卧鬓将华。

诗人回忆曾经在太原生活的日子，与朋友纵兴豪饮、把酒言欢，何等尽兴，壮游的情形今已不在，而今鬓已微霜，怎不让人生愁，可见他对太原生活的深切怀念。

太原在我国历史上曾经九次被立为国都。李渊于晋阳起兵而建立唐朝，因此晋阳被称为龙兴之地，被称为"王业所基，国之根本"，可见太原在唐朝的重要地位。唐代诗人李白曾游历于太原一带，留下了不少诗篇，如《太原早秋》：

> 岁落众芳歇，时当大火流。霜威出塞早，云色渡河秋。
> 梦绕边城月，心飞故国楼。思归若汾水，无日不悠悠。

这是一首怀乡之作。诗人写太原的早秋草木摇落，天气转凉，霜露降临，呈现浓浓的秋日气息，而触发诗人的思乡之情。开元二十三年（735年），作者应友人之邀来到太原，本求闻达，然而辗转其间终未得到机会，于是产生怀归之意。太原在唐时隶河东道，有着重要的政治地位。太原是三晋文化的汇聚地，晋商文化的中心。在唐朝，长安、洛阳、晋阳合称"三都"，可见太原城的重要地位。

在《忆旧游寄谯郡元参军》中李白更是回忆了与元参军到太原游玩的情形：

> 五月相呼渡太行，摧轮不道羊肠苦。

行来北凉岁月深，感君贵义轻黄金。

琼杯绮食青玉案，使我醉饱无归心。

时时出向城西曲，晋祠流水如碧玉。

诗人感受到了朋友"重义轻黄金"的真挚情谊，他们时时出城西游览晋祠，泛舟弄水，击鼓吹箫。由此可见李白在太原的活动踪迹，也再现了太原的风物与悠久历史。

◎ | 春风得意马蹄疾， 一日看尽长安花

西安，古称长安、镐京。西安地处关中平原中部，北临渭河，南依秦岭。历史上有十多个王朝曾在西安建都。其著名的古迹有：西周的丰镐都城，秦朝的兵马俑、阿房宫，汉朝的未央宫、长乐宫，隋朝的大兴城，唐朝的大明宫、兴庆宫等。它们无不展现了这座古城深厚的历史文化底蕴。特别是在唐代，唐诗中的西安更是彰显出盛大的气象。

唐代诗歌中有很多写长安宫殿建筑及风物的诗：如写乐游原"欲把一麾江海去，乐游原上望昭陵"，写华清池"春寒赐浴华清池，温泉水滑洗凝脂"，写骊山及华清宫"长安回望绣成堆，山顶千门次第开"，写大慈恩寺"十层突兀在虚空，四十门开面面风"，写大明宫"九天阊阖开宫殿，万国衣冠拜冕旒"，写兴庆宫"先皇歌舞地，今日未游巡。幽咽龙池水，凄凉御榻尘"，写阿房宫"骊山北构而西折，直走咸阳。二川溶溶，流入宫墙。五步一楼，十步一阁；廊腰缦回，檐牙高啄；各抱地势，钩心斗角"。其建筑规模占地之广大，雕梁画栋的精美，再现了长安的人文景观，彰显了大唐的恢宏瑰丽，也显现了博大雄浑、乐观自信的时代气息。

古诗词中有许多直接抒写"长安"或用"帝乡""帝京""上京"等作为代称的诗句。这个"长安"不仅仅是个地域概念，而是包含了诸多的情感因素。长安是帝都所在，是众人向往的地方，更是无数文人科举赴考、入朝为官的寄托所在。因此长安成为朝廷及皇帝

的代称。长安这一意象包含着众多诗人的帝乡之期，既有热情的讴歌与期待，又有失意的痛苦与怅惘。如唐代孟郊《登科后》：

> 昔日龌龊不足夸，今朝放荡思无涯。
> 春风得意马蹄疾，一日看尽长安花。

这首诗是孟郊考中进士时所作。诗人将昔日的失意落魄与今日的得意情形对比，在春风里马蹄都显得更加轻疾了，一天就看完了长安的繁花，可见其得意之极。一日看尽长安花是唐朝士子人人所期许的景象，但这期许并不是人人都能实现的，如唐代李白《长相思》：

> 长相思，在长安。络纬秋啼金井阑，微霜凄凄簟色寒。孤灯不明思欲绝，卷帷望月空长叹。美人如花隔云端！上有青冥之长天，下有渌水之波澜。天长路远魂飞苦，梦魂不到关山难。长相思，摧心肝！

李白写所思之人在长安，天长路远，梦魂难渡。长安实则代指帝王，这是诗人被迫离开长安后对玄宗的怀念、对皇恩的殷切期待。所以很多文人写对长安的遥望，实则是对帝乡、皇恩的渴望。长安是众多文人的梦想之地，而当理想不能实现时，抒写长安也就意味着理想的失落与仕途的失意。再如李白吟咏"总为浮云能蔽日，长安不见使人愁"，辛弃疾吟咏"西北望长安，可怜无数山"等，都反映了诗人的苦闷不得志。而李白在《子夜吴歌·秋歌》中写到"长安"，则寄予了另外一种相思之情：

> 长安一片月，万户捣衣声。
> 秋风吹不尽，总是玉关情。
> 何日平胡虏，良人罢远征。

古代妇女每到秋天就会为远在他乡的丈夫赶制冬衣，捣衣声则是用棒槌敲击衣料的声音，秋夜急促的捣衣声传递的是妇女对丈夫的声声思念。长安城又是一片明月相照，千家万户都传来捣衣声，任凭秋风吹起，总一心系着远在关外的丈夫，何时战争才能平息，丈夫就可以结束这漫漫征守。此诗的"长安"多包含妻子对远在边陲的丈夫的相思之情。唐代杜甫《月夜》也写道：

> 今夜鄜州月，闺中只独看。
>
> 遥怜小儿女，未解忆长安。
>
> 香雾云鬟湿，清辉玉臂寒。
>
> 何时倚虚幌，双照泪痕干。

本诗作于安史之乱期间，杜甫在战乱中被禁长安，而妻儿家眷在鄜州，因而生发思念之情：今夜的鄜州想必也是一轮满月，只留下你一人在闺中独自遥望；那惹人怜爱的小儿女，还不太懂你为何会思念长安；清辉相照，何时能共倚小轩、共赏明月，把这相思之泪擦干。这首诗通过想象，描写家人对诗人的牵挂，从而更加含蓄深挚地传递自己的相思之情。"忆长安"寄予对家人的思念和牵挂。

◎ | 迢递嵩高下， 归来且闭关

郑州古称荥州、管州、管城、管城县、故市、荥阳郡、郑县，历史上曾五次为都，中国八大古都之一。郑州北临黄河，西面倚靠嵩山，土地肥沃，气候宜人，自古以来就是贯通东西南北的交通要地。

古人认为中国位居天地的中央，而中原居于天地的中心，中原的中心就在中岳嵩山。所以嵩山地区是早期王朝建都的理想政治中心。由于优越的地理位置，郑州自古就是重要的交通枢纽，在唐代也是重要道路的交汇点。刘禹锡在《管城新驿记》中写道："先是驿于城中，驿遽不时，四门牡键，通夕弗禁。请更于外，遂永便安。"郑州管城驿是当时规模最大的驿站之一，设施先进，白天晚上住客络绎不绝，后来又在城外新建馆驿以满足往来商旅过客的需求，可见管城驿的繁华兴盛，以及郑州所处"天地之中"地理位置的优越。

置身于"天地之中"的郑州，登临远眺，四目荒原，或许特别花明柳暗绕天愁，上尽重城更上楼。

欲问孤鸿向何处，不知身世自悠悠。

郑州夕阳楼始建于北魏，是唐宋八大名楼之一，与黄鹤楼、岳阳楼、鹳雀楼等齐名。李商隐经过郑州荥阳，登上高高的城楼，举目看见孤鸿掠过，在苍茫的天地中不禁感慨自己茫茫的身世，寄予深沉的感慨。

又如清代王世祯《夕阳楼》描绘郑州的山川风光：

野塘菡萏正新秋，红藕香中过郑州。

仆射陂头疏雨歇，夕阳山映夕阳楼。

仆射陂，郑州的湖泊，又名李氏陂、广仁池。诗人路过郑州，看见野外池塘的荷花正在怒放，微风中送来阵阵荷香，仆射陂头一场雨刚消歇，漫天的霞光正映照着夕阳楼，再现了郑州夕阳楼的绮丽风光。

郑州西倚嵩山，嵩山是五岳之一，提到嵩山我们不由得会想到少林寺，古诗词中也有不少描绘郑州名山古刹的诗句，如唐代王维《归嵩山作》：

清川带长薄，车马去闲闲。流水如有意，暮禽相与还。

荒城临古渡，落日满秋山。迢递嵩高下，归来且闭关。

王维曾在嵩山隐居，这首诗描写了他归途中所见嵩山之景：流水清澈，暮禽一同伴我归去；一路驾着车马慢慢悠悠，落日的余晖洒满秋山；嵩山高峻迢递，足以抚慰人心；从此闭门谢客，在此悠然度过一生。诗中再现了嵩山的幽静之景。嵩山位于现在河南登封市西北，西邻洛阳，东邻郑州，因地处中原，故称中岳，素有"汴洛两京、畿内名山"之称。《诗经》中有"嵩高惟岳，峻极于天"的名句，可见嵩山的高俊雄奇。名山当然也有名寺相配，如唐代沈佺期《游少林寺》：

长歌游宝地，徒倚对珠林。雁塔风霜古，龙池岁月深。

绀园澄夕霁，碧殿下秋阴。归路烟霞晚，山蝉处处吟。

本诗写游少林寺所见之景。诗人满怀敬仰之情，一路高歌游览少林寺，悠闲漫步于林中，雁塔古朴庄重，龙池岁月悠久，雨后初霁，霞光满天，蝉声阵阵，一派清幽静谧。

◎ | 四面荷花三面柳，一城山色半城湖

济南古称济南府、济州，因地处古四渎之一的"济水"之南而得名。济南地处中国华东地区、山东省中部，因境内多泉水故有"七十二名泉"之称，别称"泉城"，拥有山、泉、湖、河、城为一体的独特城市风貌。"四面荷花三面柳，一城山色半城湖"描绘的就是济南。

关于济南的山光水色，宋代李清照在《双调忆王孙·赏荷》中这样描绘：

湖上风来波浩渺，秋已暮、红稀香少。水光山色与人亲，说不尽、无穷好。

莲子已成荷叶老，清露洗、萍花汀草。眠沙鸥鹭不回头，似也恨、人归早。

李清照出生于济南。这首词以细腻之笔再现了济南的湖光山色，微风轻拂，烟波浩渺，水光山色与人相亲近，莲子成熟，莲叶已老，鸥鹭幽眠，虽是秋天之景，却一扫悲秋之气，尽显济南山色的美好。

大明湖是泉城重要的风景名胜，清代诗人张元写道"济南三月春光好，明湖绿静明如扫"：济南的三月风光无限，春风吹拂而过，大明湖碧绿澄澈的水明亮如洗，如诗如画。

济南家家都有杨柳掩映，处处是泉水，其中最出名的当属趵突泉。趵突泉，位居济南七十二名泉之冠，被乾隆称为"天下第一泉"。宋代曾巩《趵突泉》中描写道：

一派遥从玉水分，暗来都洒历山尘。

滋荣冬茹湿常早，涧泽春茶味更真。

已觉路傍行似鉴，最怜少际涌如轮。

曾成齐鲁封疆会，况托娥英诧世人。

趵突泉缓缓流淌，从遥远的玉水中分来，用这带有山林灵气的水，冬天可以浇灌蔬菜，春天可以泡茶，泡出的茶水更显甘甜醇美，可见趵突泉在济南人民生活中的重要性以及济南生活的惬意。

又如清代王士祯《初春济南作》：

山郡逢春复乍晴，陂塘分出几泉清？

郭边万户皆临水，雪后千峰半入城。

这首小诗写得清新别致，济南的初春，雨后乍晴，阳光下的池塘闪着亮光；那泉水清澈见底，从地面一股股地冒出来。济南城千家万户都临泉水而建，处处都有垂柳；春雪过后，城中处处可见白雪覆盖的山峰。山、泉、柳、城融为一体，别有一番诗情画意。

山、泉、柳、城的风景胜地，集天地之灵气，人才辈出，群英荟萃，如神医扁鹊、名将秦琼、宰相房玄龄、词人李清照和辛弃疾等，他们都有一身扶危济困、悲天悯人的正气，彰显了济南城的人文气息。早在唐代，杜甫就写过《陪李北海宴历下亭》：

东藩驻皂盖，北渚凌清河。海右此亭古，济南名士多。

云山已发兴，玉佩仍当歌。修竹不受暑，交流空涌波。

蕴真惬所欲，落日将如何。贵贱俱物役，从公难重过。

历下亭在大明湖小岛之上，南临千佛山，本是官家为迎宾所建，是齐地最古老的亭榭。杜甫途经济南，太守李邕在此宴请杜甫及济南名士。杜甫与李邕同游历下亭，写下了这首诗。诗中写到济南是名士辈出的地方，此诗赞美了济南多名士，尽显其人文风貌，并描绘了齐地秀丽的景色，名士与美景交汇，更有朋友之间的深厚情谊。

沿着九曲黄河，本章选取了兰州、银川、太原、西安、郑州、济南等城市，列举了古诗词中关于这些城市的描写，或描绘城市的自然风物、生活图景，或展现边塞关隘的异域山川，或再现历史上的烽火狼烟，或追溯城市的发展渊源、历史古韵，或探究城市的人文精神。各有侧重，不能一一尽述。这些古诗词记载了古城悠久而厚重的历史，是我们民族文化的精髓所在。随着滔滔黄河滚滚东流，这些古诗词也将在悠悠历史长河中更加璀璨夺目，也会为我们今日城市的发展注入源源不断的活水。

第
03
课
羌笛何须怨杨柳，春风已度玉门关

<table>
<tr><td>第</td></tr>
<tr><td>03</td></tr>
<tr><td>课</td></tr>
</table>

羌笛何须怨杨柳，春风已度玉门关
——古典诗词中的丝路名城

　　2013 年 9 月，习近平总书记提出了"一带一路"这项国家级顶层合作倡议。"'一带一路'是一条合作之路，更是一条希望之路、共赢之路。""为全球均衡可持续发展增添了新动力，提供了新平台。"丝绸之路的概念在全球再次受到深入关注，而在学术界，简称"丝路"的丝绸之路，定义上尚无定论，在这里只是就陆上丝绸之路的西北丝绸之路和西南丝绸之路来谈。我们先说一说西北丝路。

　　西北丝路起于广泛认可的西安，向西越陇山后进入河西走廊，过敦煌，穿天山，然后深入中亚、西亚以至欧洲，成为中外交流的大通道和纽带。翻开《中国丝绸通史》一书，黄时鉴先生在 1991 年绘制的一幅网络式的丝绸之路全图展现在我们眼前。沿着西北丝路的轨迹，一座座丝路名城映入眼帘。

　　在"一带一路"背景下，丝路文学应运而生，我们以较早提出这一概念的宋晓云博士的定义来明晰内涵："所谓丝绸之路文学，是指那些能反映出丝绸之路及其沿线特定的生活内容的文学作品。丝绸之路文学在汉代张骞凿通西域后便已萌芽，后经过唐代的推进发展，到元代形成气候。"当然，我们并不做学术探究，而仅是在这样的内涵观照下，以古典诗词为线索，探寻丝路上的文学之光，而这光芒又折射出一座座历史与文学交织出来的丝路名城。

　　1877 年，德国地质地理学家李希霍芬在《中国——我的旅行成果》一书中首提"丝绸之路"的概念，并被广泛认可。回溯近 2000 年的丝路岁月，名城灿若繁星，我们撷取部分，透过古典诗词，感受它们的文化魅力。

历代文人沿着丝路，西行南涉塞外江外，感叹人生际遇、生活百态，行吟抒怀中流传下来的诗词作品展现出丝路独有的地域特色和人文意蕴，《凉州词》《酒泉子》《八声甘州》《轮台子》《阳关引》等诗词曲牌的命名沉淀着太多的历史记忆，众多涉及丝路的诗词作品依旧光彩夺目。这些诗词有的悲伤惆怅、有的壮烈激越、有的闲适清丽，多样风格中呈现高迈格调，从不同侧面反映了丝路上壮美的山河、旖旎的风光和别样的风物。

一诗一词总关城：在众多的有关丝路的古典诗词中，文学光华镌刻岁月痕迹，值得我们一起由此走进那些丝路名城。

◎ 忆来唯把旧书看， 几时携手入长安

什么是名城，"历史上曾经作为政治、经济、文化、交通中心或者军事要地"的可申报历史文化名城。照此说来，丝路上有着太多的"中心"和"要地"，成就了一座座中国名城。名城各方面发展的过程中，文化也得以发展。文人墨客的文学创作，让这些名城美誉传扬至今。

作为中国历史上建都朝代最多、时间最长、影响力最大的都城之一，西安是我们首提的丝路名城。刘邦大汉王朝建都于此，立名"长安"，取意长治久安，直至 1560 多年后的明代改名为西安，成为汉唐的象征、中国古代文明达到鼎盛的标志，更是最为耀眼的丝路名城。由此出发，向西北，驼铃声声，踏出这条丝路。

余光中先生 85 岁到访西安，深情地说："长安是天下读书人的一个情结"。古往今来，难以计数的读书人不仅有深深的情结，更留下了无数的诗词作品。唐代李白用"长安白日照春空，绿杨结烟垂袅风"（《阳春歌》）赞美它的春，宋代柳永用"长安古道马迟迟，

高柳乱蝉嘶"（《少年游》）描绘它的夏，唐代杜牧用"南山与秋色，气势两相高"（《长安秋望》）惊叹它的秋，唐代岑参用"长安雪后似春归，积素凝华连曙晖"（《和祠部王员外雪后早朝即事》）炫耀它的冬。而唐代白居易的《登观音台望城》则高度凝练地表现了一派帝都景象：

> 百千家似围棋局，十二街如种菜畦。
> 遥认微微入朝火，一条星宿五门西。

　　白居易登上乐游原的观音台写下了这首俯瞰长安城的七绝：前两句写如棋局般规整匀称的布局，笔直宽敞的街道，宫城、皇城、坊里的合理规划，彰显长安的宏伟繁荣；后两句聚焦早朝的独特景象，以百官所用灯笼、火把与天上"星宿"关联，巧妙显露帝都尊严，言简义丰，万千气象尽集其中。

　　长安美景不胜收，盛唐时期抱有建功立业壮志的游侠层出不穷。唐代王维《少年行》中"相逢意气为君饮，系马高楼垂柳边"的游侠少年，保家卫国，纵马戍边；"孰知不向边庭苦，纵死犹闻侠骨香"的豪迈情怀，骨子里透着人们强烈的自信自尊、昂扬奋发的精神面貌。然而随着唐王朝的日渐衰败，作为大唐子民的文人们只能无奈地把对长安美好的回忆写进诗词里，晚唐韦庄也才会在《长安清明》里有这一番情感流露：

> 蚤是伤春梦雨天，可堪芳草更芊芊。
> 内官初赐清明火，上相闲分白打钱。
> 紫陌乱嘶红叱拨，绿杨高映画秋千。
> 游人记得承平事，暗喜风光似昔年。

　　黄巢起义，李克用叛乱，朝廷庸政，多年战争洗劫，韦庄应进士试时长安城已是满目疮痍，看似初春时节的大好风光却透露出诗人伤春孤独的意绪。颔联中，才恢复寒食节俗，宫中已是蹴鞠赏钱的欢乐之声，上行下效；长安郊野踏春男子络绎不绝，骏马嘶鸣；绿杨成荫的庭院，女子荡着秋千，欢声笑语。诗人耳闻目睹，热闹非凡，然而，细品"乱""高"二字，晚唐人们恣情纵游的末世狂欢之态让人无限感慨。诗人以清闲笔调描摹热闹如昔的欢乐场面，人们虚幻于往昔"承平事"，忘了动乱之苦，暗喜太平假象。极强的讽刺意味中，深藏着忧时伤世的悲郁情怀。十年之后，大唐不复存在，长安成为后世文人诗词中最为复杂的一个情感意象，让人牵牵念念，和韦庄一样"忆来惟把旧书看，几时携手入长安？"（《浣溪沙·夜夜相思更漏残》）

◎ | **今朝好风色， 延瞰极天庄**

说到宝鸡，我们就会想到韩信"明修栈道，暗度陈仓"的军事大捷、唐玄宗御口金言"宝地神鸡"的传说、苏轼"初仕凤翔"的名篇《喜雨亭记》……宝鸡，历史沿革中十余次的更名，让它充满了奇幻色彩。26岁的苏轼首次做官出任凤翔府判官，从京城开封出发，过京兆府（西安）再到凤翔府（宝鸡），想必走的就是这条丝路，从而迈出入仕第一步。科考阴差阳错的第二，礼部复试第一到嘉佑六年制科策问宋仁宗钦定入第三等，"自宋初以来，制策入三等，惟吴育与轼而已"。在前二等虚设、吴育第三次等的前提下，苏轼成为宋开国的"百年第一"。带着文坛、政坛新星的光环，怀着致君尧舜的火热理想，苏轼沿着丝路出发了。在任职第三年一个春日的午后，诗人登上斯飞阁，感慨间写下这首《题宝鸡县斯飞阁》：

> 西南归路远萧条，倚槛魂飞不可招。
> 野阔牛羊同雁鹜，天长草树接云霄。
> 昏昏水气浮山麓，泛泛春风弄麦苗。
> 谁使爱官轻去国？此身无计老渔樵。

繁忙而没有亮色的宦游生活，与知府的隔阂，时常令苏轼心生倦怠和思归之情。首联面对"西南归路"已"魂飞不可招"，由此可见一斑。尽管此时宝鸡原野阔远，远处成群的牛羊如同雁鸭一般大小，草木生长直接云霄，迷蒙水雾沉浮山脚，和畅春风抚弄麦苗，但是初春美景反而激起了苏轼的思乡之情，不禁感叹谁让自己眷爱官职轻易离开故土，无法像渔夫樵夫那样悠闲生活了。不过苏轼终究是苏轼，短暂的喟叹后依旧投身到忠君为国、怜扶百姓的行动中去了，如同执着于目标奔走往来在辽远丝路上的商贾。

同样是奔走，曾经的寿王、后来的唐昭宗李晔，在哥哥唐僖宗李儇带着他逃亡入蜀避难途经宝鸡时，题壁留词二首。我们仅以《巫山一段云·上幸蜀宫人留题宝鸡驿壁》即可窥见不同的人生和格局：

> 蝶舞梨园雪，莺啼柳带烟。小池残日艳阳天，芒萝山又山。
>
> 青鸟不来愁绝，忍看鸳鸯双结。春风一等少年心，闲情恨不禁。

"击球赌三川"的唐僖宗宠宦官乱政，导致黄巢起义，在起义军直逼长安之际，仓皇出逃蜀地。16 岁的李晔随行。真是少年不识苦难，在如此狼狈不堪的时候，他留下的竟满是愁情苦恋的词作。"蝶舞""莺啼""梨园雪""艳阳天"，宝鸡的春日好风光勾起的竟是他思念佳人的"少年心"。风月情愫的未来皇帝，终究是挽救不了大唐的命运。在他继位 15 年后，初唐卢照邻在宝鸡所言"今朝好风色，延眺极天庄"（《至陈仓晓晴望京邑》）的大唐王朝覆灭，历史翻开新的一页。

◎ | 北楼西望满晴空，积水连山胜画中

沿着河西走廊往西，经过汉唐时期纠缠于"兰州"和"金城"两个名称的这座名城，可以从唐代高适"北楼西望满晴空，积水连山胜画中"（《金城北楼》）诗句中感受这颗晴空下山水美景胜过画的"黄河明珠"。因"金城汤池"之意命名为金城的历史意蕴，很好地呈现在金代词人邓千江的词作《望海潮·上兰州守》中：

> 云雷天堑，金汤地险，名藩自古皋兰。营屯绣错，山形米

聚，喉襟百二秦关。鏖战血犹殷。见阵云冷落，时有雕盘。静塞楼头晓月，依旧玉弓弯。

看看，定远西还。有元戎阃命，上将斋坛。区脱昼空，兜零夕举，甘泉又报平安。吹笛虎牙间。且宴陪珠履，歌按云鬟。招取英灵毅魄，长绕贺兰山。

这首词，在粗犷尚武、充满阳刚雄杰之气的词风中展现了兰州别有一番苍劲之美。"天堑""金汤"不愧为自古名藩，"绣错""米聚""百二秦关"连续用典，军营烈烈，山峦迤迤，"喉襟百二秦关"的兰州城外，一场血战。词人宕开惨烈厮杀的场面，渲染战后特定氛围：尸横遍野，天空盘旋的雕鹰的鸣叫声愈显寂静空远，边塞楼头如弓晓月的这抹明亮色在暗示着西夏敌人的下一次进攻随时会到来；下阕"元戎阃命""上将斋坛"又用两典，含蓄赞美兰州守将的超凡指挥才能。在歌乐庆功的欢乐场面中祭奠英灵、寄托哀思，牺牲将士英名将与贺兰山同存。

词人笔力雄健，绘兰州山川雄险，颂戍边将士业绩，洋溢着豪迈的乐观主义精神，堪称豪放词风的时代力作。邓千江这位生平不详的金代词人唯一存世的佳作，冥冥之中留给了兰州，留给了丝路上这个"联络四域、襟带万里"的交通枢纽和军事要塞。

◎ | 凉州风月美， 遥望居延路

继续西行，我们来到丝路重要节点城市武威。如果你对这个城市名有点陌生，那么，凉州这个古称你一定耳熟能详。凉州词（曲）、西凉乐、西凉伎在这里形成和发展，"五凉京华，河西都会"的美誉更是让我们想见曾经的繁华。真得感谢唐玄宗的大力推广，王之涣、孟浩然、王翰、张籍等名家跟进创作，让《凉州词》传播开来。有人统计过《全唐诗》，其中冠以"凉州词"或以凉州为背景的作品不下百首，再加上后人无法确数的相关诗作，"凉州"成为武威悠久历史文化的见证，成为汉风唐韵遗存的精神符号。如果说宋代冯山在《送李杞省句赴阙》中向我们展示的是武威作为丝路要道官商穿梭往来的盛况（"使辂西走奉军期，万货泉流向武威"），那么曾做过河西节度判官的唐代王维在《凉州郊外游望》中则向我们描摹了凉州百姓祭神求福的细节场面：

> 野老才三户，边村少四邻。婆娑依里社，箫鼓赛田神。
> 洒酒浇刍狗，焚香拜木人。女巫纷屡舞，罗袜自生尘。

王维在一个村民并不多的乡村游览，目睹了一场精彩热闹的赛田神活动：婆娑的舞蹈，和鸣的"箫鼓"，当地特有的"酒浇刍狗""香拜木人"，让诗人饶有兴味。"女巫"优美的舞姿竟惹得诗人化用曹植《洛神赋》中的"凌波微步，罗袜生尘"加以赞叹。官场失意、人生低谷的王维，得到民间滋养，通过生动的笔创作尽显独有艺术价值，恰如一幅乡村风俗画，展示出一千多年前中国边塞农村的人文景观，具有浓厚的民俗文化情调。"凉州风月美，遥望居延路。"（唐代李端《杂曲歌辞·千里思》）丝路遥遥，居延遗址就在前方，它的旁边就是张掖。

◎ 浊气静天山， 晨光照高阙

汉时取"张国臂掖，以通西域"之意而设置的张掖郡，可见其要冲地位。《八声甘州》似乎还跳动着慷慨悲壮的边塞音节，让人回味无穷。在如此重要的军事、商贸重镇，隋炀帝杨广有一个千古创举：609年，杨广亲驾西巡，与吐谷浑决战，平定安西，一路艰辛来到张掖，西域三十余国拜谒。在焉支山下，他主办了场"万国博览会"，一洗先前颓风，拓展了疆域，重新打通了丝绸之路。其诗尽显志得意满："浊气静天山，晨光照高阙。""饮至告言旋，功归清庙前。"（《饮马长城窟行》）

到了明代，诗人张联元在《北城旷览》中向我们展现了别样的丝路名城：

山光草色翠相连，万里云尽万里天。
黎岭氛消兵气散，戍楼尘满月华妍。
耕深健犊桃花雨，卧饱龙骊碧柳烟。
羌笛无声边塞远，鸣蛙低伴水潺潺。

作为张掖人，张联元饱含深情讴歌自己的家乡：城北的草湖滩，古称北湖，在明清时期水美鱼丰。纵目远眺，湖光山色，云楼月华，深耕的牛犊，闲卧的骏马，融在这无边春色里，百姓尽享这花香蛙鸣水潺潺的春景。"兵气"消散，尘满戍楼，哀怨的羌笛声无从响起。诗人生动、热情、细腻地描画出一幅和平宁静、安居乐业的张掖春光图，对家乡的爱溢于言表。在这恍如江南的山水美景中，晨光渲染着城头的高楼；沿着河西走廊前行 400 余里，历代文人吟咏的光彩环照下的丝路名城——酒泉已在眼前。

◎ | 气吞沙漠千山远，势压番戎六月寒

因"城下有泉，其水若酒"的传说而得名的酒泉，似乎掩去了它另一个上千年的旧名——肃州。而今的酒泉市，更是下辖瓜州、玉门、敦煌、阳关这些曾经的丝路边塞的关隘之地，每一个名称在古典诗词中的艺术意蕴都让人浮想联翩。以酒泉，准确地说以敦煌为集散交汇点，丝路在新疆铺洒开来，偏西南线会经历若羌、楼兰、龟兹、莎车等曾经的古国，在此不再一一道来。

明代按察使驻节肃州的戴弁，青睐这方山水，独具慧眼发现并写下了"肃州八景诗"——南山积雪、北陌平沙、金塔凌虚、玉关来远、戍楼晓角、僧寺晚钟、嘉峪晴烟、清河夜月，极大丰富了中国特有的"八景"城市文化范式，更为酒泉增添了影响深远的人文和自然景观。同时代的牟伦，监察御史职上逆鳞被谪戍至此二十多年，埋骨于此。落寞苦痛间，诗人却满怀深情写下了《题肃州景》：

百雉层城万里遥，汉家曾此建旌旄。
不闻官吏鸣宵柝，尚有番王款圣朝。

贡去天闲皆骏泉，駃来银瓮有葡萄。

于今绝塞无烽警，定远何须戍险劳。

　　带着惆怅和悲愤来到酒泉的牟伦，在诗中描写的却是祥和升平的景象。首联极说戍地的遥远，历史上的兵家重镇，没有听到巡夜的敲梆声，却有番王款待着朝廷使者。他们要进贡给皇帝的是名贵骏马，带来葡萄美酒尽情分享。如今没有了烽火警报，诗人也沉浸在戍边无险劳的欣慰中。面对此情此景，小我的遭遇，掩不住诗人忠君恤民的人生境界。

　　太多不论什么缘故居留过酒泉的文人，以他们的才华把喜怒哀乐倾注在诗词中，让情绪得以释放，让后人得以回味。曹操在他少有的游仙诗《陌上桑》中"登彼九疑历玉门，济天汉，至昆仑"，放飞自我神游了一次；唐代诗人胡曾在"定远功成白马闲"时，"唯思生入玉门关"（《咏史诗·玉门关》），一显随军征战得余生的苍凉之悲；南北朝庾信发出了"阳关万里道，不见一人归"（《重别周尚书》）的归还故国无望之叹，最终客死敌国；北宋名相寇准任凤翔知县时惜别朋友，应时应景，取《阳关引》词牌，唱阳关曲，化用王维《送元二使安西》诗意又拓宽诗境，"念故人，千里自此共明月"（《阳关引·塞草烟光阔》）一句深厚情谊意味悠远；也是送友，岑参在《武威春暮闻宇文判官西使还已到晋昌》中，尽管是"岸雨过""黄鹂鸣"春好时节，但皆为"塞北飘客"，从而边柳依依"挂乡愁"，一句"君从万里使，闻已到瓜州"交织着喜悦和伤感的复杂感情。

　　百感交集地，万诗汇酒泉，然而，只要品一品唐代佚名诗作《敦煌廿咏》其三《莫高窟咏》，便会让我们澄净下来：

雪岭干青汉，云楼架碧空。重开千佛刹，旁出四天宫。

瑞鸟含珠影，灵花吐蕙丛。洗心游胜境，从此去尘蒙。

　　从这组诗前小序来看，作者是一位在敦煌生活了二十多年的外来客。此诗是传世最早咏莫高窟的诗。首联突出地处祁连山下的莫高窟，云楼高入云霄，渲染其超凡脱俗；中间两联，展现了唐代修葺、重开气势宏伟莫高窟的盛况以及祥和优美的环境。离开戴弁所写"气吞沙漠千山远，势压番戎六月寒"（《肃州八景》）的肃州，出了长达千里的河西走廊，去向茫茫戈壁草原。

◎ | 忽如一夜春风来，千树万树梨花开

历伊吾、北庭、高昌，再往西，就迎来西北丝路上我们最后提到的古称轮台的乌鲁木齐。在此生活过三年的岑参"戍楼西望烟尘黑，汉军屯在轮台北"的诗句，展现出丝路此后的苍茫辽远。丝路如同轮台的维吾尔语义的"雕鹰"，展翅飞向更遥远的欧亚国家。

汉代就在此设营屯田，维护丝路北道安全；到了唐代，设置庭州，今乌鲁木齐为轮台县，市郊还存有古城遗址；清乾隆时有了乌鲁木齐之名。"轮台"出名，必须首先感谢岑参，他为这座丝路名城留下了十数首诗作，最为我们耳熟能详的自然是"忽如一夜春风来，千树万树梨花开"。戍边的苦寒生活，那一首《首秋轮台》最能体现他的感受：

异域阴山外，孤城雪海边。秋来唯有雁，夏尽不闻蝉。
雨拂毡墙湿，风摇毳幕膻。轮台万里地，无事历三年。

岑参写此诗的三年前，还为从轮台罢使还京的好友鸣不平："白发轮台使，边功竟不成。云沙万里地，孤负一书生。"（《临洮泛舟赵仙舟自北庭罢使还京》）不曾想，同年他二赴北庭来到了轮台，时光倏忽而逝，留给诗人颇多感慨。起句"阴山外""雪海边"的一座孤城，荒远沉重之感由此而生；"秋来"和"夏尽"呼应"首秋"，"雁"为北地常见，"蝉"却是家乡才有，"唯有""不闻"的鲜明对比中，婉叙居苦寒地的思乡情；接着从视觉和嗅觉上描述居住环境，一"湿"一"膻"准确表现出初秋即有的恶劣气候，更加重了苦寒之感；尾联，正当壮年的诗人对三年军幕生涯总结，万里苍茫的轮台，无甚建树荒度的三年，个中意绪，让人回味深思。

我们还要感谢清代纪晓岚，诗人个人之不幸却成了乌鲁木齐之幸。纪晓岚贬谪新疆两年，"意到辄书，无复诠次，因命曰《乌鲁木齐杂诗》。"诗作多达160首，可谓全方位展示了乌鲁木齐和新疆的地域特色、时代风貌。我们品其《乌鲁木齐杂诗之风土》：

> 南北封疆画界匀，云根两面翠嶙峋。
> 中间岩壑无人迹，合付山灵作守臣。

乌鲁木齐在山北。新疆因巍峨绵延的天山而有了北疆和南疆。到山中探寻，山岚雾霭，翠峰嶙峋，少有人及的清幽美景，着实让人心旷神怡。山河如斯，最应该由山神来守护。诗人隐约有自况意，更显表达上的良苦用意。

"灞水桥边酒一杯，送君千里赴轮台。"（《送康祭酒赴轮台》）西安到乌鲁木齐，丝路行至此，已是万里之遥。唐代曹唐送别友人的肺腑诗句，道出了多少人的心怀。离开蒙古语里意为"优美的牧场"的乌鲁木齐，经过中亚诸国，最终到达罗马。

驼铃声声踏出西北丝路的岁月里，马帮阵阵也踏出了西南丝路。详说了西北丝路名城之后，我们不妨速览一下西南丝路。

西南丝路注定要从成都出发。著名的"蜀身毒道"中，有秦国蜀郡太守李冰积薪烧岩凿开的"五尺道"，有《史记》记载的"司马长卿便略定西夷……南至牂牁为徼，通零关道，桥孙水以通邛都"的"零关道"，以及中国境内最西段的"永昌道"。这三"道"连接中原、蜀地、滇黔，成就了西南丝路的主要商贸通道。三"道"的原点都在成都，这无数人眼中的天府之国。在这里，我们可以与盛唐杜甫"晓看红湿处，花重锦官城"（《春夜喜雨》），也可以像南宋陆游"客报城西有园卖，老夫白首欲忘归"（《成都书事》），还可以随柳永"雅俗多游赏，轻裘俊、靓妆艳冶"（《一寸金·成都》）看尽成都繁华。

灵关道上有羌国故地、川西咽喉的雅安（雅州），在这里我们可以感受"万齿横斜江上石，四时层叠雾中山"（明代胡缵宗《雅州》）的蜀地奇景，发出"行路难如此，为生亦太劳"（清代曾旭

《雅州杂诗》）的感叹；来到被誉为月亮城、航天城的西昌（嶲州），诗人会告诉你"羌笮多珍宝，人言有爱憎"（唐代陈子昂《送魏兵曹使嶲州得登字》）的地域特色，体会当代哲学家胡绳"莫怪群峰皆错愕，一星飞越斗牛东"（《西昌看发射卫星》）的自豪之情。

在五尺道上，走进春城昆明，循着清代宋嘉俊的"昆明八景诗"，我们可以欣赏"滇池夜月、云津夜市、螺峰叠翠、商山樵唱、龙泉古梅、官渡渔灯、灞桥烟柳、蚩山倒影"；可以随着明代谪居云南二十余载的杨慎一起吟唱"滇春好，韶景媚游人。拾翠东郊风袅袅，采芳南浦水鳞鳞。能不忆滇春"（《滇春好·寄李南夫、钱节夫、毛东镇》）。出昆明往西，在永昌道上，面对"风花雪月"的大理，可以登高览胜，"水绕青山山绕城，万家烟树一川明"（元代李京《苍洱临眺》），也可以"洱波三万顷，轻舟泛长风"（明代李元阳《泛洱水》）；行至兰城保山（永昌），唐代杨巨源对友人以"万里永昌城，威仪奉圣明"（《送许侍御充云南哀册使判官》）来策励建功立业，而清代宋湘则向我们描绘了保山"风土殊清美，田畴亦贴平"（《留别永昌士民》其四），更有清代邹越"何须月下量沙唱，充国金城筹画长"（《腾越八阕》），发出同仇敌忾抗击外敌的激昂之声。

清代邹越所写抗击缅傀的腾越，正是保山边陲重镇——腾冲。多年后在此打响了松山会战，痛击日军，收复失地，保住了抗战大后方。西南丝路由腾冲出，过缅甸、泰国等东南亚国家，直至南亚印度。

在古代丝绸之路上，商品互通、文化交汇、文明包容、人文交流、科技互动，沿线各国人民共同谱写了经济互利、人文互启的伟大的史诗乐章。丝路具备的文化个性和创造精神，是中华民族开放包容精神的重要标志。羌笛何须怨杨柳，"一带一路"的春风"已"度玉门关。我们怀着文化自信、民族自豪感徜徉在诉说丝路名城的古典诗词里，思接八方，神游华夏，来一次精神之旅，更好地走向未来。

第04课

高下亭台山水境，倚阑处处皆楼阁
——古典诗词中的亭台楼阁

　　从有巢氏构木为巢开始，人类就为自己修建安身之所。随着生产力的发展，人们不再满足于建筑安居的功能，出于游乐的需求，开始了各种建筑的构建，亭台楼阁等建筑形式逐渐诞生。但是这类建筑最初大多出现在帝苑之内，是统治者的特权，普通百姓与之无缘。魏晋以后，随着建筑技术的发展，园林的世俗化、民间化，亭台楼阁才普及兴盛起来，普通文人也才有机会登上亭台楼阁观景览胜、用诗词抒发自己的感怀。亭台楼阁因此也成为文人审美的契机和抒怀的舞台。

　　但是，无论是出现的时间，还是最初的形态及功能，亭、台、楼、阁并不一致。下面，我们对它们进行分类介绍。

◎｜游人不管春将老，来往亭前踏落花

　　亭是一种盖在路边水旁或园林中供人休息观景的小型建筑物，大多只有顶而没有墙。按照形状分类，亭可以分为圆形、方形、六角形、八角形、梅花形和扇形等。明代著名的造园家计成在《园冶》中说亭"造式无定……随意合宜则制"可见，亭子的造型并没有什么定势，可依据地形，由造亭者发挥智慧和才华。

　　亭子最主要的功能就是让人休息、避雨和观赏景物。如南宋李

清照的《如梦令》，词云：

> 常记溪亭日暮，沉醉不知归路。兴尽晚回舟，误入藕花深处。争渡，争渡，惊起一滩鸥鹭。

词中的"溪亭"指的是建在水边的亭子，"溪亭"点明了作者和同伴们欢快宴饮的地点。正是因为在水边，作者宴饮后兴尽而归才会是"晚回舟"，误入的也才会是"藕花深处"。日暮时分，又急切回舟，才会将栖息在水边的鸥鹭惊飞。全词轻快活泼，生动地表现出了李清照少女时期的生活状态。

再如南宋岳飞的《池州翠微亭》，诗云：

> 经年尘土满征衣，特特寻芳上翠微，
> 好山好水看不足，马蹄催趁月明归。

这首诗记述了岳飞在翠微亭观览胜景的情景。首句的"经年尘土满征衣"写出了作者长年征战过着紧张的军旅生活，侧面表现出了这次翠微亭寻芳之行的难得。次句的"特特"是特别、特地的意思，起到了强调突出的作用，也传达出作者的兴奋和期待。后一句并没有细写作者寻芳看到了什么景物，但作者却用"好山好水"进行了高度的概括。正是"看不足"祖国山河的美景，作者才会流连到夜幕降临才打马而归，似乎又要投入到保卫祖国大好河山的战斗中去。

亭的历史十分悠久，但古代早期的亭并不是供休息观景用的建筑。在秦汉时期，亭是一种介于"乡"和"里"之间的基层行政机构，设有亭长。《汉书·百官公卿表》云："大率十里一亭，亭有长；十亭一乡，乡有三老，有秩、啬夫、游徼。"亭长主要负责处理百姓的争讼、维持治安，汉高祖刘邦就曾在秦时担任泗水亭长。此外，亭还起着客舍和传递文书的作用。后来，亭作为行政机构逐渐被废除，但在交通要道筑亭来歇息的习俗却在民间沿用下来，一般是十里或五里设置一个，十里为长亭，五里为短亭。

如唐代李白的《菩萨蛮》，词云：

第04课 高下亭台山水境，倚阑处处皆楼阁

平林漠漠烟如织，寒山一带伤心碧。暝色入高楼，有人楼上愁。

玉阶空伫立，宿鸟归飞急。何处是归程？长亭更短亭。

这首词上阕描写林中雾霭沉沉，深秋时节日暮时分的景色。作者身为游子，想象家人在高楼远望，盼望自己归家，其实抒发的是自己的思乡之情和相思之意。下阕中作者伫立在台阶前感到一片空茫，这一形象和急飞的宿鸟形成强烈的对照，自然引发了归程在何处之问。但路途上的长亭短亭一座接一座，表明归程漫长、归期遥远，更加增添了游子的乡愁。

随着文人的驻留，亭渐渐成为送别的地方。因为"亭"谐音"停"，长亭即"长停"，能表达依依不舍之意，因此，长亭便成了送别诗中的典型意象。如北宋柳永《雨霖铃》：

寒蝉凄切，对长亭晚，骤雨初歇。都门帐饮无绪，留恋处，兰舟催发。执手相看泪眼，竟无语凝噎……此去经年，应是良辰好景虚设。便纵有千种风情，更与何人说？

词的上阕起笔三句点明了时节与地点，"长亭"一出便点明送别的主题。它既解释了"帐饮无绪"的原因，也呼应着"流连处，兰舟催发"的痛苦。"执手相看泪眼，竟无语凝噎"两句形象生动、语言通俗，写出了恋人分别时难分难舍的情景，感情深挚。下阕先点明普遍性的人生哲理：多情自古伤离别，紧接着想象离别后的情景，用酒醒梦回、晓风吹柳、残月低垂营造出凄清的意境。最后在感慨中做结，耐人寻味。

除了游玩赏景、思乡送别，也有诗人借"亭"表现出强烈的爱国情怀。如南宋陆游的《夜泊水村》：

腰间羽箭久凋零，太息燕然未勒铭。

老子犹堪绝大漠，诸君何至泣新亭。

一身报国有万死，双鬓向人无再青。

记取江湖泊船处，卧闻新雁落寒汀。

诗中的新亭是指南京的劳劳亭。东晋时因中原沦陷，一些南渡的士大夫经常聚在新亭宴饮怀念故国。席间众人难免感伤而相对涕泣，只有王导说："当共戮力王室，克复神州，何至作楚囚相对泣耶？"面对相似的历史情况，陆游在这首诗中借用新亭的典故，斥责讽刺那些面对山河破碎的境况只知束手垂泪而没有勇气奋起抗争的朝廷众官。此外，诗中表达了诗人对年华老去、功业未成的感慨。但是在岁月蹉跎与夙愿难偿的矛盾之中，诗人仍然呼喊着"一身报国有万死"，直抒胸臆，既悲且壮，爱国之情令人感佩不已。

◎ | 凤凰台上凤凰游，凤去台空江自流

《说文解字》对"台"的解释是："观四方而高者。"这个解释点出了台的特征：高。早期的台是一种方形的高而平的建筑，为土石堆积而成。《老子》上就说："九层之台，起于累土。"人们在台上盖起楼、榭等建筑，将之统称为"高台"。高台可用于观察天象、占卜、祭祀，还可检阅军队、登高游览等。西汉刘向在《新序》上就记载过商纣王的鹿台"七年而成，其大三里，高千尺，临望云雨"。

燕昭王修筑的黄金台广为人知。燕昭王有感于千金买骨的故事，高筑"黄金台"来招贤纳士。名将乐毅、剧辛先后投奔燕国，使原来国势衰败的燕国逐渐强大起来，并且打败了当时的强国齐国。后人用黄金台的典故比喻统治者重视人才、招纳贤士，黄金台也成为历代怀才不遇者借以抒发自己胸中抑郁不平之气的意象。如唐代胡曾的《咏史诗·黄金台》：

北乘嬴马到燕然，此地何人复礼贤。
若问昭王无处所，黄金台上草连天。

此诗语言通俗晓畅，诗人问何人能像燕昭王一样礼贤下士，而黄金台上滋长蔓延的杂草似乎已经给出了答案：像燕昭王那样求贤若渴的君王早已不在！

此外，唐代诗人陈子昂在政治上连受挫折，报国宏愿成为泡影

第04课 高下亭台山水境，倚阑处处皆楼阁

时，也曾登上蓟北楼（又名黄金台），写下《登幽州台歌》：

> 前不见古人，后不见来者。
> 念天地之悠悠，独怆然而涕下。

诗人登上高台远眺，向前追忆历史上招贤纳谏的圣明君主，向后寻不见求贤若渴的帝王仁君，"前后"二字架起一条时间线；然后又写到苍茫天地悠悠无限，搭建起广阔的空间线，一个"独"字将作者自己放置于广阔无尽的时空当中，个人愈加显得孤独渺小，因此，诗人感伤不已，不由涕泪纵横！

由于古代的宫殿大多建于台之上，随着各个王朝的兴衰更替，这些宫殿或被兴建或被损毁，而台就成为历史的见证，因此台出现在了许多咏史怀古诗中，成为文人借古讽今、凭吊感伤的对象。如唐代窦巩的《南游感兴》，诗云：

> 伤心欲问前朝事，惟见江流去不回。
> 日暮东风春草绿，鹧鸪飞上越王台。

这首诗开篇就说前朝之事如江流一去不返，如今的越王台春草青青，但在日暮时分却成为鹧鸪的栖息之所。荒凉的越王台表现出人事皆非的巨大变化，千古兴亡之感也就在不言之中了。

当然，除了缅怀古事，诗人也会在抒发兴亡感叹的同时抒发自己的雄心抱负。如元代王恽的《水龙吟·登邯郸丛台》（节选）：

> 春风赵国台荒，月明几照苕华梦……乾坤万里，中原自古，几多麟凤。一寸囊锥，初无语颖，也沾时用。对残灯影淡，黄粱饭了，听征车动。

这首词中所写的邯郸丛台相传为赵武灵王所建，他修建丛台的目的是欣赏歌舞和观看军事操练。值得一提的是，丛台并不是单一的一座台，而是数台联聚在一起。当时的邯郸丛台上还建有楼阁、天桥、花苑等，名扬列国。可是，经过岁月的涤荡，繁华已不复存，词人纵使在万物复苏的春季来到此处，看见的也不过是座荒台。由此词人生发联想，由赵亡秦灭的历史想到杰出的人才，从"麟凤"到能够有所作为的"囊锥"，在对历史人物的赞叹中暗含对自我才华的肯定。词的开头由赵武灵王梦见美人的苕华梦说起，统治者的奢靡和眼前的荒凉形成强烈对照。收尾处又用了黄粱一梦的典故，表明词人没有沉溺于历史的思索中，回到现实后"听征车动"，一种蓬勃之气随之而生。词人登荒台、怀旧事，明写历史人物，实际上抒发的是自己渴望有所作为的胸中抱负。

除了黄金台、越王台、邯郸丛台，从古诗词的记载中我们还可认识许多著名的"台"，如金陵的凤凰台、山东诸城的超然台等。如唐代李白《登金陵凤凰台》：

> 凤凰台上凤凰游，凤去台空江自流。
> 吴宫花草埋幽径，晋代衣冠成古丘。
> 三山半落青天外，二水中分白鹭洲。
> 总为浮云能蔽日，长安不见使人愁。

凤凰台在金陵凤凰山上，据说山上曾有凤凰停驻鸣叫引来百鸟群声附和，因此建造了凤凰台。李白此诗以传说起笔，结合历史变迁、自然美景，最后落脚在清醒而沉痛的现实思考上：身在长安的君主被奸邪围绕，使得自己空有才华却报国无门。如北宋苏轼《望江南·超然台作》：

> 春未老，风细柳斜斜。试上超然台上看，半壕春水一城花。烟雨暗千家。
>
> 寒食后，酒醒却咨嗟。休对故人思故国，且将新火试新茶。诗酒趁年华。

超然台，位于山东诸城市，是苏轼在密州任职时在一个废台的基础上增建而成。他的弟弟苏辙命名曰"超然"，即超脱尘世、乐天知命的意思。词中上阕写台上所见的春景，下阕先是抒发思乡之意，后来笔锋一转，说到用新燃的火煮新茶，并说作诗醉酒都要趁年华尚在。这符合苏轼一贯的达观性格，也传达出了超然之意。

◎ | 欲穷千里目，更上一层楼

《说文解字》有云："楼，重屋也。"就是说楼是指两层以上的屋。楼在战国时期就已经出现。汉代城楼已高达三层。《汉书》记载："武帝作井干楼，高五十丈。"楼形式多样，有井干式、重屋式、平坐、通柱式等。从《古诗十九首》的《西北有高楼》（节选）中，我们可以大致知晓汉代楼的形貌：

> 西北有高楼，上与浮云齐。
> 交疏结绮窗，阿阁三重阶。
> 上有弦歌声，音响一何悲！
> ……　……
> 不惜歌者苦，但伤知音稀。
> 愿为双鸿鹄，奋翅起高飞。

诗歌中的高楼与浮云齐平，窗格的木条上刻镂着花纹，四周是高翘的阁檐，建在有三层阶梯的高台上。从诗中的描述可以看出，汉代的楼不仅十分高大而且还很精美，体现出当时高超的造楼水平。从高楼上飘下凄婉哀怨的弦歌声，诗人感受着楼上歌者的痛苦，其实诗人抒写的是自己的人生感受——"但伤知音稀"。

楼在古代城市或建筑群中是很重要的建筑，建在不同地方功能各不相同。建在城墙上的角楼、箭楼、城楼、鼓楼、钟楼等，可以用来防御、赏景休息及储物等。如宋代柳宗元的《登柳州城楼寄漳汀封连四州》：

> 城上高楼接大荒，海天愁思正茫茫。
> 惊风乱飐芙蓉水，密雨斜侵薜荔墙。
> 岭树重遮千里目，江流曲似九回肠。
> 共来百越文身地，犹自音书滞一乡。

这首诗写诗人登上城楼的所见所感。诗人因参加永贞革新运动遭贬，刚到柳州，他就登上柳州城楼，目的是要遥望和他一起遭贬的另外四个友人的贬谪之所。城楼高大，方便远望，但目之所见却是大荒相接、海天茫茫，展现在诗人眼前的是辽阔而荒凉的空间。第二联中的"乱飐""斜侵"传递出了诗人内心的忧惧。第三联再写远景，但岭树重重、江流曲折隔断了远望的目光，自己同其他四个好友虽然共来荒僻之地，但最后连音讯都难以传递。又如宋代白居易的《紫薇花》：

> 丝纶阁下文书静，钟鼓楼中刻漏长。
> 独坐黄昏谁是伴，紫薇花对紫微郎。

这首诗中的丝纶阁是指替皇帝处理公务、撰拟诏书的阁楼，正是诗人办公之所。诗人在周围一片寂静中独坐，只听到钟鼓楼上刻漏的滴水声。这句交代了诗人在宫廷中值班时的百无聊赖，也在无意中交代了钟鼓楼计时的功能。因中书省曾改名紫微省，所以担任中书郎的诗人就自称紫微郎。"独坐黄昏谁为伴，紫薇花对紫微郎"用幽默的语言描绘出了诗人与花"相看两不厌"的情景，也嘲讽了宫廷生活的空虚无聊。又如南宋张孝祥《浣溪沙》：

> 霜日明霄水蘸空，鸣鞘声里绣旗红。淡烟衰草有无中。
> 万里中原烽火北，一尊浊酒戍楼东。酒阑挥泪向悲风。

词中的戍楼是指军队驻防的城楼。生活在南宋时期的词人在上阕展示了边地秋日晴空明丽的景色，听到的却是战鼓鞭声。昔日的中原已在烽火北边，词人面对山河破碎的现实，只能在戍楼中借助浊酒在风中挥洒热泪，抒发对国土沦丧的悲慨之情。

有的楼建在园林中，一般用作卧室、书房或用来观赏风景。如唐代王昌龄的《闺怨》：

> 闺中少妇不知愁，春日凝妆上翠楼。
> 忽见陌头杨柳色，悔教夫婿觅封侯。

诗中通过写一个少妇春日登楼赏景的行为，展示了其由"不知愁"到"悔"的心理变化的过程。诗中的"翠楼"是涂饰绿漆的高楼，指世家大族或小姐贵妇的居所。从家中有翠楼可看出少妇家境优裕，让夫婿"觅封侯"本可不必，但封侯的期待却造成了两人长久分隔，所以少妇在看到杨柳春色的瞬间才会顿生悔意。

再如南唐李煜的《虞美人》"小楼昨夜又东风，故国不堪回首月明中"，南宋陆游的《临安春雨初霁》"小楼一夜听春雨，深巷明朝卖杏花"，这些诗词作品中提到的"小楼"是指建造得精致小巧的楼，不光可以用来登临观景，从远处看，小楼本身也能成为一种景致。

除了前面介绍过的楼，供人登临远眺的楼也经常出现在诗词中。这类楼通常建在高处或江边，由于文人汇聚，成就了许多诗词名篇。例如唐代杜甫的《登岳阳楼》：

昔闻洞庭水，今上岳阳楼。吴楚东南坼，乾坤日夜浮。
亲朋无一字，老病有孤舟。戎马关山北，凭轩涕泗流。

诗歌一开始就交代了诗人早闻洞庭盛名，到暮年才得以登上岳阳楼。登楼之后，诗人看到洞庭坼吴楚、浮日夜，浩瀚无边。洞庭湖的汪洋浩渺引发了诗人漂泊天涯、怀才不遇的落寞感。尾联虚写国家动荡不安，自己报国无门的哀伤。颔联写景壮阔，被清代著名诗人王士禛赞为"雄跨今古"。

再如唐代崔颢的《黄鹤楼》：

昔人已乘黄鹤去，此地空余黄鹤楼。
黄鹤一去不复返，白云千载空悠悠。
晴川历历汉阳树，芳草萋萋鹦鹉洲。
日暮乡关何处是？烟波江上使人愁。

黄鹤楼坐落在湖北武昌的黄鹄矶上，下方即是滚滚长江。传说三国时蜀汉的费祎曾在这里乘上仙鹤成仙而去，因此得名黄鹤楼。本诗先借黄鹤一去不返的神话传说，空留悠悠白云表现心中的怅惘，再描写在黄鹤楼上远眺所见壮丽景色，抒写了作者怀家思乡的深情，表现出人生有限宇宙无穷的思想。全诗气象雄浑，意蕴深厚。《沧浪诗话》说："唐人七言律诗，当以崔颢《黄鹤楼》为第一。"

◎ | 云华满高阁， 苔色上钩栏

我们经常说楼阁，楼与阁似乎总是一起出现，如杜牧的《阿房宫赋》中说"五步一楼，十步一阁"，白居易《长恨歌》里的"楼阁玲珑五云起"等。我们也很难区分哪座建筑是楼哪座建筑是阁，但在早期，楼与阁是有所区别的。《园冶》中是这样进行区分的："重屋为楼，四敞为阁"。楼与阁的共同点是：它们都有两层或以上；不同点在于阁的四面都有窗子和门，门外还设有供人漫步、观景的平台。《淮南子·主术训》中除了对阁进行解释，还提到了阁的功能：游览、远眺、休息、藏书、供佛等。

最有名的阁莫过于滕王阁，最初修建它的是李世民的弟弟滕王李元婴，它因此得名。但让滕王阁名扬四海的是王勃的"落霞与孤鹜齐飞，秋水共长天一色"。实际上，除了《滕王阁序》，王勃还写了一首《滕王阁诗》。诗云：

> 滕王高阁临江渚，佩玉鸣鸾罢歌舞。
> 画栋朝飞南浦云，珠帘暮卷西山雨。
> 闲云潭影日悠悠，物换星移几度秋。
> 阁中帝子今何在？槛外长江空自流。

诗中"临江渚"点明了滕王阁的具体位置，"画栋朝飞南浦云，珠帘暮卷西山雨"点出了它的居高之势，"画栋""珠帘"则可看出当时滕王阁装饰之精美。诗人遥想当年兴建此阁的滕王在阁上举行豪华宴会的情景，可那种豪华的场面已经一去不复返了，而槛外的长江却在物换星移中依旧东流无尽，抒发了人生盛衰无常而宇宙永恒的感慨。

位于山东丹崖山的蓬莱阁光从名字看就带有一种神秘色彩。世人相传海中有三座仙山，分别是蓬莱、方丈、瀛洲，它们是神仙的

第04课 高下亭台山水境，倚阑处处皆楼阁

居所，人不能到。后来，秦始皇派去海上探求长生不老的仙丹的队伍就从此处出发。高踞山巅的蓬莱阁下临悬崖，海雾飘来，整个蓬莱阁处于云雾之间，因此被称为人间仙境。人们登上其他楼阁，大多感怀身世、思乡念人，但蓬莱阁除这些之外，还承载着人们向往仙境、探求长生的愿望。南宋喻良能的《蓬莱阁》叙写了这种情形，诗云：

> 绝知蓬岛异尘寰，弱水相望万里间。
> 争似卧龙云际阁，不劳跨海即鳌山。

诗中提到蓬莱仙岛虽与人世远隔，但登上宛在云端的蓬莱阁，似乎不需跨海就到达了仙境。

除了远眺观景的阁，藏书阁也值得一提。清代乾隆时期建立的四大藏书阁最为有名和最具影响力，它们分别是北京的文渊阁、沈阳的文溯阁、承德的文津阁和杭州的文澜阁。这四个藏书阁都是乾隆皇帝为贮藏自己下诏编撰的《四库全书》而专门兴建的。乾隆有一首《文渊阁赐茶》描写了文渊阁的功能。诗云：

> 层阁文华殿后峨，昨春庆宴觉无何。
> 具瞻楠架四库贮，且喜芸编三面罗。
> 十载春秋成不日，极天渊海尚余波。
> 待钞藏事遗百一，月课督程仍校讹。

诗人先是交代了文渊阁的位置在文华殿后，然后说阁内的楠木架上贮藏着耗费十余年才编纂完成的《四库全书》。等编书的大部分工作完成后，编书的官员们还需校正有误之处。诗歌表现出了乾隆皇帝对《四库全书》的重视。

唐太宗李世民因怀念、表彰功臣建筑了绘有功臣图像的凌烟阁，唐太宗亲自题写了赞词，由"初唐四大楷书家"之一的褚遂良题额，由驰誉丹青的阎立本按真人大小比例画像，一共画了二十四位功臣的人像陈列于阁上。二十四人中我们熟知的有长孙无忌、魏征、房玄龄、杜如晦、尉迟敬德、李靖等。后来，伴随着唐王朝的灭亡，凌烟阁也遭损毁，但绘像凌烟阁、封侯拜相却成了许多人建功立业的最终理想。如唐代李贺《南园十三首·其五》诗云：

> 男儿何不带吴钩，收取关山五十州。
> 请君暂上凌烟阁，若个书生万户侯。

"男儿何不带吴钩，收取关山五十州。"诗人一面反躬自问一面解释了带吴钩的目的，也表现出烽火连天的危急形势和诗人焦急不安的心境。后一句诗人说封侯拜相绘像凌烟阁的，有哪一个是书生出身？这句貌似是用反衬的笔法写投笔从戎的必要性，实际上抒发了作者怀才不遇的激愤情怀。但是，诗人关心国家命运，"国家兴亡，匹夫有责"的责任意识值得肯定。再如唐代杜牧《寄远》：

> 两叶愁眉愁不开，独含惆怅上层台。
> 碧云空断雁行处，红叶已凋人未来。
> 塞外音书无信息，道傍车马起尘埃。
> 功名待寄凌烟阁，力尽辽城不肯回。

这首诗是一首闺怨诗，女子带愁登高远望，用秋景进行心境的烘托。而思念中的人远在塞外没有音信。因为男子想要建功立业、绘像凌烟阁，所以还在边塞奋力征战。

古诗词中的亭台楼阁，不仅印证着中国古代建筑的发展变迁，也展现着文人士子的精神风貌。他们的高远志向、人生际遇、喜怒哀乐，都在这些登楼而赋、倚亭而作的诗词中尽情地展现。正是这些作品，使山水园林中的亭台楼阁充满了浓郁的人文色彩，给我们以丰富的审美体验。

琴书闲暇永清昼，琵琶起舞换新声

——古典诗词中的古琴琵琶

中国古典诗词的主要传播方式是吟诵，是歌唱。自魏晋南北朝以来，乐府诗的创作，包括民间采集，主要采用"以诗入乐"的方式；在宋代，词人是"倚声填词"，也就是配合乐曲来填写歌词；也有"以词和歌"的情况，比如南宋白石道人姜夔创作《扬州慢》，在作品小序中他明确表示"自度此曲"。因此与诗词发展相生相伴的总会有一些古典民族乐器和乐曲，并且形成了有类别特色的艺术作品，如"琴诗""琵琶诗"等。细细探究你会发现这种文化现象的背后，不仅融合了文学和音乐，还有历史、哲学、美学、民俗和人文自然地理等学问。让我们一起走近古典诗词中的古琴与琵琶，探究其中丰富而有趣的文化元素。

◎ | **七条弦上五音寒，　此艺知音自古难**

若论历史悠久的民族乐器之王，很多人都公推古琴。古琴的出场就是与诗相伴，《诗经》中早有记载，"窈窕淑女，琴瑟友之"。在这里我们暂且不管古琴的种类、形制及其在漫长岁月中的发展演变，我们将目光聚焦在诗人、词人们借助古琴演绎出的传世绝唱、倾诉的个人身世际遇和时代的兴衰更迭、融汇的多重文化元素。

"竹林七贤"中的嵇康，若以现在的标准而论，他是音乐家兼文学家。在那个社会局势动荡不安而又完全讲究门阀制度的年代，很多文人既不能改变黑暗的现实也不能在心灵上实现自我的救赎，所以只能无奈地抛弃原有的抱负，或纵情声色，或寄情山水、诵诗弹琴。这样的复杂情绪，在诗歌中多有体现，如三国时期嵇康《四言赠兄秀才入军诗·其十六》：

> 乘风高逝，远登灵丘。托好松乔，携手俱游。
> 朝发太华，夕宿神州。弹琴咏诗，聊以忘忧。

琴与诗可以让人忘却忧愁，是嵇康含道独往、怡志养神的良朋益友。远登灵丘，醉心琴音和诗歌，这可以让他忘却人世的烦忧。至少在嵇康这里，以古琴为代表的音乐和以诗为代表的文学实现了交融；嵇康还著有专门的音乐美学作品《声无哀乐论》，这本书也被称为嵇康的"政治哲学文献"。由此来看，嵇康实在是名副其实的"跨界者"。在面对酷刑即将走到生命终点的时候，他毅然弹奏自己最擅长的名曲《广陵散》，倾吐内心的悲愤愁苦。对于嵇康来说，文学和音乐是他才华和情感的最好表达，而音乐和诗歌倾注着他的政治理想和美学思想。

在文学史上与嵇康并称的阮籍，也是兼具乐才和诗才的大家，同样借助古琴传达情志。三国阮籍《咏怀八十二首·其一》：

> 夜中不能寐，起坐弹鸣琴。薄帷鉴明月，清风吹我襟。
> 孤鸿号外野，翔鸟鸣北林。徘徊将何见，忧思独伤心。

本诗的前两句化用了诗人王粲《七哀三首·其二》中的诗句，"独夜不能寐，摄衣起抚琴"。此二句在阮籍笔下又有新的突破。试想一下，冷月清风、孤鸿旷野、独自伤心以致夜不能寐的弹琴者，此时的琴声不论是凄怆还是清幽，能否穿透无边的暗夜呢？诗中，与诗人相伴的只有琴，琴音就是诗人选择传达复杂心境的方式。

嵇康、阮籍或是魏晋南北朝时期的很多诗人，如谢朓、庾信等，都有咏琴的诗传世。这些作品或是吟咏听琴之雅趣，描写哀怨动人的琴声；或写闻琴能让人怡情养性、心神俱明；或借琴写游子羁旅思乡的愁苦和无奈，以至不忍卒听琴声之哀怨；或以琴写知音，虽无人同赏这琴声的美妙，但人琴相得，怡然自悦。这时期的"琴诗"主要发挥娱己的功能，古琴的介入平添了音乐元素，所谓"调素琴，阅金经"；在文人士大夫的心中"琴"成了一种象征，渐渐具有了美学意蕴；在后世的读者眼中，"琴"成了古诗词中的特定意象和文化现象。

至此，就必须要提到大家非常熟悉的东晋田园诗人陶渊明。在很多人心中，他是田园诗的鼻祖，痴爱菊花，特别是经宋代周敦颐《爱莲说》的传布，五柳先生爱菊之名更为远扬。他爱菊不假，爱琴更是真的。据说他"性不解音，而畜素琴一张，弦徽不具，每朋酒之会，则抚而和之，曰'但识琴中趣，何劳弦上声'"。这就是"此中有真意"，神胜过了一切的形。形与神的辩证统一，本来就是中国比较古老而富有哲理意味的话题，在陶渊明这里不过是多了一个比较风雅的媒介物而已。与他的菊之爱相同，陶渊明的琴之爱超越乐器本身，就像嵇康所说"众器之中，琴德最优"，他更看重其中的精神意蕴，这其实也是后世古琴音乐推崇的一个核心。

琴自然也与陶渊明的田园生活和生命精神融为一体，在他眼中，琴已经成了追求精神自由与洒脱的象征。陶渊明对后世文人的影响之深远在学界早就是一种共识，他对琴的钟情和有关"琴"的诗作的创作，对后世尤其是唐宋文人的人生方向及审美志趣产生了非常深远的影响。

陶渊明有很多写琴的诗文，我们摘取其中三篇的部分诗句：

悦亲戚之情话，乐琴书以消忧。（《归去来兮辞》）
息交游闲业，卧起弄书琴。（《和郭主簿》）
弱龄寄事外，委怀在琴书。（《始作镇军参军经曲阿作》）

相信细心的读者已经发现了"琴书"这个意象。在陶渊明笔下"琴书"像亲人一样，可以为他消忧，可以让他息交绝游。实际上琴书就是良朋益友，是人生知己。会弹琴与否并不重要，好读书也可不求甚解，最重要的是读书弹琴使得他的精神富足。陶渊明的通达和思辨让他更具人格魅力，此时的"琴书"没有什么艺术和文化的分割，它们是一体的。

在这一点上，南宋大诗人陆游与陶渊明如出一辙。陆游算得上我国历史上比较多产的诗人，在其现存的 9000 多首作品中，涉及"琴"的诗作就有近 130 首，创作跨度将近 50 年，而其在诗中特别钟爱"琴书"。南宋陆游题画诗《题十八学士图》（节选）：

> 晋阳龙飞云溶溶，关洛万里即日平。
> 东征归来脱金甲，天策开府延豪英。
> 琴书闲暇永清昼，簪屦光彩明华星。
> 高参伊吕列佐命，下者才气犹峥嵘。

如果研读这首诗歌，不难发现，陆游的"琴书"与他的生活息息相关。他在作品中淋漓尽致地表达对奸佞之人的痛恨、对苟安之策的痛心以及因老迈无为报国无门的痛苦，而此时"幸有琴书"是多么无奈和辛酸！这份"琴书闲暇"对于他来说可能算是唯一之幸，至少尚可借此寄托即日平定万里山河的渴望，想象东征凯旋、延请英豪开怀畅饮的情景。

古琴承载的意蕴不限于个人的际遇，更有时代的缩影。它不囿于文人士大夫的情志表达，它连接着广阔的历史和现实。陆游的琴诗，几乎可以连起一代爱国诗人的人生轨迹，也可以窥见南宋屡弱、苟安的历史。在古代诗词以悲为美的背景下，在苦闷抑郁的遭遇中，在苍凉无望的现实面前，古琴凝重凄美的乐音自然悲不胜悲。

历代琴诗当然以唐代最为兴盛，王国维称唐诗为"一代之文学"。在唐代，音乐与诗歌的关系更加密切，《全唐诗》收录的四万八千多首诗中，写琴的诗约占 3%。诗歌的种类纷繁复杂，但无论以何种方式划分，琴诗的比率都可以说是较高的了。唐代的诗人，无论名噪一时还是名传至今，也大多写过咏琴诗。下面摘引"文起八代之衰"的大家韩愈和豪放飘逸的谪仙李白的专门描写琴乐的作品。唐代韩愈《听颖师弹琴》（节选）：

喧啾百鸟群，忽见孤凤皇。

跻攀分寸不可上，失势一落千丈强。

嗟余有两耳，未省听丝篁。

自闻颖师弹，起坐在一旁。

推手遽止之，湿衣泪滂滂。

韩愈的《听颖师弹琴》、白居易的《琵琶行》和李贺的《李凭箜篌引》被并称为"摹写声音至文"。韩愈之诗前十句正面摹写声音，后八句写听琴的感受，整体上显得高雅而醇厚。节选前两句以百鸟齐鸣和凤凰高亢的鸣叫相衬，将交错变化的乐曲描摹得十分生动。而高音高至一寸不可再上，低音一落又倾泻无余，弹琴者使得琴声之高低均达到极致，且在高与低之间自由变换。而自从听到颖师弹琴就坐立不安的诗人，早就泪水滂沱沾湿衣襟。优美的琴声超越了乐音，能传情达志；作品似乎有双重的境界，曲中之境和曲外之境的分和融汇让人称奇。唐代李白《听蜀僧濬弹琴》：

蜀僧抱绿绮，西下峨眉峰。为我一挥手，如听万壑松。

客心洗流水，余响入霜钟。不觉碧山暮，秋云暗几重。

李白的《听蜀僧濬弹琴》虽未入"至文"之选，但是颇有行云之飘逸、流水之畅达，也堪称佳作。诵读李白的诗歌，极容易让人醉于其飘逸之仙风。蜀僧不过是一挥手，诗人耳边仿佛就传来了万壑松涛。这清越渺远的琴声似乎能与钟声应和，使人的心好像被流水洗过一般清爽。李白的诗歌妙在以简胜繁，看似轻轻几笔却余味无穷。

以上作品之独特，在于突破了一般诗歌的层次，诗歌与音乐是一体的。本来音乐是听觉享受，其中之妙只可意会难以言传，但是天才的诗人们借助各种巧妙的修辞手法，以声写声，以形写声，正面摹写和侧面烘托交融，让读者们置身于异彩纷呈的视听盛宴之中。最为难得的是诗歌之隽永余韵，可以比音乐更持久地让人想象和回味。

也是从唐代开始，古琴诗的审美意蕴和价值开始丰富和类型化。以古琴的文化内涵中最为人熟知的"知音"为例，如伯牙子期的"高山流水"，似生命的绝唱；像司马相如琴挑卓文君，琴音是无言而传情的媒介；岳飞的《小重山》中有脍炙人口的名句"知音少，弦断有谁听？"还有一些以琴咏知音的诗篇：

唐代崔珏《席间咏琴客》中的"七条弦上五音寒，此艺知音自古难"。

唐代骆宾王《咏怀》中的"莫将流水引，空向俗人弹"。

唐代孟浩然《赠道士参寥》中的"不遇钟期听，谁知鸾凤声"。

"知音"的意蕴也是非常丰富的：可能是在音乐欣赏和人生情趣上的志同道合者，可能是倾倒于才情而一见钟情的异性，也可能是建功立业、收复江山之路上的圣君明主……由此衍生开来，也就有了以琴思乡怀人的孤苦寂寞、以琴理政的进取追求、以琴传达文人们的诸多人生思考。

◎ | 琵琶起舞换新声， 总是关山旧别情

如果说古琴是源于庙堂而后从庙堂走向广阔的生活，这是"琴诗"艺术的高度和广度的体现，那么琵琶则是跨越了大漠与平原、弥合了上层与民众，这是"琵琶诗"艺术的宽度和厚度的折射。东汉的刘熙在《释名·释乐器》中写道："批把本出于胡中，马上所鼓也。推手前曰批，引手却曰把，象其鼓时，因以为名也。"从这段文字我们可以看到，琵琶源自胡地，是骑在马上弹奏的乐器，依据动作分别称之为"批"和"把"。

据史料记载，琵琶最早有两种：直项琵琶源自我国秦朝；南北朝时期，曲项琵琶通过丝绸之路由波斯至新疆传入我国，逐渐传到南方长江流域一带。唐代著名的边塞诗人岑参在其代表作《白雪歌送武判官归京》中写道："中军置酒饮归客，胡琴琵琶与羌笛。"这其实可以延伸出我们对琵琶及琵琶诗的一种推论，和平交流通商也罢，战争敌

对冲突也罢，琵琶传递着民族和文化艺术的碰撞与融合，琵琶诗记录着这些文化和历史的印记。不同民族、不同地域、不同文化背景的人们拥有一个相同又不同的琵琶，这种乐器可以跨越语言和思想，演绎出众生皆懂的乐音，体现不同的审美追求背后的一致性。

唐朝边地有"凉州七里十万家，胡人半解弹琵琶"之说。琵琶不光在胡地普及，也渐渐遍及大江南北，并且自然而然地与汉族的乐器和音乐互相交流和影响。唐朝边塞诗人也特别钟爱"琵琶"这个意象，如唐代王昌龄《从军行》七首之二：

> 琵琶起舞换新声，总是关山旧别情。
> 撩乱边愁听不尽，高高秋月照长城。

这首诗中琵琶演奏出不同的曲调，然而对于戍边的将士们来说撩起的总是相同的边愁，巍峨苍凉的塞外长城上洒下的也都是一样的思归之泪。边塞诗中的琵琶是征人们缠绵的愁情和杀敌豪情的凝聚，是有泪不轻弹的铁血男儿柔情和坚忍意志的融合体。这一点从下面两首《凉州词》中都可以得到验证。唐代王翰《凉州词》：

> 葡萄美酒夜光杯，欲饮琵琶马上催。
> 醉卧沙场君莫笑，古来征战几人回？

唐代孟浩然《凉州词》：

> 浑成紫檀金屑文，作得琵琶声入云。
> 胡地迢迢三万里，那堪马上送明君。
> 异方之乐令人悲，羌笛胡笳不用吹。
> 坐看今夜关山月，思杀边城游侠儿。

这些诗句不但脍炙人口，也深入人心。它们具有浓厚的民族风情和残酷的杀伐背景，舞乐美酒将这场生命的盛宴推向极致，琵琶、羌笛、胡笳等器乐合奏出生命的蓬勃和刚劲！好男儿征战沙场、报效国家的豪迈背后，也总是有抛家弃子的无奈、战争无休的悲惨和一将功成万骨枯的悲凉。这其中总有琵琶的身影和乐音。琵琶作为特殊的艺术元素，打通了古今，跨越了地域和阶级，让所有被战争笼罩的人们的心灵相通。

总的来说，唐朝之前的乱世及隋朝的大一统，实际上是促进了多民族横向和纵向的融合与交流。隋文帝杨坚及他的家族本身就体现了多民族融合。音乐方面，隋唐时期既有积淀深厚的汉族传统音乐又有不断涌入的异域音乐，这一时期最为盛行和最具有音乐艺术成就的是宫廷燕乐，如《秦王破阵乐》，这首闻名至今的歌舞大曲在当时就流传到了世界各地。

受燕乐影响，琵琶成为唐代宫廷乐中的主奏乐器，这势必会延及市井民众，因而其时民间普及较高的是琵琶与羌笛，而且唐宋时的文人们依据自己的审美喜好创制了"铜琵琶"。据宋代俞文豹《吹剑录》记载，有人评价东坡词云"学士词，须关西大汉执铜琵琶、铁绰板，唱'大江东去'"。铜琵琶浑厚、悲壮的乐音应该是最能体现东坡的豪放壮阔的词风的，再与铁绰板配合起来，相得益彰。这样的改创无分优劣，从诗词配乐的角度来说，适合的就是最好的，最好的总是需要不断完善和创新的。

与唐诗中琵琶诗的阳刚相较，琵琶词的艺术意蕴中还有比较突出的女性特质。琵琶词中约三分之一的主题与愁情有关，作品常常用"琵琶"的乐音或者是相关典故来表达情人离开后女子的思恋和游子的羁旅思乡之慨，而很多词人又能不仅限于此，还在作品中寄托深重的家国之思和黍离之悲。例如北宋晏几道的《临江仙》：

> 梦后楼台高锁，酒醒帘幕低垂。去年春恨却来时。落花人独立，微雨燕双飞。
> 记得小苹初见，两重心字罗衣。琵琶弦上说相思。当时明月在，曾照彩云归。

《临江仙》是典型的闺怨词：双飞的燕，独立的人；两重心，却只得弦上诉相思。在这里琵琶即相思，这是琵琶比较固定的意象内涵。这时候琵琶的音乐属性被淡化了，它的主体功用是传情，借助乐音辅助传达情感。例如南宋辛弃疾的《贺新郎·赋琵琶》（节选）：

辽阳驿使音尘绝。琐窗寒、轻拢慢捻，泪珠盈睫。推手含情还却手，一抹《梁州》哀彻。千古事，云飞烟灭。贺老定场无消息，想沉香亭北繁华歇，弹到此，为呜咽。

谈到辛词，不得不让人拍案惊奇。稼轩向来长于用典，这首词依然如此。整首词运用了近十个典故，涵盖了杨贵妃、白居易、郑文宝、贺怀智、李白等人，这些人有诗中谪仙、倾国贵妃、以诗名世的学者、开元天宝年间的琵琶国手、《琵琶行》绝唱的作者。词题为"赋琵琶"，但似乎并未直言琵琶，皆是这些典故之功效，表情达意流利而蕴藉，愈推敲愈耐人寻味。在这首词中，历史、文学、音乐等文化元素是最直观的，如果再挖掘会发现作品背后的因现实而泣血哀鸣的词人和深沉浓烈的爱国之情，延伸开来还有兴亡破立的规律和哲理。

其实古代怀古诗词中，还有很多人像稼轩这样青睐昭君，昭君形象中琵琶的文化元素也几乎是必备的。直到现代的很多剧作、曲目和海报中，我们看到的昭君的形象，琵琶都与她如影随形。晋代石崇《王明君辞序》说："昔公主嫁乌孙，令琵琶马上作乐，以慰其道路之思。其送明君亦必尔也。"琵琶这个来自胡地的乐器，伴着这个汉女远嫁异族。因此后世有很多与昭君有关的琵琶曲，如《昭君出塞》《王昭君》《昭君怨》等。

诗圣杜甫也同样在他的怀古系列作品中吟咏昭君，如他的《咏怀古迹五首·其三》：

群山万壑赴荆门，生长明妃尚有村。
一去紫台连朔漠，独留青冢向黄昏。
画图省识春风面，环佩空归夜月魂。
千载琵琶作胡语，分明怨恨曲中论。

在杜甫笔下，我们能感受到这个为国远嫁的奇女子承载了远赴异域的孤苦，离开深宫径直走向无垠的大漠，纵有万般不舍却没有丝毫回顾。群山万壑绵延不绝，也都只是这个柔弱女子的衬托，她的心中既有对家国大义的承担也有对个人悲剧命运的直面。伊人一去，就永远地留在了茫茫大漠，唯有香魂返故土，千载琵琶作胡音。虽然她的和亲在事实上促进了不同民族由隔阂敌对走向交流、融合，但琵琶声声传达的恨意也许绵绵无绝期吧！

作为琵琶艺术的专业之作，白居易的《琵琶引》和元稹的《琵琶歌》都具有传世之范，对于琵琶艺术的描摹是淋漓尽致、出神入化的。这并不是个体现象，其实像嵇康、阮籍、白居易、元稹、刘长卿、韦应物、苏轼、柳永、周邦彦、欧阳修、张先、晏几道、黄庭坚、晁补之、姜夔等诗词大家，他们的音乐才华也非常突出，他们基本上既有自己的诗词代表作和创作风格，也都涉猎音乐器乐等专业领域的创作，在唐宋两朝这样的兼才辈出。

仅以白居易为例，他在琴诗和琵琶诗的创作上都是当之无愧的大家，加之其奉行"文章合为时而著，歌诗合为事而作"等重写实、尚通俗的主张，他的作品在当时及以后的很长时间在国内甚至国际都有非常广的流传和影响。日本的《源氏物语》在其国内的地位，被认为可比肩《红楼梦》在中国的地位。阅读过此书的读者，一定会惊诧于白居易的作品流传之广和影响之深。尤其是国外的文学家和艺术家们对白居易的诗歌、文学、音乐及艺术创作主张居然可以有如此深刻的领悟，殊为难得。

如果单论文人创作的琵琶诗，当然首推白居易的《琵琶行》，这首诗历来是各种版本的高中语文教材的必选篇目，因此在我国的普及率是非常高的，在此仅摘引音乐描写段落的一小部分。唐代白居易《琵琶行》（节选）：

> 大弦嘈嘈如急雨，小弦切切如私语。
> 嘈嘈切切错杂弹，大珠小珠落玉盘。
> 间关莺语花底滑，幽咽泉流冰下难。
> 冰泉冷涩弦凝绝，凝绝不通声暂歇。

诗中的音乐描写，几乎句句经典，为人称道。各种琵琶乐音被白居易描摹得生动传神，让直观的听觉享受通过文字以生动的画面变得同样形象可感。此诗让人称道的不仅是乐音描摹的艺术感染力，还有沦落之人共同心声的天涯喟叹，点染式的艺术留白和正面描写虚实相生，使得这首诗的情景理妙合无垠。帝京与浔阳，庙堂与江湖，贬谪与冷落，偶遇与相知之中的种种，都在琵琶女的倾情演奏中得到了宣泄和慰藉。此后的非常多的琵琶诗词都可以看到白居易创作的影子，《琵琶行》的诗句也被反复化用与翻新、继承与传扬。例如：

宋代张孝祥《琵琶亭》"浔阳江上琵琶月，彭泽门前杨柳风"。

宋代苏轼《采桑子》"停杯且听琵琶语，细捻轻拢"。

明代王穉登《长安春雪曲》"抱来只选阳春曲，弹作盘中大小珠"。

以上只摘引了化用比较明显的几句，其实白居易《琵琶行》的影响不限于诗歌、文学和音乐，它是有非常多的内核和外延的。

至此，我们似乎可以说古琴和琵琶是古代文学艺术与生活交叉融合的媒介，其实艺术没有明晰的科类，在我国，诗、歌、舞常常为一体，共同来歌唱劳动、宣泄情感、反映生活、揭示现实，它们相生相融、相得益彰。

这其中文人起到了非常重要的作用，他们往往有良好的文化功底，因此具有相对高的审美素养和追求；他们大多受过正统的儒家教育，因此大多渴望"致君尧舜"，至少也要做到"独善其身"。这些人自觉扛起了时代的大旗，以自己的方式发出自己的声音，志同道合、志趣相投者汇聚在一起，自然出现一个时代又一个时代的文学盛况。百家争鸣，各领风骚，正如先秦诸子、魏晋风骨、唐诗宋词、明清小说等。

诗歌当然永远是领跑者！别林斯基曾说过："诗是最高的艺术体裁。"诗是最凝练、含蓄、蕴藉和富有底蕴、包罗万象的，所以当你走近诗歌，你就能感受到不同的音乐、领会不同的文学、体验不同的风景和民情、走进不同的历史和现实、品味不同的审美和价值……也许你因此感受到了全部的世界。

盘白石兮坐素月，琴松风兮寂万壑
——古典诗词中的琴棋书画

琴棋书画，古代称"四艺"或"书房四艺""文人四艺"，即弹琴、弈棋、书法和绘画。具有鲜明的识别特点的这四大传统艺术形式，既是文人雅士修身的必备技能，又是高雅、智慧和创造的象征。

"琴棋书画"四艺并称的记载，最初出现在唐代张彦远的《法书要录》里。直至宋元时期，"四艺"才真正成为士人"游于艺"的主要内容。葛长庚的词《满庭芳》写道："游戏琴棋书画，人间世，别有方瀛。"这说明琴棋书画是怡情养性的生活艺术。

◎ 高山流水琴三弄， 明月清风酒一樽

琴，特指古琴。其安静悠远的音乐特质和清、微、淡、远的意境特征，与中国传统文化追求意境、崇尚内在、求空灵深邃、寓意含蓄的特征一致，具有修身养性、教化天下、通神明之德、合天地之和的意义。琴分为"艺人琴"与"文人琴"。本节主要从"文人琴"的角度谈。

"穷则独善其身，达则兼济天下"是中国历代文人的追求。当文人们抑郁不得志时，就会寄情山水。他们以琴自娱，用诗承传琴道、感应琴心琴意，进而抒发感情、排解忧愁。琴被赋予了多种内涵，并逐渐符号化，成为一个意涵丰富的意象。

"琴"这个意象最早见于《诗经·关雎》中"窈窕淑女，琴瑟友之"一句。"窈窕淑女，琴瑟友之"是说弹琴鼓瑟亲近淑女，这说明"琴"这个意象和爱情婚姻有关。如唐代李郢在七律《为妻作生日寄意》中写道：

谢家生日好风烟，柳暖花春二月天。

金凤对翘双翡翠，蜀琴初上七丝弦。

鸳鸯交颈期千岁，琴瑟谐和愿百年。

应恨客程归未得，绿窗红泪冷涓涓。

这首诗开篇写妻子过生日的情景，以美景衬托妻子娇美、可爱的形象，表达了对妻子的爱怜；接着写出身名门的妻子多才多艺。用"琴瑟谐和愿百年"向妻子表达自己愿与她白头偕老的决心。最后诗人通过想象妻子知道丈夫不能回来与自己庆贺生日，眼中噙泪、满怀伤感的景象，表达对妻子的思念之情和不能回家团聚的遗憾之感。这种从对方角度出发写思念，别具一格。

此外，宋代晁端礼的闺怨诗《江城子》，写少妇独守空房，哀怨惆怅，盼君归却音信无，只好"相思幽怨付鸣琴"。"琴"成了传达相思情感的意象。

古琴声淡雅、平和、通透、敦厚，可消解人内心的浮躁与欲念，使人感到安静悠远。诗人借听琴抒情或借琴言志，表达对故乡的眷恋之情。如唐代李颀的《琴歌》：

主人有酒欢今夕，请奏鸣琴广陵客。

月照城头乌半飞，霜凄万树风入衣。

铜炉华烛烛增辉，初弹渌水后楚妃。

一声已动物皆静，四座无言星欲稀。

清淮奉使千余里，敢告云山从此始。

该诗首联写饮酒鸣琴、畅快自适的心境；颔联描绘了一幅月光倾泻、乌鹊惊飞、满树银霜、木叶萧萧、凄冷肃杀、悄怆幽邃的深秋月色图，与首联所写的欢快融洽的氛围形成对比；五至八句写弹奏《渌水》《楚妃》的情景，琴弦拨动，满座沉醉，听者怅然，似乎忘却了尘世的烦恼，从侧面写出琴音令人销魂的魅力，烘托"广陵客"出神入化的演奏技巧；最后写离家万里，不知何日还乡，不禁潸然垂泪的感触。

唐代牟融《写意二首》中"高山流水琴三弄，明月清风酒一樽"一句表达了对闲适归隐生活的向往。这种与世无争、摆脱俗务的自由想法正是道家思想的体现。而唐代李白的《听蜀僧濬弹琴》一诗，"抱绿绮""一挥手"写出了弹琴者的气派和霸气，"如听万壑松"写出了琴声嘹亮浑厚、旷远悠长，接着借用典故说明琴音使蜀僧和自己成为知己，"四座无言"写听琴陶醉而默然不作声，反衬琴声的高妙。全诗明快畅达，在赞美弹奏技艺高超、琴声美妙的同时还表达了对故乡的眷恋之情。

两汉时期，琴成为儒家乐教思想的物质载体，具有"禁止淫邪，正人心"的伦理内涵。魏晋六朝时，"琴"意象的内涵从象征相思离别之苦又发展为怡然自得之乐，"琴"成了文人聊以自娱的工具，琴声可以传达清幽意趣和无言之美。如白居易《春日闲居》（其一）"屋中有琴书，聊以慰幽独"等。又如苏轼的《行香子·述怀》：

清夜无尘，月色如银。酒斟时，须满十分。浮名浮利，虚苦劳神。叹隙中驹，石中火，梦中身。

虽抱文章，开口谁亲。且陶陶、乐尽天真。几时归去，作个闲人。对一张琴，一壶酒，一溪云。

上阕写：皓月当空，把酒对月，恣意畅快。可是，白驹过隙，盛年不重来，名利如浮云，一切都是转瞬即逝的过往，不能亘古，人的一生也如此。下阕诗人写到自己虽满腹经纶却不被重用，无法施展才华和抱负，流露出苦闷消极的情绪，但从"且陶陶、乐尽天真"又可看出诗歌基调是开朗明快的。最后诗人叩问"几时归去"，诗人认为：与其浪费生命去追名逐利，不如放下一切做个归隐闲人，弹琴饮酒，静听潺潺溪水，仰看飘飘白云，享受惬意美好。此时，琴声即心声。

　　抚琴的规矩很多，例如在弹琴前应净手、净身、静心，仪表要庄严，要合乎礼节，要缓和气息，先做到"澄其心""缓其度"，之后做到"远其神"，达到宁静致远、与天地相和的境界。谈琴的地点也很讲究，在深涧边，在竹林中，环境十分清幽。在这样的环境中，琴音清越，如哀猿长吟，如潺湲细流，心境也就似可接千古。如李白《鸣皋歌送岑徵君》："盘白石兮坐素月，琴松风兮寂万壑"，诗中琴人、琴音、景物无不呈现出一种清幽澄明之美。这就是琴"味外之旨，韵外之致，弦外之音"深远意境的精髓所在。

　　"高山流水遇知音"说的是素昧平生的伯牙、子期因为琴相知，成了心有灵犀的挚友的故事。在此典故中，古琴成了知音的符号象征，为琴注入了丰富的文化意蕴与精神内核。如庄昶写给陈献章的《答白沙》中，"南海春风一古琴，天涯回首几知音"一句。再看孟浩然的《夏日南亭怀辛大》：

> 山光忽西落，池月渐东上。
> 散发乘夕凉，开轩卧闲敞。
> 荷风送香气，竹露滴清响。
> 欲取鸣琴弹，恨无知音赏。
> 感此怀故人，中宵劳梦想。

　　诗的开头融情于景，用"忽""渐"二字巧妙传达出夕阳西下、明月东升的清幽之感，紧接着写沐后纳凉的感受：荷风送香，露滴清响，悦耳清心，可见境界清幽。从境界清幽想到弹琴，从弹琴想到知音，进而生出"恨无知音"的遗憾。最后写希望友人能在身边共度良宵。这不仅表达了对知己辛大的怀念，而且抒发了渴望知音的热切愿望。全诗写景状物细腻入微，语言流畅自然，情景浑然一体，诗味醇厚。

　　"琴之为器也，德在其中"，儒家"乐以载道"的观点与儒家积极入世、关心伦理、参与政治的人生观一致。纯净、优雅的琴音寄托着诗人们施行善政、为民造福的美政理想。如李白赠给侄子李聿的诗《赠清漳明府侄聿》（节选）：

> 我李百万叶，柯条布中州。天开青云器，日为苍生忧。
> 小邑且割鸡，大刀仼烹牛。雷声动四境，惠与清漳流。
> 弦歌咏唐尧，脱落隐簪组。心和得天真，风俗由太古。
> ……　……
> 琴清月当户，人寂风入室。长啸一无言，陶然上皇逸。

这首诗在概略介绍李聿的才识、治邑的惠政后，写李聿以礼乐治邑，邑清民安。其从侧面颂扬李聿德政治绩，赞美李聿为官清廉、洞察民情、明辨是非、公正无私。全诗描绘清漳政通民和、风俗淳古，反映了李白的无为而治的政治理想，形象地描绘了人们心中理想的社会蓝图。

"道是乐的内容，乐是道的形式"，儒道两家的这种音乐观对古琴文化和琴诗的发展都有深刻影响。"琴"将"诗"外化，"诗"与"琴"和鸣，互补对答，碰撞融合，传递出儒道文化的精神意蕴及审美情趣，为中国古诗词增添了独特的艺术品位和魅力。

◎ ｜ 一枰翻覆战枯棋， 庆吊相寻喜复悲

"四艺"之"棋"，主要是指围棋。下围棋称为"对弈""弈"。弈棋，始于春秋战国，是人们喜爱的一种娱乐竞技活动。围棋走进人们的生活、走进中国文化，成为中国文化中一个不可或缺的组成部分，体现出优雅、含蓄、静谧的特点。真正领略棋趣的士大夫把弈棋作为他们精神宣泄的工具和自觉的艺术追求，这进一步丰富了棋文化的内涵。

围棋出现在诗歌中最早见于东汉李尤的《围棋铭》，其中"局为宪矩，棋法阴阳；道为经纬，方错列张"首次写出了围棋与诗的意趣。在此之前，仅在汉乐府中出现过零散的写棋的诗句。第一首完整的棋诗出自南北朝刘孝绰的《赋咏得照棋烛刻五分成》。诗云：

> 南皮弦吹罢，终弈且留宾。日下房栊暗，华烛命佳人。
> 侧光全照局，回花半隐身。不辞纤手倦，羞令夜向晨。

这首诗写聚会的宾主欣赏完音乐、下完棋后，主人留客继续下棋。可是太阳落山，房内昏暗，无法下棋。于是主人命侍女们举起名贵的蜡烛来照明，大家在烛光下开始了新一轮对弈。烛光照亮了棋盘，也半隐半现地勾画出侍女的苗条身段，生动形象地刻画了"红袖秉烛夜弈棋"的情景，让文士们心生向往。

和围棋有关的诗数不胜数，如写弈棋之景的白居易的《池上二绝》（节选）：

> 山僧对棋坐，局上竹荫清。
> 映竹无人见，时闻下子声。

此诗写两位僧人在竹林中弈棋。和煦的阳光映照着竹林，显得幽静闲雅、高远淡泊，似乎身处仙境……可是不见人影，唯有对弈落子声。确是意境悠长，禅意盎然。

弈棋不仅是娱乐游戏，还是士人躲避政治、忘却忧愁、获得精神超脱的方式。士人以棋会友，获得名誉和社会地位，以弈棋修身养性、消解忧愁，用棋诗表达闲逸情趣、塑造高雅形象、抒发心志。陆游的《观棋》堪称古代描写观棋的佳作：

> 一枰翻覆战枯棋，庆吊相寻喜复悲。
> 失马翁言良可信，牧猪奴戏未妨为。
> 白蛇断处真成快，黑帜空时又一奇。
> 欲付两查来对酒，泠泠听我诵新诗。

首联中"翻覆"二字表明这是一盘精彩的对局，弈棋心情随着棋局的变化而变化，诗人对弈棋的喜爱之情也跃然纸上。颔联运用"塞翁失马"这个典故写因棋局变化得出的人生感悟。颈联写了惊心动魄的棋局对峙。最后笔锋突转，精彩对局结束，但诗人不关心胜负，却与对弈的友人探讨棋局得失，情致高涨的诗人随即赋诗……这时，我们看到了陆游的另一面，在屡遭打击、壮志难酬之际，诗人在观棋弈棋中流连，找到了固守心灵的净土。

弈棋可以让诗人暂时忘记俗世的烦忧，体会闲逸的情趣。这从苏轼《次韵子由绿筠堂》中"谷鸟惊棋响，山蜂识酒香"也可看出。

棋道即人生之道，以棋悟道，抒发个人心境。文人弈棋追求环境的清幽雅致，这种意境与中国文人的审美精神契合，正所谓"大道至简"。中国哲学的"道"最高境界不是"有"，而是"无"。黑白两色在棋盘上演绎风云变化，犹如天地万物之变化，体现出博大精深、玄妙无穷的中国文化思想精髓。

苏轼的《春日与闲山居士小饮》云：

> 一杯连坐两鬓棋，数片深红入座飞。
> 十分潋滟君休赤，且看桃花好面皮。

此诗写春日与好友饮酒弈棋，微风轻拂，日光晴好，水波粼粼；桃花仿佛被围棋吸引，片片飘落，让人陶醉；不要因为输棋面红耳赤、恼羞成怒；春光无限，还是好好欣赏美丽的桃花吧！"乌台诗案"的阴霾此时在棋与酒的作用下消失得无影无踪，闲情逸趣可见一斑。

南宋赵师秀的《约客》"有约不来过夜半，闲敲棋子落灯花"一句中有等待和失约的遗憾以及遗憾相伴的寥落，真实自然的情绪表达别有意趣。

"无声无息起硝烟，黑白参差云雨颠"，小小的棋盘犹如战场，双方需要努力厮杀以保证自己的地盘，这犹如人为了生存而拼杀。棋局变化演绎人生变幻，体现人生哲理。如唐代杜荀鹤的《观棋》中"用心同用兵""得势侵吞远，乘危打劫赢"，写出了对局者在棋盘上厮杀的紧张情态和所用心机。弈棋拼杀是为证明自己的实力，但事实上，有时双方的拼杀，不在于结果，而在于体会过程的美好、体悟输赢之外的人生哲理。如苏轼的《观棋》：

> 五老峰前，白鹤遗址。长松荫庭，风日清美。
> 我时独游，不逢一士。谁欤棋者，户外屦二。
> 不闻人声，时闻落子。纹枰坐对，谁究此味。
> 空钩意钓，岂在鲂鲤。小儿近道，剥啄信指。
> 胜固欣然，败亦可喜。优哉游哉，聊复尔耳。

这是苏轼借围棋抒发旷达自适的人生哲学的名篇。五老峰前，白鹤遗址旁，苍松掩映庭院，阳光和煦，清风徐来，空山不见人，但闻落棋声。二人对坐下棋，谁解其中滋味？空钩垂钓，哪里是为钓鲂鲤？正如看山不是山、看水不是水，乐趣不在于输赢或得到什么，只是想感受乐趣罢了。下棋获胜了，自然高兴；失败了，也愉快。姑且就这样罢了，生活本应悠闲自在。此诗在棋趣的基础上发掘出诗意与哲思，这种"胜固欣然，败亦可喜"的弈棋体悟，完美诠释了"善弈不如善观"的围棋观，对文人围棋观的审美建构产生了深远影响。

◎ | 苦县光和尚骨立， 书贵瘦硬方通神

书法是中国特有的一种文字艺术，从最初的表意符号演变成为今天独放异彩的艺术，其间经历了漫长的过程。

在古诗词中，歌咏书法、论书法之理、借论书以抒怀、对书法作品进行理论探索的诗歌，被称作"论书诗"。"论书诗"反映了当时的书法审美观念，折射了书法创作的文化理念，表达了诗人的书学思想，展现了书法的艺术价值。

唐朝是中国诗歌发展的全盛时期，故而论书诗在此时期也出现了第一次繁荣，继而是宋代。

以下是杜甫在夔州写给他外甥李潮的《李潮八分小篆歌》（节选），道出了书法的流变和李潮的成就。诗云：

> 苍颉鸟迹既茫昧，字体变化如浮云。
> 陈仓石鼓又已讹，大小二篆生八分。
> 秦有李斯汉蔡邕，中间作者寂不闻。
> 峄山之碑野火焚，枣木传刻肥失真。
> 苦县光和尚骨立，书贵瘦硬方通神。
> 惜哉李蔡不复得，吾甥李潮下笔亲。

此诗总结了从仓颉造字、石鼓文、李斯、蔡邕到李潮的篆书发

展过程，可惜从秦朝的李斯和汉代大书法家蔡邕之后，几乎没有书法作品写出书法精髓。在这首诗中，杜甫提出了"书法神韵"说，他认为书法不单单是一种传递思想的文字工具，应该将书法的"瘦硬"和"传神"结合起来，使书法逐渐摆脱技巧的束缚；书法要有精气神，要有充沛的情感，即"神韵"。这种观点是对初唐"以劲健相尚"的审美观的发展，由此产生了"瘦硬通神"的审美观点。

杜甫除了提出书法"瘦硬通神"的主张之外，还有一个观点就是："笔力劲健、气势飞动，有神韵风骨"的书法需要下苦功夫练就。如《殿中杨监见示张旭草书图》（节选）：

> 斯人已云亡，草圣秘难得。及兹烦见示，满目一凄恻。
> 悲风生微绡，万里起古色。锵锵鸣玉动，落落群松直。
> 连山蟠其间，溟涨与笔力。有练实先书，临池真尽墨。

此诗中第七至十句用生动的比喻来描写张旭书法的"笔力劲健、气势飞动，有神韵风骨"。他还指出张旭在书法上造诣高是因为他能"有练实先书，临池真尽墨"，并非只是人们所认为的借酒挥洒而得。这也从侧面反映出杜甫认为书法要取得极高的成就非要下苦功夫不可。他强调书法艺术靠的不仅仅是天赋，更需要勤学苦练。

杜甫特别喜爱充满力量的书法。他认为力量是书写者精神面貌的体现，是一种坚挺的心态的呈现。如《观薛稷少保书画壁》（节选）：

> 少保有古风，得之陕郊篇。惜哉功名忤，但见书画传。
> 我游梓州东，遗迹涪江边。画藏青莲界，书入金榜悬。
> 仰看垂露姿，不崩亦不骞。郁郁三大字，蛟龙岌相缠。

此诗写的是作者观看薛稷留在慧普寺的书法真迹的感慨：薛稷的书法如垂柳婀娜多姿、如蛟龙盘拏，笔势苍劲有力。

此外，宋代梅尧臣在《观张中乐书大字》一诗中亦赞赏这种力量遒劲的书法，用"长松怪柏皆成炭"来形容张中乐的书法如松柏挺立遒劲，有傲然挺立的精气神，观之令人心神振奋。可以说书法是书写者精神风貌和坚挺意志的展现。

从以上论书诗中，我们不难发现论书诗的作者对笔力遒劲、有神韵的书法作品的赞扬与肯定，反映出当时书法艺术的流行趋势与书法审美观。

除杜甫外，苏轼的论书诗也表现出他独特的书法美学思想。如《和子由论书》（节选）：

> 貌妍容有颦，璧美何妨椭？端庄杂流丽，刚健含婀娜。
>
> …… ……
>
> 迩来又学射，力薄愁官笥。多好竟无成，不精安用夥？
>
> 何当尽屏去，万事付懒惰。吾闻古书法，守骏莫如跛。

在这首诗中，苏轼认为：学习书法首先要参透书法的意趣妙理，不仅要规规矩矩临摹、苦学，而且要表现书写者的思想，能领会书法真谛、推陈出新。

关于书法作品的整体美，诗人用"东施效颦"的成语和玉璧作比，说美中可以有不美，美并不一定是完美无缺的，也许那小小的美中不足正体现其可爱与独特。所以，美是多样化的、不拘一格的，应该容许有不美甚至丑的存在，因为对整体美而言不会是妨碍，有时反而会加强其审美效果。这一美学主张具有辩证法思想。

诗人还认为"端庄美"和"流丽美"、"刚健美"与"婀娜美"是完全不一样的美，分别属于不同的美学范畴，各自独立又相互杂糅、包含和渗透。此诗还指出，书法讲究严整的笔阵、有力的笔势，不妨让书法带点"跛形"，即"侧势"，若有其他的姿势也未必不美。这种兼容并蓄的书法美学思想可谓别具一格。

书法艺术要崇尚自然，摆脱羁绊，快意放笔。苏轼在《石苍舒醉墨堂》一诗中云：

> 人生识字忧患始，姓名粗记可以休。
>
> 何用草书夸神速，开卷恍恍令人愁。
>
> 我尝好之每自笑，君有此病何年瘳。

自言其中有至乐，适意无异逍遥游。

······ ······

不须临池更苦学，完取绢素充衾裯。

此诗开篇用调侃戏谑的语气称赞石苍舒的草书神奇快速，接着点明自己与他好书成癖，在进行书法创作时无比快乐，精神拥有高度的畅快与自由；称赞石苍舒通过苦练，书法技艺达到至精至粹的程度。诗人提出：书法艺术要崇尚自然，摆脱羁绊，快意放笔。书法创作至高之境是经由长期学习、钻研、揣摩、刻苦练习，最终水到渠成达到"心手合一"的自由肆意。

从以上生动优美的论书诗中我们看到了书法艺术的时代特征、书法的审美意蕴的变化、对后世产生深远影响的书法理论，更窥见了中国道家文化的思想精髓。

◎ | 韩生画马真是马，苏子作诗如见画

题画诗的定义纷繁复杂，学界没有统一的标准，唯一统一的是题画诗有广义和狭义之分。所谓广义的题画诗是指：根据图画的内容有感而写的诗歌，包含脱离图画独立的诗歌，也包括其他人的和诗、其他人对和诗的再引申。狭义的题画诗是指：题在画面上的诗歌。这类题画诗出现得相对较晚。这里谈的是广义的题画诗。

题画诗起源于六朝，渐盛于唐代，成熟于宋元，繁荣于明清，延至当代依旧有无尽的生机。题画诗的内容广泛，有赞叹画师技法高超的，有抒发审美观感的，有寄托归隐之情、身世之感的。如唐代岑参的《题李士曹厅壁画度雨云歌》：

似出栋梁里，如和风雨非。
掾曹有时不敢归，谓言雨过湿人衣。

此诗用拟人的手法写画中的云好像要出来与风雨相和，生动至极。"不敢"二字写出了李士曹的担忧：怕画中的雨水打湿自己的衣

衫。其颇有意趣，从侧面写画师绘画逼真传神，进而抒发对画师的赞叹之情。又如唐代窦群的《观画鹤》：

> 华亭不相识，卫国复谁知。
> 怅望冲天羽，甘心任画师。

诗人通过画中高洁孤傲的鹤，联想到社会历史现实，抒发怀才不遇之感。再如北宋欧阳修的《画眉鸟》："始知锁向金笼听，不及林间自在啼。"目睹笼中被束缚的画眉鸟，诗人联想到自己遭排挤郁郁不得志的状况，不由心生感慨，寄托了归隐之情。

绘画是一种描形摹状的艺术，题画诗人在创作中要再现画中形态，就要注意画作中线条、色彩等形式的表达。唐朝之前就有题画诗，但是在唐朝才渐渐形成风气，审美、品评画作是诗人的自觉追求。同一幅画，有时会有多个文人从不同角度抒发己见或讨论画理。文人们不再执着于画面景色和物象，而是把前代绘画的审美趣味运用到诗歌中，使景色和物象延伸，借机抒情言志，这为后代题画诗提供了典范。

杜甫的《戏题王宰画山水图歌》把写画与论画联系起来，"尤工远势古莫比，咫尺应须论万里"一句阐述了绘画技巧，"含不尽之意，见于言外"。又如苏轼的《惠崇春江晚景》：

> 竹外桃花三两枝，春江水暖鸭先知。
> 蒌蒿满地芦芽短，正是河豚欲上时。

此诗抓住画面形象的内在规律，将绘画创作的技巧与感悟应用到诗歌创作当中，突破了绘画中只能表现视觉印象的局限。大自然中美丽清新的春江晚景图，若用绘画的方式表现有一定的局限性，过于直观，只是单纯的美的复制、美的传递，春江水的温度是难以用绘画的方式表现出来的，但诗句"春江水暖（温度）鸭先知"却从"温度""知觉"的角度完美地表达了春江水暖的状态，极富想象力。接着又想象"正是河豚欲上时"，创造出生动活泼的意境，充满浓浓的生活气息。这样在传达画面美感的同时捕捉到了"画外之美"。

当然,有的诗人以画为主咏物,借画抒情,表达入世的渴望。如杜甫的《画鹰》:

> 素练风霜起,苍鹰画作殊。㧐身思狡兔,侧目似愁胡。
> 绦镟光堪擿,轩楹势可呼。何当击凡鸟,毛血洒平芜。

这首题画诗运用对比的手法写洁白画绢上的苍鹰突然腾起,侧目而视,似要攫取狡兔。一股肃杀之气扑面而来,似乎只要解开丝绳,画中的鹰就会振翅高飞来显示出画家技艺的高超。诗人借鹰言志,寄托着杜甫"致君尧舜上,再使风俗淳"的壮志,这是积极入世儒家思想的体现。

借题画诗言志的艺术手法在宋代继续发扬,还开创了借题画议论的新路。例如题画诗中的名篇苏轼的《韩干马十四匹》(节选):

> 韩生画马真是马,苏子作诗如见画。
> 世无伯乐亦无韩,此诗此画谁当看?

诗人由写马转到写人,由写人又转到写马,灵活换意。"画马真是马",得马之神韵,先叙后议,赞美之情溢于言表。最后诗人说世间没有善于相马的伯乐和善画马的韩干,现实中的骏马也无人赏识,更何况是画中的马、诗中的马,进而抒发韩干缺少知音和自己怀才不遇之感。

"诗是无形画,画是有形诗",题画诗诗中有画、画中有诗,二者结合,珠联璧合,相映生辉,传达诗人的情感气韵的同时又充满哲思理趣。

琴棋书画是以风雅铸人格的士大夫人生旅途的重要伴侣。士大夫们携伴侣前行,让我们能看到异彩纷呈的琴诗、棋诗、论书诗和题画诗。诗人们崇尚自然、强调人与自然和谐发展,表现了精神追求超然物外的愿望,是儒道文化的集中体现。阅读这些诗歌可以让我们获得哲理上的思考、精神上的愉悦和深化。

单元任务

一　长江、黄河奔流不息，万古长存，是中华文明的摇篮。历史上许多名城分布在长江黄河流域。人们居于此，在亭台楼阁中流连，在古琴琵琶中吟唱，咏出许多脍炙人口的诗歌。请选择你喜欢的一类诗歌进行探究学习，看看这些诗歌有哪些文化意蕴。写一篇不少于 2000 字的小论文。小论文题目参考：从古诗词看我国亭台楼阁的变迁。

二　在中华民族的艺术长廊里，琴棋书画与人的关系最为密切。这四种看似平常却各有千秋、各领风骚的独特艺术样式映射出我国深远文化的光彩。请从第 6 课琴诗、棋诗、论书诗、题画诗中选择你喜欢的一种诗歌做探究学习。可组成探究小组或者组成社团进行学习。如：诗画社，以古诗为载体，发挥各自所长，可设计海报，从古诗词的角度欣赏名家书法、名家画作。

　　修身与养德滋养着中国人的精神世界。从诸葛亮的《诫子书》中的"静以修身，俭以养德"，到当今社会倡导的立德树人和培根铸魂，数千年来，人们一直在不懈地探索着修身养德之道。人们通过个体的内在修身不断完善自我，推己及人，又将个体之思扩展到群体之用，以加深对中华人文精神的理解，增强为中华民族伟大复兴而努力的历史使命感和社会责任感。

　　本单元汇集了多时期、多体式、多风格、多特色的修身养德的诗词作品，有浑厚含蓄、关联世间万物的哲理思辨，有昼出耕耘、赞扬劳动精神的劳动实践，有执着真理、构筑人类智慧的科学精神，有兴亡勇负、投身时代洪流的责任担当，有一寸赤心、渗入血脉生命的家国情怀，有博大精深、树立健康观念的医药健康。它们从不同角度、不同层面展示了古人修身养德的理念，记录了古人的实践探索，彰显了古人的智慧与情怀。

　　学习本单元，要借鉴古诗词鉴赏的基本方法，理解中华优秀传统文化；要在诵读和想象中感受诗歌的艺术形象，探究鲜明形象中的理趣与精神；要合理运用精读、略读的方式理解与欣赏作品的语言表达，把握作品的内涵。我们应不断学习和探究科学、哲学、政治等方面的学科知识，积累诗词鉴赏经验，认识自我，规划人生，培养奋发向上的人生态度，逐步形成自己的思想、行为准则。

万绿丛中一点红，动人诗词话哲思
——古典诗词中的哲理思辨

　　哲学是世界观及方法论的统一，世界观其实是我们对这个世界的看法的总和，方法论是关于人们怎样认识世界、怎样改造世界的方法的理论总和。哲学的智慧从人类的实践活动当中产生，同时源于人们对实践的追问以及对世界的思考。

　　在这里，我们用唯物辩证法来重新解读一些耳熟能详的中国古典诗词，深入感受中国古典诗词的魅力。唯物辩证法，又名马克思主义辩证法。它的研究对象是自然界、人类社会和思维发展的一般规律。它是辩证法思想发展的高级形态，同时也是马克思主义哲学的重要组成部分。唯物辩证法认为，物质世界是一个普遍联系和不断运动变化的统一整体，辩证规律是物质世界运动的规律，主观辩证法或辩证的思维都是客观辩证法在人类思维中的反映。唯物辩证法包含联系观、发展观、矛盾观和创新观，是目前最全面、最丰富、最深刻的发展学说。

　　在哲学尚未形成一个完整的系统之前，中国古人就已领悟到了哲学中的定理并将其融入诗词之中，我们称这一类诗词为哲理诗。哲理诗就是表现诗人哲学观点或表达事理的诗，其内容一般深沉、浑厚、含蓄、隽永，并且通常将哲学的抽象哲理蕴含于鲜明的艺术形象之中。

　　在这里，我们主要探讨哲理诗中唯物辩证法的联系观、发展观、矛盾观、创新观，通过研究诗词中的哲学观，从另一个全新的角度来体味中国古典诗词。

◎ | 等闲识得东风面，万紫千红总是春

联系观，即联系的观点，是唯物辩证法的总特征之一。所谓联系，在哲学角度上就是指事物之间要素以及事物内部要素之间相互影响、相互制约、相互作用的关系。唯物辩证法认为世界上一切事物都不是孤立存在的，而是和周围其他事物相互联系着的。也就是说，唯物辩证法认为整个世界就是一个普遍联系着的有机整体。唯物辩证法认为，联系具有普遍性、客观性、多样性、条件性、可变性。因此，唯物辩证法主张用联系的观点看问题，反对形而上学孤立的观点。这一哲学命题在诸多中国古典诗词中都有所体现。

> 胜日寻芳泗水滨，无边光景一时新。
> 等闲识得东风面，万紫千红总是春。

这是宋代朱熹的《春日》。在马克思主义哲学中，联系具有多样性、普遍性，这样一个看似与文学无关的哲学命题却在朱熹笔下通过"无边光景""万紫千红"等形象而又富于色彩的语言得到了全新的、生动的、具体的阐释。"等闲识得"是说春天的面容与特征是很容易辨认的，因为春天作为一种客观事物是具有普遍性、客观性的。末句的"万紫千红总是春"，指的是万紫千红的景象都是由春光点染而成，人们通过这万紫千红去认识春天、感受春天、享受春天。这就非常具体地解答了为什么诗人能够"等闲识得东风面"。而此句的"万紫千红"，近处和"东风面"联系，远处与"无边光景"联系，运用了对偶这一修辞手法，使得意象色彩强烈、意境更加柔美。最后，本诗以"总是春"三字收官，将所有的景象都落到了"春日"二字上，也就是落到了普遍的特征上。

晋代陶渊明在《移居二首》中写道：

> 邻曲时时来，抗言谈在昔。
>
> 奇文共欣赏，疑义相与析。

如《晋春秋》记载的："谢安优游山水，以敷文析理自娱。"不仅谢灵运，陶渊明也有这种爱好。所谓"析理"，其实就是一种哲学的理趣，而这种理趣与一般的"习其句读"有所不同。这两句诗是说大家聚在一起共同欣赏奇文，见到好文章大家一同欣赏，遇到疑难处大家一同钻研。从此处即可发现，陶渊明已经意识到了认知客观事物差异性的重要，是差异使得人的眼球感受到冲击力，是差异使得这个世界丰富多彩，是差异使得世界多元化发展。大众所欣赏的是"奇文"，所钻研是"疑义"，所追求的是客观事物的差异。世界正是因为有差异才如此缤纷动人。

晋宋之交，玄风大炽，诗人谈理之风大盛。作为田园诗派的创始人，陶渊明的诗词中不乏谈理之作，而这些谈理之作也使他大获时代盛誉。陶诗能够以情化理，将理入情，不言理亦自有理趣在笔墨之外，明言理而又有真情融于意象之中。这种自然而又从容的境界，为后人树立了很高的艺术标准。宋代王安石的《咏石榴花》中用"万绿丛中红一点，动人春色不须多"来强调"红一点"，也就是个性的重要性。中国民间谚语中有"万绿丛中一点红"，由于红在"一点"上，对比一片的"万绿"，会更加突出和可爱；正是因为这"一点"的差异，才使得整个"万绿"有了灵魂与思想。而唯物辩证法中的客观事物差异性、独特性的魅力，在这诗句里被展现得淋漓尽致、楚楚动人。

唐代杜甫在《木皮岭》中写道：

> 远岫争辅佐，千岩自崩奔。
>
> 始知五岳外，别有他山尊。

远处的群山环绕着高峻的木皮岭，就好像臣子在辅佐着帝王，崇山峻岭都自行地向它崩倒、倾奔。但只有在见到了木皮岭之后，才知道在五岳之外还有其他山峰堪称高山之首，没见过木皮岭不代表其不比五岳"尊"。这首诗体现出的哲学观点是：我们的认知是有局限的，但是事物的联系是具有客观性、普遍性、多样性的。我们无法攀登所有高山来对比到底谁"尊"，但不能否定"一山更比一山高"的客观存在。

联系是普遍的，任何事物间都存在着联系的基础，正如蝴蝶效应，你也许无法将蝴蝶扇动翅膀与大风暴联系在一起，但这不代表它不存在。而宇宙间的万事万物就是在这样一种联系的前提与基础之下不断发生、发展。

◎ | 春色满园关不住，一枝红杏出墙来

发展的观点也是唯物辩证法的总特征之一。唯物辩证法始终认为，无论是自然界还是人类社会抑或人的思维都是在不断地运动、变化和发展的，所以事物的发展都是具有普遍性和客观性的。而发展的实质其实就是事物的前进、上升，是新事物代替旧事物。

因此，我们必须坚持用唯物辩证法中发展的观点来看问题。从社会历史领域来说，发展观就是将一定时期经济与社会发展的需求聚焦和反映在思想观念层面，是国家在发展进程中对于发展以及怎样发展的总体的、系统性的看法。国家要确立一个什么样的发展观是世界各国面临的共同课题，该课题也是伴随各国经济社会的演变进程而不断完善的。

宋代辛弃疾在《菩萨蛮·书江西造口壁》中写道：

> 郁孤台下清江水，中间多少行人泪。
> 西北望长安，可怜无数山。
> 青山遮不住，毕竟东流去。
> 江晚正愁予，山深闻鹧鸪。

"青山遮不住，毕竟东流去"是该词中广为流传的名句。无数青山能将长安遮住，但怎能把流动的江水挡住？浩浩汤汤的江水终究会向东流去。正如事物的发展是前进性和曲折性的统一，青山永远

无法阻止江水的前进。

在 1997 年的香港回归典礼上，钱其琛副总理曾引此句向全世界人民表明中国人民的坚定心志，铮铮铁骨，掷地有声。历史前进的潮流无法阻挡，就像是无数的青山根本无法挡住滚滚东去的长江水，而这就是客观事物发展的必然性。

杜甫在《戏为六绝句·其二》中写道：

> 王杨卢骆当时体，轻薄为文哂未休。
> 尔曹身与名俱灭，不废江河万古流。

前两句写"初唐四杰"王勃、杨炯、卢照邻、骆宾王开创了一代诗词的风格和体裁，但是浅薄的评论者对于他们的讥笑是无休止的。后两句形象地表明了诗人对事物发展必然性的清醒认识：你辈的一切终有一天会化为灰土，而这对于滔滔江河的万古奔流无损丝毫。时间不断流逝、事物始终发展，一切浅薄者、讥笑者都永远无法伤害历史分毫。

事物在不断发展过程中，一定会有新事物诞生、旧事物消亡。宋代叶绍翁在《游园不值》中写道：

> 应怜屐齿印苍苔，小扣柴扉久不开。
> 春色满园关不住，一枝红杏出墙来。

这首诗写的是诗人春日游园的所见、所闻与所感，写得十分形象而富有理趣，不仅表现了春天的生机是无法压抑的，而且字里行间还流露出了作者对春天的喜爱之情。"一枝红杏出墙来"十分浅显地表明了院墙永远无法阻隔春天的到来，传达的是一切新生事物都必然会冲破旧势力的阻隔与束缚，然后蓬勃发展。该诗通过对田园风光的描写，表现了其幽静安逸、舒适惬意的特点，通过此来告诉我们一切美好的、充满生命的新鲜事物都在遵循着客观事物的发展规律，而这种发展规律恰好是任何外力都无法阻挡的。所以对于世间万物的发生、变化、发展，我们都要抱着尊重、敬畏的心态。

对于新旧事物产生、灭亡这一永恒的哲学话题，唐代刘禹锡在

《酬乐天扬州初逢席上见赠》中也提道：

> 巴山楚水凄凉地，二十三年弃置身。
> 怀旧空吟闻笛赋，到乡翻似烂柯人。
> 沉舟侧畔千帆过，病树前头万木春。
> 今日听君歌一曲，暂凭杯酒长精神。

窗外那翻覆的船只旁仍有着千千万万的百舸在争流，枯萎的树木前仍有千千万万的林木欣欣向荣。白居易在赠诗中写"举眼风光长寂寞，满朝官职独蹉跎"（同辈的人都在升迁，只有你一人在那荒凉的地方寂寞地虚度着年华），以此来为好友刘禹锡抱不平。对于友人的打抱不平，刘禹锡在诗中写下了"沉舟侧畔千帆过，病树前头万木春"作为回应，他以沉舟和病树来自喻，独自一人在此地固然会感到些许惆怅，但也不乏乐观向上的心态。沉舟侧畔，千帆竞发；病树前头，万木皆春。刘禹锡反而以此来劝慰白居易不必为自己的寂寞、蹉跎而感到忧伤：虽然仕宦的升沉是没有任何象征和定数的，但是世事的变迁是一定的。其豁达的襟怀尽显无遗。这两句诗意又和白居易诗"命压人头不奈何""亦知合被才名折"遥相呼应，但本诗思想境界及蕴含的意义更高也更深刻。二十三年的贬谪生活，为什么没有使刘禹锡消沉颓唐呢？因为他深谙世间万物是在不断发展中前进的，新事物必将会取代旧事物。因为新事物中普遍包含着旧事物中的优秀成分，而旧事物中也孕育着新事物的基因，这二者是辩证统一的关系。刘禹锡思想中辩证统一的一面在《乐天见示伤微之敦诗晦叔三君子皆有深分因成是诗以寄》中也有体现：

> 吟君叹逝双绝句，使我伤怀奏短歌。
> 世上空惊故人少，集中惟觉祭文多。
> 芳林新叶催陈叶，流水前波让后波。
> 万古到今同此恨，闻琴泪尽欲如何。

颈联"芳林新叶催陈叶，流水前波让后波"同上文提到的"沉舟侧畔千帆过，病树前头万木春"同为千古名句，都能体现出刘禹锡的哲学思想。这句诗的表层含义是：茂密的树林中不断长出新叶，新叶不断催换着老叶、旧叶；奔腾的江河中，前面的流水退让给后起的波浪。其深层含义是：唯物辩证法中，新事物产生与旧事物消亡都有其客观必然性，并且不以人的意志为转移。这是世间万物发展的必然规律，无论是对于个人、对于国家还是对于民族都概莫能外。刘禹锡能以发展的眼光来看问题：发展是必然的，运动是绝对的，静止是相对的。既然事物发展的规律不以人的意志为转移，那么就要求人们要顺应、利用规律，不能创造规律，也不能消灭规律。

对于友人的去世，刘禹锡悲痛之余想到的就是尊重逝者、善待生者，生者更应该珍惜生命，好好地活下去。新旧事物不是决然对立的和毫无关系的，没有陈旧的树叶就不会有新生的树叶，没有前赴的浪潮亦不会有后继的浪潮。在刘禹锡认清这些哲学规律后，他的人生观不可谓不乐观、豁达、向上。

我们的时代正是由于新旧事物的交替才始终充满着浓浓新意。如清代赵翼在《论诗五首·其一》中写道：

满眼生机转化钧，天工人巧日争新。
预支五百年新意，到了千年又觉陈。

由于宇宙中的世间万物都处于不断地运动、发展之中，新的事物、新的思想层出不穷、推陈出新，新与旧永远是相对的概念。即使我们能够提前预支五百年的新意来创作、使用，一千年来临时，又会觉得这些新意到底是不够新了。因为世界在永不停歇地快速发展、前进，没有新意会永远是新意。

世间万物普遍联系、永恒发展。在这个大前提下，我们青少年作为国家发展的中坚力量，一定要认清世界发展的规律，对自己的脑袋不断进行武装更新，才能以我们自己的力量来适应世界发展、推动世界发展。

◎ | 不识庐山真面目，只缘身在此山中

事物的矛盾法则，即对立统一的法则，是唯物辩证法的最根本的法则。列宁说："就本来的意义讲，辩证法是研究对象的本质自身中的矛盾。"列宁常称这个法则为辩证法的本质，又称为辩证法的核心。因此，我们在研究这个法则时，不得不涉及广泛的方面，不得不涉及许多的哲学问题。这些问题是：两种宇宙观；矛盾的普遍性；矛盾的特殊性；主要的矛盾和主要的矛盾方面；矛盾诸方面的同一性和斗争性；对抗在矛盾中的地位。这些矛盾的观点，在诸多诗词中都有所体现。

对于矛盾，我们首先要意识到它的存在，然后正确认识它的存在，正如宋代林升在《题临安邸》中所写的那样：山外青山楼外楼。也如今天我们生活中常说到的俗语：山外青山，天外天。矛盾基于认知最明显的表现是认知的局限性与事物的无限性之间的矛盾。人们的认识是无止境的，只有正确认识矛盾、承认矛盾、开拓进取、探求未知，才能促进社会进步、引领时代潮流。

矛盾是普遍存在于生活中方方面面的，如宋代苏轼《题西林壁》云：

> 横看成岭侧成峰，远近高低各不同。
> 不识庐山真面目，只缘身在此山中。

这说的是游人从不同角度观看庐山会有不同的观感与收获，可以看到起伏连绵的山岭，也可以看到高耸入云端的山峰。而游人之所以能够看见远近高低不同的庐山，只是因为身处庐山之中，视野被庐山本身的峰峦所局限，能够看到的只有它的一峰、一岭、一丘、一壑，这一切都只不过是庐山的局部写照罢了。这两句诗奇思妙发，整个意境都浑然托出。这种理性认识不仅仅局限在山水游历中，世间万物皆如此。这两句诗启迪了人们认识一个哲理——由于各人所处的角度、地位不同，看问题的出发点也就不同，那么对于客观事

物的认识必定会带有一定的片面性；想要认识到事物的真相与全貌，就必须超越自我狭小的范围，摆脱主观成见。对同样事物进行观察，立场、视角不同，观点也就不同，更何况是各人认识视野受局限地置身其中。不同的人从不同的角度看庐山都不一样，这就是矛盾的特殊性原理；但无论从哪里看，看到的都是庐山，这就是矛盾的普遍性原理。

与其相同的、一脉相承的道理在王安石《登飞来峰》中也有提道：

飞来山上千寻塔，闻说鸡鸣见日升。
不畏浮云遮望眼，自缘身在最高层。

之所以不害怕层层浮云遮挡住远望的视线，是因为本身站在了最高层。而人们之所以会被事物的假象所迷惑，是因为他没有全面地、客观地、正确地观察、认识事物。只有站得高，才能看得远；也只有看得远之后，视野才会有全局性、前瞻性，决策才会有战略性、科学性。

唐代王之涣《登鹳雀楼》中的"欲穷千里目，更上一层楼"也在表达了这一哲理：只有全方位、多角度地去发现事物、观察事物，学会换位思考，个体的认知才能接近全面、客观、真实。

"人有悲欢离合，月有阴晴圆缺，此事古难全。"此为苏轼《水调歌头·丙辰中秋》中的名句，曾给无数读者带来宽解、慰藉。俗云"人不得全，月不得圆"，世界上是没有绝对完美的事物的，一切的完美都是相对而言，因为矛盾的普遍性是永远存在的。人应该用正确的态度和健康的心态来对待缺陷和挫折，这就是人生矛盾的辩证法，而苏轼此词句，正是这种心态的最经典的表述。

矛盾具有普遍性，事事有矛盾、时时有矛盾。矛盾是事物发展的源泉和动力。正因为有矛盾的存在，才推动着世界不断发展，促进人类文明不断进步。而作为青少年的我们，要做的是承认矛盾的存在、接受矛盾，才能真正改造矛盾、促进发展。

◎ | 江山代有才人出，各领风骚数百年

　　"创新"是指能为人类社会的文明与进步创造出有价值的、前所未有的全部物质产品或精神产品。可以说，我们现在能够欣赏、阅读到如此多的优秀古典诗词、文学作品，无不是中国古代文人不断创新创造的成果。这些成果不仅仅是我们今日所学习阅读到的诗词，亦是那一代的文人风骨，更是中华优秀传统文化。如田园诗派的创始人陶渊明在《饮酒·其八》中所云：

青松在东园，众草没其姿。

凝霜殄异类，卓然见高枝。

连林人不觉，独树众乃奇。

提壶抚寒柯，远望时复为。

吾生梦幻间，何事绁尘羁。

　　青松挺秀而美，生长在东园，却被众草所遮掩。足见众草之深，青松之孤独。到了寒霜凝结的时候，由于众草经受不起严霜的摧残，终是凋谢了；而青松却屹立于世，显现出卓尔不群的高枝。在一片森林中，人们不觉其奇，单独一棵树时人们才称奇。正如清代吴瞻泰《陶诗汇注》所说，是"借孤松为己写照"：青松象征的是陶渊明自己坚贞不渝的人格，众草喻指的是无品无节的官员们。凝霜也并非是真实的天气状况，而是喻指当时严峻恶劣的政治气候。不管是青松、众草，抑或诗人自身，都是和周围事物普遍联系的有机整体。一株卓然挺秀的青松，之所以能引起人们的惊诧，是因为其特异，因为众草都没有青松的品质。如果园中皆是青松，那么这一株肯定是不足为奇的。同样，其中出现一位人格高尚的士人，自然是与众不同的。究其根本，是由于当朝的一班士人未能挺立人格，人格高尚未能蔚然而为一代士风。而坚贞高洁的人格正如青松，是真正的主体品格。

　　创新对于时代前进发展的重要性不言而喻，如清代赵翼在《论

诗五首·其二》中写道：

> 李杜诗篇万口传，至今已觉不新鲜。
> 江山代有才人出，各领风骚数百年。

诗歌史上，李白、杜甫两位大家的诗作因为口口相传，至今已不觉新鲜。促使中华古诗词不断发展、流传的秘诀是"江山代有才人出"，是他们不断地发展与创新中华优秀传统文化。中华民族就是在这种"生生不息"的历史进程中不断地崛起、强盛。

创新要"层出不穷"，更要"领异标新"，正如清代郑板桥在其书斋题联中说的那样：

> 删繁就简三秋树，领异标新二月花。

其意思是：深秋的树木不像夏天那么枝繁叶茂，但却枝干分明；在寒冬还未彻底退去的二月，若有鲜花先行盛开，则是另一番动人景象。郑板桥倡导以最为简练的笔墨刻画最丰富的内容，要以笔墨少胜笔墨多；与此同时要开辟新的道路，就像二月中最早开的那一朵鲜花。这里强调的正是现今的创新观，用一花开引来百花开，用一人创新引来万人创新，主动创造出与众不同的格调。

我们个人要创新，因为创新是实现人生成就和幸福的核心能力；国家要创新，因为创新驱动是国家可持续发展的长期战略，是民族长期屹立的重要保障；世界要创新，因为创新是推动人类文明历史发展进步的核心动力。

作为新时代的青年，我们要认清世间万物之间都存在着联系与矛盾，并且都处于不断的发展中；而我们要做的是打破陈旧思想，学会创新，敢于创新，在创新思维的引领下走向成功。

哲学和文学的关系密切且复杂。纵观中国古代文学史，大多数的文学大师都是思想家，都有自己独特的思想，比如杜甫、刘禹锡、朱熹等。几乎可以肯定地说，如果他们没有独特的、富有哲理的思想，他们的文学成就不会那么高。一个好的文学家笔下定是有思想的、活生生的、非脸谱化的人或物及其之间的矛盾与冲突，因而我们所欣赏的文学其实就是思想冲突、矛盾的具象化；我们所讨论的哲学是对生活经验的概括与总结，是经验和知识形成的思想框架。了解了这些后就不难发现，我们所谈论的文学就是哲学思想框架的具象化的描写。这也是我们要不断阅读、学习文学大师作品的重要原因，不仅仅是因为他们高超的文学技巧，更是因为在他们文字后面隐藏的巨大的思想力量。

文学不能脱离哲学而存在，哲学使得文学深刻且具有理趣；同理，哲学也不能脱离文学而存在，文学是哲学最为基础的表达。而无论是哲学还是文学，都是能为我们的生活带来无限幸福感的学科。

昼出耘田夜绩麻，村庄儿女各当家

——古典诗词中的劳动实践

中华民族一直是勤劳能干的民族，代代华夏儿女在这片神奇的土地上辛勤劳作。他们春耕夏耘，秋收冬藏；晨起晚归，夜以继日。这些勤劳质朴的人们用他们劳动的双手推动了历史车轮滚滚向前。几千年来，他们在田地上精耕细作，创立了源远流长的文明古国，创造了丰富宝贵的精神财富。

据资料记载，诗歌的最初起源与劳动息息相关。研究者分析，诗歌起源于上古社会中的劳动生活。《淮南子·道应训》中说："今夫举大木者，前呼'邪许'，后亦应之，此举重劝力之歌也。"在骄阳似火的大地上，一群穷苦的劳动者正扛着粗重的木头缓慢地前行，他们的皮肤被太阳晒得像火一样烫，他们的汗水像雨点一样滚落。沉重的木头压得他们喘不过气来，他们不得不走走又停停、停停又歇歇。此时，人群中不知道是谁喊出了一声"邪许"来宣泄心中的痛苦，旁边的人见状也纷纷喝了一声。没想到这声简单的呼喊竟能奇妙地使疲劳的身心得到缓解，于是人们纷纷都加入这"邪许"的唱和中来。在这"邪许"的节奏声中，人们试着去调整自己的步伐，以此与同伴的步伐达成一致。于是，这种有节奏的呼喊声渐渐地发展成为音节、旋律。这就是诗歌节奏、韵律的起源。

随着语言的发展，当表现情感的某些劳动的呼喊声被相适应的语言替代时，语言和劳动的呼喊便结合为一体：语言便有了它的歌唱形式，呼声也便有了它的确切内涵。这就是劳动呼声的发展与提高，同时也使语言更加强化而带有一定的节奏性和音乐性。这样就形成了原始人类抒发情感的一种艺术样式——诗歌。

我国最早的诗歌来源于上古时期的歌谣。这些古老的歌谣记载了先民们狩猎的劳动场景。如上古《弹歌》：

断竹，续竹；飞土，逐肉。

此歌谣虽只有简短的八个字，却包含了从制作工具到获取猎物的全过程：先砍竹子，然后做成弹弓，接着发射弹丸，最后猎取鸟兽。在此过程中，作者不自觉地运用了省略，省略了四个场景及场景之间的次要过程，对每个场景都配上一个动词来增强动态的画面。这样能唤起人们对"断""续""飞""逐"前后动作过程的联想，同时让人感受到在低下的生产力水平和严酷的自然条件下先民们获取猎物的艰辛。

◎ 笑歌声里轻雷动， 一夜连枷响到明

在劳动的过程中，最早的劳动者积累了一些劳动的经验。他们凭借自己的勤劳和智慧，极大地提高了劳动效率，改善了自己的生活环境。"民生在勤，勤则不匮""黎明即起，洒扫庭除"。从这些语句中，我们可以感受到中华民族以劳为美的传统美德。正因为这些质朴的劳动者们的辛勤劳动，才有那"江南可采莲，莲叶何田田"欢快愉悦的生动场景，才有那"竹喧归浣女，莲动下渔舟"嬉戏打闹的欢声笑语，才有那"西崦人家应最乐，煮芹烧笋饷春耕"充实繁忙的快活自在。他们不仅用自己的双手建成了美好家园，也把热爱劳动的精神代代相传。在一些反映劳动生活的诗篇中，劳动者的热情被唤醒，他们积极投入生产，创造了极为丰富的物质财富，也给生活增添了绚丽色彩。例如先秦的《魏风·十亩之间》：

十亩之间兮，桑者闲闲兮，行与子还兮。
十亩之外兮，桑者泄泄兮，行与子逝兮。

这首民谣刻画了一群采桑女相约一起采桑的情景:夕阳西下,暮色欲上,牛羊归栏,炊烟渐起。忙碌了一天的采桑女,准备回家了。她们背起筐篓,呼朋唤友,结伴同行,一路上撒下她们的欢声笑语。人渐渐走远了,可她们的笑声还在桑园上空回荡。透过此诗,我们不仅看到了采桑女轻松愉快的劳动心情,更感受到了劳动人民质朴纯真的生活状态。又如宋代杨万里的《插秧歌》:

> 田夫抛秧田妇接,小儿拔秧大儿插。
> 笠是兜鍪蓑是甲,雨从头上湿到胛。
> 唤渠朝餐歇半霎,低头折腰只不答。
> 秧根未牢莳未匝,照管鹅儿与雏鸭。

农忙时节,为了抢种插秧,全家人一齐上阵。为了提高效率,他们分工明确:重活分配给田夫和大儿,轻活分配给小儿和田妇。"抛""接""拔""插"这一系列动词传神地刻画出一家老少专心致志低头插秧的神态和热火朝天的劳动场面,表现了劳动人民忙碌而充实的生活。又如宋代辛弃疾的《清平乐·村居》:

> 茅檐低小,溪上青青草。醉里吴音相媚好,白发谁家翁媪?
> 大儿锄豆溪东,中儿正织鸡笼。最喜小儿无赖,溪头卧剥莲蓬。

上阕描绘的是一对满头白发的老夫妻在茅檐下喝酒谈天的情景。低矮的小茅草房,有一条小溪潺潺地流淌,小溪的边岸长满了碧绿的青草。而茅房的主人刚刚喝了点小酒,他们正相互依偎着唠家常。这里场面温馨、愉悦,充盈着和谐、幸福。

下阕用白描手法刻画了三个儿子劳动时的不同情景。大儿子在田间正挥着汗水锄着杂草,二儿子在家里正有模有样地编织鸡笼,而三儿子年幼顽皮,只知贪玩,静静地趴在小溪边上专心地剥莲蓬吃呢!作者通过这一幕幕劳动场景,把农家生活描绘得有声有色,让人感受到了田园生活的浓厚气息。

同样是反映乡村农家生活的紧张、忙碌,有些诗作并没有细腻地去刻画人物劳动的场景，而是从其他角度去描绘，也能达到异曲同工的效果。例如宋代翁卷的《乡村四月》：

> 绿遍山原白满川，子规声里雨如烟。
> 乡村四月闲人少，才了蚕桑又插田。

诗的前两句运用白描手法绘景，寥寥几笔就勾勒出一幅动静相宜、有声有色的江南山水图。后两句歌咏江南初夏的繁忙。尾句没有写实，不是说家家户户都是首先做好采桑喂蚕的活后才去抛秧插田，而是化繁为简，表示这件事还没干完那件事又来了，从而勾画出乡村四月农家的忙碌气氛。而第三句不直接说人们太忙，却说闲人很少。这里用的是委婉舒缓的说法，从中表现人们在繁忙紧张之余仍能保持一份从容恬静的气度。又如清代宋琬的《春日田家》：

> 野田黄雀自为群，山叟相过话旧闻。
> 夜半饭牛呼妇起，明朝种树是春分。

春天刚到，黄雀就飞来了，它们聚集到田野寻找刚冒出的嫩草叶。而几位老者正兴致勃勃地走在山间的小道上，想趁着这美好时光去拜访久别的老友，拉拉家常，叙叙旧情。估计不多久就要用牛耕地了，主人对牛非常关照，甚至到了夜里还要给它多喂一次食。牛吃饱后，发出满足的低鸣。当家的又去唤醒正在酣睡的妇人，商量明朝春分种树的事情。总之，山叟的话旧声、老牛的低鸣声、妇人的应答声，在静谧的山村显得格外清晰。这些简单的生活片段，构成了一幅清新自然的山村图景，表现了春天来临之际乡民们悠闲而又忙碌的生活。

劳动推动了社会的发展、时代的进步，也铸造了中华儿女优秀的品质。"布谷飞飞劝早耕，春锄扑扑趁初晴"，无论是春季还是冬季，"田父草际归，村童雨中牧"，无论是晴天还是雨天，"昼出耘田夜绩麻，村庄儿女各当家"，无论是白天还是黑夜，都能看到劳动者们忙碌的身影，感受到他们高涨的劳动热情以及建设美好生活的愿望，体会到他们强烈的生命意识和积极的人生态度。"黎明即起，洒扫庭除""夙兴夜寐，靡有朝矣"，这些勤劳朴实的品质和催人奋进的精神绵延不断、经久不衰。例如宋代卢炳的《减字木兰花·莎衫筠笠》：

> 莎衫筠笠，正是村村农务急。绿水千畦，惭愧秧针出得齐。
> 风斜雨细，麦欲黄时寒又至。馌妇耕夫，画作今年稔岁图。

在这阴雨绵绵的时节，正是村村忙农活的紧张时刻。农民们披上蓑衣，戴好笠帽，来到田头，翻耕水田。等到翻耕好了千亩水田，又要准备下田插秧。幸好今年秧苗出得齐、长得好。碰上斜风细雨，连日不晴，天又转凉，小麦将熟的时候，男人们要去田里抢种抢收，妇女们要来田头冒雨送饭。小令刻画了不同的雨季，通过水田、秧田、麦田场景的变换，表现了农民劳作的艰辛，赞扬了他们勤劳能干的品质，彰显了劳动的崇高与美丽。又如李白的《秋浦歌十七首·其十四》：

> 炉火照天地，红星乱紫烟。
> 赧郎明月夜，歌曲动寒川。

此诗描写了热火朝天的冶炼场面。"照"字运用夸张的手法，描绘了冶炼工场的热烈气氛。这照耀天地的炉火，既反映了工人们工作紧张繁忙，也映衬了他们心情豪迈爽朗。"乱"字形象地将火花四溅、紫烟升腾的冶炼场面再现出来。诗歌后两句着眼于对人的描写：用"明月夜"照应"炉火"，表现了工匠们深夜劳作的艰辛。尽管要夜以继日地生活，但工人们还是非常喜欢自己的职业的。当铁水出炉之时，他们会为自己的杰作自豪歌唱。那嘹亮的歌声震动寒川，驱走了他们身上的疲劳，更加激发了他们对生活的热爱。这样，冶炼工人爱岗敬业的形象鲜明地表现了出来。再如王维的《春中田园作》：

> 屋上春鸠鸣，村边杏花白。
> 持斧伐远扬，荷锄觇泉脉。
> 归燕识故巢，旧人看新历。

临觞忽不御，惆怅远行客。

这是一幅别具匠心的田园画卷，描绘的是生机勃勃的春天。但诗人并没有浓墨重彩地去渲染春天的姹紫嫣红，而是用淡淡的文笔向我们传达春天到来的消息。冬天难以见到的斑鸠，随着春的来临，早早地就飞到村庄来了，在屋顶不时地啼唱。村旁的杏花也听到了春到来的消息，争先恐后，竞相开放，整个村庄都被掩映在一片白色的海洋中。而斑鸠的啼唱和杏花的盛开，也让赋闲在家的农夫们待不住了，他们开始了一年的劳作：有的人拿着斧子去修理桑树的枝叶，有的人扛着锄头去查看泉水的通路，一年的农事序幕就这样拉开了。透过此诗，我们能强烈地感受到农民们热爱劳动的美好品质及春天来临之际他们对未来美好生活的憧憬、展望。

◎ 苦恨年年压金线，为他人作嫁衣裳

劳动不仅培养了人们的美好品质，也让人们学会了理性地思考。所谓理性，就是按照事物发展的规律和自然进化的原则来处理问题的一种态度，具体来说，就是考虑任何问题、处理一切事情都能做到不冲动，而是认真思考探索。在古代，生活在社会底层的劳动者是辛苦的。他们不避严寒酷暑、不避雨雪风霜，终年奔波劳碌。这自然会引发诗人们对他们艰辛劳动的同情，引发诗人们的理性思考。例如唐代李绅的《悯农》：

锄禾日当午，汗滴禾下土。
谁知盘中餐，粒粒皆辛苦。

正午烈日炎炎，农民一刻也不得休息，还在田里劳作。他们身上渗透出来的汗水，一滴滴滚落在灼热的土地上。有谁知道，那餐盘中的每一粒米都是农民们一下一下锄出来的。"一粥一饭，当思来处不易；半丝半缕，恒念物力维艰。"当你们端起每一碗粥、每一碗饭时，当你们拿起半根丝半缕线时，都一定要想到它们是来之不易

的。诗的最后两句不是空洞说教、无病呻吟，而是以深沉的慨叹、蕴藉的语言表现诗人真挚的同情。又如唐代崔道融的《田上》：

> 雨足高田白，披蓑半夜耕。
> 人牛力俱尽，东方殊未明。

此诗纯用白描，描绘了农夫披着蓑衣连夜耕作的情景。开头两句是说春雨已下得很充足了，高处的田里也贮满了一汪白茫茫的水；为了抓住雨水多这一时机进行抢种，农夫不得不披着蓑衣冒着雨半夜就来田里犁田。后两句用"力俱尽"与"殊未明"做了鲜明的对比：人和牛都已累得筋疲力尽了，可离天亮的时间还很长。可见农夫的生活是多么艰辛。通过这一对比，表达了诗人对农夫辛劳生活的同情。再如宋代范仲淹的《江上渔者》：

> 江上往来人，但爱鲈鱼美。
> 君看一叶舟，出没风波里。

这首诗反映了渔民的艰辛。诗人一针见血地指出江上来来往往寻欢作乐的人们，只会品尝鲈鱼的鲜嫩味美，却不在意渔民与惊涛骇浪生死搏斗的险境。诗人意在通过渔民们劳苦的生活，唤起人们对民生疾苦的关注。

马克思曾说："劳动替富者生产了惊人作品，然而，劳动替劳动者生产了赤贫。劳动生产了宫殿，但是替劳动者生产了洞窟。劳动生产了美，但是给劳动者生产了畸形。"[①] 是的，这些终年劳动的劳动者们自然会产生疑惑：他们整天默默无闻地在田间劳作，为什么一年到头吃不饱、穿不暖、居无安甚至两手空空惨遭饿死？然而那些高高在上的统治者们终年不劳而获，为什么却能获得锦衣玉食的生活？有了这些思考，他们就会带着沉重的心情进一步思考这些问题：是什么造成了他们这种苦难生活？是谁制造了这人间的悲剧？有了这些思考，他们就把这些感悟凝结成血泪的文字。这样，对剥

---

① 马克思. 经济学—哲学手稿. 北京：人民出版社，1956：54.

削阶级不劳而获鞭挞的作品应运而生。例如《诗经·七月》（节选）：

> 七月流火，九月授衣。一之日觱发，二之日栗烈。
>
> 无衣无褐，何以卒岁！……………
>
> 七月鸣鵙，八月载绩。载玄载黄，我朱孔阳，为公子裳。

这是最早鞭挞剥削阶级不劳而获的作品。节选的部分真切地再现了奴隶们一年到头无休止的繁重劳动。作者在倾诉奴隶们这些血泪斑斑的历史的同时，也表现了清醒的阶级意识。"无衣无褐，何以卒岁"，通过描写奴隶们日夜辛苦地劳作却没有御寒的冬衣过冬来表现奴隶们处境的悲惨。"我朱孔阳，为公子裳"，通过描写妇女们蚕桑纺织织出鲜艳的衣裳却不是为自己而是为贵族公子织的，来揭露奴隶主对奴隶的残酷剥削。又如唐代于濆的《苦辛吟》：

> 垅上扶犁儿，手种腹长饥。窗下抛梭女，手织身无衣。
>
> 我愿燕赵姝，化为嫫母姿。一笑不值钱，自然家国肥。

同样是揭露耕者不得食、织者不得衣的社会现实，此诗比上一首诗揭露得更加深刻。诗的前四句进行了对比："垅上扶犁儿"，亲手耕种，却"腹长饥"；"窗下抛梭女"，亲手织布，却"身无衣"。跟上一首诗一样，它也是写实描绘。而后四句发挥了诗人的想象：由于上层社会的靡费造成了统治者的"千金买笑"，诗人由此想出了一个让"燕赵姝""化为嫫母姿"的解决方案，他希望燕赵两地的漂亮女子都变成丑陋不堪却德行高尚的嫫母，那么她们的笑就不值钱，统治者们也就不会为她们纵情挥霍了。那样，社会上富者穷奢极侈、贫者衣食无着的现象或许会有所改变。当然，这一办法并不能解决根本问题，但至少说明底层劳动人民的艰辛生活引起了一些有识之士的关注。他们不仅表达出了对底层劳动者的同情，还用辛辣的文字深刻揭露了封建社会不合理的社会现象。再如白居易的《观刈麦》（节选）：

> 足蒸暑土气，背灼炎天光，力尽不知热，但惜夏日长。
>
> 复有贫妇人，抱子在其旁，右手秉遗穗，左臂悬敝筐。

听其相顾言，闻者为悲伤。家田输税尽，拾此充饥肠。

今我何功德？曾不事农桑。吏禄三百石，岁晏有余粮。

此诗先将镜头对准了正在田中割麦的农民：烈日炎炎，整个大地如同笼罩在蒸笼中烤火一样灼热发烫。但这些拼尽全力挥舞着镰刀的农夫们似乎忘记了炎热，仍然脸对大地、背对蓝天一路向前割去。因为他们知道这是"虎口夺粮"，必须争分夺秒，一刻都不能停歇。然后又将镜头转向一位妇女：这位面黄肌瘦的女子手中怀抱一个孩子，还要一手提破篮一手拾麦穗。听旁人说她已被苛捐杂税弄得无田可种，只能拾穗充饥。由此诗人将批判的矛头直指苛捐杂税，正是这些沉重的苛捐杂税给农民造成了深重灾难，揭示了农民贫困的根源。最后诗人由农民的艰辛触景生情，想到自己无功无德却能养尊处优、不劳而获而心生惭愧。在那个等级分明的社会，一个有良知的封建官吏能够发出这样深刻的反思弥足珍贵。

◎ 纸上得来终觉浅，绝知此事要躬行

随着社会的发展、时代的进步，人们慢慢感到单靠天吃饭是不能解决温饱问题的，于是他们在培育农作物的同时逐渐积累了一些经验，来提高农作物的产量。如他们在栽种农作物的过程中，发现农作物的生长受到热量、光照、降水、季风等气候因素的影响，所以栽种时讲究时令，不同的季节要栽种不同的农作物。例如陆游在《时雨》中写道：

时雨及芒种，四野皆插秧。

家家麦饭美，处处菱歌长。

老我成惰农，永日付竹床。

衰发短不栉，爱此一雨凉。

庭木集奇声，架藤发幽香。

芒种，被人们称为"忙种""忙着种"，意思是农民要在这个节

气忙着播种了。"时雨及芒种,四野皆插秧"也告诉我们:芒种之时,尤其是下过雨后,要抓紧时间下田收麦子、插青秧,这样就能让庄稼生长得更好一点。这种智慧,实际是千百年来中国农耕文明所延续下来的智慧。又如范成大的《梅雨五绝》:

> 乙酉甲申雷雨惊,乘除却贺芒种晴。
> 插秧先插蚤籼稻,少忍数旬蒸米成。

由"插秧先插蚤籼稻"可知:芒种之时要插的是早籼稻。不同品种的水稻要根据播种期、生长期和成熟期的不同进行栽种,这样才能提高水稻的产量。早籼稻需要的气温低、日照时间短、湿度大,芒种时期种植会让它长势更好、生长更快。但是早籼稻长出的米粒的结实度低,碾出的米易碎并且粗糙,不太好吃。所以诗人才说"少忍数旬蒸米成",这样的米粒只有去蒸才好吃点。再如唐代张彪的《敕移橘栽》(节选):

> 南橘北为枳,古来岂虚言。
> 徙植期不变,阴阳感君恩。
> 枝条皆宛然,本土封其根。
> 及时望栽种,万里绕花园。
> 滋味岂圣心,实以忧黎元。

"南橘北为枳"这句话是说同一物种会因环境的不同而发生变化。如果橘树在淮河以南生长就是橘树,如果在淮河以北生长就会变成枳树,所以栽种要讲究因地制宜。"枝条皆宛然,本土封其根"是说:培育时,还要在植物根部位置加厚土层。根部土壤条件得到了改善,橘树才能长得枝繁叶茂。"及时望栽种"是说:栽种要及时,不能错过时令。

在实践过程中,人们还发现农作物的种植要讲究科学,要科学地选种、施肥、浇灌,科学地轮耕种植等。例如王安石在《书湖阴先生壁二首》(其一)中写道:

第08课 昼出耘田夜绩麻,村庄儿女各当家

> 茅檐长扫净无苔，花木成畦手自栽。
> 一水护田将绿绕，两山排闼送青来。

这首诗中提到了花木栽种的技巧："花木成畦手自栽"。因为庭院中花木的品种繁多，所以要分畦栽种，这样长出的花木才茂盛丰美。又如清代阮元在《吴兴杂诗》中写道：

> 交流四水抱城斜，散作千溪遍万家。
> 深处种菱浅种稻，不深不浅种荷花。

这首诗的前两句刻画了吴兴水乡的旖旎风光，为农民种植水生植物交代了自然条件。后两句刻画了农民种植水生植物的繁忙场面：他们根据当地的自然环境，在水域深的地方种上菱角，在水域浅的地方植上水稻，在不深不浅的地方栽上荷花。这样每一块地方都得到了合理的充分利用，反映了农民因地制宜、因时制宜、合理安排种植品种的科学态度。

中国一直是农业大国，农业灌溉需要消耗大量人力资源，担挑肩扛的原始方式不能保证农田的灌溉。为了节省人力、保证农田灌溉，一些劳动者们绞尽脑汁，在实践中摸索，终于发明了灌溉田地的工具。如范成大在《夏日田园杂兴》（其六）中写道：

> 下田庳水出江流，高垄翻江逆上沟。
> 地势不齐人力尽，丁男长在踏车头。

"地势不齐人力尽"是说：为了让地势高的地方都得到水，人力用尽了，但还是无济于事。为了解决这一难题，壮丁们一起去踩"踏车"。这里的"踏车"就是一种通过齿轮、链条和木板的转动将低处的水带到高处田中的水车。又如宋代张耒在《早稻》中写道：

> 早稻如倒戈，十穗八九折。晚稻不及秀，日炙根土烈。
> 踏车激湖水，车众湖欲竭。得泉如沸汤，旱土湿未彻。

同样写"踏车"，张耒的诗对踏车的功能还做了进一步阐释。"踏车激湖水，车众湖欲竭"：当人们用踏车去汲水时，湖里的水一下子就被抽干了。这表明踏车在灌溉过程中起到了巨大的作用。

生活的美好、社会的进步，无不来源于辛勤的劳动。劳动之美，不是来自肤浅的表面，而是来自一份自内而外散发出的温润光芒。这份光芒能让我们挣脱物质的枷锁，拥有丰盈的精神世界，让我们收获满足、快乐和尊严。无论外界如何变迁，这份光芒从不会泯灭。2015 年 4 月 28 日，习近平总书记在庆祝"五一"国际劳动节暨表彰全国劳动模范和先进工作者大会上指出："引导广大人民群众树立辛勤劳动、诚实劳动、创造性劳动的理念，让劳动光荣、创造伟大成为铿锵的时代强音。"在全面建设社会主义现代化强国的进程中，我们不能因发展迅速而轻视了劳动，而应发掘新时代的劳动价值，弘扬新时代的劳动精神，让劳动之花在新时代的土壤里蓬勃绽放！

第 08 课 昼出耘田夜绩麻，村庄儿女各当家

古人学问无遗力，诗词自与科学存
——古典诗词中的科学精神

　　科学精神，指的是科学实现它的社会文化职能的重要形式及载体，是科学文化的主要内容之一，包含自然科学发展过程中所形成的优良传统、认知方式、行为规范、价值取向。

　　在宇宙浩瀚的未知面前，人类已知的和所有能够想象到的东西都渺小得可以忽略不计，但即使在这一微小的、忽略不计的东西里面也充斥着诸多谬误。科学精神正是一种能够让人类真正地意识到自己的无知、幼稚和到处都有错误之后的理性、真诚、谦虚，而不是狂妄的迷信、傲慢的自信、虚伪的谦逊。正是由于有了这种理性的、真诚的、谦虚的科学精神，才能让科学走上排除谬误、追求真知的无尽探索之路。

　　在中华古典诗词中流传最为广泛、影响最为深刻、最富有生命活力的，正是那些与科学完美嫁接的诗句。文学的艺术首先是富于形象的语言艺术，再插上富有理趣的科学的翅膀后，就会飞得更高、更远。形象的诗句注入了科学的内涵，才更加熠熠生辉、启人心智。

　　我们认为，对于现阶段的青少年而言，首要落实的科学精神的四个方面是：实践精神、执着精神、批判精神、学习精神。

◎ | 纸上得来终觉浅，绝知此事要躬行

　　科学精神中最为首要的当是实践精神。纵观世界自然科学类学

科的诞生标志，无一不是将理论落实到实践。实践有着诸多的含义，在马克思主义哲学中，实践指的是人们能动地改造世界、探索现实世界中一切客观物质的社会性活动，而科学的实践活动是检验科学理论真理性的唯一标准，正所谓"实践是检验真理的唯一标准"。

从时间轴上往前追溯几千年，我国古代的文人墨客早已意识到了实践的重要性，早就开始强调不可"纸上谈兵"。陆游的教子诗《冬夜读书示子聿》在书本与实践的关系上就强调了实践的重要性。诗云：

古人学问无遗力，少壮工夫老始成。

纸上得来终觉浅，绝知此事要躬行。

其中的名句"纸上得来终觉浅，绝知此事要躬行"明确了做学问的功夫要下在何处的问题。学知识首先要从书本中孜孜不倦、持之以恒地汲取，但仅仅如此是远远不够的。书本只是前人实践经验的总结，照搬书本只是纸上谈兵罢了。要想彻底知道其中的道理、彻底领悟其中的奥秘，必须"亲身躬行"。诗人从书本知识和社会实践的关系着手，进一步强调了实践的重要性，凸显出其真知灼见。而诗中的"躬行"包含的不仅仅是学习过程中的"口到、手到、心到"，更是汲取知识后要通过亲身实践这一环节将书本知识真正化为己有、转为己用，在实践中夯实知识及基础。

苏轼《惠崇春江晚景》一诗中，用另一种思路及表述演绎了科学的实践精神。诗云：

竹外桃花三两枝，春江水暖鸭先知。

蒌蒿满地芦芽短，正是河豚欲上时。

"鸭先知"从侧面说明春江水还未完全回暖，仍带有些许的寒意，而此时别的动物还未感受到春天的来临。这与首句中的"三两枝"相呼应，表明了此时正处于早春时节。这两句诗是苏轼巧妙地化用了唐代孟郊《春雨后》中的"何物最先知，虚庭草争出"和唐代杜牧《初春舟次》中的"蒲根水暖雁初落，梅径香寒蜂未知"。苏轼学古而不拘泥，前人诗句的造诣加之自己的观察和积累，熔炼出这一古今名句。鸭下水而知春江暖，一叶落而知天下秋。对于暖融融的春江水，只有畅游在水面上的鸭子才能第一时间体验到。通过此诗句我们能够学习到：你若想了解某个事物，就必须在第一时间到第一现场去实践。实践出真知，实践出科学。只有通过实践考验锤炼出的真理才是科学。学习、做学问切不可在没有实践的基础上妄自空想、乱想。

杨万里《过沙头》中以"篙师识水痕"来阐释实践出真知这一普遍而又深刻的科学命题。诗云：

> 过了沙头渐有村，地平江阔气清温。
> 暗潮已到无人会，只有篙师识水痕。

过了沙头看到村庄，地势低平、江水广阔、气候凉爽，但这只是暴风雨来临前的平静，一股暗潮已悄然到来，只是无人能识，因为他们没有水上的生活经验，不知晓潮起潮落的规律。只有经年累月在水上撑船的篙师才能敏锐地感知水位的深浅更迭、流速的快慢变化，才能识得地平江阔下的暗潮。正如"暴风雨来临前的宁静"，生活中危机四伏，有时表面的平静只是在孕育内里巨大的危机，但缺乏经验的人往往不以为然，也无力化解危机，只有同"暗流"经年相处并熟谙其规律的篙师才能识破并化解。这正是科学的实践精神。我们只有经过长期的实践，才能在第一时间发现问题，才能领会其中的奥妙，才能更好地化解难题。

在"空谈误国，实干兴邦"的时代背景下，作为时代青年的我们需要继承和发扬实干精神、实践精神，灵活运用所学的理论知识投身实践，为新时代社会主义建设添砖加瓦。

与其咒骂黑暗，不如主动燃起一支明烛；与其日复一日地观望、蹉跎岁月，不如立马行动；与其辩驳着理论，不如付诸实践。理论只能通过实践才能化为真理，这就是科学精神中的实践精神。所以，实践起来吧！只有通过实践，才能发掘出更好的自己，才能真正做到"读万卷书，行万里路"。

　　科学精神涵盖着方方面面的特征，其中"执着的探索精神"是指根据已有的知识、经验获得启示或预见未来。科学理性与执着追求是恢宏灿烂的中华民族传统文化留给我们的弥足珍贵的精神财富。这种精神财富也必将成为继续推动我国向前发展的强大动力。

　　早在几千年前的战国，屈原就在《离骚》中以"路漫漫其修远兮，吾将上下而求索"表达他对于正确方法、对于真理的执着追求：前方的道路又窄又长、无边无际，但我却将百折不挠、不遗余力地去寻找心中的太阳。"上下而求索"的精神无论在哪个时代、哪个地区都始终是一种向上的标志。我们在人生前进的道路上，为了自己心中的梦想与期望，只能也一定要在摸索中前进，发现问题及时纠正，遇到困难立刻力排，遭遇障碍全力克服。

　　所有人都是在努力中一步一步地前进，在摸索中不断地丰富着人生的经验。追求幸福的人生，道路虽然是坎坷曲折的，但是前途一定是充满光明的。只要我们能够努力奋进，能够及时总结经验、吸取教训、少走弯路、鼎力前行，那么我们的梦想、理想就一定会有实现的一天。而心中的太阳，就是点燃我们在人生的道路上寻求幸福的力量源泉。

　　朱熹的《观书有感》就体现了科学与真理是在不断探索中前进的。诗云：

　　　　半亩方塘一鉴开，天光云影共徘徊。

　　　　问渠哪得清如许，为有源头活水来。

　　这是一首典型的借景喻理的名诗。诗中以方塘作为比喻，形象生动地表达了一种妙不可言的读书感受。这方塘并不是一泓死水，因其常有活水注入，才能够像明镜一般始终清澈见底，始终有着天光云影在水面上闪耀浮动。它象征的正是一个人在读书有悟、有得时的灵气流动、思路明畅、精神清新时活泼又自由自在的精神境界。

而这种情景，正是告诉我们在追求科学的道路上，一定要不断地补充新知，执着地探索新知，这样才能有源源不断的灵感，才能保持我们大脑的清醒灵活。这不仅仅是保证方塘清澈的精髓，还是保证我们大脑持久聪慧的奥义，更是科学研究的本质、世界发展的根本动力。

那么，我们所坚持的、所探索的科学真理会随着时间的流逝消失殆尽吗？唐代刘禹锡在《浪淘沙·其八》中给出了答案：

莫道谗言如浪深，莫言迁客似沙沉。
千淘万漉虽辛苦，吹尽狂沙始到金。

不要说谗言像凶恶的浪涛一样令人恐惧，不要说被贬之人像泥沙一样在水底埋沉。人们都是要经过千万遍的洗涤过滤，历尽千辛万苦才能够淘尽泥沙得到闪耀的黄金。正如科学真理，不就是在时间的长河中一遍遍地被洗涤、被过滤，或淘汰、或保留；而只有那些不断被洗涤、过滤、淘汰后保留下来的，才是我们所需要的真正的科学真理。所以我们可以说，没有执着探索就没有科学真理。而只要你所坚持、探索的是科学真理，即使被时间的长河不断打磨、腐蚀，也终有一天会见天日，因为真理都是经过不断洗涤过滤后才确定的。

郑板桥在七言绝句咏竹诗《竹石》中写道：

咬定青山不放松，立根原在破岩中。
千磨万击还坚劲，任尔东西南北风。

这首绝句从开头的一个"咬"字便极为有力地将根在岩缝中的竹子的神韵及顽强的生命力刻画得淋漓尽致。它们从不畏惧东西南北狂风的捶打，经过无数的磨难才长就了如此英俊挺拔的身姿。该诗与普遍赞美竹子的诗不同，诗人赞美的不是普遍竹子的柔美，而是竹子那鲜为人知的刚毅。这种刚毅是不畏困难、不畏严寒、不畏锤炼，是执着、是刚强、是坚毅，正如我们的科学精神。

其实，我们从刚出生时起便在探索着这个世界，并且每个人都在各自的领域里永不停歇地攀登与探索。人类文明因不断探索而不断深入，也因不断探索才有了不断向前的动力，更因不断探索才将人类引入更高的文明。

◎ │ 试玉要烧三日满，辨材须待七年期

批判精神指的是评论人或事物的是非时所持有的一种意识、思维活动和一般的心理状态，对某种思想言行（多指错误的思想言行）进行系统分析而坚持的一种原则和立场。批判精神在科学精神中是十分重要的，毛主席始终坚持对外来的事情保持批判的精神。如果不对事物进行批判，就无法深入事物的本质，也无法寻求到一种最适合我国国情的发展模式。当然，从鲁迅先生的《拿来主义》中我们可以知道，批判精神不仅是针对外来事物，对所有事物都应如此。

我国的批判精神由来已久，早在《诗经·小雅·鹤鸣》中就已经提道：

他山之石，可以攻玉。

别的山上的石头虽然坚硬，但可以用来雕琢玉器。这不正是现世所推崇的要用批判的思维及眼光看待事物吗？避免思想的僵化与固着，是批判精神对于我们自身来说最大的益处。古人以其特有的开放意识，批判地对待所有事物。这不正是推动历史前进的重要力量吗？

那么，我们怎么去批判？批判的方法是什么？白居易在《放言五首·其三》中给出了答案：

赠君一法决狐疑，不用钻龟与祝蓍。
试玉要烧三日满，辨材须待七年期。
周公恐惧流言日，王莽谦恭未篡时。
向使当初身便死，一生真伪复谁知？

颔联的"试玉要烧三日满，辨材须待七年期"的意思是：检验

玉石的真假需要三天时间，而辨别木材的好坏则需要七年时间。这是解决"狐疑"的方法，不用"钻龟与祝蓍"的方法。该诗以极通俗的语言说出了批判精神的精髓：对任何人和事都要辩证地看待，都要经过时间的考验，从整个历史的发展中去衡量、去判断，要从事物的本质、精髓出发，不能只根据一时一事的表象就下结论，否则就会出现把周公当成一个不堪的篡权者、把王莽当成一名谦恭的君子的笑话。白居易以此来表示像他自己以及友人元稹这样受诬陷的人，是永远经得起时间的考验的，因而一定要多加保重，等待"试玉""辨材"期满，自然会澄清事实、辨明是非。

对于学习，我们也要不断地进行批判。"三人行，则必有我师"，这就是对于"师"何人的辩证批判。同样，在杜甫的《戏为六绝句》（节选）中也提道：

> 未及前贤更勿疑，递相祖述复先谁？
> 别裁伪体亲风雅，转益多师是汝师。

这里的"前贤"，是包括庾信、初唐四杰等在内的前代的所有有所成就的文学家们。"递相祖述"是指因袭成风，而它正是"未及前贤"的根本原因。而"伪体"之所以伪，是因为它以模仿代替了创造。真伪相混，则伪可以乱真，所以要加以"别裁"。强调创造的"别裁伪体"和重在继承的"转益多师"，就是杜甫对于文学创作的批判精神，也是现今科学精神中所倡导的批判精神。"转益多师是汝师"，指的是无所不学，没有固定的学习对象。这句话其实有三层含义：第一，只有"无所不师"的学习，才能够兼取众长。没有固定的学习对象，不限于一家之学，虽然都有所继承、借鉴，但这并不会妨碍诗人自己的创造性。第二，只有在"别裁伪体"的前提下，才能确定"师"何人、"师"何物，才能够真正做到"转益多师"。第三，要想做到"无所不师"，一定要学会思辨与批判，主动且善于从不同的角度去学习，在吸取的同时也要有弘扬和舍弃，要在批判与继承的基础上创造，熔古今于一炉，创作出属于诗人自己的佳句。这就是杜甫"别裁伪体""转益多师"的批判精神，同时也是当今科学的批判精神须从中汲取的精髓与要点。

批判精神存在于生活的方方面面，尤其针对当下的"拖延症"而言，清代钱福早在《明日歌》中就写道：

> 明日复明日，明日何其多。
> 我生待明日，万事成蹉跎。

这首诗自问世以来便广为传颂，经久不衰。诗中所蕴含的批判性哲理直至今天都广为适用：明天又一个明天，明天有多少？如果此生只会空等明天的到来，那么只会空度时间、一事无成。"百年明日能几何？"钱福在此批判的是不珍惜时间的行为，但针对的不是空泛的时间概念，而是对于时间"拖延"的这一态度，劝告所有世人都要珍惜时间、珍惜今日，尤其是那些已迷失的世人。不要为了等待明日而浪费了今日，蹉跎了光阴。该诗极大地表现出了古典诗词中所蕴含的科学精神。

推动历史前进的力量从来都不是那些置身事外的冷嘲热讽，也不是那些痛快一时的情绪宣泄，而是破、立的对立统一与批判、建设的相得益彰。"颠簸于批判主义的无边波浪之中，我们需要寻找一块陆地建构自己的理想。"在人类漫长的历史中，批判精神一直是思想进步的活水、社会发展的源泉、文明进步的推动力。作为新时代的青年，我们完全可以成为一名批判者、一名建设者，每个人迈出的一小步便是时代前进的一大步。

◎ | 少年辛苦终身事，莫向光阴惰寸功

学习精神由来已久，但又历久弥新。"君子曰：学不可以已。"这是千年前荀子在其《劝学》一书中的首句。广义的学习是指人与动物在生活过程中凭借各种经验产生的行为或者行为潜能的相对持久的变化。华夏文明之所以能繁衍、发展至今，学习不可或缺。这一科学精神是我们自我完善的现实需要，是一种高尚的自我境界，是一种良好的精神状态，是当今时代发展的迫切要求。"日益其能，

岁增其智。"不论是对我们个人提高、对国家发展还是对世界进步而言，学习都是必不可缺的。

中国古人很早便意识到了学习对于个人而言的重要性。宋代汪洙在《勤学》中写道：

学问勤中得，萤窗万卷书。
三冬今足用，谁笑腹空虚。

学习、做学问，二者都需要勤奋，就像晋人车胤囊萤取光、夜读不辍。苦学三冬过后，谁还会笑你腹无墨水呢？

学习作为一种加强道德修养的基本办法，能够带领我们从狭隘的港湾驶向广阔的大海。而怎么学习、如何学习，先贤前哲们早就通过古诗词引领、指导了我们。

正如唐代孟郊在其《劝学》一诗中所云：

击石乃有火，不击元无烟。人学始知道，不学非自然。
万事须己运，他得非我贤。青春须早为，岂能长少年。

石头只有在击打之下才会冒出火花，如果不击打，连一点烟都冒不出。人也是如此，知识不会从天而降，只有通过学习才能获得。任何事情都必须通过自己的实践去掌握，别人的知识终究不能代替自己的才能。对于正处于青春年少时期的我们，更应该珍惜时间、把握机会，趁早努力学习。一个人能够永远都是"少年"吗？只有通过学习才能获得知识，才能收获成长。

那么，如何学习、怎样学习？我们可以从浩如烟海的中华古典诗词中轻易地找寻到答案。唐代杜牧在《留诲曹师等诗》中云：

学非探其花，要自拔其根。

学习不能如"探花"一般，不可停留于表面，必须寻根溯源，深刻领会本质和内涵。换句话说，学习要思考，思考其真正的根源所在。这也是中华上下五千年来一直在思辨、讨论的论题——学与思。关于学而不思的问题，钱钟书早就说过："以前不识字的人被识字的人骗，现在识字的人多了，识字的人又被书上的字骗。"那么，为什么识字的人还会被书上的字骗呢？因为在学习的过程中没有进行思考。

哲学家康德所说的"感性无知性则盲，知性无感性则空"与孔老夫子所说的"学而不思则罔，思而不学则殆"十分相似。这场跨越时空的共鸣，说的都是只一味读书而不思考，会失去主见，会被书本牵着鼻子走，"尽信书不如无书"；而倘若一味空想而不进行实实在在的学习和钻研，那终究是"沙上建塔，一无所得"。学与思一向是相辅相成、密不可分、缺一不可的，只有真正将学与思结合起来，才能学到切实有用的真知。

唐代杜荀鹤在《题弟侄书堂》中写道：

> 何事居穷道不穷，乱时还与静时同。
> 家山虽在干戈地，弟侄常修礼乐风。
> 窗竹影摇书案上，野泉声入砚池中。
> 少年辛苦终身事，莫向光阴惰寸功。

尽管外面已经战乱纷纷，而诗人还是与往常一样，虽处于穷困之境但仍注重修养；尽管故乡还在战乱，而弟侄还在修礼乐之风。投射在书案上的是窗外婆娑的竹林影子，影子摇来摇去很像是在与主人书法一比高下，使得书堂主人临案挥毫更富有情趣。淙淙的泉声、霍霍的磨墨声和谐共鸣。砚池中翻动着野泉的声浪，令墨香更浓、雅趣更甚。眼前竹影摇，耳畔泉声响。书堂幽雅，主人高雅。而在这一切美好事物面前，诗人要强调的是，年少辛苦但终究会有所功成，面对白驹过隙的光阴，莫让懒惰浪费丝毫。这不正是当今我们在学习过程中最需要谨记的吗？

学习，是一件艰苦的事、是一件认真的事、是一件实实在在的事，我们应当也必须将学习当成习惯与追求，主动学习、自觉学习，在科学中学习，在学习中不断探索科学。

从表面的学科属性上看，文学与科学是各自独立的两门学科，它们之间有着本质的差别。从思维方式的角度来说，文学看重的是想象、是情感、是审美，而科学则重实证、重推理、重理性。它们两者之间的差距，就像是数学中的两条平行线，毫无交汇可能。一百多年前，赫胥黎和阿诺德这两位维多利亚哲人就"文学与科学"展开辩论；但早在几千年前的华夏大地上，智慧的华夏子民早已将两者融为一体，流传至今，生生不息。

文学与科学从来都是密不可分的两部分，科学浸润文学，文学传播科学，二者相互贯通，共促发展。科学技术的进步总是从一些方面去启示艺术文化的开展，而科学文化也以它所特有的理性智慧的知识性、深刻性去进一步塑造文学家，从而推动了艺术文化的发展。同样，艺术文化也以其所特有的情感智慧不断浸润着科学家的精神世界，给科学的发展带来了动力、感受力、想象力、创造力。

所以说，文学与科学永远是紧紧联系在一起的，二者一同开创、打造世界，一同创造着人类文明一个又一个的灿烂辉煌。我们甚至可以说，文学与科学从来都是相辅相成、相得益彰的，它们一同构筑起了人类文明的大厦，而我们作为新时代的追梦人、筑梦人、圆梦人，既要追求科学精神，也要不断涵养文学底蕴，这样才能真正领悟到文学与科学二者的奥秘。

兴亡勇负应尝胆，道义争担敢息肩
——古典诗词中的责任担当

按照《现代汉语词典》的解释，"担当"就是接受并负起责任。这实际上包含两个层次的意思：一是理想担当；二是责任担当。理想担当就是要敢为天下先，与时俱进，顺应时代发展的需要，投身到时代前进的洪流中。文天祥《过零丁洋》中的"人生自古谁无死，留取丹心照汗青"，谭嗣同《狱中题壁》中的"我自横刀向天笑，去留肝胆两昆仑"，毛泽东《祭黄帝陵中》中的"还我河山，卫我国权"，都激起过无数华夏儿女保家卫国、救亡图存的民族大义，是理想担当的经典诗词。

我们本课主要学习了解的是责任担当。我们面对不同的事情就会有不同的责任，而承担不同责任的勇气、行为，就体现了我们的担当。我们每个人成长的过程，其实就是不断地强化自己的担当意识和担当能力的过程。因为在面对生活和现实的时候，我们几乎每一天都要站在新的起点上，去面对、去审视、去行动；只有深入生活、直面现实，才能够发展自身，进而推动时代的进步和社会的发展。

◎ 君子一言千金诺，天下兴亡匹夫责

对于我们中华民族来说，重诺守信就是现实生活当中最重要的

责任担当。重诺守信的实质就是守信用、讲信义，是中国价值体系中的最核心要素，是中华民族公认的价值标准和基本美德。在古典诗词中，信义体现为一种为人处世的追求与衡量。

信是会意字，从人，从言。信的本意是诚心正意、专注如一。人的言论应当是发自内心的、真实不虚伪的。《法言义疏·问神》曰："言，心声也。"如果一个人言行不一、信口开河，就不会有信誉。因此，先人们把诺言看得异常重要，就是所谓的一诺千金。譬如李白的《侠客行》（节选）：

三杯吐然诺，五岳倒为轻。眼花耳热后，意气素霓生。
救赵挥金锤，邯郸先震惊。千秋二壮士，烜赫大梁城。
纵死侠骨香，不惭世上英。谁能书阁下，白首太玄经。

在李白众多的古风诗中，《侠客行》以描写和歌颂侠客而独树一帜。诗歌抒发了他对侠客的景慕，对拯危济困、兼济天下生活的向往。其中"三杯吐然诺，五岳倒为轻"最能体现中国人特有的侠义精神——重诺轻生死。这并不是说侠士们不珍惜生命、好勇斗狠，而是强调他们把承诺看得比生命更重。司马迁就曾这样描述这个群体："言必信，行必果，诺必诚""海岳尚可倾，吐诺终不移""季布无二诺，侯赢重一言"。这反映的也是我们中华民族重视承诺、信守承诺的责任担当。当然，信守承诺不仅仅是侠客的专利，更是治理国家取信于民的法宝。如王安石在《商鞅》中写道：

自古驱民在信诚，一言为重百金轻。
今人未可非商鞅，商鞅能令政必行。

作者固然希望宋神宗能够像秦孝公信任商鞅一样信任自己、支持变法，同时也表明自己的政治见解以及推行新法、为国为民的决心。但我们更应看到"自古驱民在信诚，一言为重百金轻"二句所传达出来的诚信为本的理念。信守承诺同样是治国理政、保证改革和新法顺利实施的重要途径，不能因为顽固派的反对就朝令夕改、违背诺言，"法不阿贵""刑无等级"，一视同仁才能领导好这场深刻的社会变革。

　　信是做人的根本，而义是处世之道。其在"五常"之中与"仁"并用为道德的代表，不仅是最根本的、最崇高的德目，而且是最具普遍性的德行标准，是一种人生观、价值观，是中国人崇高道德的表现。这就是每当民族危亡时刻总能有无数的仁人志士挺身而出、舍生取义、以身许国的原因，这就是我们中华民族不屈不挠、慷慨重义的精神源流。其中，我国著名爱国诗人的陆游，他的诗就非常具有代表性。陆游的诗歌不仅始终贯注着炽烈的爱国热情，而且这种爱国热情是建立在自己在家国危难之时敢于挺身而出、担当大义的前提之下的。爱国忧民的情怀和他的以天下为己任的思想是交织在一起的。如陆游在《金错刀行》中写道：

黄金错刀白玉装，夜穿窗扉出光芒。
丈夫五十功未立，提刀独立顾八荒。
京华结交尽奇士，意气相期共生死。
千年史册耻无名，一片丹心报天子。
尔来从军天汉滨，南山晓雪玉嶙峋。
呜呼！楚虽三户能亡秦，岂有堂堂中国空无人！

　　1172年正月，一经四川宣抚使王炎的聘请，陆游立刻义无反顾地投身收复失地的准备工作中去。然而南宋民族危机深重、国势衰微，致使英雄空无用武之地，收复故土的大业屡屡受挫，为国为民的志士常常扼腕。即便如此，诗人心中的报国热忱丝毫不减。他借金错刀来述怀言志，抒发了挺身而出、誓死抗敌、"中国"必胜的慷慨情怀。这种光照天地的浩然正气，正是以身许国、勇于担当的体现，几百年来始终鼓舞人心、催人奋进。同样，文天祥的《正气歌》（节选）也将这种情怀抒发得淋漓尽致：

天地有正气，杂然赋流形。下则为河岳，上则为日星。
于人曰浩然，沛乎塞苍冥。皇路当清夷，含和吐明庭。
时穷节乃见，一一垂丹青。在齐太史简，在晋董狐笔。

1275 年，元军挥师南下，身为右丞相兼枢密使的文天祥力主抗战，亲率军队英勇作战，不幸兵败于五坡岭，后被囚于燕京。在恶劣的环境里，文天祥大义凛然，与敌酋展开了坚决的斗争，面对元军的汹汹气势和软硬兼施毫不动摇。在被关押的四年里，他坚定如初。在人生的最后一年，这位可歌可泣的民族英雄用饱含深情的血泪写成了《正气歌》，完成了他生命中的最后一篇也是最杰出的一篇作品，昭示自己的一片丹心，也激励后人正气前行。文天祥在国家存亡之际，能舍生取义、坚守信仰，维护国家和民族利益，威武不屈，置生死于度外。这是以大义当先的中华民族传统美德的体现。正是基于对民族危亡的深沉忧虑、对南宋王朝的一片赤诚，他才能在诗里表现出大无畏的英雄气概。他身上所焕发出来的堂堂正气，已经不是个人人格力量的昭示，而是一个民族精神的化身。这首诗真正体现了我们的民族之义、天地正气。

同样，谭嗣同也期望以自己的热血和生命唤醒苟且偷安的芸芸众生，激发全国上下变法图强的革命矢志，因此写下了"我自横刀向天笑，去留肝胆两昆仑"。夏完淳尽管故乡难别，但终将恢复大志放在小家私情之上，最终表明心迹："毅魄归来日，灵旗空际看。"这些光照千古的诗句都是我们这个民族重诺守信、大义当前的最好的责任担当体现。

◎ | 情到深处只付出，感天动地唯担当

中国古代诗词有着悠久而深厚的抒情传统，《文章流别论》中说："诗虽以情志为本，而以成声为节。"《诗大序》中说："诗者，志之所之也。在心为志，发言为诗。情动于中而形于言。"《文赋》中说："诗缘情而绮靡。"在古典诗词所传递出来的情感当中，我们常常能够发现先人们在情感世界中的责任担当。对爱情的忠贞不渝是担当，对友人的关切鼓励是担当，对家庭的回馈支撑是担当。

爱情作为人类最美好的情感之一，或缠绵悱恻或至死不渝，或内敛曲折或专一执着，总是能够反映爱人之间的那份责任与担当。因为真正的爱情是相伴，是不忘。金代元好问的《摸鱼儿·雁丘词》就是生死相伴的经典：

> 问世间情是何物，直教生死相许？
> 天南地北双飞客，老翅几回寒暑。
> 欢乐趣，离别苦，就中更有痴儿女。
> 君应有语：
> 渺万里层云，千山暮雪，只影向谁去？
> 横汾路，寂寞当年箫鼓，荒烟依旧平楚。
> 招魂楚些何嗟及，山鬼暗啼风雨。
> 天也妒，未信与，莺儿燕子俱黄土。
> 千秋万古，为留待骚人，狂歌痛饮，来访雁丘处。

诗人借大雁生死相随的深挚情感发问，既震人心魄、引人"共情"，又能够让读者深思，进而抒发出对人世间至死不渝的爱情的讴歌。大雁长期以来双宿双飞，既共同经历寒暑，又同心面对困苦，在起起落落的生活中形成了血脉相连的一往情深。不离不弃、相互支撑的情侣已逝，自己形只影单，前路茫茫何处是家，失去至爱何处有情，苟活下去又有何益？于是毅然决然"自投于地而死"。这与"夫妻本是同林鸟，大难临头各自飞"形成了鲜明的对比。生生死死再也不是基于现实的冰冷的考量，更多的是至死不渝、生死相随的爱。这不正是一种对爱的坚守吗？当然，没有哪个人不盼望幸福的生，不然就不会有梁山伯与祝英台这样死而复生终成眷属的佳话了。死往往是因为爱过方知情重，以此决绝来表现相互的永志不忘，这是对爱、对爱人的心灵担当。"山无棱，江水为竭，冬雷震震，夏雨雪。天地合，乃敢与君绝""春蚕到死丝方尽，蜡炬成灰泪始干"莫不如是。说到永志不忘，恐怕就不能不提苏东坡的《江城子》了：

> 十年生死两茫茫，不思量，自难忘。千里孤坟，无处话凄

凉。纵使相逢应不识，尘满面，鬓如霜。

夜来幽梦忽还乡，小轩窗，正梳妆。相顾无言，惟有泪千行。料得年年肠断处，明月夜，短松冈。

这是宋代大文豪苏东坡为悼念结发妻子王弗而写的一首悼亡词，抒发了多年间人生起落无人共语的悲怆和对爱人不尽的思念。当年，十九岁的苏东坡与二八妙龄的王弗结合在一起，两人正值青春年少，相爱甚笃。可惜天妒红颜，王弗二十七岁时就撒手人寰，这对苏东坡来说是无比沉重的打击。身边缺少了伴侣，心灵缺少了归宿，这种沉痛长久无可解脱。在苏东坡担任密州知州时，已届不惑之年。又是一年正月二十，他梦见爱妻王氏，便"有声当彻天，有泪当彻泉"（陈师道语）。爱不是一时兴起的喜欢，而是一份天长地久的守候；不是伤人伤己的灼热，而是一生萦绕心头的铭记。"执子之手，与子偕老"是相濡以沫的爱的誓言；"两情若是久长时，又岂在朝朝暮暮"是历经分别考验的爱的厮守；"在天愿作比翼鸟，在地愿为连理枝"是生死相依的爱的永恒。这正如叶嘉莹先生所说的："古诗词演绎的是我们中华民族的一种美的精神、一种品格、一种操守和修养。"它能够唤醒人们灵魂深处的美好与高尚，并在时代变迁中不断传承、生生不息。

古人常说"士为知己者死""人生得一知己足矣"，可见友情在我们的情感世界当中是多么重要。于是就有了管鲍之交、高山流水等一系列我们耳熟能详的故事。古代因为山高路远、天高地阔，曾经的至交好友一经分别常常天各一方、难以相见，于是便常常生发出对友人前途、命运的无限关切。这是对友人深挚的关心，也是面对人生无常、红尘变幻的慨叹。如唐代白居易的《同李十一醉忆元九》和唐代元稹的《梁州梦》两首应和之作：

同李十一醉忆元九

花时同醉破春愁，醉折花枝作酒筹。

忽忆故人天际去，计程今日到梁州。

梁州梦

梦君同绕曲江头，也向慈恩院院游。

亭吏呼人排去马，忽惊身在古梁州。

第一首为白居易所作，第二首是元稹所写。公元 809 年，元稹因公务远行，在其走后几日，白居易与弟弟白行简、友人李十一共饮之时忽然想起老友，不知元稹一切是否安好顺利，于是写了这首即景生情、情真意切的诗，并计算着行程，让快马送去梁州给元稹。当时元稹恰在梁州，正好梦见了和白居易兄弟在曲江游玩，还到了慈恩寺，突然就醒了，写下了《梁州梦》。巧的是白居易诗中的真事竟与元稹的梦境相吻合，一时传为佳话。这看似偶然的巧合，实际上是双方平素交往甚密、心意相通，在分离之时又相互记挂想念的结果。白居易游玩畅饮之时多希望老友在侧，这既是一种对心有灵犀的盼望，也是一种对老友的牵挂。元稹孤身行至梁州，极寂思友，那个最亲近的人、那个经常游玩的地方便进入了梦乡，不可谓不心有戚戚焉。"劝君更尽一杯酒，西出阳关无故人""山回路转不见君，雪上空留马行处""我寄愁心与明月，随君直到夜郎西"，无不是关心友人的千古佳作。

对友情的担当还体现在鼓励友人直面现实、振作精神上。从"无为在歧路，儿女共沾巾"可以看出诗人对好友的劝慰，不要哭哭啼啼、做小儿女之态，大丈夫志在四方。这充分彰显了诗人的昂扬之气。从"今日听君歌一曲，暂凭杯酒长精神"可以看出作者对好友的鼓励铭感于心。有时候就是这一句劝慰、一句鼓励让我们重新认清了生活的方向，抖擞精神、振作前行。

唐代高适的《别董大》写道：

千里黄云白日曛，北风吹雁雪纷纷。

莫愁前路无知己，天下谁人不识君。

这首诗作于公元 747 年（天宝六年）。当时高适郁郁不得志、报国无门，处于贫困交加之中，但他仍以开阔的心胸、豪迈的情志把临别赠言说得充满希望而又鼓舞人心，为的就是劝慰和鼓励琴师董庭兰抖擞精神踏上征途，不要因为暂时的困窘而沉沦，要去奋斗、去拼搏。能把临别赠语说得如此体贴入微、如此坚定不移，必是因为诗人内心有所郁积才能喷薄而出。这既是鼓励友人，也是鼓励自己。朴素无华之语言，蕴含醇厚动人的诗情。

所有的爱情最终都会升华为亲情，最好的朋友通常都被称为兄弟、姐妹，可见亲情之重。我们总是能够从亲人那里获得温暖和安适。任何情感都是相互的，亲情也不例外，也需要我们的回馈和支撑。贾岛的《游子吟》家喻户晓、妇孺皆知：

> 慈母手中线，游子身上衣。
> 临行密密缝，意恐迟迟归。
> 谁言寸草心，报得三春晖。

这是一首歌颂母爱的不朽名篇。在仕途失意、有才难施的境况下，诗人饱尝世事艰难，因此愈发觉得亲情无比温馨、无比珍贵。"诗从肺腑出，出辄愁肺腑"（苏轼《读孟郊诗二首》）。我们也不能忽略诗人的拳拳感恩之心。孟郊辛苦辗转大半生，贫困潦倒，一直到五十多岁才担任了一个卑微的官职——溧阳县尉，但他却欣喜万分，因为终于稳定下来了，终于可以将母亲接来同住、膝前尽孝了。这当中固然有诗人想要结束长年漂泊流离的生活、享受家庭温暖的希冀，但恐怕更多的是对母亲的爱与愧。多年的四海漂泊，诗人深感愧为人子、愧对慈母，因此也想给母亲一个温暖舒适的晚年。知恩图报，或许这才是对亲情最大的担当。

《百年孤独》里有这样的名句："父母是隔在我们和死亡之间的帘子。你和死亡好像隔着什么在看，没有什么感受，你的父母挡在你们中间。等到你的父母过世了，你才会直面这些东西，不然你看到的死亡是很抽象的，你不知道。"其实父母为我们遮挡的风雨何仅于此，在我们渐渐长大、父母渐渐老去的过程当中，我们应该更多地支撑这个家、担当更多的责任，让父母安享晚年。

北朝民歌《木兰诗》（节选）：

唧唧复唧唧，木兰当户织。不闻机杼声，惟闻女叹息。

问女何所思，问女何所忆。女亦无所思，女亦无所忆。昨夜见军帖，可汗大点兵，军书十二卷，卷卷有爷名。阿爷无大儿，木兰无长兄，愿为市鞍马，从此替爷征。

这是我们耳熟能详的木兰从军的故事。很多时候，我们更加关注的是木兰保家卫国的英雄形象，但其实木兰的肩上一边是国、另一边是家。她之所以替父从军，完全是因为父亲已老、兄弟尚小，这不就是一种对家、对亲情的责任担当吗？

◎ | 精益求精始方成， 敬业爱业堪足夸

梁启超先生认为：所谓业，不仅仅是指职业、事业，还包括学生的学业等，凡可以当作一件事的都是业。那么，怎样对待业才算做事有担当呢？我想是在制作或工作中追求精益求精的态度与品质。做每件事都要专心致志、勤奋刻苦、精雕细琢、坚持不懈。

每个人的精力都是有限的，想要做成、做好一件事情，最好的方法就是专心致志。《孟子·告子上》中记载："弈秋，通国之善弈者也。使弈秋诲二人弈。其一人专心致志，唯弈秋之为听；一人虽听之，一心以为有鸿鹄将至，思援弓缴而射之。虽与之俱学，弗若之与。"同样是弈秋教棋，一个人专心致志，而另一个人却总想着拿弓箭去射飞来的大雁（或是天鹅）。这样，虽然他同前一个人一起学习，却学得不如前一个。唐代王贞白在《白鹿洞二首·其一》中写自己的读书生活时也有感而发：

读书不觉已春深，一寸光阴一寸金。
不是道人来引笑，周情孔思正追寻。

诗人之所以没有发现在不知不觉中春天又快过完了，完全是因为"两耳不闻窗外事，一心只读圣贤书"，每天都过得分外充实，全然忘记了时间，在不经意的回首中才猛然发现春将尽。这一发现令

诗人甚感意外，又颇多感慨。而自己发觉"春深"，竟然是因为"道人来引笑"。道人本就是最讲究修身养性、最耐得住寂寞、最静得下心的了，但我们的诗人却还需要道人来"引笑"，才肯勉强放松片刻、调剂须臾，可见诗人读书时的聚精会神非比寻常。也正因如此，诗人才能领会到儒家典籍的深意。

想要做到精益求精、对业有担当，不仅要专心致志，更要勤奋刻苦。钱德苍在《解人颐·勤懒歌》写道："百尺竿头立不难，一勤天下无难事。"成功往往是依靠勤奋的，如果想获得成功，就必须狠下苦功。俗话说得好："书山有路勤为径，学海无涯苦作舟""不经一番寒彻骨，怎得梅花扑鼻香？"成功的路上不要幻想捷径，只有脚踏实地、勤奋刻苦才是成功的根本。正因如此，唐代颜真卿的《劝学》才被千百万人奉为经典：

三更灯火五更鸡，正是男儿读书时。

黑发不知勤学早，白首方悔读书迟。

这首诗字字浅易却富含至理。"黑发勤学早，白首读书迟"告诫人们立志要高、学习要勤、光阴要惜，读书最好是勤奋苦读、日日不辍；只要有不登书山不罢休的精神，就能真正学到治国平天下的本领。诗人劝勉年轻人不要虚度年华、碌碌无为，一定要在人生最美好的时节刻苦学习，以免将来"书到用时方恨少"。

有业之担当者，会对自己所做之事不断精雕细琢。他们不重名利，不贪富贵，只为精益求精，达到完美。一个人想要做到精雕细琢，更多的是在于他的心性，在于他愿不愿意反复推敲。贾岛推敲的故事早已流传于世，而唐代卢延让的《苦吟》则更加形象贴切地描写了精雕细琢者的字斟句酌：

莫话诗中事，诗中难更无。吟安一个字，捻断数茎须。

险觅天应闷，狂搜海亦枯。不同文赋易，为著者之乎。

这首诗反映了诗人们在创作时极其严谨、认真的态度：每个词都反复推敲，每个句子都反复凝练，以求获得最好的诗词作品。其实不仅写诗如此，对待任何一件事情，只要你想成功，皆应如此。因为只有这样不断地探索、讨论、修正，才会使所做之事趋向完美。我们经常说熟能生巧，不先经过熟练、熟悉，不会生发出巧思巧作。刘勰的《文心雕龙·知音》也说："操千曲而后晓声，观千剑而后识器。"杜甫的《奉赠韦左丞丈二十二韵》（节选）云：

> 纨绔不饿死，儒冠多误身。丈人试静听，贱子请具陈。
> 甫昔少年日，早充观国宾。读书破万卷，下笔如有神。
> 赋料扬雄敌，诗看子建亲。

诗中"读书破万卷，下笔如有神"写出了诗人自己年少博学精深、才思敏捷，作赋自认可与扬雄匹敌，咏诗眼看就与曹植相近。人们往往只注意到了浓彩重墨地抒写少年得意、下笔有神的形象，却忽略了这一切都只是个结果，都只是因为之前的读书破万卷。所以说，"巧"只是个结果，更重要的是我们要去关注、去践行反复推敲、字斟句酌、欲巧先熟这样的业之担当。

当然，无论是专心致志还是勤奋刻苦，抑或精雕细琢，都绝不能三天打鱼、两天晒网。"行百里者半九十"，成功者的秘诀或许就是在最疲倦、最困难的时刻不放弃，比常人多一分坚持，而恰恰是这一点差距，形成了成败得失之间的天堑。因此，持之以恒的专注勤奋和精雕细琢才是真正的业之担当。正如苏轼所云："古之立大事者，不惟有超世之才，亦必有坚韧不拔之志。"

第11课

故乡今夜思千里，一寸赤心惟报国

——古典诗词中的家国情怀

　　中国是一个人文情怀悠远深厚的国度，先人们常常借诗词言志传情，在中华五千年的文化历史长河中留下了灿若繁星的佳句名篇。它们不仅反映了中国古代人民的真实生活，也凝聚了先人们的家国情怀。这种仿佛与生俱来的精神情感，从始至终滋养着中华儿女的心灵，推动着社会的不断进步。

　　中国古典诗词中的家国情怀，既蕴藉着游子的思乡怀亲、文人的忧国忧民、将士的驰骋沙场、百姓的众志成城，也饱含着先人们对民生困顿的同情、对收复故土的期盼、对万里山河的爱恋、对维护统一的决心。这种情怀在天地的辽远与时光的穿梭中，逐渐孕育、凝结成为中华民族力量的源泉与心灵的皈依。这是中华民族对自己家国的高度认同感、归属感、使命感和自豪感的体现，是一种渗入血脉的生命自觉。

◎ 倦鸟久飞思归巢，游子功成盼回乡

　　故乡和祖国是难以分割的，都是滋养和哺育了一代又一代华夏儿女的热土，都是在外漂泊的游子心灵的归处，尤其对于安土重迁、故土难离的中国人来说，更是无法割舍。这种家园意识、思乡情结将个人与国家联系起来，将整个中华民族凝聚起来。在中国古典诗

词中，家园意识是家国情怀不可或缺的一部分。

中华民族的家园意识一定程度上源于我们延续了几千年的农耕文明，它深深地影响着每一个中国人的生活方式和性格情感，使得我们无论身处何方，总是日夜牵绊、思乡恋家。这种深挚的眷恋，实际上就是对这片生养自己的土地的一种无法言说的、割舍不断的情感。早在《卫风·河广》中就这样写道：

> 谁谓河广？一苇杭之。谁谓宋远？跂予望之。
> 谁谓河广？曾不容刀。谁谓宋远？曾不崇朝。

这首诗奇特的夸张出人意料，起到了强烈的感染效果，因为往往夸张奇特之处必定有强烈的情感作为凭借。滞留在外的游子心中无可抑制的归国回乡之情一发不可收拾，从而催生了神奇超凡的想象：宽广的黄河一苇便可飞渡，遥远的宋国一朝便能到达。这样的表达无不流露出诗人急切的盼归、思归之心。这实际是对自己生活成长的这片土地所具有的地域文化和风土人情的共鸣。不仅如此，在古代或是因为烽火频发，或是因为征夫行役，百姓四海为家、颠沛流离，思家而不得归，更加剧了这种眷恋。这种挥之不去、萦绕心头的深挚眷恋、思乡情结到了唐代变得更加千回百转、凄美动人。这或许是因为贬谪迁徙，人生的跌宕壮志难酬；或许是因为辞家远游，长久的漂泊一无所成。于是对故园的每一次思念，都是对过去恬静岁月的无限留恋和回忆。故乡的小桥流水、家园的雁鸣月照，一丝一缕都会牵动游子的情思，给予羁旅者最大的慰藉。唐代温庭筠的《商山早行》便是其中的代表。诗云：

> 晨起动征铎，客行悲故乡。鸡声茅店月，人迹板桥霜。
> 槲叶落山路，枳花明驿墙。因思杜陵梦，凫雁满回塘。

诗中"因思杜陵梦，凫雁满回塘"，承继上联而长叹，是回忆更是梦境，是清醒时的思念更是不自觉中的情怀流露。作者盼望的是再看到凫雁满塘嬉戏的田园之美，传递的是一种家乡特有的勃勃生机、充满温情的欢腾氛围，这是家才有的气氛。这种欢欣、温情，一方面慰藉早行的"悲"与"冷"，另一方面含蓄地表达了诗人急于回家与亲人团聚的心愿，进一步突出了早行的原因，展示了诗人似箭的归心。

家园之所以能慰藉人心，在于它不仅仅是一个地理范畴，更重要的是这里有自己的亲朋好友、自己最美好的童年时光，家乡的人和事常常能让久居他乡的游子生发出无尽的眷恋。杜甫的《月夜忆舍弟》写道：

> 戍鼓断人行，边秋一雁声。露从今夜白，月是故乡明。
>
> 有弟皆分散，无家问死生。寄书长不达，况乃未休兵。

本诗的首联、颔联看似与想念兄弟无关，其实不然，作者自有深意，不仅望月怀远字字含"忆"，忆故乡、忆兄弟、忆当年一起的温情时光，戍鼓凄然、雁声阵阵、寒露悄凝，也无不使作者触景伤情，满诗忆兄弟，句句有乡情。颈联由景转入情，诗人如今身逢丧乱，又在这凄冷的月夜，更是别有万般滋味聚心头。弟兄离散、音讯全无、生死未卜，写得肝肠寸断、感人至深。绵绵愁思中夹杂着生离死别的焦虑不安，令人分外沉痛。且又焉知弟没有这样思念着兄？"遥知兄弟登高处，遍插茱萸少一人"，远赴他乡的诗人思念着遍插茱萸的兄弟，重阳登高的兄弟也必定牵挂着独在异地的诗人；"何当共剪西窗烛，却话巴山夜雨时"，作者雨夜凝思的是故乡的妻子，故乡的妻子又何尝没有惦念巴山思归的丈夫。思乡，思的是乡，更是人、更是情。

故土难离或许是因为家乡的一切都是如此的熟悉，充满了温馨，所以使人不愿离去。《西游记》中就有这样一个情节：玄奘即将西去取经，太宗取过一碗酒，从地上拈了一撮土放入碗中，嘱咐勿忘故土，玄奘眼含热泪一饮而尽。其实何止临行前难离，我们中国人每逢重大节庆，即使有万水千山的阻隔，也一定要赶回故乡，去喝一口故乡水，去见一见故乡人。每每到了人生晚暮，也总是满心盼望着叶落归根，这又何尝不是另一种"难离"？回不去的都写成了眷恋，回得去的都化作了"情怯"与"笑问"。例如唐代宋之问的《渡汉江》：

> 岭外音书断，经冬复历春。
> 近乡情更怯，不敢问来人。

　　这首诗是诗人从所贬之地——泷州（今广东罗定县）仓皇逃归洛阳，途经陕西汉江时所作。前两句回忆谪居岭南时的状况，从与家人音讯断绝和断绝时间之漫长两点落笔，浓缩了诗人困顿不堪、深切思归的人生境况和内心。后两句写此刻的心情：诗人所谓"近乡"是相对岭南的辽远难归、音书断绝来说，好不容易颠沛流离而归，离自己的家乡和久思的亲人越来越近了，应当激动不已、欢欣鼓舞，怎么反而会"情更怯"？答案得从首二句中去找。诗人因为离家日久，同家中亲友早已断绝音信，这期间他们会不会遭遇什么不幸呢？他们会不会因自己被贬而受到牵连呢？因此离家越近，诗人内心越忐忑不安，越不敢向路人打探家中消息。这两句真是写尽了诗人此时复杂矛盾的心理状态。或许这也正是游子们格外看重家书的原因："烽火连三月，家书抵万金。""洛阳城里见秋风，欲作家书意万重。复恐匆匆说不尽，行人临发又开封。"我们再来看看唐代贺知章的《回乡偶书》：

> 少小离家老大回，乡音无改鬓毛衰。
> 儿童相见不相识，笑问客从何处来。

　　一个在外漂泊多年的游子终于回到了故乡，离家之际正是鲜衣怒马青春时、风华正茂少年意，归来时已变成了满头华发垂老之人。人生短暂、光阴易逝，不由得让人生出无限的伤感。离家多年，故乡还是我记忆中的模样吗？我的故乡还记得我吗？我们仿佛看见一个饱经沧桑的老人感慨万千地走在回乡的路上。这不正是故土难离终又归的写照吗？儿童的笑问出乎常理，诗人一瞬间却颇为诧异：这本是我的故乡，我怎么反而成了客人？诧异中有对时光流逝的深深无奈，又含有几许笑意。这里既有天真活泼的童趣，又有终于回到故乡、回到从前美好时光的释然。并不是所有的归来都充满了悲怆凄凉，还有一种充满了幸福和满足——衣锦还乡：在所有的亲朋好友面前，在这片自己最熟悉的土地上，通过自己不懈的努力和奋斗带回了荣耀，同时也给自己内心带来了最大的喜悦和安慰。比如刘邦的《大风歌》：

> 大风起兮云飞扬，威加海内兮归故乡，安得猛士兮守四方！

垓下之战，刘邦终胜项羽，建立了大汉帝国。公元前196年平定英布的叛乱，刘邦得胜回朝时路经自己的故乡沛县，与当年的亲友故旧畅饮十数日。一日酒酣之际，刘邦且歌且舞、击筑高唱自己即兴创作的《大风歌》。这是一个胜利者在倾吐自己的悲欢。此时刘邦的面前不是尔虞我诈，不是等级森严，而是最愉悦、最放松的乡情，于是他毫无顾忌地说出了自己的心里话。"欢"是展现自己一统天下的满足与喜悦，"悲"是面对"群凶竞逐"危局的担忧：英布不是第一个叛乱的，也不会是最后一个。这种矛盾而又坦诚的心理，恐怕也只有在故乡才能如此真切地展现，欢足夸耀，悲有慰藉。

家园永远是游子心中最宁静的港湾、最恬静的梦乡。这并不是因为故乡的山水真的有多么明艳动人，也不是因为家园的往事有多么轰轰烈烈。诗人们的家国情怀往往是通过最朴素的回忆、最寻常的点滴来体现的。王绩每遇乡邻就问："旧园今在否？……院果谁先熟？"王维一遇来人也问："来日绮窗前，寒梅著花未？"在诗人李商隐的眼里，故乡在云水相接之处尽显朦胧缥缈之美："故乡云水地，归梦不宜秋。"故乡的一草一木、一水一云，是对四海漂泊、忙无所终甚至是仕途失意、难以济世的先人的最好的慰藉。唐代崔颢的《长干曲四首》（节选）这样写道：

> 君家何处住，妾住在横塘。停船暂借问，或恐是同乡。
> 家临九江水，来去九江侧。同是长干人，生小不相识。

诗人抓住了极富戏剧性的人生惊鸿一瞥，寥寥数笔，却极为细致地描摹了人物和场景，一言一行、一颦一笑跃然纸上，栩栩如生。

一个家住在横塘的少女，在荡舟时不经意听到邻船一位男子的乡音，于是顿生激动之情，天真无邪而又充满期盼地问：你是不是我的同乡？诗人以传神的口吻，把女主角娇憨天真的音容笑貌写得活灵活现。诗中并未描写男主角开口，但这位少女却情不自禁地生出"或恐是同乡"的想法，正是因为听到了对方片言只语中透出的乡音。这也间接表现了少女的境遇与内心的孤寂。仅仅是一缕乡音入耳，她便急于"停船"相询，就可见她远离故土、漂泊无依，更无一个可与共语之人。正在百无聊赖之际乍闻乡音，便喜出望外。这是最本真的情感流露。"生小不相识"一句，表面是遗憾当年未能两小相伴、互相熟稔，实际上更突出了今日他乡偶遇的难得。越是对过去无穷嗟叹，越是显出如今萍水相逢的可珍可贵、乡音乡情的难得。写的是眼前之人之景，思的实是遥远家园。

中国古典诗词中的家园意识还体现在对家园的守护上。对于这一片我们繁衍生息的土地，守护一方安宁是我们最大的责任。例如《无衣》中写道：

岂曰无衣？与子同袍。王于兴师，修我戈矛，与子同仇！
岂曰无衣？与子同泽。王于兴师，修我矛戟，与子偕作！
岂曰无衣？与子同裳。王于兴师，修我甲兵，与子偕行！

这首诗在重叠复沓之中反复渲染了慷慨激昂、同仇敌忾的氛围，读来使人身临其境、热血沸腾。更为感人的是，在周王室内讧导致戎族入侵、大片国土沦丧之际，秦地人民一呼百诺、团结协作、共卫家园、群情激奋。此时此刻武器装备的简陋，反而衬托出秦人无比激昂的英雄主义气概和誓死守卫家园的坚定决心。

◎ 寸寸山河寸寸金，丈夫所志在经国

中国古典诗词中的家国情怀最显著的特征就是家国同构。正如《孟子·离娄》中所说："天下之本在国，国之本在家，家之本在身。"家与国在结构方面相类似：家是国的缩影，而国又是家的扩大

和延伸。家与国密不可分：家是社会中最基本的组织结构，也是个人与国家不可或缺的纽带。

中国古典诗词的爱国之情表现在先人们高度的责任感上，他们以天下兴亡为己任，即使身处困境仍然不忘忧虑社会、牵挂国家，把个人的痛苦和幸福融入了整个家国。从他们的身上，可以感受到强烈的社会责任感和参与意识。诗人们胸怀天下的济世之情溢于言表，屈原的《九歌·国殇》（节选）极具代表性：

> 操吴戈兮被犀甲，车错毂兮短兵接。
> 旌蔽日兮敌若云，矢交坠兮士争先。
> 凌余阵兮躐余行，左骖殪兮右刃伤。
> 霾两轮兮絷四马，援玉枹兮击鸣鼓。
> 天时怼兮威灵怒，严杀尽兮弃原野。

本诗将一场惨烈之战渲染得动人心魄，并且用饱含深情的词句来歌颂死难将士。诗人对这些将士满怀敬意，用所有美好的事物来形容这批舍生忘死的勇士，他们浴血奋战、为国捐躯，必将浩气长存。在楚国灭亡之后，民间流传过这样一句话："楚虽三户，亡秦必楚。"三闾大夫此作在悼念阵亡将士的同时，也抒发了对一雪国耻的期盼。可见他的思想是与国家、与百姓密不可分的，他所写的绝不仅仅是个人的得失悲欢，而是家国天下一荣俱荣、一损俱损。他将自己那颗无比炽热的爱国之心完完全全奉献给了楚国。类似的忧国之作还有很多："彼黍离离，彼稷之苗。行迈靡靡，中心摇摇。知我者，谓我心忧；不知我者，谓我何求。悠悠苍天，此何人哉？""山河破碎风飘絮，身世浮沉雨打萍。"

诗人们的忧国还表现在抒发怨愤的同时又充满希冀，希望当权者认识到问题所在，进而改变现状。他们的诗歌或由物及情大声发问，或咏史论事心系国家命运。请看杜牧的《过勤政楼》：

> 千秋令节名空在，承露丝囊世已无。
> 唯有紫苔偏得意，年年因雨上金铺。

众所周知，杜牧写了非常多的讽喻诗，比如："南朝四百八十寺，多少楼台烟雨中。""商女不知亡国恨，隔江犹唱后庭花。""一骑红尘妃子笑，无人知是荔枝来。"可见他的一片爱国丹心、深沉忧思发人深省。本诗中的勤政楼是唐玄宗早年励精图治、创造开元盛世的地方。诗歌的前两句写眼前勤政楼的破败，实际上是缅怀此楼当年的盛况；后两句写的是此时紫台的繁茂，读来让人愈发觉得勤政楼此时之衰。对比鲜明，希望大唐能够重现往日辉煌。真正的忧国并不是空洞的喊口号，而是发自内心的对于国家和民族前途的担忧。在国家和平昌盛之际，他们会谏言献策；在民族危亡时刻，他们也勇于、敢于牺牲自己去挽狂澜于既倒、扶大厦于将倾。

中华民族的爱国初心，源自"敬祖""亲亲"的血缘亲情，源自对祖先的崇拜，在长期共同生活生产中形成了"天下一家亲"的观念，延展交融而为爱国情怀。国民之间都是同胞，正所谓"四海之内皆兄弟"，因此我们的爱国情怀必然包含着爱民思想。古典诗词常常表现出把国家的命运和人民的命运联系在一起，爱民即爱国；对黎民百姓的遭遇由衷同情，关心人民疾苦，为民请命。杜甫在《自京赴奉先县咏怀五百字》（节选）中写道：

> 暖客貂鼠裘，悲管逐清瑟。劝客驼蹄羹，霜橙压香橘。
> 朱门酒肉臭，路有冻死骨。荣枯咫尺异，惆怅难再述。

诗中描写了诗人自己从长安到奉先一路上的见闻。其中在描写黎民百姓衣不蔽体、食不果腹的悲惨境况时，联想到了达官贵人们骄奢淫逸、纸醉金迷的生活。诗人辛辣地讽刺和批判了贵族们的奢靡生活，对下层人民寄予了深切的同情，表现出诗人高尚的爱国忧民之情。作为心忧天下的诗圣，杜甫还有很多心怀天下、关心黎庶的作品，如"三吏三别"、《茅屋为秋风所破歌》等，都是妇孺皆知的名篇。除此以外，曹操的"白骨露于野，千里无鸡鸣"，王粲的"出门无所见，白骨蔽平原"，李纲的"但得众生皆得饱，不辞羸病卧残阳"，都体现了先人们忧国复忧民的爱国主义衷情。当然有忧就有乐，除了在诗篇当中表现对人民苦难的同情之外，我们的诗人面对人民的欢乐时也乐在其中。如朱熹的《和喜雨二绝》：

其一

雨师谁遣送馀春，珍重天公惠我民。

且看欢颜垂白叟，莫愁颒颊踏青人。

其二

黄昏一雨到天明，梦里丰年有颂声。

起望平畴烟草绿，只今投笔事农耕。

《和喜雨二绝·其一》描写了朱熹前往南康赴任之际，百姓因为久旱无雨终逢甘霖而分外欣喜的欢腾场面，全诗洋溢着明朗喜悦的情调。《和喜雨二绝·其二》写的则是充沛的春雨使大地焕发生机，百姓在梦里都欢声一片、相庆称颂，诗人也情不自禁放下了书卷，产生了与百姓一同耕种的想法，表现出了与百姓休戚与共的情怀。

爱国之情是一个人对国家和民族所表现出来的深情大爱，这种爱在古典诗词当中形成了一个亘古的主题，特别是当国家危难、边情紧急的时刻，这种情怀更是表现得淋漓尽致。每当朝代分解、战乱频生，造成生灵涂炭、民不聊生之际，许多爱国诗人在诗词中就表现出了强烈的维护国家统一的愿望。王昌龄的"但使龙城飞将在，不叫胡马度阴山"充满了保家卫国的壮志豪情；李贺的"报君黄金台上意，提携玉龙为君死"抒发了誓死报国的坚定决心；陆游的"王师北定中原日，家祭无忘告乃翁"表现了收复故土的至死不渝的信念。还有为千万人所传颂的岳飞的《满江红》：

怒发冲冠，凭栏处、潇潇雨歇。抬望眼，仰天长啸，壮怀激烈。三十功名尘与土，八千里路云和月。莫等闲，白了少年头，空悲切！

靖康耻，犹未雪。臣子恨，何时灭！驾长车，踏破贺兰山缺。壮志饥餐胡虏肉，笑谈渴饮匈奴血。待从头，收拾旧山河，朝天阙。

这首词抒发了岳飞"精忠报国"的冲天之志，表现出一种天地浩然正气。词里句中无不透出慷慨雄壮之气，充分表现岳飞收复失地、维护祖国统一的雄心壮志。作品激昂壮烈，充分表现了中华民族不甘屈辱、奋发图强、雪耻若渴的强烈内心情感，成为反侵略战争的名篇。词中的岳飞胸怀杀敌卫国的宏大理想，他无比渴望的并不是封妻荫子、荣华加身，而是直捣黄龙、收复故土，完成救国的伟大事业。正如岳飞自己所说，"誓将直节报君仇""不问登坛万户侯"，彰显了岳飞对于敌人的深仇大恨、统一祖国的殷切希望。结尾把收复山河的宏愿、连年征战的艰苦以一种乐观主义精神表现出来，无比豪迈地体现出必胜的信心。

这一类诗歌常常凝结了诗人们对建功立业的渴望，这其实是儒家"修身齐家治国平天下"的熏陶。把个人的雄心壮志和国家的前途命运紧密地联系在一起，是一种古代能人志士实现人生理想的渐进过程，更是爱国之情的集中体现。

苏轼的《江城子·密州出猎》写道：

老夫聊发少年狂，左牵黄，右擎苍，锦帽貂裘，千骑卷平冈。为报倾城随太守，亲射虎，看孙郎。

酒酣胸胆尚开张，鬓微霜，又何妨！持节云中，何日遣冯唐？会挽雕弓如满月，西北望，射天狼。

写这首词时，苏轼才四十岁，因反对王安石新法自请外任。熙宁三年（公元1070年）西北边事紧张，西夏大举进攻，他并没有因政见不同或外放实贬而置国家和民族于不顾，仍然表示希望朝廷委以边任，到边疆抗敌。"会挽雕弓如满月，西北望，射天狼。"词人在最后将自己描绘成一个挽弓劲射的戍边英雄形象，同时抒发了自己渴望建功立业的襟怀。

这一类诗歌当中，还有一首不能不提，那就是北朝民歌《木兰诗》。在中华民族的传统观念里，女子本应居家织布绣花，但这首诗歌所展现的是一位替父从军、戎装上阵的女英雄——花木兰的形象。袁行霈先生就曾经说过："木兰的形象，是人民理想的化身，她集中了中华民族勤劳善良、机智勇敢、刚毅淳朴的优秀品质。"更为关键的是，一方面，木兰是一个有血有肉、有人情味、血肉丰满、有情有义的英雄形象，这在男尊女卑的社会当中显得尤为可贵；另一方面，国难当头，虽然"木兰无长兄，阿爷无大儿"，但她并没有选择退缩，而是勇敢地担负起了这份家国的责任。或许在某种程度上，像木兰一样的戍边将士，他们身后就是他们的家园，就是他们的家人，这也不允许他们后退半分。

爱国之情不仅体现在忧国忧民、保家卫国上，诗人还通过对自己生活的家乡的山川河流的描写和赞美表达对祖国的热爱之情。那些歌颂山川盛景的古诗词，不仅可以让我们浏览祖国的美景，更能让人体味到其中的情感温度。宋代秦观有词《行香子》：

> 树绕村庄，水满陂塘。倚东风，豪兴徜徉。小园几许，收尽春光。有桃花红，李花白，菜花黄。
>
> 远远围墙，隐隐茅堂。飏青旗，流水桥旁。偶然乘兴，步过东冈。正莺儿啼，燕儿舞，蝶儿忙。

全词以词人的游踪为线索，描绘的是春天的田园风光，尤其是用"红、白、黄"这些明亮的色彩来表现春光的明媚、春天的温暖，给人眼前一亮的感觉；"啼""舞""忙"这些动词，让整个春景变得生动起来，使人感受到了勃勃的生机。这从另外一个侧面表现了百姓乡居生活的岁月静好、当时社会的安稳富足。又如杜甫的《望岳》：

> 岱宗夫如何？齐鲁青未了。造化钟神秀，阴阳割昏晓。
> 荡胸生层云，决眦入归鸟。会当凌绝顶，一览众山小。

这是杜甫24岁登泰山之时，站立在泰山之巅举目远眺雄伟壮阔的景色写下的诗篇。诗人由衷地赞美泰山高大巍峨的气势和神奇秀丽的景色，同时表达了不畏艰辛、直面困难、迎难而上的心胸与气概。这种气概一方面固然是因为青年时期的诗人壮志凌云、心怀天下，另一方面又何尝不是因为生活在这个昂扬向上的大唐而由衷地感到骄傲和自豪呢？

世间万物皆治病，句中百药总抒情
——古典诗词中的医药健康

人的一生或长或短，大都伴随同疾病搏斗的过程。人类的发展史，同样是一部与疾病斗争的历史。在这个漫长的过程中，中国人逐渐发现了自然、宇宙与人的健康之间的奥秘：天人合一，顺应自然，阴阳平衡，饮食有节，起居有常则健康；反之，外染六邪，内伤七情，痰饮淤血，饮食不调，过度疲劳等问题会导致人体的阴阳失衡则致病。而治病的过程就是帮助病人扶正祛邪、纠治紊乱的脏腑气机及气血偏于过盛或过衰的情况，让脏腑经络正常运行，重返阴阳平衡的过程。中医中药，反映了中国人阴阳平衡、天人合一的哲学观。《黄帝内经》的阴阳学说不仅解释了人体病理及变化，而且被医者用于指导疾病的诊断和治疗，奠定了中医的理论体系。

有了理论体系，找到药物，治疗疾病就不是梦想。中国人是如何找到各种药物的呢？

来自医学家跋山涉水的不断搜寻，甘冒危险亲自尝试。

"神农尝百草，始有医药"，太史公的记载或许来自传说，但李时珍为了验证药效而亲自尝百草并不虚假。听闻有一种曼陀罗花，服后可以让人如同昏醉，割疮时也不会感到疼痛，他四处寻找，终于得到了曼陀罗花。为了了解这种花的性能，他亲自尝试，验证了药效，并记载下来。"药物辨真伪，方书通古今。"亲自尝试是中医发现药物、检验药效的方法。

来自人民群众几千年生产生活经验的积累总结。

宋代田况在《成都遨乐诗二十一首·重阳日州南门药市》中说，"草木瓌富百药具，山民采捋知辛甘"。不仅采药卖的山民，各行各业劳动者在生产生活中都积累了大量的医药经验。早在唐朝，长安城的裁缝已经知道把长有绿毛的糨糊涂在被划破的手指上可以帮助伤口早日愈合，类似的经验得到医者的验证后被记录下来，也就成为大家都用的方法。赶车人经年累月地在外奔劳，为防治损伤筋骨，他们常煮食一种名为旋花的草，李时珍听说后亲自尝验，证明旋花能舒筋活血、益气续筋，就将赶车人介绍的经验记录在了《本草纲目》里。中药的发现有广泛的群众基础，来自生活，来自自然。

用"天生就是药"自救，动物的基因密码里自带编程。

通过观察动物自救的方法，效仿验证药效，中国人找到许多治病的药物。唐代张鷟的《朝野佥载》记载："虎中药箭食清泥；野猪中药箭赿荠苨而食；雉被鹰伤，以地黄叶帖之。又矾石可以害鼠，张鷟曾试之，鼠中毒如醉，亦不识人，犹知取泥汁饮之，须臾平复。"文中所载说明古人已经发现了动物能自救自疗，人模仿检验，确有疗效的，经医者记录，成为治病的药。霍去病追击匈奴时和他的士兵陷入沙漠腹地，缺水的士兵普遍出现便涩、面目浮肿的病症，战斗力锐减；后来，士兵发现战马没生病，觉得奇怪，观察之后，他们猜测战马常食的草里有让马不得病的药，于是逐一尝试，终于找到治病的草。因为这种草在车边到处都是，霍去病为它命名"车前草"（芣苢）。"鸟兽不曾看本草，谙知药性是谁教？"白居易的惊奇绝非偶然，先民很早就发现，毒蛇常出没之地，十步之内必有解药。世间万物，相生相克，大自然就是这么神奇。积累了几千年，中国人发现，世间万物，无一物不可为药。

宋代释文珦在《幽栖》中写道：

幽栖绝世纷，足以养九君。是草皆为药，无山不出云。

房空留鹿伴，果熟与猿分。信口成诗句，长谣到夕曛。

发现了万物皆药的中医们不断尝试、实践，总结出一年中四季、节气变化和药物寒、热、温、凉四性与辛、甘、酸、苦、咸五味，再结合药的色、形、质地、生长地域、环境之间的规律，按照君、臣、佐、使的方法，以病人的气机升降、七情和合来配伍中药。中医的药方体系一步步得以完善，花草虫石、世间万物在良医眼中无一不是治病良药。而世间万物，又何尝不是诗人抒情的载体呢？

◎ | **远志去寻使君子， 当归何必问泽兰**

中国是诗歌的国度，中国人对诗歌的热爱程度在我们这个蓝色星球上恐怕再难找到与之相匹的了。究其原因，源于我们对生命的热爱、对美好事物的孜孜追求。在《黄帝内经》成书的先秦时期，中国的第一部诗歌总集《诗经》也诞生了。言情言志、极富生活气息的诗歌里，怎么能缺少医药的身影？一群采芣苢的少女，和着歌声向我们走来：

> 采采芣苢，薄言采之。采采芣苢，薄言有之。
> 采采芣苢，薄言掇之。采采芣苢，薄言捋之。
> 采采芣苢，薄言袺之。采采芣苢，薄言襭之。

天朗气清，春风拂面，原野上处处散发着青草和野花的芬芳，少女们欢快地和歌采拔既可做菜也可入药的车前草，一幅多么诗意的画面！热爱生活的先民，将物质并不丰富的日子过得诗一般美好。这可能是中国最古老的采药歌，诗歌与医药相生相伴，以药入诗，以药抒情。

诗中有药的药名诗，是诗人医药知识的充分展现。

中药在《诗经》《楚辞》中就已出现，如木瓜、芣苢、佩兰、荪（菖蒲）、木樨（桂树）、菊、扶桑（木槿）、木兰等。屈原就喜欢用各类香药香草表达自己高洁的志向，如"桂栋兮兰橑，辛夷楣兮药房"。南北朝时期，一些精通医药的诗人创作了一种新的诗歌品类——药名诗。唐、宋、元三个朝代是诗词曲文学发展的繁盛时期，也是药名诗发展的繁荣期。据记载，唐朝约有五十位诗人有药名诗留传，而宋代的诗人陈亚有一百多首药名诗词传世，是药名诗的代表性诗人。这个时期，药名诗发展颇为繁荣，可谓凡涉药之事，百花齐放皆入诗，抒发万种情志。北宋陈亚在《生查子》中写道：

相思意已深，白纸书难足。字字苦参商，故要槟郎读。

分明记得约当归，远至樱桃熟。何事菊花时，犹未回乡曲？

在这首诗中，诗人以相思子、薏苡仁、白芷等药材为意象，表达了女子对离别已久、迟迟未归的意中人的思念之情。而药名诗的巅峰之作，应该是南宋辛弃疾的《满庭芳·静夜思》（节选）：

云母屏开，珍珠帘闭，防风吹散沉香。离情抑郁，金缕织硫黄。柏影桂枝交映，从容起，弄水银堂。连翘首，惊过半夏，凉透薄荷裳。

这首词以云母、珍珠、沉香、硫黄等二十多种中药材为意象，表达了词人对留在金国的原配深沉的思念，对年少离别再未相见的满心惆怅。

药名诗虽构思巧妙，却过于刻意和堆砌，且诗中很多中药只是药柜里一把难以分辨的东西，既不鲜活，也不亲切。反不如不以药为名，就选取恣意生长在我们身边随处可见之物，诗人有感而发、缘情唱和，当其所需随手取来就可为药。

色彩绚丽、气味芬芳的花类既吸引医者，也是诗人们的心头之好。例如王维在《辛夷坞》中写道：

木末芙蓉花，山中发红萼。

涧户寂无人，纷纷开且落。

诗题"辛夷坞"相传是诗人在辋川别墅为自己的爱花辛夷修建的园子。春日里，辛夷生机勃发，绽放饱满的蓓蕾，灿烂如霞，开得奔放热烈，寂寞的涧户有了春天的味道，花瓣在春风中飘飘洒洒、落满溪涧。它自开自谢、顺应自然，一如诗人笔下静夜春山中悠然而落的桂花；它自满自足，无所谓是否有人欣赏，一如行到水穷、坐看云起的诗人。诗人与辛夷，同样的孤傲和落寞，你即是我，我也是你。

诗中芙蓉花，现在称为木（玉）兰（紫色）、木笔，入药名辛夷。它能散风祛寒、通鼻窍，是治疗风寒、发热、头痛、鼻塞以及急慢性、过敏性、肥厚性鼻炎、鼻窦炎等病的一味药。它从屈原的诗中走来，在王维的诗中盛放、凋零，自有其风骨。陶渊明在《饮酒·其五》中写道：

> 结庐在人境，而无车马喧。
>
> 问君何能尔？心远地自偏。
>
> 采菊东篱下，悠然见南山。
>
> 山气日夕佳，飞鸟相与还。
>
> 此中有真意，欲辨已忘言。

人活着，总是不断追寻生命的意义。诗人否定了"兼济天下"的社会公认的价值观，不想与污浊的官场同流合污。他给自己的生命存在找到新的所在——回归田园，而目的只有一个：独善其身。自己的住所虽然建造在人来人往的环境中，却听不到车马的喧闹，因为心已远离闹市和朝堂。生命本是自然的一部分，只是因为人自己太过看重名利和自己在别人眼中的社会价值，贪图物欲的满足，才让自己身心疲惫。而出生于功勋世家的诗人，也许已经见惯了世间的浮华、看淡了宦海的沉浮。在他看来，美好的生命过程，不能浪费在案牍劳形、迎来送往中，应该释放自然天性，在自然状态中享受：巧合机缘，东篱的菊花开了，兴之所至而采；南山入眼，也是偶然之趣。山是无意见到的，飞鸟也因偶然而进入诗人的视野，一切都无须设计，所有都顺其自然。诗人的身、心在自然中全然解放。陶渊明没有想到的是，他无意的选择，竟然为后世穷途的知识分子找到了第二条路——除了兼济天下之外的第二条路。

《离骚》有"朝饮木兰之坠露兮，夕餐秋菊之落英"之句，菊花既是食材也是药，它香味独特而清新，可以与多种肉类搭配成菜肴，解肉的油腻。云南红河的过桥米线，几瓣鲜菊花放在汤里，增色又增鲜。做药，菊花可以疏风、平肝、降血压、提神。将菊花做成枕头可以醒脑明目，与艾叶同捣细可做护膝。它开在陶渊明的东篱，最是合宜。

五代的李璟在《摊破浣溪沙》中写道：

手卷真珠上玉钩，依前春恨锁重楼。风里落花谁是主？思悠悠。

青鸟不传云外信，丁香空结雨中愁。回首绿波三楚暮，接天流。

"丁香结"是丁香的花蕾，李璟在诗中取它难以舒展绽放的外形特征来比喻相思之愁忧郁于心。唐代诗人李商隐《代赠》诗已有"芭蕉不展丁香结，同向春风各自愁"之句，李璟对其做了创新，把丁香结放入微雨的环境，让丁香花蕾不仅郁结不开而且饱含泪水。戴望舒的《雨巷》中"丁香一样的结着愁怨的姑娘"亦取其喻。青鸟不传信，丁香空结愁：词人的感情浓郁而又真挚。重楼深锁，春恨绵绵；风里飘零无主落花，悠悠思念无人知晓；心结重重，此恨谁才能解？

丁香的花蕾作为一味香料，药名公丁香，性温、味辛，具有温中降逆、暖肾助阳、醒神开窍、镇痛、抗炎、行气止痛、辟秽杀虫、抗血小板凝聚的功效，可治虚寒呃逆以及脾胃虚寒之心腹冷痛、小腹痛、疝气痛、腰腿冷痛。丁香花蕾的药效是如此的热烈奔放，与它娇小柔美的外表形成鲜明的反差，和生活中那些外表柔弱、内心狂野、意志刚强的人是不是有几分相似呢？

藏在花蕊之中、细小到你可能没注意的花粉，也被诗人写入诗中。白居易在《枕上行》（节选）中写道：

风疾侵凌临老头，血凝筋滞不调柔。

……

浩气自能充静室，惊飙何必荡虚舟。

腹空先进松花酒，膝冷重装桂布裘。

若问乐天忧病否，乐天知命了无忧。

诗人暮年疾病缠身，风湿让他手脚不遂，只能卧病在床。和从前能够自由自在相比，回首往事让诗人如在梦中。然而，他的卧室仍然充满浩然之气，饿了喝松花粉泡的酒，冷了穿上棉袄。乐天知命的精神使诗人不觉得忧愁。

　　松花粉是松的精细胞，营养丰富，含有蛋白质和多种氨基酸，是中国传统的食、药合一的佳品。药王孙思邈为保健常服食松花粉，一些中国传统糕点都会添加松花粉以增强口感和营养。松花粉可祛风、补气、祛湿，可治头晕、胃疼、泻痢、疮烂、出血。除了花粉，松树的其他部分也可药用：松叶苦温而无毒，可以祛风湿、生毛发；松节中含有丰富的挥发油，可治疗关节疼痛、跌打损伤及周围神经痛；松香是燥湿杀虫的良药。松树是诗人、画家笔下的常客：它傲立于风雪之中，是岁寒三友之一；独立于绝壁崖顶，是坚毅和顽强的象征。孔子赞它："岁寒，然后知松柏之后凋也。"松树予人的不仅是感官上的享受、精神上的养分，千百年来，人们采集它的枝叶、花粉、树脂来驱除病痛，分享它的神奇。

　　植物的茎（枝）叶有着悦眼的色泽，或遒劲、或柔韧的质地，迷人的姿态，以之入诗，别有情韵。明代于谦在《北风吹》中写道：

　　　北风吹，吹我庭前柏树枝。
　　　树坚不怕风吹动，节操棱棱还自持。
　　　冰霜历尽心不移，况复阳和景渐宜。
　　　闲花野草尚葳蕤，风吹柏树将何为？
　　　北风吹，能几时？

　　北风中的柏树，经历严寒凛风，能不折不弯，自持节操。诗人以树喻己，表明自己坚贞不屈的品格以及认为北风不能猖狂多久的乐观精神。全诗大气凛然。世人这么说容易，难的是言出必行，而诗人在大明王朝风雨飘摇的时刻能挺身而出，不计自身安危，力挽狂澜，所为诚如诗言！

　　柏树（侧柏）的枝叶有凉血止血、化痰止咳、滋养秀发的功效，可治吐血、咯血、衄血、便血、崩漏、尿血、肺热咳嗽。柏树救人于危亡之际的药效和于谦土木堡事变后挽救大明于危亡之时的壮举是不是特别相像呢？

植物的果实滋味丰富、营养全面，除了能让人大快朵颐外，诗人和医者都对它情有独钟。苏轼在《浣溪沙》中写道：

> 几共查梨到雪霜，一经题品便生光，木奴何处避雌黄。
> 北客有来初未识，南金无价喜新尝，含滋嚼句齿牙香。

屈原曾经写《橘颂》，赞美橘树为天地间的佳树，将它比为德行高尚的君子。山楂和梨性不耐寒，不能度过严冬；橘子能抵御霜雪，四季常绿。诗人运用对比、反衬突出了橘子的个性。作为一个"北客"，诗人对南国嘉果有了从未识到"无价"的认知过程，橘子乐于被人们"新尝"，赢得人们对它的滋味的赞美和齿牙留香之后的沉醉。"南金"的典故和通感手法，让诗歌的韵味与橘香的悠远共存。

橘子果皮最具药用价值，据说橘皮放置的时间越久，药效也越强，由此而得陈皮之名。中医学认为陈皮味辛、苦、温，具有温胃散寒、理气健脾的功效，可以治疗胃胀、消化不良、食欲不振、咳嗽、痰多。它所含挥发油对胃肠道有温和刺激作用，促进消化液的分泌，可增进食欲；若煲肉汤时放入适量，可解腻、提香、健脾除湿。

下面请看明代蓝仁的《尝梨》：

> 庭前梨熟闹儿重，踏树攀枝渐欲空。
> 一团削玉并刀下，数片浮冰碧碗中。
> 疗渴已能除痼疾，尝新何幸及衰翁。
> 仙人只爱如瓜枣，安得移根种海东。

诗人喜爱梨肉如冰如玉的润洁，更爱它解渴治病的功效。梨是水果也是药，它味甘微酸、性凉，入肺、胃经，具有生津、润燥、化痰、解酒的作用。江南名医叶天士曾接诊过一个每天都感口渴的病患，为他诊脉后，认为病人得了消渴症（糖尿病），但不知应该怎么为他治病。失望而返的病人到了镇江，听说有个老僧医术高明，就去求治。老僧的诊断和叶天士一致，但老僧认为有病就有药，他让病人每日无论是口渴还是饥饿都吃梨。病人吃了百十天，果然好了。叶天士知道后，到庙里拜和尚为师，谦虚求问，最后终成大家。这个故事或有夸张，但世间万物有用与无用、作用的大小，或许只在于使用者是谁罢了。

《诗经·桃夭》写道：

> 桃之夭夭，灼灼其华。之子于归，宜其室家。
> 桃之夭夭，有蕡其实。之子于归，宜其家室。
> 桃之夭夭，其叶蓁蓁。之子于归，宜其家人。

诗中以艳丽夺目的桃花、繁密茂盛的桃叶、肥硕多汁的果肉比豆蔻年华的少女，"开千古辞赋咏美人之祖"。全诗通过对出嫁的姑娘的赞美，传达出一种喜庆欢乐的气氛，赞美并祝福她把快乐和美好带给婆家。这种祝愿，反映了先民对美好幸福生活的向往。"宜室""宜家"的重章复唱，表达了人们对家庭主妇的要求：不仅要有姣好的外在，还要有美好的品德，才能"宜室""宜家"。

美丽的外表，内在的修养，固能宜其室家，但也不能忽视健康是家庭美满的重要条件。天下的女人心中都有的一个美好愿望：拥有灼灼如桃花白里透红的肤色，由内而外焕发出健康、红润，不仅愉悦自己，更表明有精力经营好自己的家庭。但事实是，女人因操劳更容易患病，尤其在生养孩子之后。但如果能用好桃仁，女人的美好愿望是可以实现的。

桃仁可以活血祛瘀、润肠、止咳喘、抗炎镇痛、驱虫，治疗因瘀血引起的闭经、痛经、跌打伤。桃红四物汤是中药著名方剂。相传，元代名医朱丹溪路过江南某地，见当地女子唇红齿白、肌肤白里透红。细心的朱丹溪经询问得知，此地的女子都爱以桃仁、红花做汤。他得到启发，将补血的四物汤加上桃仁、红花，创立了一个经典美容养颜妙方，取名"桃红四物汤"。此方补血活血，治血虚、血瘀，对美容养颜有特别的功效。

诗人不仅喜爱植物，动物也是他们喜爱的抒情对象。明代唐寅在《画鸡》中写道：

头上红冠不用裁，满身雪白走将来。
平生不敢轻言语，一叫千门万户开。

在这首题画诗里，唐寅描画的公鸡满身雪白的羽毛、大红的冠子，色彩对比鲜明，威风凛凛。威武的公鸡一般不轻易开口，但只要它一声鸣叫，就意味着黎明到来，千家万户仿佛得到号令，打开家门，迎接新的一天。屡试不第的诗人展现鸡的神态气质，借物抒发胸中块垒，表达了自己渴望一鸣惊人、一飞冲天的豪迈之情。

画中之鸡可赏，饲养之鸡可食。鸡是人们都喜欢饲养的家禽，鸡肉味道鲜美有营养，能补中益气，而鸡内金也是一味传统中药。鸡内金是鸡的消化器官，可以消积食、健脾胃，还可治牙疳口疮。鸡内金化坚消食而运脾，民国名医张锡纯是使用这味药的大家，他的名方把这味药运用得出神入化。在《理冲汤》里，他就让这味药发挥了极大作用。他认为：鸡内金不但能消脾胃之积，而且脏腑何处有积皆能消之，男子痃癖、女子癥瘕（肌瘤），久久服之，皆能治愈。

南宋李纲在《病牛》中写道：

耕犁千亩实千箱，力尽筋疲谁复伤？
但得众生皆得饱，不辞羸病卧残阳。

辛辛苦苦"耕犁千亩"，收获千箱之实，足见牛勤勉劳苦，但是这样的功劳并没有得到主人的怜惜。积劳成疾后它没有怨尤，更没有意志消极。它甘心情愿为众生的温饱卧残阳。曾为宰相而又屡遭贬谪的诗人托物言志，表明自己无论身心多疲惫都一心报国，为国为民的初心从未动摇。

病牛的精神让人感佩，而现实中如果牛患了胆结石，这结石却是一味名贵药材——牛黄，它具有镇静、解热、抗惊厥、解毒、强心、降血压、促胆汁分泌、护肝、祛痰镇咳、抗氧化及抑肿瘤的作用，是中成药牛黄解毒丸、安宫牛黄丸、片仔癀的重要成分。而牛患了胆结石症，是不治的。病牛不会吟诗歌颂自己，但我们吃药的时候会不会有所感恩呢？感恩自然，感恩一切生命。

大自然的一切产物既逃不过诗人的眼睛，为诗人喜爱、歌咏，当然也逃不过医者的法眼。矿物质也被诗人歌咏，托以言志；被医者挖掘，用以治病。文天祥在《扬子江》中写道：

> 几日随风北海游，回从扬子大江头。
> 臣心一片磁针石，不指南方不肯休。

文天祥的这首七言绝句，以他出使元营、辗转飘零的经历起笔，以"磁针石"比喻他生命不息、报国不止的决心与坚毅，字里行间表现出永不放弃的爱国主义精神。

磁针石可以制造指南针，也是一味药，能平肝潜阳、安神镇惊、聪耳明目、纳气平喘，治头目眩晕、耳鸣耳聋、虚喘、惊痫、怔忡等症。敢以磁铁、灶心的黄土、铜，云母石、石膏这类的矿物为药，大胆使用剧毒的药物与病毒共舞，以毒攻毒、以毒制毒，中国医生的大胆与创新精神在这世界上可能是无敌的，但也是有科学基础的。

◎ | 若无闲事在心头，便是人间好时节

在诗词里谈健康养生观，在古代似乎是一种流行趋势。白居易、陆游、苏轼等人不仅诗情横溢，而且也研习过医理，很多他们总结的健康养生经验被写进诗词，表达了当时人们的健康观。白居易在《寄皇甫宾客》中写道：

> 名利既两忘，形体方自遂。
> 卧掩罗雀门，无人惊我睡。
> 睡足斗擞衣，闲步中庭地。
> 食饱摩挲腹，心头无一事。
> 除却玄晏翁，何人知此味。

不过分追逐名利，不耗费精力在结交应酬上，睡得好，常散步，定时摩腹助消化，心静神闲，放空身心，是诗人养生的法宝。

陆游在《灌园》中写道：

> 八十身犹健，生涯学灌园。溪风吹短褐，村雨暗衡门。
> 眼正魔军怖，心安疾竖奔。午窗无一事，梨枣弄诸孙。

运动是生命的源头活水，诗人能活到八十多岁依然强健的养生方法十分简单，那就是适量运动，保持内心安适，闲暇时种菜、养花、钓鱼、打拳、练书法、带孙子，从而舒筋活血、陶冶性情，还能调节神经，有益健康。

苏轼在《水调歌头·黄州快哉亭赠张偓佺》中写道：

> 落日绣帘卷，亭下水连空。知君为我新作，窗户湿青红。长记平山堂上，欹枕江南烟雨，杳杳没孤鸿。认得醉翁语，山色有无中。
> 一千顷，都镜净，倒碧峰。忽然浪起，掀舞一叶白头翁。堪笑兰台公子，未解庄生天籁，刚道有雌雄。一点浩然气，千里快哉风。

此词作于苏轼谪居黄州时。谪居自耕自食的诗人并没有被政治和生活上的失意击垮，不怒、不怨、不惊、不惧，能有"一蓑烟雨任平生"的坦然、"也无风雨也无晴"的平和。从词中我们看到他胸襟开阔，不以己悲，珍惜友情，有白头渔翁般与风浪搏击的勇气和力量。这是作者寻找的内在超越之路，处逆境，泰然自若，大气凛然。这气，是正气，也是中医所说的阳气，是强大免疫力之源。养浩然之气，免疫力强才能抵御疾病。现实生活中，许多人得病既有外部诱因，也有自身原因。免疫力低、情绪不良是生病的内因。过度喜、怒、哀、乐会影响气机升降出入，阴阳多为心中的七情六欲所伤。只有养足阳气，才能战胜嗔、怒、怨、恨、惧、忧等不良情绪，而补气壮阳的根本在于摒除私欲、心怀正大。壁立千仞无欲则刚，心善、行善宜养阳，不做亏心事，常怀善念，自然就会浩然正气磅礴，从而拥有抵御疾病的强大免疫力。

我们应学会与自然和解、与自己和解，不强求，顺应规律，保持精神愉快，适量体育锻炼，睡眠与饮食合宜。古典诗词里的医药养生智慧，助我们在人生旅途享受诗意人生。

一　班固的《汉书·艺文志》中将中医学作为"方技"，与"六艺""诸子""兵书"等并称，足可看出古人对中医的重视。但在鸦片战争后，随着西医的发展，中医中药、中医教育一度被边缘化，甚至遭到过废止。在中西医之争依旧存在的今天，我们应该怎样更好地传承中医药文化？试以"感知中药文化，增强文化自信"为话题，写一篇2000字左右的议论文，题目自拟。

二　2018年，中国农民丰收节设立，时间定于每年的秋分日。这是我国第一个在国家层面专门为农民设立的节日。这不仅是文化的传承，更是一种庆祝丰收的仪式。千百年来孕育的农耕文化无一不彰显着广大农民群体的劳动精神。试以小组为单位，为中国农民丰收节写一份包含劳动诗歌的宣传片拍摄脚本，并尝试拍摄。

第三单元

一

　　诗歌饱含创作者的思想感情与丰富想象，语言凝练而形象性强。从中国传统节日习俗和人生礼俗，到民族融合、边塞征战，再到宗教洞窟，我们发现诗歌是唯一与大自然相若的艺术形式。沉浸其中，人们不仅可以拓宽视野，而且还能获得深刻的人生启示和积极的人生借鉴。

　　本章所选古典诗词通过介绍五谷杂粮、酒茶、衣饰、住行等内容，让我们从新正到除夕，从出生礼到丧葬礼，借着一个又一个节日走过一年的岁月，通过一个又一个仪式度过一生圆满的旅程，感受丰富多彩的传统习俗和人生礼俗。而这一切都映射着民族融合的元素。诗词中大量运用色彩作为人物心理的表征，通过色彩进行表意与构图，为后世讲述了无数先贤们精彩的人生故事。此外，中国数学文化历史悠久，回环往复的回文诗有着绝美的对称美，透过诗词，我们可以领略浩瀚如烟的诗词典籍中闪耀着的理性光辉。

　　学习本单元要举一反三，最终达到鉴赏各种诗歌的目的。我国诗歌可分为借景抒情诗、咏史怀古诗、伤春伤别诗、羁旅行役诗、山水田园诗、托物言志诗、边塞征战诗、赠友送别诗、闺怨诗、谈禅说理诗等多种类型。它们存在着交叉性，鉴赏某类诗歌的方法也可用来鉴赏其他类诗歌。读好诗，理解诗，就要根据题材、体裁对诗进行分类，才能条理清晰、理解透彻。

第13课

随宜饮食聊充腹，取次衣裘亦暖身
——古典诗词中的饮食起居

　　曾有诗曰："书画琴棋诗酒花，当年件件不离它。而今七事都变更，柴米油盐酱醋茶。"俗话说："民以食为天。"中国是一个农业大国，更是一个美食的国度。中国幅员辽阔、民族众多，在漫长的历史进程中形成了独特的饮食文化。百姓日常饮食，不同地方有不同地方独特的喜好；古人节日饮食，每个节日有每个节日独特的风味。酒足饭饱，衣暖居安，这是老百姓幸福的追求；舟车劳顿，远游他乡，这又是多少游子的心酸……人生在世，总离不开饮食起居。

◎ 俗人多泛酒， 谁解助茶香

　　中国是一个农业大国，种植农作物的历史悠久，粮食的种类十分丰富。人们往往用"五谷杂粮"统称粮食，五谷指"黍、稷、麻、麦、菽"或"黍、稷、稻、麦、菽"五种农作物。这两种说法的区别主要是有无"麻"与"稻"，体现了南北方种植作物的差异。《论语》记载子路迷路，遇荷蓧丈人，询问是否看见夫子，丈人说："四体不勤，五谷不分，孰为夫子？"意思是：既不劳作，不辨五谷，算什么老师？

　　《诗经·魏风·硕鼠》写道："硕鼠硕鼠，无食我黍。""黍"即黍子，去皮后俗称黄米。黍是一种黏性的食物，东北地区冬季蒸黏

豆包使用的就是黍。黍也称"黄粱","黄粱一梦"的典故就与之相关。孟浩然在《过故人庄》中写道:

故人具鸡黍,邀我至田家。绿树村边合,青山郭外斜。
开轩面场圃,把酒话桑麻。待到重阳日,还来就菊花。

老朋友准备了鸡和黄米饭,邀请我去家里做客。村子边绿树环绕,村外青山隐隐横斜。打开窗户面对着打谷场和菜园,喝着美酒谈论着农事。提前做一个约定,等到九月九日重阳佳节,"我"还要来观赏菊花。诗歌用清新自然的笔触,展现了秀美的农村风光、淳朴的民风和老朋友间真挚的情谊。

中国水稻种植的时间很早,七千年前长江流域的先民就已经种植了。水稻去皮后称大米,是中国南方和西南地区主要的农作物。辛弃疾在《西江月·夜行黄沙道中》中写道:

明月别枝惊鹊,清风半夜鸣蝉。稻花香里说丰年,听取蛙声一片。
七八个星天外,两三点雨山前。旧时茅店社林边,路转溪桥忽见。

明月清风、眠鹊鸣蝉,稻花香阵阵,蛙鸣声片片……看着这夏夜美景,听着这美妙的夏声,我们不禁沉醉其中。词人用文字为我们描绘了一幅恬淡的农村夏夜水墨画。

小麦是中国北方的主要农作物。白居易曾作《观刈麦》描绘麦子成熟的景象,诗云:"田家少闲月,五月人倍忙。夜来南风起,小麦覆陇黄。"小麦磨成粉后称面粉,可以用来蒸馒头和包子、擀面条、烙饼。白居易作《寄胡饼与杨万州》记录了唐代的面食:

胡麻饼样学京都,面脆油香新出炉。
寄与饥馋杨大使,尝看得似辅兴无。

这制作胡麻饼的手艺学自长安城,面皮酥脆,油香四溢,新鲜出炉。寄给好朋友杨万州尝一尝,不知道尝过后像不像长安城辅兴坊胡麻饼的口味。这首诗写的是白居易亲手制作了胡麻饼，寄给好朋友杨万州后的戏谑之作。这油香四溢的胡麻饼，既包含着白居易的喜悦与自得，也饱含着白居易与朋友浓浓的情谊。

在北方，粟称为"谷子"，去皮后俗称"小米"，是中国古代北方主要的农作物。菽是大豆，古代经常把"菽粟"并称。陆游在《暮秋》中说："甑香新菽粟，篝暖故衣裘。""不食周粟"的典故就和粟有关。据《史记》记载，周武王平定殷商统治天下，伯夷、叔齐认为这是不仁义、可耻的事情。兄弟两个隐居在首阳山，不食周粟，采薇而食之。有人说野菜也是长在周朝土地上的，最终二人绝食而死，以示清白守节的志向。唐代开元盛世之时，粮食大丰收，杜甫在《忆昔二首·其二》中记载了稻粟丰收的盛状："忆昔开元全盛日，小邑犹藏万家室。稻米流脂粟米白，公私仓廪俱丰实。""稷"一说是"黍子"，一说是"粟"，被称为"百谷之长"。后来"稷"演化为"谷神"，与土神"社"合称为"社稷"，代指国家。

古代农民虽然辛苦，但是一年到头也未必就有好收成、好生活。在统治者的剥削之下，很多农民生活在水深火热之中。李绅的《悯农》就记录了这种悲惨状况：

> 春种一粒粟，秋收万颗子。
> 四海无闲田，农夫犹饿死。

经过农民辛苦劳作，春天的一粒种子化成了秋天的累累硕果。四海之内，遍地良田，但是农民却填不饱肚子甚至饿死。"一粒粟"与"万颗子"、"无闲田"与"犹饿死"形成鲜明对比。劳动没有创造美好的生活，丰收换来的是两手空空，这是什么原因造成的，实在引人深思。

中国是一个美食的国度，烹饪手段多样，美食品类繁多。除了以上提到的主食，中国古代的肉食也非常丰富，主要食材有牛、羊、猪、鸡、鸭、鹅、鱼等。在古诗词中提到这些食物的地方数不胜数。以鱼为例：范仲淹《江上渔者》云："江上往来人，但爱鲈鱼美。"

张志和《渔歌子》道："西塞山前白鹭飞，桃花流水鳜鱼肥。"另外，辛弃疾在《水龙吟·登建康赏心亭》中写道："休说鲈鱼堪脍，尽西风，季鹰归未？""脍"指把鱼、肉切细。晋朝吴地的张翰（字季鹰）在洛阳做官，秋风乍起之时，想到了家乡莼菜羹和鲈鱼脍的味道，馋虫动，乡愁起，立刻辞官归乡，可见食物的味道尤其是故乡美食的味道有着怎样的吸引力啊！

俗话说："无酒不欢。"在中国，酒的历史非常悠久。晋代江统曾在《酒诰》中写道："酒之所兴，肇自上皇；或云仪狄，一曰杜康。"古人一般认为酒的发明者为仪狄或杜康。曹操说："何以解忧，唯有杜康。"酒有水果发酵、动物乳汁发酵、粮食酿造等不同类别。粮食发酵的酒有清和浊的不同，"清者为酒，浊者为醴"。清酒是粮食酿造而经过提纯的酒，浊酒是未经过提纯的酒。陶渊明曾葛巾漉酒。未经淘漉的新酒会泛起绿色的泡沫，细小如蚁，被称为"绿蚁酒"。唐代白居易的《问刘十九》中这样写道："绿蚁新醅酒，红泥小火炉。晚来天欲雪，能饮一杯无？""无酒不成席"，在中国，聚餐喝酒已然成为"标配"，形成了独具特色的"酒桌文化"。

中国是一个美食的国度，是一个诗的国度，更是一个酒的国度。中国古代的诗词中留下了无数有关"酒"的诗篇。范仲淹的《渔家傲·秋思》中借"浊酒"表达思乡之情：

> 塞下秋来风景异，衡阳雁去无留意。四面边声连角起。千嶂里，长烟落日孤城闭。
> 浊酒一杯家万里，燕然未勒归无计。羌管悠悠霜满地。人不寐，将军白发征夫泪！

一杯浊酒，难消思乡之愁。"一杯"与"万里"形成鲜明的对比。因为战争没有结束，功业未立，归乡之日遥遥无期。羌管悠悠，清霜满地，将军征夫彻夜难眠，泪流满面。词中爱国之情与思乡之意交织，表现了复杂、深沉而又矛盾的情绪。李白在《行路难》中借清酒表达豪情：

> 金樽清酒斗十千，玉盘珍羞直万钱。
> 停杯投箸不能食，拔剑四顾心茫然。
> 欲渡黄河冰塞川，将登太行雪满山。
> 闲来垂钓碧溪上，忽复乘舟梦日边。
> 行路难！行路难！多歧路，今安在？
> 长风破浪会有时，直挂云帆济沧海。

金樽清酒、玉盘珍馐。面对这些美酒佳肴，诗人停下了酒杯，放下了筷子，拔出宝剑，四顾茫然。金、清、玉、珍、十千、万钱，写出了宴会的丰盛；停、投、拔、顾，写出了诗人内心的苦闷茫然。冰塞黄河，雪满太行，诗人仍然没有沉沦，以姜太公、伊尹的典故增加自己的信心。路虽难行，歧路虽多，但是诗人乘万里风破万里浪，挂云帆渡沧海，到达理想的彼岸。面对困难、挫折，诗人不沉沦、苦闷，以冲破万难的自信和勇气鼓舞了一代又一代人。

水果发酵酒出现得非常早，有人认为原始的猿人就发现了水果腐烂而天然形成的果酒。葡萄酒就是一种水果发酵酒，王翰的《凉州词》中写道：

> 葡萄美酒夜光杯，欲饮琵琶马上催。
> 醉卧沙场君莫笑，古来征战几人回？

夜光杯中斟满了葡萄美酒，奏起的琵琶似乎在催人痛饮，好一派沸腾激昂的场面！请君莫笑，醉卧沙场有什么可怕的呢？自古以来征战疆场，又有几人能平安归来呢？三四两句似是宴会上的劝酒之辞，看似悲凉，实为"戏谑"之言，充满了视死如归的豪情壮志。

在中国，茶出现得很早，大约可追溯到周代。茶最初主要是作为药品或者茶粥出现的。在魏晋时代，茶才作为提神的饮品来饮用。茶叶主要产自南方，北方很少产茶。佛教徒对茶的推崇，使茶向全国各地传播。随着"茶马互市"和对外交流的深入，茶叶逐渐传播到各少数民族和世界各地。饮茶时，对茶的种类和品质以及茶具甚至茶水的选择，都有严格的要求，逐渐形成了中国特有的饮茶的礼仪。唐代是茶文化比较兴盛的朝代，唐代陆羽曾作《茶经》。在唐代，中国有了"茶道"，饮茶人通过饮茶品味茶之道，或通过品茶感悟人生之道，将饮茶从日常生活的习惯提升到高雅的精神境界。可以这么说，饮茶是一种雅俗共赏的习俗和文化。苏轼的《惠山烹小龙团》中写道：

> 踏遍江南南岸山，逢山未免更留连。
> 独携天上小团月，来试人间第二泉。
> 石路萦回九龙脊，水光翻动五湖天。
> 孙登无语空归去，半岭松声万壑传。

诗人足迹踏遍了江南南岸众山，遇到秀美的景色总不免流连忘返。诗人来到了无锡惠山，带着小龙团茶，用这惠山泉水烹茶，品味这沁人心脾的滋味。唐代茶圣陆羽将适合泡茶的泉水排序，惠山泉水排名第二。赵构曾筑亭护泉，亭上"天下第二泉"匾额为赵孟頫所题。小团月就是当时的名茶"小龙团"，为皇帝御赐贡茶。小龙团茶是将茶做成圆形茶饼，有大小之分。"小龙团"特别名贵稀有。苏轼带着名茶来试名泉，可见诗人对二者的看重。"独携天上小团月，来试人间第二泉"是品茶诗中的名句。为什么不直接说"惠山泉水泡小龙团茶"呢？朱光潜先生认为："如果你不了解明月照着泉水和清茶泡在泉水里那一点共同的清沁肺腑的意味，也就失去了原文的妙处。"这两句诗显得含蓄蕴藉，在含混中显得丰富。

重阳节作为一个传统节日，有饮菊花茶的习俗。人们会在重阳佳节吃重阳糕、赏菊饮茶，庆祝佳节。唐代茶僧皎然的《九日与陆处士羽饮茶》：

> 九日山僧院，东篱菊也黄。
> 俗人多泛酒，谁解助茶香。

在重阳佳节的山僧禅院，东篱黄菊傲霜怒放。世俗之人多饮酒作乐，谁人了解饮茶的情趣呢？此诗表现了诗人的高雅趣味，诗歌淡而不俗、淡而有味。

衣服最初主要是为了御寒，后来人们慢慢有了羞耻之心，衣服增加了遮羞的功能。随着时代的进步和社会的发展，衣物有了体现等级的功用，美化作用加强，并且饰品装饰的功能也逐渐增强。汉乐府《陌上桑》中这样介绍美女罗敷的服饰：

> 头上倭堕髻，耳中明月珠。
>
> 缃绮为下裙，紫绮为上襦。

多么美丽的装饰，多么华丽的服饰！透过装饰，一位容颜姣好的美女形象如在眼前。

中国古人对居住环境特别重视，结合易经五行等传统文化，发展出了神秘的居住风水文化。中国人的居住环境多讲究小桥流水、青山绿水、水绕山环、绿树成荫、鸟语花香……就如陶渊明《归园田居·其一》中所写：

> 方宅十余亩，草屋八九间。榆柳荫后檐，桃李罗堂前。
>
> 暧暧远人村，依依墟里烟。狗吠深巷中，鸡鸣桑树颠。
>
> 户庭无尘杂，虚室有余闲。久在樊笼里，复得返自然。

如此优美清幽的环境，居住其间，该是怎样的享受！中国地域辽阔、民族众多，不同地区民居的风格各异，比如陕北的窑洞、江南的楼房府邸、内蒙古的蒙古包、北京的四合院等。江南商贾华宅和北京四合院多为权贵人家所居住。苏轼在《贺新郎·夏景》中说"乳燕飞华屋"，居住在高大华贵的住宅之中是无数人的愿望。

但是，在古代想住在华屋之中并不是一件容易的事，有的人甚至终其一生都未必有一间属于自己的房屋。唐代诗人白居易年轻时初到长安拜见顾况，顾况看到白居易的名字曾与之开玩笑："米价方贵，居亦弗易。"这虽是戏谑之言，但是客观上也反映出当时"购房难"的实情。古代更多的人住在简陋的房屋之中。宋代梅尧臣所作的《陶者》（"陶尽门前土，屋上无片瓦。十指不沾泥，鳞鳞居大厦。"）表达了对陶者的同情。诗人杜甫自己也遇到过居住的窘境，他在《茅屋为秋风所破歌》中说："床头屋漏无干处，雨脚如麻未断绝。"但是即使在这样的条件下，杜甫想到的却是："安得广厦千万间，大庇天下寒士俱欢颜。"中国古代一直有着"安贫乐道""心怀天下"的传统，杜甫的茅屋为秋风所破仍欲大庇寒士。中国文人中更是传承着一种"陋室不陋"的情怀——身处陋室，心灵高远。这种情怀在唐代刘禹锡的《陋室铭》中有集中展现：

> 山不在高，有仙则名。水不在深，有龙则灵。斯是陋室，惟吾德馨。苔痕上阶绿，草色入帘青。谈笑有鸿儒，往来无白丁。可以调素琴，阅金经。无丝竹之乱耳，无案牍之劳形。南阳诸葛庐，西蜀子云亭。孔子云：何陋之有？

陋室虽陋，但君子居之，陋处不陋也。

古人主要的出行工具有车、船、轿子、马等。"舟""帆"等逐渐在诗歌中成为送别意象。车子是陆地上的主要交通工具，诗歌中到处都可以发现其影子。例如唐代李商隐的《登乐游原》：

> 向晚意不适，驱车登古原。
> 夕阳无限好，只是近黄昏。

傍晚心情不快，驾车登上了乐游原。夕阳虽然无限美好，但是已经迫近黄昏。美景短暂，黑暗将临。此诗作于作者失意之时，表现了诗人的苦闷和失落。迟暮的伤感，沉沦的无奈，纷纷涌上心头，百感交集。

水上交通主要靠船，尤其是南方地区水网密布，船成为人们出行的主要工具。李白曾作《黄鹤楼送孟浩然之广陵》："故人西辞黄鹤楼，烟花三月下扬州。孤帆远影碧空尽，唯见长江天际流。"人们在江头、渡口送别，所以江边、渡口也成为人们离别时的伤心之处。白居易在《南浦别》中写道："南浦凄凄别，西风袅袅秋。一看肠一断，好去莫回头。"自此"南浦"（渡口）也就成为送别诗中常见的意象。

◎ | 儿女坐团圆，杯盘散狼藉

立春为二十四节气之一，也是中华民族的传统节日，又称"打春"。立春主要的活动是迎春，习俗有鞭打耕牛、咬春等。咬春就是吃萝卜、春饼、春盘等食物，寓意祛病消灾。杜甫曾作《立春》诗一首，记录了立春"咬春"的习俗：

> 春日春盘细生菜，忽忆两京梅发时。
> 盘出高门行白玉，菜传纤手送青丝。
> 巫峡寒江那对眼，杜陵远客不胜悲。
> 此身未知归定处，呼儿觅纸一题诗。

立春日，眼前的"春盘"勾起诗人对长安、洛阳两京梅发时美好景象的回忆。想象京城皇帝向大臣赏赐春盘，纤纤玉手传送着青菜。京城庆祝立春热闹的场面，和自己客居巫峡的冷清、悲伤形成对比。诗人四处漂泊，不知自己将归于何处，只能借诗歌一吐愁情了。

"二月二"又称"春龙节""龙抬头"。这一天，我国北方的人们往往会早早地去井里打水，并把草木灰或者谷糠沿路撒到家中，寓意把龙引回家。二月初二，人们还会理发。中国人春节前理发，在正月人们一般不理发。人们在二月二往往要吃龙须面、蒸猪头。宋代紫衣师在《蒸豚》中写道：

> 嘴长毛短浅含膘，久同山中食药苗。
> 蒸处已将蕉叶裹，熟时兼用杏浆浇。
> 红鲜雅称金盘钉，熟软真堪玉箸挑。
> 若把膻根来比并，膻根自合吃藤条。

蒸猪头要用蕉叶包裹，蒸熟后浇上杏浆，成品色香味俱全。蒸好的猪头软烂可口，比"膻根"（羊肉）还要美味。在古代，如果说腊八忙年是春节的序曲，那么二月二就是春节的尾声了。经过一个春节的休整，吃完龙须面、猪头肉，人们又要开始一年的忙碌了。

寒食节有禁火的习俗，要等到清明节生新火时才能吃热的食物，禁火期间人们往往吃寒具。寒具又称"馓子"，把面粉、糯米粉中加盐、蜜、糖搓成细条，用油煎制而成。唐代刘禹锡在《寒具》一诗中记录了这种习俗：

> 纤手搓来玉数寻，碧油轻蘸嫩黄深。
> 夜来春睡浓于酒，压褊佳人缠臂金。

玉手把面搓成似玉的细条，在油中将之煎得金黄。一个戴缠臂金的女子沉浸在浓睡之中，似带着醉意妩媚多情⋯⋯

端午日民间常常吃粽子，饮雄黄酒。相传楚国屈原投汨罗江而死，人们为了不让屈原的尸体为江中鱼虾所食，制作了粽子这种食品投到江中。唐代李隆基《端午三殿宴群臣探得神字》说："四时花竞巧，九子粽争新。"端午节有吃鸡蛋、鸭蛋的习俗，在煮粽子时将鸡蛋和鸭蛋放到锅里同煮，煮熟后全家人分而食之。端午节还有喝雄黄酒的习俗，据说蛇怕雄黄，《白蛇传》中白娘子在端午节喝了雄黄酒现出原形。清代李静山在《节令门·端阳》中提及了饮雄黄酒的习俗：

> 樱桃桑椹与菖蒲，更买雄黄酒一壶。
> 门外高悬黄纸帖，却疑账主怕灵符。

端午节买了樱桃、桑椹和菖蒲，又买了一壶雄黄酒。门外高高悬挂着的黄纸灵符，却不知这辟邪之物能不能阻止债主登门。端午佳节，佩五毒，插艾草，挂菖蒲，吃粽子，喝雄黄酒⋯⋯本来应该开心度过，但此人想到的却是用辟邪之物来"镇"住债主，诙谐幽默之中带着辛酸苦涩。

"月饼"起初是用来祭神的祭品，相传朱元璋起义时还将它用作联络的工具——将字条藏在月饼中。中秋节是一个万家团圆的节日，后来人们就用吃月饼来表达对团圆的美好期盼。清代袁景澜有《咏月饼诗》来咏赞月饼："入厨光夺霜，蒸釜气流液。揉搓细面尘，点缀胭脂迹。戚里相馈遗，节物无容忽。皓月瑶池怨，碗中泛青光。玉食皆入口，此饼乃独绝。沾巾银丝透，举头相思愁。儿女坐团圆，杯盘散狼藉。"读来令人垂涎欲滴。

重阳节是吃蟹的好时节。曹雪芹的《红楼梦》中，贾宝玉和林黛玉等众人于重阳节在大观园内大开诗社，作菊花诗，吃螃蟹，咏螃蟹。曹雪芹借林黛玉之手作《螃蟹咏》道："铁甲长戈死未忘，堆盘色相喜先尝。螯封嫩玉双双满，壳凸红脂块块香。多肉更怜卿八足，助情谁劝我千觞。对兹佳品酬佳节，桂拂清风菊带霜。"人们还会在重阳节饮菊花茶、吃重阳糕。"高"与"糕"同音，重阳节吃重阳糕取步步高升之意。

古人特别重视冬至，称其为"亚岁"。人们在冬至节十分注意进补，常见的进补食物有羊肉、狗肉、豆腐。除此以外，南方人喜欢吃汤圆，北方人喜欢吃水饺、馄饨。清代杨静亭在《都门纪略》一书中曾写诗这样赞美馄饨：

> 包得馄饨味胜常，馅融春韭嚼来香。
> 汤清润吻休嫌淡，咽来方知滋味长。

包出的馄饨味道非比寻常，用春韭做馅吃起来香美无比。不要嫌馄饨汤的味道清淡，喝过才知滋味回味无穷。可见古人对馄饨的滋味青睐有加。

腊月初八俗称"腊八"，在这一天人们往往吃腊八粥、腌腊八蒜。腊八粥是用糯米、豆类、干果、果品等煮成的，煮好后要先进行祭祀，并把腊八粥涂在果树之上，祈求硕果累累，祭祀完毕全家食用。陆游在《十二月八日步至西村》中写道：

> 腊月风和意已春，时因散策过吾邻。
> 草烟漠漠柴门里，牛迹重重野水滨。
> 多病所须唯药物，差科未动是闲人。
> 今朝佛粥更相馈，更觉江村节物新。

腊八粥又称"佛粥"。相传释迦牟尼苦修，身体消瘦，不能解脱。一牧羊女得到天神指引把粥奉献给释迦牟尼。他喝了神粥后身体得到恢复，精神大振，终于在腊八这一天成佛。最初，中国有腊八煮粥祭腊的习俗。随着佛教的传入，腊八节食粥习俗流传得就更加广泛了。"今朝佛粥更相馈"，腊八节不但自己家人吃腊八粥，亲友们还会互相馈赠。"小孩小孩你别哭，过了腊八就杀猪；小孩小孩你别馋，过了腊八就是年。"唱着童谣，喝着腊八粥，不知不觉春节就来到了。

无论是日常饮食起居还是节俗饮食，都体现着中国人特有的文化和独特的精神追求。饮食中有文化，居住中有追求。酒有酒桌文化，茶有茶道。中国的筷子有两根，一动一静，一阴一阳。筷子一头圆一头方，象征着"天圆地方"。中国人对居住环境特别讲究，居住的风水文化体现了中国人顺应自然、与大自然和谐相融的追求。中国文人的书房布置必须简洁素雅，悬挂的书画作品多为意境高远的水墨画，表现出古代文人高雅的旨趣。可以这么说：中国人的饮食起居，淡而有味，俗中蕴雅。

萧鼓追随春社近，衣冠简朴古风存

——古典诗词中的民风民俗

"一方水土养一方人"，每一个国家都有每一个国家独有的民风民俗。中国历史悠久，五千多年的悠远时光流传下来了丰富多彩的风俗文化。这些民风民俗文化如同基因，深植在华夏儿女的血脉之中。徜徉在古典诗词的世界之中，可以领略中华民族特有的民俗风情。

◎ 独在异乡为异客，每逢佳节倍思亲

春节是每个华夏儿女共同的节日，也是一年中最重要的传统节日。春节前，中国都会开启一年一度全世界最大规模的"人口迁徙"，而这只是为了一年忙碌后和家人短暂的团聚，这也是中国人特有的情怀。

除夕是农历年的最后一天，正月初一是农历新年的第一天。除夕夜全家人都会围坐在一起吃年夜饭、放鞭炮、祭祖、守岁，正月初一起床后拜年恭贺新春。唐代戴叔伦在《除夜宿石头驿》中写道：

旅馆谁相问？寒灯独可亲。一年将尽夜，万里未归人。

寥落悲前事，支离笑此身。愁颜与衰鬓，明日又逢春。

除夕之夜万家团圆，诗人寄宿逆旅，无人嘘寒问暖，只有一盏寒灯相伴。"一年"代表时间之长，"万里"代表距离之远。一年的

时间将尽，而自己仍然无法归家与家人团聚。时间的悠远与距离的漫长形成了强烈对比。在这个难以入眠的夜晚，前尘往事一幕幕浮现在脑海，诗人悲痛不已；重回现实后，发现自己病骨支离、落拓漂泊，忍不住无奈苦笑。一"悲"一笑间，表现出作者无尽的辛酸与不平。虽逢新春，但是诗人的愁颜与衰鬓不会改变，"又逢春"的"又"字把诗人一年不如一年的颓唐老境刻画得淋漓尽致。全诗情真意切、悱恻动人，蕴含着无尽的悲伤与慨叹。

古人有除夕守岁的习俗。白居易在《除夜》中写道：

> 病眼少眠非守岁，老心多感又临春。
> 火销灯尽天明后，便是平头六十人。

在万家团圆的除夕之夜，客中漂泊的诗人即使不是刻意守岁，也定会孤枕难眠。

人们往往在春节燃放爆竹、张贴春联，以增加喜庆热闹的气氛。春联起初称"桃符"，最早的一副春联相传为五代后蜀孟昶的"新春纳余庆，嘉节号长春。"王安石在《元日》中曾描写燃放爆竹、张贴春联的习俗："爆竹声中一岁除，春风送暖入屠苏。千门万户瞳瞳日，总把新桃换旧符。"此外，亲朋好友间还会在春节彼此拜年，恭贺新春。明代文征明在《拜年》中写道：

> 不求见面惟通谒，名纸朝来满敝庐。
> 我亦随人投数纸，世情嫌简不嫌虚。

不求见面只通过拜帖拜年，因此早上"我"的陋室中堆满了名贵的拜帖。"我"也"随波逐流"投送一些拜帖，这都是人情世故，人们不会嫌弃礼节的虚伪。

正月初七为人日。晋议郎董勋《问礼俗》云："正月一日为鸡，二日为狗，三日为猪，四日为羊，五日为牛，六日为马，七日为人。"董勋又云："正旦画鸡于门，七日贴人于帐。"后来还演变出正月初一不杀鸡、正月初二不杀狗……正月初七不行刑的习俗。古人还会利用天气进行占卜：如果正月初一此地天气晴朗，则代表今年此地的鸡好养；如果阴天雨雪，则代表今年此地的鸡难养。以此类推。此外还有一种说法：正月初七、十七、二十七分别代表人的青少年、中年和老年，这三天亦同样可以通过天气用以上的方法进行占卜。隋代薛道衡在《人日思归》中写道：

> 入春才七日，离家已二年。
> 人归落雁后，思发在花前。

进入新年才七天，看似时间很短，但是诗人觉得离开家乡已经有漫长的两个年头了。诗人前一年来到南方，实际时间不足两年。因为跨越了春节，所以诗人说"二年"，这也是诗人心理上"离家久"的反映。"才"与"已"形成对比，表现了诗人强烈的思乡之情。诗人此时在南方，初春时节南雁北归，而诗人的归期要在雁群北飞之后；初春气温逐渐升高，诗人在花朵开放前就已思归。雁归而人未归，花未发而人思发，思归之急、思归之切不言自明。"每逢佳节倍思亲"，此言得之。

元宵节又称"上元节"，为农历正月十五。元宵节时，人们吃元宵、闹花灯、猜灯谜……热闹非凡。中国古代往往要宵禁，夜晚不允许普通人随意外出。但是到了元宵节就会取消宵禁，人们可以走上街头庆祝佳节。唐代苏味道曾在《正月十五夜》中写道："金吾不禁夜，玉漏莫相催。"此刻，少男、少女们更是走出家门与自己的心上人相会，他们互赠礼物、互诉衷情。辛弃疾《青玉案·元夕》云："众里寻他千百度，蓦然回首，那人却在灯火阑珊处。"在人潮涌动之中，我的意中人踪迹全无……失望之时，蓦然回首——她，竟然在灯火暗淡之处尚未归去。这刹那的回眸，或许会成为一生的挂牵，或许会成就一世的姻缘。所以有人认为元宵节应成为中国人的"情人节"。如欧阳修在《生查子·元夕》中写道：

> 去年元夜时，花市灯如昼。月上柳梢头，人约黄昏后。
> 今年元夜时，月与灯依旧。不见去年人，泪湿春衫袖。

去年元宵佳节灯火辉煌，圆圆的月儿悄悄爬上了柳梢，"我"与心上人相约在静谧的黄昏之后，甜蜜的情意溢于言表；今年元宵佳节，月儿仍旧明，灯火依旧亮，但是我的心上人却再也没有出现，我不禁泪流满面、无限惆怅。"去年"与"今年"形成对比，有物是人非之感，有回旋往复之叹。唐代崔护曾作《题都城南庄》："去年今日此门中，人面桃花相映红。人面不知何处去，桃花依旧笑春风。"此诗与欧词有异曲同工之妙。

寒食节在清明节之前一两日，源自晋文公与介子推的典故。寒食节有禁火的习俗，唐代韩翃的《寒食》就描写了这一习俗："春城无处不飞花，寒食东风御柳斜。日暮汉宫传蜡烛，轻烟散入五侯家。"清明是二十四节气之一，大约在唐代前后，清明节与寒食节合二为一，成为一个节日。与清明有关的诗中，唐代杜牧的《清明》最为人们所熟知："清明时节雨纷纷，路上行人欲断魂。借问酒家何处有？牧童遥指杏花村。"清明节有取新火、祭祖、踏青、荡秋千等习俗。

端午节为农历五月五日，五为阳数，"五"与"午"同音，所以"端午"又被称为"端阳""重五""重午"。端午节的习俗有赛龙舟、吃粽子、挂菖蒲、插艾草、戴五色线等。相传端午节赛龙舟、吃粽子是为了纪念投汨罗江的屈原。元代舒頔曾作《小重山·端午》：

> 碧艾香蒲处处忙。谁家儿共女，庆端阳。细缠五色臂丝长。空惆怅，谁复吊沅湘。
> 往事莫论量。千年忠义气，日星光。离骚读罢总堪伤。无人解，树转午阴凉。

家家户户都在忙着采艾插蒲，这是谁家的小儿女在准备过端午节，手臂上缠着五色彩线。心中空惆怅，谁在端午节凭吊投江的屈原呢？往事已逝，莫要评论思量。上千年的忠诚义气，与日月同辉。读罢《离骚》总是悲伤，却无人懂我，一个人在树荫下乘凉消磨时光。

七夕节为农历七月初七，又称"乞巧节""女儿节"。"天街夜色凉如水，卧看牵牛织女星。"传说七月七日牛郎和织女会在鹊桥相会。每逢七夕之日，女孩子们就会备针线、供瓜果、摆香案，进行"乞巧"活动。宋代秦观曾作《鹊桥仙》：

> 纤云弄巧，飞星传恨，银汉迢迢暗度。金风玉露一相逢，便胜却人间无数。
>
> 柔情似水，佳期如梦，忍顾鹊桥归路。两情若是久长时，又岂在朝朝暮暮。

纤巧的云彩变幻，流星传递着牛郎织女的遗憾，今夜二人跨越宽阔的银河，终于在离别一年后相见。金风玉露的初秋，他们的这一久别相逢胜过人间的千万遍相聚。柔情似水般温柔缠绵，相见似梦般美妙短暂，鹊桥惜别，依依难舍。真正的爱情经得住长久的时间考验，并不在于时时刻刻"黏"在一起。这首词融景、情、理于一体，表达了中国人传统而朴素的婚恋观，虽跨越千年，依旧显示出动人的精神力量。

旧俗，农历正月十五为"上元节"，七月十五为"中元节"，十月十五为"下元节"。上元节"天官赐福"，中元节"地官赦罪"，下元节"水官解厄"。七月十五又被称为"七月半""鬼节"。道家认为七月十五是地官的诞辰，也是地官赦罪之日；佛教认为七月十五为"盂兰盆会"，"盂兰盆会"源自佛教"目连救母"的传说。清代王凯泰《中元节有感》中写道："道场普渡妥幽魂，原有盂兰古意存。却怪红笺贴门首，肉山酒海庆中元。"中元节最主要的习俗是祭祖，以此来缅怀先人、弘扬孝道。

一轮明月，寄托了人们对团圆美满的美好祝愿。八月十五中秋节的一轮圆月，更是让多少文人倾倒，令多少游子闺妇落泪。为什么古人望月易生思乡情呢？因为古人一旦离别，远隔千山万水往往会面无期。身在他乡容易夜晚思乡，而月亮成为身在异地亲友间联结的纽带，同时月圆月缺也像极了人与人之间的离合。唐代王建在《十五夜望月》中说："今夜月明人尽望，不知秋思在谁家。"中秋月儿圆，哪一个人不全的家里不会荡起秋思呢？苏轼在《水调歌头·明月几时有》中写道：

明月几时有？把酒问青天。不知天上宫阙，今夕是何年。我欲乘风归去，又恐琼楼玉宇，高处不胜寒。起舞弄清影，何似在人间。

转朱阁，低绮户，照无眠。不应有恨，何事长向别时圆？人有悲欢离合，月有阴晴圆缺，此事古难全。但愿人长久，千里共婵娟。

中秋之夜欢饮，苏轼喝得酩酊大醉，怀念起弟弟苏辙。"明月几时有？把酒问青天。"词人劈空发问青天，笔力奇崛。"不知天上宫阙"到"何似在人间"几句，词人驰骋在传说的世界，遨游于想象的空间。月影动，人无眠。月亮有圆有缺，人有离合聚散，此事自古难全。苏轼没有沉浸在自己的离愁别绪之中，而是表达了美好的祝愿："但愿人长久，千里共婵娟。"这是多么旷达的胸襟！

《易经》中"六"为老"阴"，"九"为老"阳"，"九"是最大的阳数。农历九月初九称作"重九""重阳"。重阳节主要的习俗是登高。杜甫在《登高》中写道：

风急天高猿啸哀，渚清沙白鸟飞回。

无边落木萧萧下，不尽长江滚滚来。

万里悲秋常作客，百年多病独登台。

艰难苦恨繁霜鬓，潦倒新停浊酒杯。

杜甫的这首《登高》作于大历二年（公元767年）重阳节，此时诗人正漂泊在夔州。恰逢佳节，诗人独自登临，面对高天、急风、哀猿、清渚、白沙、飞鸟、萧萧落木和滚滚长江，写出了自己年老多病的颓境，表达了流落漂泊仍忧国忧民的复杂情感。

重阳节还有插茱萸、赏菊、食蟹、吃重阳糕、饮菊花茶等习俗。王维在《九月九日忆山东兄弟》中写道：

独在异乡为异客，每逢佳节倍思亲。

遥知兄弟登高处，遍插茱萸少一人。

独自漂泊在异地成为"异客"，"每逢佳节倍思亲"一句朴实无华，直抒胸臆，道出了无数游子的心声。遥想着家乡兄弟们开心地登高，他们佩戴茱萸时却独独少了自己。"佳节""家乡"，触动着多少游子的心弦！

冬至是二十四节气之一，也是中国古代重要的传统节日。从冬至开始就进入数九寒天，民间流传着涂"九九消寒图"的活动。民间冬至还有祭祖和送寒衣的风俗。"冬至大如年"，冬至节在古代的地位仅次于春节，有时人们会把冬至和春节并举。白居易在《邯郸冬至夜思家》中写道：

> 邯郸驿里逢冬至，抱膝灯前影伴身。
> 想得家中夜深坐，还应说着远行人。

在邯郸的驿站里恰逢冬至节，一盏孤灯下只有自己的影子陪伴着自己。万家欢庆佳节之时，想到家里亲人深夜团团围坐在一起，可能还在谈论着远行的自己。"每逢佳节倍思亲"，面对此情此景，诗人通过想象，给读者留下了一个广阔的想象空间……

"社"为"土神"，"稷"为"谷神"。古人用"社稷"代表国家。古代把土地神以及祭祀土地神的地点、时间和祭礼都称作"社"。社日通常是指在立春或立秋后第五个戊日，大约在春分和秋分前后，分别称作"春社""秋社"。人们在社日祭祀"社神"，春社祈求丰收，秋社庆祝丰收，一片热闹的景象。唐代王驾曾作《社日》："鹅湖山下稻粱肥，豚栅鸡栖半掩扉。桑柘影斜春社散，家家扶得醉人归。"诗人通过诗句表现了鹅湖山下社日的欢乐景象，描绘出一幅江南农村的风俗画卷。陆游的《游山西村》更是脍炙人口：

> 莫笑农家腊酒浑，丰年留客足鸡豚。
> 山重水复疑无路，柳暗花明又一村。
> 萧鼓追随春社近，衣冠简朴古风存。
> 从今若许闲乘月，拄杖无时夜叩门。

农家的酒虽然没有那么名贵，但是待客的情却是真挚的。山环水复本以为无路可走，然而峰回路转，前路豁然开朗。吹箫击鼓春社临近，布衣素冠，古老的社日风俗依旧存在。春社日，农家祭祀社神祈求丰收，陆游用他的诗句记录下了南宋农村社日的情景。这既是一幅淳朴热情的乡民待客图，又是一幅春光明媚的山水图，更是一幅南宋农村的风俗图。

◎ ｜ 惟愿孩儿愚且鲁， 无灾无难到公卿

人生是一场短暂而又漫长的"旅途"。人生礼仪伴随着人的一生，每举办一次仪式，我们就迈过了一个门槛，进入一个新的阶段。

古时孩子诞生后，家人往往会祭拜祖先，给亲朋好友报告喜讯。古人生男孩被称作"弄璋之喜"，生女孩被称作"弄瓦之喜"。其源出于《诗经·小雅·斯干》中的"载衣之裳，载弄之璋"和"载衣之裼，载弄之瓦"。这体现了中国古代重男轻女的封建思想。孩子出生三天，大人会为之举办沐浴的仪式，称为"洗三"或"汤饼会"。女人分娩后，三日不下床，一月不出户，俗称"坐月子"。一个月后"出满月"，家人要摆满月酒宴请亲朋好友，称为"弥月之喜"。孩子出生百日，外婆家要给孩子送百家衣、百家锁，希望孩子长命百岁。孩子第一个生日称作"周岁""度晬"。周岁是孩子出生后第一个生日，亲朋好友要给孩子庆生，举行抓周仪式。抓周又称"试儿"。抓周前家里先祭拜祖先，然后摆上具有象征意义的物品如文房四宝、算盘、官印、书等让孩子抓取，以此来预测孩子未来的性格、喜好、前途等。《红楼梦》中曾这样描写贾宝玉抓周："谁知他（贾宝玉）一概不取，伸手只把些脂粉钗环抓来。政老爹便大怒了，说'将来酒色之徒耳！'因此便大不喜悦。"苏轼曾作《洗儿诗》：

> 人皆养子望聪明，我被聪明误一生。
> 惟愿孩儿愚且鲁，无灾无难到公卿。

人们都希望自己的孩子聪明伶俐，"我"的一生却被聪明所误。希望自己的孩儿不要太聪明，平平安安无灾无难做到公卿。这首诗作于作者因"乌台诗案"被贬黄州期间，侍妾朝云为苏轼生了一个

儿子。作者运用反讽、戏谑的笔调，希望自己的孩子能够"大智若愚"，表达了一个父亲对子女美好的愿望。

古人的名字有乳名、名、字、号，一般幼时起名、成年取字，名与字由父亲或其他长辈取。古人取乳名往往比较随意，有些乳名故意取得特别俗气，如狗蛋、毛蛋、傻柱等，因为古人认为取贱名的孩子容易养活；取大名则比较正式，有的是行童蒙礼时由老师所取，有的则是祭祖时由父亲或家族长辈依据家族辈分的字来取。孩子成年取字，名与字往往有关联，意义相近或相反。而号既可以自取，也可以别人赠予，往往表现此人的志趣。屈原在《离骚》开篇就介绍了自己的生辰和名字：

> 帝高阳之苗裔兮，朕皇考曰伯庸。
> 摄提贞于孟陬兮，惟庚寅吾以降。
> 皇览揆余初度兮，肇锡余以嘉名。
> 名余曰正则兮，字余曰灵均。

"我"是高阳帝颛顼的后代，父亲名叫屈伯庸，"我"出生在寅年寅月寅日（即虎年虎月虎日）。父亲根据我的生辰，赐给我美好的名字，取名为"正则"，取字为"灵均"。古人认为一个人如果出生在虎年虎月虎日，将来会有大前途大作为，是好命的象征，所以屈原对此大书特书。

成人礼历史悠久、意义重大，是一个人从孩童时代正式迈进成年世界的起点。古人的成人礼分为冠礼和笄礼。冠礼是男子的成人礼：男子二十岁后，需要加冠取字。"弱冠弄柔翰，卓荦观群书。"魏晋时期的左思在《咏史八首·其一》中称自己二十岁就能写很好的文章，才华卓著，博览群书。笄礼是女子的成人礼，女子十五岁后，如果已经订婚许嫁，就要在发髻上别上簪子，以示成年。白居易《对酒示行简》中说："复有双幼妹，笄年未结褵。"白居易说自己有两个妹妹，到了十五岁尚未结婚。古时，如果女孩子迟迟未许婚，则要到二十岁再行笄礼。

古人曾总结人生有四大乐事："久旱逢甘霖，他乡遇故知，洞房花烛夜，金榜题名时。"婚姻是人的终身大事，既是男女双方两性的结合，也是两个家族的结合。古代结婚要合乎礼法，讲究"父母之命，媒妁之言"。婚礼的过程非常复杂，但归纳起来主要有六步，也被称为"六礼"：纳采、问名、纳吉、纳征、请期和亲迎。"纳彩"为媒人带着礼物去提亲；"问名"是让媒人送去男方的姓名和生辰八字，并索要女方的姓名和生辰八字；"纳吉"是进行占卜从而看二人是否合婚，《诗经·氓》中的"尔卜尔筮，体无咎言"就是"纳吉"；"纳征"就是如果占卜没有问题，男方要给女方送彩礼，同时交换婚书；"请期"俗称"看日子"，约定婚期；"亲迎"是婚礼活动的高潮，也是整个婚礼最复杂的环节。结婚时新郎穿公服，新娘要穿戴凤冠霞帔。新郎迎娶新娘进门，举行拜堂仪式。"一拜天地，二拜高堂，夫妻对拜，送入洞房"是我们耳熟能详的拜堂时的词句。进入洞房后，新郎要揭开新娘的红盖头，饮合卺酒，吃子孙饺子、宽心面。婚礼大宴宾客，新郎要轮桌劝酒，热情招待客人。新婚夜，新郎新娘坐在床上，亲朋好友将花生、栗子、枣、石榴、瓜子、糖果等洒在床上，寓意早生多生、多子多福、甜甜蜜蜜。撒帐毕，人们乘兴大闹洞房，祝福新人。汉代苏武曾作《留别妻》，其中前四句这样描写婚礼：

> 结发为夫妻，恩爱两不疑。
> 欢娱在今夕，嬿婉及良时。

我们结发成为夫妻，恩恩爱爱两不猜疑。在新婚美好的时刻，我们夫妻两情欢好。婚礼的喜庆和夫妻的恩爱流露在诗人的笔端。

新娘子进了家门，除了拜堂时要拜见公婆外，第二天一早还要作为家庭正式成员再拜一次。新娘子早早起床，梳洗打扮，以讨公婆（舅姑）欢心。唐代朱庆馀的《闺意献张水部》记录了这一习俗：

> 洞房昨夜停红烛，待晓堂前拜舅姑。
> 妆罢低声问夫婿，画眉深浅入时无？

昨夜洞房的花烛彻夜未熄，第二天需要早早起床拜见公婆。精心打扮还是心里没底，不知道这样的打扮能否博得公婆的欢心。新娘面带娇羞，低声询问丈夫：自己的妆容是否时髦呢？此诗又名《近试上张水部》，是考生朱庆馀向名士张籍的行卷诗。唐代参加进士科举考试的考生，会向名人行卷——应试者把自己的诗文作品呈献给社会显达之士，希望得到他们的赏识推荐。所以朱庆馀借"新娘"自比来询问"新郎"张籍："我"的作品能否得到考官的青睐呢？

"慎终追远，民德归厚。"生死自古就是人生的大事。《弟子规》说："丧三年，常悲咽。居处变，酒肉绝。丧尽礼，祭尽诚。事死者，如事生。"中国人一向讲究"事死者如事生"的孝道，所以古代官员有丁忧的制度。儒家将丧礼上所穿的丧服规定了五种等级，分别代表亲疏远近关系。丧服越简陋、衣料越差，代表与死者关系越近；反之越远。五种丧服分别为：斩衰、齐衰、大功、小功和缌麻。儿子为父母、嫡孙为祖父母、妻为父都要守孝三年。

陶渊明《拟挽歌辞三首·其一》开篇说："有生必有死，早终非命促。昨暮同为人，今旦在鬼录。"人生的归途是死亡，人总是有生有死。亲人去世，往往是自己的至亲挚友真正难过，其他人可能未必那么在意。所以陶渊明在《拟挽歌辞三首·其三》结尾云："亲戚或余悲，他人亦已歌。死去何所道，托体同山阿。"亲戚（自己内外亲属）或许还沉浸在在悲伤之中，其他人或许已经开心地歌唱了。

节日习俗和人生礼俗往往承载着中国人对传统礼制的坚守，包含着对圆融和谐的追求，寄寓着对生活和美好未来的期盼。然而可惜的是，随着社会的发展和时代的变迁，越来越多的传统节日习俗和人生礼俗变淡了甚至消失了。有些习俗礼俗，已经不再适应时代和社会的发展，消失是必然的。但是很多优秀的民风民俗，在新的时代应该得到更好的传承和发扬。

秦时明月汉时关，万里长征人未还

——古典诗词中的边塞征战

边塞征战是我国古代几千年文明发展过程中常见的场面，边塞征战诗也是古典诗词中内容最丰富、影响最深刻、艺术造诣最高的题材之一。边塞诗又称出塞诗，是以描绘战争场面、戍边生活、边塞风光等为主要内容的诗。边塞诗萌发于先秦时期，《诗经》中有许多关于边塞征战生活的吟唱。边塞诗在魏晋南北朝时期得到初步发展，到了唐朝进入全面发展的鼎盛时期。

◎ | **靡室靡家，猃狁之故**

《诗经》是我国古代最早的一部诗歌总集，其内容丰富，有许多关于战争徭役、边塞风光的描写，不仅反映了当时边塞战争生活的真实面貌，也向我们展示了特定时代背景下征夫们复杂的情感世界，进而揭露并批判了统治阶级穷兵黩武的罪恶。

在反映先秦边塞战争方面，有对戍边生活的唱叹，如《小雅·采薇》（节选）：

> 采薇采薇，薇亦作止。曰归曰归，岁亦莫止。
> 靡室靡家，猃狁之故。不遑启居，猃狁之故。
> 采薇采薇，薇亦柔止。曰归曰归，心亦忧止。
> 忧心烈烈，载饥载渴。我戍未定，靡使归聘。

采薇采薇，薇亦刚止。曰归曰归，岁亦阳止。

王事靡盬，不遑启处。忧心孔疚，我行不来。

　　这是一首描写三千年前久戍边疆之卒，在返乡归途中的唱叹追忆之作。它唱出了戍边将士多年从军的艰辛生活，以及思念家乡的心境。上文节选的部分以"采薇"起兴，以薇菜这种植物的生长为线，"作止""柔止""刚止"分别指薇菜新芽已长大、薇菜柔嫩初发芽、薇菜已老发权枒，用重章叠句申明情意。回家啊道回家，年复一年，日复一日，何时能归家？这一切都是因为要和边地少数民族猃狁去厮杀，都是因为王室差事没完没了。这种艰苦的、难捱的戍边生活让将士们"忧心孔疚"，渴望息战，渴望回家。

　　除了对戍边生活的唱叹，还有对战争场面的描绘，如《小雅·采薇》的另一部分：

驾彼四牡，四牡骙骙。君子所依，小人所腓。

四牡翼翼，象弭鱼服。岂不日戒，猃狁孔棘。

昔我往矣，杨柳依依。今我来思，雨雪霏霏。

行道迟迟，载渴载饥。我心伤悲，莫知我哀！

　　这部分主要追忆了行军作战的紧张生活。"驾彼四牡"是指驾起四匹高大的骏马，准备出征；"四牡骙骙"是指四匹高大的雄马奔腾在前，体现了威武的军容和士气的高昂。"君子所依"是指将军威武地立在兵车之上；"小人所腓"是指士兵们紧跟其后，靠其掩护。总之，战场上的拼杀严峻而紧张。本诗最后则是戍卒从追忆回到现实的表达：如今走在"雨雪霏霏"的路上，不免想起昔日从军时的"杨柳依依"，不免感伤离家之久、边塞生活之苦，借景抒情，含蓄隽永，余味无穷。

　　在展示特定时代征夫们复杂情感方面，许多诗歌具有典型性，如《秦风·无衣》：

岂曰无衣？与子同袍。王于兴师，修我戈矛。与子同仇！

岂曰无衣？与子同泽。王于兴师，修我矛戟。与子偕作！

岂曰无衣？与子同裳。王于兴师，修我甲兵。与子偕行！

这是一首慷慨激昂、同仇敌忾的战歌，表现了军民团结一心、共同抵御外侮的豪迈气概和爱国精神。全诗采用了重章叠唱的表现形式，抒写了将士们一听"王于兴师"，便目标一致、方向一致，磨刀擦枪，挥戈舞戟，共同行动。

《秦风·无衣》是表现士卒积极应战的情感，然而《诗经》中的边塞诗更多的是表现戍卒的反战情绪，透彻地表达了征夫内心对征战的痛恨与厌烦之情。例如《唐风·鸨羽》（节选）：

肃肃鸨羽，集于苞栩。王事靡盬，不能蓺稷黍。父母何怙？
悠悠苍天，曷其有所？

肃肃鸨翼，集于苞棘。王事靡盬，不能蓺黍稷。父母何食？
悠悠苍天，曷其有极？

在这首诗中，戍卒的心里是悲痛欲绝的，自己不能在家种植稷黍、黍稷，田园面临荒芜，更担心不能事养父母，而这悲惨现实背后的原因就是"王事靡盬"，无休止地发动战争。"曷其有所""曷其有极"，战争什么时候能够消止？戍卒多么想过上正常安定的生活啊！本诗通篇表达了对戍边战争的否定与厌烦的情感。

在揭露统治阶级穷兵黩武的罪恶方面，有《齐风·甫田》：

无田甫田，维莠骄骄。无思远人，劳心忉忉。

无田甫田，维莠桀桀。无思远人，劳心怛怛。

婉兮娈兮，总角丱兮。未几见兮，突而弁兮！

本诗中的孩子还未成年（"总角丱兮"），就被抓去当壮丁（"突而弁兮"）。小小的孩子还不懂战争是什么，就被发派到边疆去参与战事。统治阶级为发动战争，导致大片农田荒芜。没人耕种的"甫田"，杂草丛生，"骄骄""桀桀"。这是对统治阶级最无声的揭露与批判。又如《王风·扬之水》（节选）：

扬之水，不流束薪。彼其之子，不与我戍申。怀哉怀哉，

曷月予还归哉？

扬之水，不流束楚。彼其之子，不与我戍甫。怀哉怀哉，

曷月予还归哉？

诗以扬之水起兴，反复表达对"彼其之子"即妻子的思念，不能和我驻守申国城寨、甫国城堡，我想念你啊！诗的最后"怀哉怀哉，曷月予还归哉"，表达了戍边的战士对远方妻子的想念以及盼望回到家乡的强烈愿望。

◎ 戎马不解鞍，铠甲不离傍

魏晋南北朝时期的边塞诗有浓郁的汉代情结，在内容上，得到了极大的丰富，增添了不同的景色描写，甚至有对多姿的佳人丽女的描绘；在艺术上，更加注重运用格律和对偶等手法；在诗风上，呈现南北迥异的风格，又因文化交流和文人迁移等原因导致各不相同的地域风格不断渗透与融合。

魏晋边塞诗主要是以曹操为代表的抒发建功立业之豪情的皇室边塞诗，和以王粲、陈琳、蔡琰为代表的凸显人文关怀之厚重的文人边塞诗，同时也在边塞诗的艺术创新上引入了拟乐府的创作。

皇室边塞诗的主要成就在魏家父子，曹操、曹丕、曹植是中坚力量。曹操的边塞诗是自己建功立业的真实写照，有对自己壮志暮年的慨叹，也有对士卒悲苦生活的体恤。例如曹操的《却东西门行》（节选）：

长与故根绝，万岁不相当。奈何此征夫，安得去四方。

戎马不解鞍，铠甲不离傍。冉冉老将至，何时返故乡？

神龙藏深泉，猛兽步高冈。狐死归首丘，故乡安可忘！

这首五言边塞诗采用了比兴的艺术手法，借"长与故根绝"表达征夫们与故乡的根离别之久、飘零之苦；接下来六句，"老将

至"的自己还有大业未竟，感伤任重而道远；最后四句，龙、兽、狐等各得其所，不忘窟穴、不离故土，反衬征夫辗转流离、老无所依的悲苦，可悯其情，可叹其志。

曹丕的诗有清绮婉约的游子思妇诗，也有雄壮辽阔的边塞诗。例如他的《饮马长城窟行》：

> 浮舟横大江，讨彼犯荆虏。武将齐贯𫓹，征人伐金鼓。
> 长戟十万队，幽冀百石弩。发机若雷电，一发连四五。

这首诗不同以往，写的不是厌烦战事，也不是批判统治者，而是站在统帅的角度，去率众乘舟过江讨伐敌人。整个战场鼓声雷鸣，十万名战士舞戈挥戟，发射出的石头如电闪雷鸣般迅速，展示了宏大的战争场面。面对如此盛大的场面，曹丕满怀斗志，他也如其父亲一样渴望建功立业。

曹植的文学造诣是极高的，他作诗角度新颖，通过塑造人物形象的方式来表现边塞特点。例如他的《白马篇》（节选）：

> 白马饰金羁，连翩西北驰。借问谁家子，幽并游侠儿。
> 少小去乡邑，扬声沙漠垂。宿昔秉良弓，楛矢何参差。
> 控弦破左的，右发摧月支。仰手接飞猱，俯身散马蹄。

这首诗刻画了一位热忱爱国、武艺精湛的边塞游侠，为国捐躯赴难、奋不顾身。开篇以"白马"意象带出飞动之笔，由于军情紧急，边塞英雄立即骑马飞奔战场。"借问"这翩跹英雄是谁家之子，后文以铺陈的手法娓娓道来。这是曹植心中的理想形象，寄托了曹植渴望为国建功立业的壮志雄心。

文人边塞诗中，陆机的边塞诗很有特色，多体现边塞之苦，如《从军行》（节选）：

> 苦哉远征人，飘飘穷四遐。南陟五岭巅，北戍长城阿。
> 深谷邈无底，崇山郁嵯峨。奋臂攀乔木，振迹涉流沙。
> 隆暑固已惨，凉风严且苛。夏条集鲜澡，寒冰结冲波。

"苦"贯穿全诗：一苦征途极远，向南要越过五岭到达闽粤之地，向北要戍守塞下长城；二苦行军极难，深谷一眼望不到头，高山绵延起伏万丈重重，要穿越峡谷，要跋涉瀚海；三苦气候剧变，酷暑的炎热实属难耐，而寒冬的凛冽又要忍受。苦哉远征人，抚心悲如何！

南北朝边塞诗有两种不同特点，总的来讲"南盛北衰"，因为当时南朝经济发达，文学创作环境相对良好；北朝连年战事，文人大举南迁，文学创作走向低谷。出现"南阴柔，北刚健"特点的原因主要是：南朝边塞诗受宫体诗、山水诗的影响，呈现阴柔化的审美取向；北朝边塞诗则受行旅诗、战争诗的影响，呈现阳刚壮阔之美。

南朝帝王边塞诗中梁简文帝萧纲的诗最具典型性，如他的《从军行·其一》：

贰师惜善马，楼兰贪汉财。前年出右地，今岁讨轮台。
鱼云望旗聚，龙沙随阵开。冰城朝浴铁，地道夜衔枚。
将军号令密，天子玺书催。保时反旧里，遥见下机来。

本诗反思是否应该发动战争，意在借汉喻梁。贰师这个地方盛产良马，楼兰小国贪图汉朝的财物，用李广利及傅介子的典故，就是表明战争是为财而起。后文便铺叙战场画面，"前年""今岁"凸显了边战的频繁，"鱼云""龙沙"描摹战斗情况及战术，篇末含蓄表达战争造成的离别相思之苦，对家乡、对亲人的思念，更表明有对战争结束后回乡得到美人迎接的期待。这是英雄化的点缀，是宫廷诗的印记，也是简文帝的习惯。

南朝文人边塞诗中，鲍照的边塞诗的特殊之处在于他有过从征戍边的经历，诗歌内容多表达壮志雄心，并且理性思考战事，在创作方面独树一帜。例如他的《拟古诗八首·其三》（节选）：

幽并重骑射，少年好驰逐。毡带佩双鞬，象弧插雕服。
兽肥春草短，飞鞚越平陆。朝游雁门上，暮还楼烦宿。
石梁有余劲，惊雀无全目。汉虏方未和，边城屡翻覆。

鲍照在这首诗中塑造了一个边塞武艺精湛好少年的形象，这个少年亦是鲍照的自画像，与曹植《白马篇》有异曲同工之妙。诗歌前半部分说幽州这个边疆地区重视培养孩子骑马、射箭的本领，从"毡带""双鞬""象弧""雕服"可以看出少年骑马射箭时装备精良，那飞出去的马正是少年骑射技术高超的表现。对武艺高强的幽州好少年毫不掩饰的赞美，寄托了鲍照渴望收复北方失地、以身许国、立功边陲的爱国情怀。

北朝文人边塞诗中，北齐裴让之很有刚健之美，如《从北征诗》：

> 沙漠胡尘起，关山烽燧惊。皇威奋武略，上将总神兵。
> 高台朔风驶，绝野寒云生。匈奴定远近，壮士欲横行。

这首诗选取了刚健有力的意象，如沙漠、胡尘、关上、烽燧等，都体现出北朝文人边塞诗迥异于南朝阴柔的边塞诗风，极力展现了北朝文人边塞诗的刚健豪迈。

◎ | 征蓬出汉塞，归雁入胡天

经过先秦时期的萌芽与破土、魏晋南北朝的滋养与成长，边塞诗终于在国力鼎盛的唐王朝迎来了最耀眼的华章，厚积薄发，绚丽绽放，成长为一棵遮天蔽日的参天大树。此时的边塞诗不仅在数量上迅猛增长，多达两千余首，而且在高度上也达到了前所未有的成就。唐朝边塞诗的创作群体大多是中下层知识分子。他们不仅客观地把握现实社会，还浪漫地追求超现实主义，表现出理性思考与时代豪情交织共融的特点。

初唐的边塞诗有承上启下的特点，承接以唐太宗为首的似南朝君臣风格，开启以初唐"四杰"和陈子昂为代表的平民市井风格。

唐太宗的边塞诗有强烈个性。他十八岁起兵，东征西讨，意气风发，可谓乱世英雄。打下江山后的他经常追忆往昔，怀念当初的征战生活。例如《经破薛举战地》（节选）：

昔年怀壮气，提戈初仗节。心随朗日高，志与秋霜洁。
移锋惊电起，转战长河决。营碎落星沉，阵卷横云裂。
一挥氛沴静，再举鲸鲵灭。于兹俯旧原，属目驻华轩。
沉沙无故迹，减灶有残痕。浪霞穿水净，峰雾抱莲昏。
世途亟流易，人事殊今昔。长想眺前踪，抚躬聊自适。

这首诗以"昔年"起笔，追忆当年战场上金戈铁马的壮志与豪气。"再举鲸鲵灭"借用薛举的典故，说义宁元年征伐"西秦霸王"的壮举，同时"朗日高""秋霜洁"等景物描写也营造了一种辽远开阔、冷静肃杀的氛围，契合沙场决战的情境。最后发出世途快速流转变迁，人事也今非昔比的慨叹。不过回想从前的浴血奋战，就是为了眼下的太平天下，这么想来也算是惬意。唐太宗李世民正是借这首诗寄托定远之思、抒发壮怀之气！

初唐"四杰"即王勃、杨炯、卢照邻、骆宾王，他们的边塞诗追求雄伟健美、阳刚悲壮的艺术风格，其中不乏动人心魄的强烈抒情效果，极具格调。

王勃的作品特点是辞藻华丽，很有文采，也非常具有壮健的美感。例如《送杜少府之任蜀州》：

城阙辅三秦，风烟望五津。与君离别意，同是宦游人。
海内存知己，天涯若比邻。无为在歧路，儿女共沾巾。

这首诗是家喻户晓的边塞诗。长安城外的三秦之地默默地护卫着巍巍长安，那风烟弥漫着蜀川之地，"离别"之际，感慨我们都是在外做官的人。四海之内都有我们的知己，那极远的地方也可以近若比邻。不要悲伤、不要哭泣，不要在分别的大路口像少男少女那样悲伤到泪洒衣襟，让我们以积极昂扬的姿态走向前方！

杨炯的边塞诗主要是代表下层文人，抒发忠君报国、立功建业的志向。如他的《从军行》：

烽火照西京，心中自不平。牙璋辞凤阙，铁骑绕龙城。
雪暗凋旗画，风多杂鼓声。宁为百夫长，胜作一书生。

这首诗是杨炯边塞诗的代表之作，语言铿锵有力，结构严谨整饬，形式跳跃灵动。烽火都照耀到了西京，诗人的雄心自是不平，看着那将帅佩戴兵符骑上骏马飞奔龙城，诗人的心里万分激动与兴奋，愿迎风冒雪擂鼓出征。宁上战场，不做书生。

卢照邻的边塞诗共十五首，是"四杰"中现存数量最多的。他是真正有过军旅生活的边塞诗人，他曾多次出使益州和西北，其边塞诗的豪壮之气比杨炯更为强烈，如他的《上之回》：

> 回中道路险，萧关烽候多。五营屯北地，万乘出西河。
> 单于拜玉玺，天子按雕戈。振旅汾川曲，秋风横大歌。

这首诗是歌颂天子的威名赫赫。道路险阻，沿途又多战火，五校尉所率领的部队驻扎在北地，万辆兵车出征西河。单于归顺臣服于天子，天子指示平息战事。整顿队伍奔赴汾水之滨，秋风起时放声高歌。这是何等的雄浑气势、豪气干云！

骆宾王的边塞诗多是写实记事。他聪明早慧，很早就名声大噪，但也是生不逢时，仕途坎坷。他有强烈的爱国之情，曾两度从军，对边塞战争和边塞生活有更为深刻、真实的理解和认识。如他的《从军行》：

> 平生一顾念，意气溢三军。野日分戈影，天星合剑文。
> 弓弦抱汉月，马足践胡尘。不求生入塞，唯当死报君。

这首诗下笔凝重，壮志勃发。诗人开篇写自己的平生顾念和意气风发，然后选取"野日""天星""汉月""胡尘"等意象，再现了激烈紧张的战斗场景。无论是白天还是夜晚，将士们都拉弓似汉朝的满月，骑马踏平敌人的军营。最后直抒胸臆，"不求"从战场上活着回来，只求忠心报国、为国献身。这种开阔旷远的诗境更显格调的高昂和感情的雄壮！

陈子昂是四处游历而后从军的才子文人，他所经历的边塞环境是严酷艰苦的，他所看到的塞外风光是奇异逶迤的，他对战事的进攻和防御、对边防的政策与实情都有强烈的关注并生发出理性而深刻的思考。如他的《送魏大从军》：

> 匈奴犹未灭，魏绛复从戎。怅别三河道，言追六郡雄。
> 雁山横代北，狐塞接云中。勿使燕然上，唯留汉将功。

这首诗具有汉魏风骨，一扫以往送别诗缠绵、凄苦的悲切之风，没有离别时的儿女情长，更多的是以大格局构建大视野，激励出征者纵横驰骋、建功立业。开篇交代匈奴还没有被灭，希望魏大能像魏绛那样从容投军。一个"怅"字写出了诗人的内心情绪，充满惆怅地与友人告别于三河道，与其畅谈六郡的雄伟。选取"雁山""狐塞"两个地点，设想边关景象，雁门山就横亘在北边，飞狐塞直插云霄。最后表达主旨，这燕然山上，不只有汉将功劳，还要留下我们大唐的赫赫战功。

盛唐时期，唐王朝的国力空前强盛，无论是政治、军事，还是经济、文化，唐王朝都可以说是中国封建社会的顶峰。而诗入盛唐，亦如大江出峡、蛟龙入海，海阔天空，任由驰骋。盛唐的边塞诗是整座唐诗殿堂里的中坚力量，其中的代表诗人、代表诗作不胜枚举。

如王维的《送赵都督赴代州得青字》：

> 天官动将星，汉上柳条青。万里鸣刁斗，三军出井陉。
> 忘身辞凤阙，报国取龙庭。岂学书生辈，窗间老一经。

从标题来看，这首送别诗是送友人赵都督奔赴代州。首联"动"字点明启程在即，"柳"这个意象原为"留"，惜别之情涌动在字里行间。颔联"万里""三军"直写军队的气势。颈联选取"凤阙""龙庭"，正面写出友人的决心与衷心。尾联"岂学"从反面议论不想学和绝不学没用的书生，为此看出王维的隐性初衷即保家卫国而壮志难酬，只好借此题发挥。

如王昌龄的《从军行》：

> 青海长云暗雪山，孤城遥望玉门关。
> 黄沙百战穿金甲，不破楼兰终不还。

这首诗选取了"青海""长云""雪山""孤城""玉门关"等意象，为我们呈现了战争的残酷激烈，"百战""不破""不还"又凸显了战事的频繁不断。整首诗以戍边战士的视角为我们讲述边关之苦，强烈抒发了以身许国的豪情壮志和必胜的信念。

如王昌龄的《出塞》：

> 秦时明月汉时关，万里长征人未还。
> 但使龙城飞将在，不教胡马度阴山。

本诗慨叹边疆战争长年不断，而此时却国无良将。首联用互文的手法说秦汉时的明月和边关，万里长征的人还没有回来。这也是脍炙人口的名句，慨叹之余也表达了人们对和平与安定生活的渴望。

如王维的《使至塞上》：

> 单车欲问边，属国过居延。征蓬出汉塞，归雁入胡天。
> 大漠孤烟直，长河落日圆。萧关逢候骑，都护在燕然。

这首诗是诗人奉命远赴边疆慰问将士途中所作，描绘了出使塞上的旅程中所见到的塞外风光。"大漠""孤烟""长河""落日"，有烟与日色彩上的搭配，也有直与圆轮廓上的勾勒，有壮阔雄奇的意象，更有博大雄浑的意境！

如高适的《燕歌行》（节选）：

> 汉家烟尘在东北，汉将辞家破残贼。
> 男儿本自重横行，天子非常赐颜色。
> ······ ······
> 战士军前半死生，美人帐下犹歌舞！
> ······ ······
> 身当恩遇常轻敌，力尽关山未解围。

这首诗是揭露"汉将"本"自重横行"，深得天子器重，而后却贪恋"美人"、骄奢淫逸、"常轻敌"、不恤士卒，最后导致战事失利的行径。诗人巧用对比手法，深化作品主题，突出了那些只知寻欢

第15课 秦时明月汉时关，万里长征人未还

作乐、纵情声色的将军的丑态，使诗歌寓意深刻。

如岑参的《白雪歌送武判官归京》（节选）：

> 北风卷地白草折，胡天八月即飞雪。
>
> …… ……
>
> 瀚海阑干百丈冰，愁云惨淡万里凝。
>
> …… ……
>
> 纷纷暮雪下辕门，风掣红旗冻不翻。
>
> 轮台东门送君去，去时雪满天山路。
>
> 山回路转不见君，雪上空留马行处。

这首诗是岑参在白雪纷飞的轮台写的送别诗，这是风、雪、人的烘托融合，在色彩上呈现一种瑰丽浪漫，如"白草""红旗"；在气势上则显得浑然磅礴，如"瀚海阑干百丈冰"。全诗以雪为线索，分别展现了三个画面：送别的那天早上看到的绮丽雪景以及突如其来的寒冷，还有雪景的浩瀚雄伟以及宴会的场面，最后的画面是表达傍晚送别友人的依依惜别之情。

如李白的《关山月》（节选）：

> 明月出天山，苍茫云海间。
>
> …… ……
>
> 由来征战地，不见有人还。
>
> 戍客望边邑，思归多苦颜。
>
> 高楼当此夜，叹息未应闲。

这首诗最鲜明的风格特点就是通过"明月""天山""云海"等意象，营造一种博大雄浑的意境。前面描绘的边地风光图景都是为后面做渲染和铺垫的，也侧重写出望月引起的情思，写征战给人民带来的凄苦生活。

如杜甫的《兵车行》（节选）：

> 信知生男恶，反是生女好。
>
> 生女犹得嫁比邻，生男埋没随百草。

君不见，青海头，古来白骨无人收。
新鬼烦冤旧鬼哭，天阴雨湿声啾啾！

这首诗中通过反述重男轻女的封建思想，讲述了因战争而使家中增添更多伤亡，体现了战争带给老百姓的巨大痛苦。

边塞诗是"战士军前半生死"的豪迈，是"黄沙百战穿金甲"的磅礴，是"孤城落日斗兵稀"的悲壮……战争是残酷的，边塞是艰苦的，正因如此，边塞诗才富有张力。奏响古典诗歌华章，余音悠悠弥留芬芳！

第15课 秦时明月汉时关，万里长征人未还

远山平野浩茫茫，曾是当年古战场
——古典诗词中的民族融合

　　中国是由多民族组成的国家，中华民族是在长期的民族融合发展中形成的。民族关系不仅对国家政治、经济的发展有影响，也对文化、思想起到一定的导向作用。中国古代民族融合是在不同层次上进行的，其中诗词文学上的融汇居于较高层次，是各民族文化精华的生成过程。

◎ 莫敢不来享， 莫敢不来王

　　中华民族进入文明社会以后，那些歌颂大一统王朝的文学作品往往都要提到中央王朝对多个民族的统辖，如《诗经·商颂·殷武》中写道：

　　昔有成汤，自彼氐羌，莫敢不来享，莫敢不来王，曰商是常。

　　这几句诗的大意是：在成汤时代，居住在远方的氐人和羌人没有敢不来朝贡称臣的，把商作为本族绝对服从的中央朝廷。氐人和羌人是生活在西部地区的少数民族，它们在成汤时期就对商朝纳贡称臣，承认商王的天下共主地位。《商颂》是商族王室祭祀祖先的歌诗，他们颂扬成汤的功绩，实际是对大一统王朝能够统辖多个民族历史事实的充分肯定，把那个阶段视为辉煌的时代。

　　周王朝也是由多个民族构成的。鲁、卫、晋三国的君主是周族成员，但境内居民并不全是周族，鲁、卫两国有商族遗民，晋国有怀姓九宗。怀姓是指不够开化的蛮族成员。当时有把蛮族成员分封给诸侯的情况，如《诗经·大雅·韩奕》中写道：

> 王锡韩侯，其追其貊，奄受北国，因以其伯。

周王分封给韩侯的土地上居住着追族和貊族成员，追、貊均是周代北方戎狄之名。韩侯尽受北方之地成为那里的百蛮之长。

商诗和周诗在表现大一统王朝的强盛时，都提到中央朝廷对多民族的统辖促进了当时的民族融合。

古代文人在表述自己对大一统王朝所持肯定态度的时候，是和歌颂天子至高无上的权威结合在一起的。在中国历史上经历过分封制也实行过郡县制，无论是哪种体制，天子都是最高统治者，从而享有最大的权力。《诗经·小雅·北山》写道：

> 溥天之下，莫非王土；率土之滨，莫非王臣。

这首诗出自周人之手，表现的是周人的观念，但在中国古代又具有普遍的适用性。普天之下都是天子的土地，天下百姓都是天子的臣民，各少数民族当然也不例外。这首诗在颂扬天子绝对权威的时候，已经包含了多民族共存的内容。和天子相比，诸侯和地方行政长官所治理的土地和百姓都是有限的。

◎ | 辛苦楼兰将，凄凉太史书

昭君出塞的故事在古代广为流传，古诗专有《昭君怨》一题。汉族文人大多把昭君出塞视为人生的不幸，各种咏叹突出的都是这个主题。但从客观上讲，昭君出塞也是体现当时民族融合的一个方面。耶律楚材是契丹族文人，他对昭君出塞持有和汉族文人相同的看法，他的《过青冢用先君文献公韵》一诗即是明证，全诗如下：

汉室空成一土丘，至今仍未雪前羞。

不禁出塞涉沙碛，最恨临轩辞冕旒。

幽怨半和青冢月，闲云常锁黑河秋。

滔滔天堑东流水，不尽明妃万古愁。

耶律楚材用汉族文人的传统观念看待出塞，从人生遭际的角度去吟叹这件事。

在面对历史人物的命运抒发幽情时，李陵的故事拨动过无数汉族文人的心弦，从司马迁起，人们就把他作为一个悲剧人物看待。民族融合大潮中涌现出的少数民族文人，也对这位沦落匈奴的汉代名将怀有同情心。马祖常是元代少数民族文人，世为雍古部，后徙居内地，他的《李陵台二首》其二写道：

蹛林闻野祭，汉室议门诛。辛苦楼兰将，凄凉太史书。

蹛林，古代匈奴习俗，指的是绕林而祭，所以又称野祭。诗人在李陵台想起北方游牧民族的祭祀习俗，也想起李陵的不幸遭遇。他替这位苦战沙场的将军鸣不平，同时又指责西汉朝廷的寡恩少义。乃贤的《李陵台》诗也写道：

落日关塞黑，苍茫路多岐。荒烟淡暮色，高台独巍巍。

呜呼李将军，力战陷敌围。岂不念乡国，奋身或来归。

汉家少恩信，竟使臣节亏。所愧在一死，永为来者悲。

千载抚遗迹，凭高起遐思。寒裳览八极，茫茫白云飞。

乃贤并不认为李陵完美无缺，而是承认他在节操上有缺欠。也就是说，他没有从人格方面充分肯定李陵，而是同情李陵的悲惨命运。这种命运认同超乎民族之上。他投降匈奴，从某种意义上讲，也起到了沟通各民族成员的作用。

◎ | **回波尔时酒卮，微臣职在箴规**

魏晋南北朝时期是民族融合的一个高峰。这是动乱的时代，客观上也促进了民族大融合。建立并巩固由多民族组成的王朝是历代明主贤臣的一致愿望，在这个问题上，古人能够超越单一民族的界限而从整个中华民族的角度来看待国家的统一和分裂。

《魏书·郑道昭传》记载，太和十九年，北魏孝文帝元宏率兵南征，在悬瓠方丈竹堂大宴群臣。席间，乐作酒酣，群臣联句吟唱。

> 元宏："白日光天分无不曜，江左一隅独未照。"
> 彭城王元勰："愿从圣明分登衡会，万国驰诚混内外。"
> 郑懿："云雷大振分天门辟，率土来宾一正历。"
> 邢峦："舜舞干戚分天下归，文德远被莫不思。"
> 郑道昭："皇风一鼓分九地匝，戴日依天清六合。"

元宏、元勰都是鲜卑拓跋氏贵族，他们身为少数民族成员，把建立统一的中华大帝国作为自己不懈的追求。在座的汉族文人也相继赓和，表示拥戴，期望大一统局面的出现。

民族融合时期的文学创作向着刚健粗犷方面发展，冲破了创作主体的性别、创作题材和体裁的历史局限，呈现崭新的风貌。与此同时，在诗歌创作上，以鲜卑为主的北方民族也为中原汉族的诗歌注入了新鲜血液，带来了豪放刚健、朴素直率的乐府民歌。如《企喻歌辞四首》：

其一

男儿欲作健，结伴不需多。鹞子经天飞，群雀两向波。

其一前两句用赋，以铺陈的手法直写男儿想要成为一个刚健勇猛之人，征战沙场、所向披靡，不需要结伴，自然不用别人相助；后两句用比，以"鹞子"这种猛禽比喻男儿，"鹞子"振臂高飞、展翅云霄，自会让群雀望而生畏，逃到两边。一赋一比，展现了男儿的骁勇难敌的英雄形象。

其二

放马大泽中，草好马著膘。牌子铁裲裆，𨱏𨱏鹤尾条。

其二前两句直接描写无边无际的大泽，水多草好，是放马的最佳牧场，把马儿养得膘肥体壮；后两句侧面烘托"欲作健"的男儿英姿威武，盾牌、铁裆、头盔、利戈，以坚强锋利的佩甲兵器衬托铁血男儿。

其三

前行看后行，齐著铁裲裆。前头看后头，齐著铁𤧪鍪。

其三用互文的手法，不管是前行、前头还是后行、后头，均著"铁裲裆""铁𤧪鍪"，威风凛凛，进一步展现了男儿骑马驰骋纵横的英勇气概。

其四

男儿可怜虫，出门怀死忧。尸丧狭谷中，白骨无人收。

其四笔锋一转，像是回答上面三首的疑窦。前三首大笔勾勒，写尽欲作健的男儿崇尚英武，可他们的结局确是"可怜虫"，战死沙场后，"白骨"却没有人收。这是深层的抒情，也是痛苦的哀伤。

这组诗歌通过展现北方少数民族的特有意象——粗犷的男儿、健硕的马儿、辽阔的大草原，营造了与南方清新婉丽截然不同的豪壮之美的意境。其语言质朴、气质刚健，是文化气质影响文学审美的典型。至此，迥异于汉族的北方少数民族影响甚至是改变了原有的诗歌创作风格。他们特有的生活习俗和地域风光，不但开阔了诗歌的表现领域，而且极大丰富了诗歌的艺术表现形式。如《敕勒歌》：

敕勒川，阴山下。天似穹庐，笼盖四野。
天苍苍，野茫茫，风吹草低见牛羊。

"敕勒川""阴山下"是有着异域风格的地名，天空好像穹庐一样笼罩着浩渺的原野，这是一幅多么辽远的草原图景。天空、草原，苍苍茫茫，风一吹，草一低，那成群的牛羊展现在眼前。这是游牧民族生活环境的诗意呈现，足以令中原汉族人民所憧憬与向往。呈对峙之势的南北朝，由于参战、出使等原因，让两边的文人有了新的见识与交流。边塞风光开始进入中原汉族文人的视野，胡笳、羌笛、烽烟、大漠也随之进入了他们的创作。这些意象和意境深深影响了后代诗歌。

北朝民歌豪放爽朗、慷慨激昂，和南朝民歌的风格情调迥然不同。南朝盛行文风绮艳流丽的诗歌，在梁简文帝的大力主张下，当时的文人创作了大量以宫廷生活、女性情态为题材，注重声律、对偶，描写细腻精巧、讲究华丽辞藻的宫体诗。而后，经文人北上出使或流寓，将此种文风带入北方，使南北民歌有了相互借鉴与交流，一定程度上反映了当时民族融合的情况。如南北朝庾信的《舞媚娘》：

> 朝来户前照镜，含笑盈盈自看。
> 眉心浓黛直点，额角轻黄细安。
> 秖疑落花慢去，复道春风不还。
> 少年唯有欢乐，饮酒那得留残。

这首诗传神地描摹了女性的俊丽面容和曼妙身姿：早晨在窗户前含笑盈盈地观镜自照，眉心浓黛、额角轻黄，精心地化好妆容。"落花慢去""春风不还"，少年啊，尽情地欢乐，不要残留那杯中的酒。

远在南北朝时期，域外及境内少数民族音乐已风行朝野，"胡夷里巷"之曲开始流行。从北朝开始胡声夷曲就在中土取代了楚汉旧声，因此词的起源应该追溯到南北朝。许多词能够从南北朝的乐曲诗歌中找到原型。《唐五代词》收录了三首《回波乐》词，如李景伯的《回波辞》：

> 回波尔时酒卮，微臣职在箴规。
> 侍宴既过三爵，喧哗窃恐非仪。

李景伯当时是谏议大夫。唐中宗经常宴请侍臣，酒酣之时，请各臣子做词。众人皆巧言谄媚之辞，唯独李景伯直言："我的职责是谏言，侍宴已经酒过三巡，如此喧哗吵嚷，我私下认为恐怕不合礼仪。"此话令唐中宗不悦，幸而其他大臣劝言李景伯是真正的谏官，方才令中宗平息了怒气。

再如沈佺期的《回波辞》：

> 回波尔时佺期，流向岭外生归。
> 身名已蒙齿录，袍笏未复牙绯。

以及裴谈的《回波辞》：

> 回波尔时栲栳，怕妇也是大好。
> 外边只有裴谈，内里无过李老。

这两首词和李景伯的一样，都是唐中宗举行内宴时臣下所作。沈佺期先以罪谪，后虽复官职，但朱绂未复；裴谈是优人。从上述三首词来看，《回波乐》在唐中宗时已是格律基本固定的词，六言四句，一二四句用韵，许多人都能填写。《回波乐》曲调并非唐代才从西域传入，而是北朝就已有之，这是当时民族融合的体现。

在南朝陈后主那里，清乐和代北之音的功用是不同的。用清乐演唱的《玉树后庭花》等是江南曲调，主要是赞美张贵妃、孔贵嫔等人的容貌；代北之音则是酒酣之后演唱为饮酒助兴的曲子。如陆琼的《饮酒乐》：

> 蒲萄四时芳醇，琉璃千钟旧宾。
> 夜饮舞迟销烛，朝醒弦促催人。
> 春风秋月恒好，驩醉日月言新。

这首诗明显是酒酣所作，其中所提到的蒲萄酒、琉璃杯都是来自西域的珍奇之物，只有宫廷才能具备，写的是宫中酣饮情景。显然，这首歌词是配合代北之音演唱的，以箫鼓伴奏。其大概也像《回波乐》曲调那样，节奏急促，故采用的也是六言句式。

陆琼在陈后主居东宫时，曾任太子家令、太子中庶子。陈后主即位，对他甚为信任，堪称近臣。另外，他还出使过北齐，有机会在南土之外观赏北朝乐曲。

词兴起于民族大融合的南北朝时期，南方的西曲吴声及北朝各少数民族的乐曲是促进曲子词产生的两大酵母。民族融合使境内域外各民族乐曲风行北土，同时也影响了南方文人的创作。南北朝时期的歌词，无论是为配合吴声西曲而作，还是依胡声夷曲而填制，都是最初的词，是后代曲子词之祖。

◎ | **隐轸戎旅间， 功业竞相褒**

生活在黄河、长江流域的汉民族，自秦汉以来，就不断地遭受北方游牧民族的进犯。唐太宗新登之时，就面临突厥兵临城下的危机。此后在几代君主的苦心经营下，终于很大程度上掌握了处理民族关系的主动权。然而吐蕃在河陇西域一带频频动作，唐玄宗积极谋划实施反攻吐蕃行动时，社会舆论在很大程度上是支持的。这种支持，突出反映在盛唐边塞诗中，如李白的《古风·胡关》：

> 荒城空大漠，边邑无遗堵。
> 白骨横千霜，嵯峨蔽榛莽。

诗中的"大漠"，是借指当时所面临的最大边敌吐蕃。李白强调了广大中原民众遭受周边游牧民族入侵磨难的持久与深重。盛唐诗人目睹了自己王朝的土地民众被外族侵犯。若将这种侵犯置于更加辽远广阔的历史时空中来审视，就会发现它并非是孤立的。

正由于唐朝社会的上下一心，更由于唐的总体实力远胜于吐蕃，因而针对吐蕃的反攻很快取得了胜利。如王昌龄在《从军行·其五》中写道：

> 大漠风尘日色昏，红旗半卷出辕门。
> 前军夜战洮河北，已报生擒吐谷浑。

前线捷报次第传回。然而，战争毕竟是一把双刃剑，战场上虽能一雪百年甚至千年耻，也不可避免地会增加新的苦难。因而同样是王昌龄，在高歌凯旋的同时，也写下了《从军行·其一》：

> 烽火城西百尺楼，黄昏独坐海风秋。
>
> 更吹羌笛关山月，无那金闺万里愁。

民族间的战争，在带来壮怀激烈生命体验的同时，也留下了令人惋惜的离别与无可挽回的牺牲。在以张说、张九龄、王忠嗣等为代表的高层政治人物那里，民族间的战争是着眼于国家长治久安、维护民族和睦稳定的深远政治考量。

然而，利令智昏的唐玄宗显然无视西北连兵十余年、广大边地边民不胜其苦的现实，再难听进理智劝谏，迷信武力，大兴征伐。到了开元后期，玄宗不仅拒绝了吐蕃息战讲和的提议，不顾朝廷内诸位朝臣的反对，空前调整军事部署，将全部兵力屯集于唐蕃边境，而且还利用手中所控制的政治资源大肆奖拔边功，误导了整个社会舆论。不少诗人既为燥热的社会氛围所感染，也出于到边疆上寻求个人升迁的心理动机，在诗歌中表现出一种不应有的大民族主义倾向，对于民族战争进行了一些无原则的歌颂。

高适与岑参，作为盛唐时期两位最主要的边塞诗人，均曾在西北前线停留过较长时间，对于战争也有较为深刻的体验。高适在天宝十二年（753年）入河西，当时恰逢哥舒翰在石堡城战役之后又成功从吐蕃手中收复河西九曲。对此，诗人连作数诗相庆，对哥舒翰本人也极尽赞颂之辞。特别是其初到边疆，更被一种近于忘乎所以的热烈所感染。如其写了《自武威赴临洮谒大夫不及因书即事寄河西陇右幕下诸公》（节选）：

> 顾见征战归，始知士马豪。戈鋋耀崖谷，声气如风涛。隐轸戎旅间，功业竞相褒。献状陈首级，飨军烹太牢。俘囚驱面缚，长幼随颠毛。毡裘何蒙茸，血食本膻臊。

高适经人引荐入陇右和河西两节度使哥舒翰幕府中充任掌书记之职。高适首先到了河西节度使治所武威，可哥舒翰去了陇右节度使管辖的临洮，他赶到临洮又碰上哥舒翰外出，未能及时拜见，于是把当时在临洮的所见所感写成此诗寄给河西、陇右的同僚诗人。

看见"征战归"，才知道"士马豪"，纵情描绘了前线得胜而归的盛大场面。

◎ | 虞廷开盛轨， 王会合奇琛

辽金元也是历史上民族大融合的时期，此时的诗歌曲词创作丰富。辽代契丹族女诗人萧观音是枢密使萧惠之女，道宗封燕赵国王时纳为妃，清宁元年（1055年）立为懿德皇后。萧观音有多篇作品传世，如《君臣同志华夷同风应制》：

> 虞廷开盛轨，王会合奇琛。到处承天意，皆同捧日心。
> 文章通蠡谷，声教薄鸡林。大寓看交泰，应知无古今。

这首诗写得豪迈雄健，"承天意""捧日心""看交泰""无古今"等词语都体现出宏大的气势，与当时的中原文人在创作上相互促进。

金国女真贵族文人海陵王完颜亮词现存四首，其中三首写得剑拔弩张、咄咄逼人。《喜迁莺·赐大将军韩夷耶》写挥师南征之事，自然杀威可掬，气壮声宏。《念奴娇》是咏雪之作，他把降雪说成"天丁震怒，掀翻银海，散乱珠箔"，降雪场面则被形容成"玉龙酣战，鳞甲满天飘落"。完颜亮以战喻雪，又由普降大雪联想到万里关山。全词充满杀伐之气，一反传统咏雪诗词的传统写法。他的《鹊桥仙·待月》一词也是笔力雄健、用语豪壮：

> 停杯不举，停歌不发，等候银蟾出海。不知何处片云来，做许大、通天障碍。
>
> 髯虬撚断，星眸睁裂，唯恨剑锋不快。一挥截断紫云腰，仔细看、嫦娥体态。

这首词写的是等待月出时的急切心情。先写月为云遮，待月不至，后写斩云见月的念头，其中的撚断髯虬、睁裂星眸、手持利剑的待月者，就是完颜亮自我形象的写照。从词的历史传承上看，完颜亮深受以苏轼为代表的豪放派的影响，而在豪放的程度上又对苏轼有所超越。民族融合时期的许多诗人正是在对传统的选择、超越乃至背离的过程中，以自己的刚健之气冲破种种历史局限，为中国古典诗词开辟出新的天地。

元好问作为鲜卑族文人，他本身的作品"挟幽并之气"。对于和他同时代的文人，元好问也推崇其豪壮慷慨之作。元好问的《论诗三十首》是以诗论诗，其中对慷慨之音也予以充分肯定，如：

> 曹刘坐啸虎生风，四海无人角两雄。
> 可惜并州刘越石，不教横槊建安中。

这首诗反映了元好问推崇建安诗人刘琨的具有雄浑刚健风骨之美的诗歌。他首推曹植和建安七子之一的刘桢为诗中"两雄"，以"坐啸虎生风"形象地比喻他们的诗歌风格雄壮似虎。曹、刘是建安风骨的杰出代表，钟嵘评曹植的诗"其源出于《国风》，骨气奇高，词采华茂，情兼雅怨，体被文质，粲溢今古，卓尔不群"，评刘桢"其源出于古诗。仗气爱奇，动多振艳，真骨凌霜，高风跨俗"。标举曹刘，实际上是标举了他们所代表的内容充实、慷慨刚健、风清骨俊的建安文学的优良传统。

元朝是在结束南北分裂之后由蒙古族建立起的大帝国。对于国家的统一，各族文人逐渐采取认同态度，作为既定的事实接受下来。张翥是元代诗人，官至翰林学士。他的《上京秋日三首·其三》写道：

> 远山平野浩茫茫，曾是当年古战场。
> 饮马水干沙窟白，射雕尘起碛云黄。
> 中郎节在仍归汉，校尉城空罢护羌。
> 今日车书逢混一，不辞垂老看毡乡。

元朝上京地处大漠，诗人在那里想起汉代出使匈奴的苏武，看到汉代护羌校尉驻守过的城堡。令他感到欣慰的是，往日的古战场再也见不到烽火狼烟，汉代的边塞已经不再是疆域的界限，大一统的帝国在版图上超过以往任何朝代。正因为如此，尽管诗人已到垂老之年，仍然不辞劳苦前往上京一游。张翥是汉族文人，但他不是用狭隘的民族观念看待蒙古族建立的大元帝国，而是把国家的统一当作最高利益，对由多民族组成的一代王朝加以讴歌。

古代文人对那些促进和实现国家统一的君主满腔热情地加以歌颂，同时，那些造成国家分裂或偏安一隅的无能昏愦之主则成为古代文人鞭挞讨伐的对象。国家的统一高于一切，古代文人大多从这样的高度来看待历史上的民族关系，是从整个中华民族的利益着眼对丧权辱国、苟且偷生的君主进行批判。郝经是元初文人，元中统元年（1260 年）任翰林院侍读学士，佩金虎符出使南宋，被拘留十六年，直到至元十一年（1274 年）才回到燕京。郝经被拘留期间坚贞不屈，元人高其节，把他比作苏武。郝经《入燕行》（节选）中写道：

> 何如石晋割燕云，呼人作父为人臣。
> 偷生一时快一己，遂使王气南北分。
> 天王几度作降房，祸乱衮衮开其源。
> 谁能倒挽析津水，与洗当时晋人耻。

郝经来到燕地，不由得想起战国时期的燕太子丹、荆轲，他们的英雄气概令诗人充满景仰之情。与此同时，他又想起石敬瑭，对这位丧权辱国之君表现出极大的愤慨。石敬瑭为求契丹人援灭后唐自立，除割让幽燕等十六州外，又尊契丹主耶律德光为父。郝经认为石敬瑭是历史的罪人，是他导致了南北分裂的局面，后来一段时间中华民族遭受的许多不幸都是石敬瑭启其祸端，他有不可推卸的责任和难以洗刷的耻辱。

自然的民族融合有利于民族矛盾的缓和，有利于各族经济文化的交流，有利于统一的多民族国家的巩固和发展。中华民族发展史上，正是这几次大的民族融合，才促成了当今五十六个民族和谐相处的美好画面。

第17课

谪仙才调无留滞，坐看飞腾上太清
——古典诗词中的宗教意涵

宗教是一种社会意识形态，一般来讲，"宗"是主观的、个人的主义信念，"教"是客观教说之意。在中华文明的发展历程中，对我国民众的思想意识影响较为深远的主要是儒教、道教和佛教，这些宗教思想在我国古典诗词中也有一定的体现。

◎｜三才天地人，修完身外身

道教是中国的本土宗教，以"道"为最高信仰。老子和庄子是早期道家思想的创始人。从东汉到魏晋南北朝时期，道教才形成和确立。道教对我国古代政治、经济、文化都有深刻的影响。中国古典文学中有关道教的诗词也数不胜数。

丘处机，道教主流学派全真教的掌门人。如果说老庄是早期道家思想的奠基人，那丘处机就是后期真正意义上的道教代表人物。他师从王重阳，将全真教发展到巅峰。他倡导文以载道的思想观点，继承和吸纳了老子、庄子有关尊生重生的思想，提出天地间人的生命极为珍贵的观点。如他写了《送陈秀才完颜舍人赴试》：

> 六合之中万物生，人于万物最高明。
>
> 能穷物外阴阳数，解夺人间富贵名。
>
> 自昔丹砂唯九转，而今天路只三程。

谪仙才调无留滞，坐看飞腾上太清。

这是一首寓示劝化之诗，有着明显的尊生重生理念态度。诗的首联开门见山，指出天地六合之中万物生长，而在天地万物之间的人是这其中最高明的。之所以这样说，在颔联中有相应解释：人能够穷尽事物外在的阴阳数理，还可以夺取人世间所有的富贵功名。颈联说自古丹砂都是要九转的，而如今即使是上天的路也只要三段即可通达。尾联两句含蓄委婉地对世人寄以希望：愿天下所有被谪庶的仙人才子不要滞留凡世尘俗之地了，赶快随我飞腾化仙，遨游于太清仙境。人的生命意义、美好希望、幻妙灵动都将在羽化而登仙之时彻底显现，那被隐藏的伟大崇高将绽放出耀眼光芒。

道教有着为数众多的劝化之作，大多是规劝世人要珍惜时光、及时醒悟，于体道、悟道中体悟生命，实现生命的终极价值。如王处一的《赠古县陈公》：

道化三才天地人，谁能达本复全真。

休迷陋舍空衰老，下手修完身外身。

天、地、人合称"三才"，这是中国一个传统说法，出自《易传·系辞传下》："有天道焉，有人道焉，有地道焉。兼三才而两之，故六。六者，非它也，三才之道也。"依本诗"道化"二字来看，本诗意在劝化所有人而非自我。在道教的伦理体系中，尊生、修身已不再单单指向"自我"这个生命个体，尊重生命、重视生命的对象已由"一己之生命"扩展为天下"亿万之生命"，道教所讲的生命观已由"本我"衍生为"本众"。这也印证了儒家和道家共同推崇的宗教禀性——推己及人、施救天下。这首诗也凸显了道家宗师在劝人醒悟时那份急切、真诚的情怀。这种急切与真诚来源于对生命体悟、珍惜当下的推己及人。

◎ **佛性常清净，何处有尘埃**

佛教是世界三大宗教之一。相传在两千五百年前，印度悉达多王子，即释迦牟尼，在菩提树下大彻大悟，自称为佛，创立佛教。几百年后，佛教从印度传入我国，在我国的发展主要分为中原汉民族文化佛教和边疆西藏蒙古文化佛教。佛教对我国传统的思想流派儒教和道教有一定的冲击和交融，主张消灭世间的所有悲苦，是广大佛教徒的精神寄托。其深远的影响也表现在大量的佛教诗词中。

唐朝和尚禅宗六祖慧能创作的《菩提偈·其一》写道：

> 菩提本无树，明镜亦非台。
> 佛性常清净，何处有尘埃！

这首诗是佛教思想的代表作，"菩提"和"明镜"是佛教诗歌中常见的意象，菩提原本就没有树，明亮的镜子也并不是台。佛性，众生领悟的自性本来就是一直清澈干净，只要我们经常打扫表面的灰尘，保持清洁，哪里会有什么尘埃！？

慧能创作的《菩提偈·其二》：

> 菩提只向心觅，何劳向外求玄？
> 听说依此修行，西方只在目前！

这首诗提到了"菩提""西方"这些常见的佛家名词，意为菩提只是向着内心寻找，何必劳累向外界求取玄妙的佛家思想？听说只要依照此法进行修行自身，西方的极乐世界也就在眼前！其提倡佛教徒要关注自己的内心，内自省也。

白居易是我们熟悉的唐朝诗人，号香山居士。所谓居士，就是在家自修菩提果、行菩萨道之人。他也创作过有佛教哲思的诗《花非花》：

> 花非花，雾非雾。夜半来，天明去。
> 来如春梦几多时，去似朝云无觅处。

是花又不是花，是雾又不是雾。它在半夜时到来，在天明时离去。来时仿佛短暂而美好的春梦，离去时又好似朝云消散无处寻。白居易通过花非花、雾非雾这种复杂微妙的自然关系来言说自己的身份，是他作为佛教居士修行证悟的最好说明。"来如春梦几多时，去似朝云无觅处"是作者内心的感慨：人生就像这春梦一般迷幻，像这朝云一样不可捉摸。这更是作者对自己从前生活的反观，以及对仍未明白此种人生道理之人的一种善意的提醒。世事无常，虚无缥缈，人生中存在过而又消逝了的美好，都将代表过去，有惋惜，亦有追念。

◎ | 洗心游圣境， 从此去尘蒙

说起宗教，人们便立即想到普陀山、五台山、峨眉山、武当山，想到潭柘寺、白马寺、少林寺、大昭寺，以及莫高窟、云冈石窟、观音洞、朝阳洞……这些数以千计的宗教胜迹，在神州大地上星罗棋布，犹如璀璨的群星，闪烁着令人遐想的光辉。大多数宗教胜迹，坐落在山川雄伟、风景秀丽的地方，与山川相称的佛寺或道观，有其鲜明的、独特的民族风格，体现了历代建筑艺术的卓越成就，其中蕴藏着极为丰富的、多姿多彩的文学艺术珍品。人们置身这自然与人力融合的环境中，精神境界便会得到净化，高尚美好的情感油然而生。

梵音洞位于浙江省舟山市普陀山东端，为佛教信徒膜拜观音菩萨现身的名洞。清代许琰在《梵音洞》中写道：

> 海岸穷危蹬，悬梯俯石矼。洞从天半劈，潮向阁阴拟。
> 浩月浮金钵，闲云宿宝幢。睇观千百丈，真觉神龙降。

诗的首联点明洞之所在和奇伟的外观。梵音洞立于海岸边，山顶向下有百余级的石阶，如悬梯般架于洞壁之间。站在石桥上，可左右上下环视，洞景全然在目。颔联接写洞景。梵音洞气势非凡、峭壁危峻，似有鬼斧神工从半天劈开。当海潮奔腾而来，撞击洞涧深处的礁石，如雷霆怒吼、龙虎舒啸，惊心动魄。诗人将石洞奇观勾勒之后，转写远眺、仰视所见的景象。颈联"浩月浮金钵"，当夜幕降临，皓月当空，海水波动，月轮倒映时，恰似光辉熠熠的金钵飘浮于洋面。"闲云宿宝幢"，遥看海天佛国，在悠悠的白云深处，隐约显现出那寺院的剪影。以金钵、宝幢借喻明月、寺院，增添了佛国气息。此联中的"浮"与"宿"两个动词用得颇带神韵，将大海、明月，白云、古刹构成的明静、幽寂的意境烘托了出来。尾联诗人回过头来仰视，只见石阶匍匐于陡峭的山势，曲绕于错列的巨崖，盘旋而上，伸向仅露的天光，使人真以为是神龙从九天飞降而来了呢！此地以神龙作比，尤见洞壁危蹬悬梯之伟岸，且将静景化作了动势，构思独到。

全诗好在作者从不同的视点上落笔，近察、远眺、俯视、仰观，将梵音洞上下、内外、远近、高低的景象作了全面而细致的描摹。危蹬、悬梯、石、山道，意象迭现，错落有致；静海、皓月、闲云、宝幢，背景开阔，境界迷人；更有斧劈洞门、海浮金钵、神龙飞舞，比喻奇特而优美，想象丰富而意境深邃，具有摄人心魄的艺术魅力。总之，读完这首诗，不仅能给读者身临其境之感，而且能留下开阔的想象余地和无穷的韵味。

老君洞在重庆市区南岸的老君坡上。它前临长江，背负涂山主峰，地势雄伟峻峭，洞府幽深清凉，山顶有老君庙，是道教圣地。如《老君洞联》写道：

> 柱下拂玄风，仙史已孚七十子。
> 阙中凝紫气，道经曾著五千言。

此联介绍了老子一生的主要经历、学术思想和社会影响，也介绍了老君洞的神秘与庄严，突出了道家的崇高地位。上联说：老子创立了道家学派，竭力提倡谈玄的风气；他若干继承者的威望和影响，已超过了孔子门下七十位才德出众的学生。下联说：塑有老子神像的大殿中凝聚着祥瑞之气，老子所著的《道德经》即《老子五千文》是道教依据的主要经典。此联颇富特色，其声律和谐、对仗工稳，联语巧妙含蓄，可以做多种解释，可以引申发挥。人与物巧妙运用，融会贯通，文情并茂，天衣无缝，实为宗教佳联。

石牛洞在安徽省潜山县的山谷中，山谷回环，泉石清幽，大石状如伏牛，又如牛眠。王安石、黄庭坚、李公麟诸宋贤俱来此游憩。李公麟曾画《山谷石牛图》以记其事，黄庭坚亦因爱此山清绝而易名为山谷并在《题山谷石牛洞》中写道：

司命无心播物，祖师有记传衣。
白云横而不度，高鸟倦而犹飞。

这首诗句句用典、处处参禅，佛家的机锋随处可见，很能体现黄庭坚在诗歌创作中"随手纂集奇辞隽语""点化故典使之生新"的艺术特色。首联中的"司命"指的是天柱山下的九天司命真君祠，"播物"意思是说天生万物。整句是说山谷寺并非道教的神仙九天司命真君创建，创建山谷寺的是佛教的祖师，有记载的传衣。"白云横而不度"，说的是天柱山的一大奇观。天柱山主峰形同蜡烛，俗称"蜡烛尖"。在潜山城内远眺，总有白云一缕横挂蜡烛尖下。黄庭坚在这里是反其意而用之，鸟儿飞累了，欲还家而不得，这是黄庭坚以此来自喻。

此时的诗人由河北转到汴京，经舒州再去泰和赴任。王命在身，身不由己，要想归去，已然不能。这就像高飞的鸟儿一样，心力已然交瘁，但还得鼓翅而行。这也就像佛家所说的，尘缘未了，机心不息。这种矛盾的心态就像天柱山上那缕白云，高不得，低不得，飞不得，去不得，永远凝聚在那儿，"横而不度"，永远得不到解脱。

莫高窟在甘肃省敦煌市鸣沙山下，俗称千佛洞，是我国著名的石窟宝藏，至今仍保留有洞窟 492 个、壁画 45000 平方米和彩塑 2000 多尊，被世界公认为人类极为珍贵的文化艺术宝库，并被列为人类八大文化遗产之一。《莫高窟咏》中写道：

雪岭干青汉，云楼架碧空。重开千佛刹，旁出四天宫。
瑞鸟含珠影，灵花吐蕙丛。洗心游圣境，从此去尘蒙。

《敦煌廿咏》是晚唐敦煌一组佚名诗篇，《莫高窟咏》就是二十咏中的第三首。该诗作者以非凡之笔，在首联中写出鸣沙山白沙如雪而又高耸的奇姿，也写了崖面上云楼高架碧空的瑰玮宗教建筑。

这种自然与人工的景观，构成了唐代莫高窟所独有的风貌。在颔联里，作者进一步揭示了云楼掩映着的崖面秘密：其上全是人工开凿的佛窟，重重叠叠多达千余个。其中主室供奉佛祖及弥勒塑像，而旁出的前室则为佛国护法诸神的宫阙。洞中这些壁画和塑像，生动地反映着佛国世界里的生活情景。在颈联中，作者又以窟前到处飞动的含珠瑞鸟的身影与遍地吐蕙的灵花美景加以点缀，以烘托佛教圣地的神圣与美好。尾联虽系作者的游窟感受，但也反映了唐代奉佛的风尚，这也是莫高窟在唐代造窟风盛不衰的直接社会原因。

《莫高窟咏》是一首颇具特色的五律。它通过由外到内、内外结合的结构方式，不仅再现了唐代莫高窟的自然与宗教艺术宝库的风貌，而且也为我们留下了一首讴歌唐代莫高窟的极为宝贵的宗教诗篇。

云冈石窟位于山西省大同市，依山开凿，东西绵延一千米。石窟中有气魄宏伟、丰富多彩的石雕造像。清代陈宝琛在《云冈山石窟寺》中写道：

戴石塞上山尽童，皴云特起森玲珑。
谁开奇想凿混沌，十窟鳞比只洹宫。

这首诗描绘的是云冈石窟的外观与内景。戴石塞上的山已经光秃秃的了，褶皱一样的云朵像森林的树木一样玲珑活泼。是谁有了这么奇妙的想法，凿开混沌，开辟了这样一方天地，那数十个石窟像鳞片一样陈列，像水流一样持续不断地流入宫中。

◎ 为爱丈人山， 丹梯近幽意

普陀山位于浙江省舟山市普陀县，系舟山群岛的一个小岛，为我国四大佛教名山之一，有"海上仙山"之誉。明代徐如翰在《雨中寻普陀诸胜》写道：

缘岩度壑各担簦，翠合奇环赏不胜。

竹内鸣泉传梵语，松间剩海露金绳。

山当曲处皆藏寺，路欲穷时又遇僧。

更笑呼童扶两胁，溯风直上最高层。

本诗描述作者攀登佛国最高峰佛顶山途中所见的胜景。沿此路一千多级石磴而上，登高眺望，海天相映，景色壮观，普陀诸胜，尽收眼底。

"缘岩度壑各担簦"，一群人戴笠冒雨攀岩跨涧登山寻胜，可见游兴之盛。"翠合奇环赏不胜"一句，写目光所及的总貌：远眺峰峦连绵、绿树叠翠，近观奇石壁立、洞壑幽胜，叫人目不暇接、赏不胜赏。"翠合奇环"字词洗练精绝，概括力强，道尽普陀风光。颔联写竹林深处幽泉叮咚鸣奏的乐曲，掺和着古刹传出的诵经之声，无比美妙动听；从松枝的隙缝窥视蔚蓝色大海，那海边绵延数里的金色的百步沙和千步沙，恰似一条金色的绳带盘绕着海岸，何等迷人。本诗意象独运，比喻生动形象，声色俱全，尽得天趣。

尾联说面对如此佛国的风貌和山海的丰姿，诗人按捺不住一腔欣喜之情，"更笑呼童扶两胁，溯风直上最高层"，因为佛顶山头还有更加秀美的风光在召唤他，"欲穷千里目"还得"更上一层楼"，于是，诗人不顾年高体弱，溯风顶雨向更高处攀登。结尾让人间净土更增令人神往之情意，境界倍添。本诗笔墨不多，将竹林、清泉、苍松、碧海、金沙、古刹、僧人、游客和谐地构筑成一幅幅声色俱全的清新空灵画面，把自然景观与人景观融为一体的"佛国"特殊意境神韵表现了出来，堪称佳作。

青城山在四川省都江堰市，古称丈人山，亦名赤城山，是我国道教发祥地之一，道书称其"第五洞天"。其山腰的天师洞是全山文物集中点。唐代杜甫在《丈人山》中写道：

自为青城客，不唾青城地。

为爱丈人山，丹梯近幽意。

丈人祠西佳气浓，缘云拟住最高峰。

扫除白发黄精在，君看他时冰雪容。

　　此诗不言青城言丈人山，有一种对"神仙都会"的向往之意。前四句五言，诗人以抒胸臆记览胜，表达了拟托迹幽栖的心情。诗中未做胜景描绘，大概是亲临道家圣地，诗人身心为之一激，想超脱凡尘隐居的念头顿时云聚于胸而无意于那大自然的美景秀色了。"不唾"写出了诗人的虔敬；"客"不能简单地理解为游客，"客"的本义是外来人。诗人说自己是客，那是言"身"，指身处尘中，从俗世到仙境当然只能算作一个外来人。但就"心"而言，诗人早有脱尘之念，是在激烈的思想斗争的洗心池里清过心的，"不唾青城地"正是这种清心去尘的自白。

　　一、二两句可以译为：我来到青城这神仙都会，和那些仙风道骨的仙家比起来，还只是一个凡胎肉身的外来人，但我万念俱灰，早想寄迹山林、避世隐居，能如此超脱也与神仙无异了，我想我是不会玷污这灵仙所宅的。接下来两句便是诗人更为直白地陈述心迹，以丹梯喻成仙之路。原来，诗人之所以钟爱丈人山，是因为通过丹梯可以到达那清静幽秘的仙境。

　　后四句七言，是诗人仙游的具体描写。既然是仙游，定有实历，也有想象成分的神游。在诗人眼里，那翠光烟霭，那云蒸澍雨，都带着仙境的吉祥瑞气，令人神往而飘飘欲仙，强烈地吸引着诗人健步磴道，缘云攀向绝顶，去寻求他心目中的栖身之地。"扫除白发黄精在，君看他时冰雪容"，显然是想象中的游仙生活。传说丈人山上生长着黄精，吃过以后可以白发尽扫、返老还童。黄精是有的，这是一种多年生草本植物，属百合科，根茎可以入药，吃后白发转黑亦有可能，但吃后即能成为"肌肤若冰雪"的神仙则是神话了。幻想成仙，恐怕非童心而不能有，就这一点，诗人岂不确实返老还童了？不是神仙又莫非神仙？诗人这种奇想，无疑是其心造的幻影，但又怎能不是他脱离物累、寻找归宿的委婉发慨？结作游仙语，虽有趣可玩，却更值得我们去探微索隐。

寒山寺，位于江苏省苏州市枫桥镇。唐代张继在《枫桥夜泊》写道：

> 月落乌啼霜满天，江枫渔火对愁眠。
> 姑苏城外寒山寺，夜半钟声到客船。

张继为人清风秀骨，有道者之风。这首诗所反映的羁旅之愁，的确非常出色。前三句主要写视觉形象。第一句点明时间，月亮沉落了，间或有一两声乌鹊的啼叫，这叫声使人感到冷清凄凉，那漫天瑟瑟而落的霜露水气更使人内心寒彻。全句渲染了一种阴冷、肃杀的气氛。第二句写江边的枫树和远处的渔火，远处的渔火透出了一点点儿红光，这摇曳的红光却掩抑不住江中船上的游子那如丝如缕的愁思。他只好和着愁思而眠，是睡着了呢还是不得入眠呢？第三句说游子在那远离十里闹市的黑黢黢的梵刹古寺中，备觉冷落凄惶。第四句"夜半钟声到客船"，顿然转入听觉形象，江船上的游子谛听着寺钟徐缓地传出那单调的、孤寂的声音，万籁俱寂的小镇、凄冷的后半夜，诗人也只好万念俱灭了。

应天塔，位于浙江省绍兴市区。春秋时范蠡说过"王（指越王勾践）之筑城，其应天矣"，塔以此得名。宋代王安石在《登飞来峰》写道：

> 飞来山上千寻塔，闻说鸡鸣见日升。
> 不畏浮云遮望眼，自缘身在最高层。

王安石途经越州，飞来山的优美风光吸引了这位年轻气盛的诗人，应天塔的壮观激发了改革家雄视天下的豪情，于是情不自禁地写下这首诗。

诗人采取先景后情的常规写法。写景一实一虚，实景以"千寻"的夸张手法，先给读者以强烈感受；虚景附会"鸡鸣见日升"的传说，再给读者以美好的遐想。其中"日升"的壮观带有象征的意味，这是诗人的憧憬，也是诗人的追求。"闻说"又使这一壮观带上神秘的色彩，显示出诗人憧憬和追求的心理特征。诗人这样写并不是故弄玄虚，无非在突出"身在最高层"的自我形象；而这种气概，出自诗人要求变革现实的雄心壮志，闪烁着诗人义无反顾、一往无前的战斗精神。

后两句以议论抒情，读者不难看出一个不怕奸邪、不畏强暴的战斗者的形象。诗人纯熟用典，将"浮云"喻为包括奸邪在内的所有障碍和困难。"不畏""自缘"，如此坚定的语气，使全诗显得气势凌厉，诗人的自我形象也更具有气度风采。诗人后来推行新法那么坚决果断，新法失败后又全然不肯服输，这种气概在此诗中已初露端倪。

太华寺，位于云南省昆明市西山太华山腰。太华山在西山诸峰中"居中最高，得一山之胜"，故名。太华寺由元代云南名僧玄鉴于大德十年（1306年）创建，原名佛严寺。太华寺为西山最大的寺院，北依山峰，面向滇池，古木葱茏，庭院轩敞，环境清幽。寺内花木繁茂，玉兰、杜鹃、牡丹、芍药、山茶、梅花等名花四季轮放争艳。虽在数九寒冬，红梅花红叶绿，绿梅如翡翠，实为滇中奇景。袁嘉谷（1872—1937年）《秋游太华寺》中写道：

> 石豹万群拥孤寺，碧鸡双翅撑一峰。
> 五更移树鸟啼月，四山应声霜叩钟。
> 塔影倒浸青竹叶，海面拔起金芙蓉。
> 空谷老松八九丈，巢居可有汉赤松。

这首七律诗描写了诗人夜宿太华寺所见景色。"石豹万群拥孤寺，碧鸡双翅撑一峰"一句中，一个"拥"字和一个"撑"字使山动态化。如豹一样的万群石山拥抱着太华寺，形如双翅的碧鸡山"撑"起一峰，这一峰成为山中之峰。

"五更移树鸟啼月，四山应声霜叩钟"，描写了"太华三绝"之一景观："林鸟更候"。五更时分，山林轰响，如百万楚师夜鸣，万鸟相互戏闹，叫声回荡山壑。诗人游太华寺，正值深秋，孤寺幽静，山色清朗；夜宿寺中，听林鸟更候，闻古刹晨钟，引人遐思。诗人笔下幽静的太华寺，静中有"鸟啼"和"叩钟"声，这种寂处有声才使人感到是富有诗意的静境。静中出现了"四山应声"，才给人强烈而鲜明的感受，很有"余音缭绕，不绝于耳"之感。这种以声显静的艺术手法，创造了幽静的意境，给人以无限的回味。

　　"塔影倒浸青竹叶，海面拔起金芙蓉"，描写了"太华三绝"中的另外两绝：一是"月印澄波"，月明之夜，远眺滇池，月光倒映在滇池波心，形如宝塔倒影，银光粼粼；二是"金宝塔"，早晨，旭日东升，朝霞满天，红日倒映波光，如金色宝塔倒映在水中，十分壮观。"空谷老松八九丈，巢居可有汉赤松"一句，是说两山之间，峡谷里的老松参天，绿荫蔽日，这幽静的山林中应该也有赤松子那样的仙人居住。这首诗为读者描绘了一系列的艺术画面，意象是它的精神特质。这意象是诗人主观的感情即心意和太华寺客观的奇丽的景致之"象"在诗中的融合与具现。

万物静观皆自得，四时佳兴与人同
——古典诗词中的色彩数图

中国诗词博大精深，作为我国传统文化中的一颗璀璨明珠，它给中国传统文化增添了浓墨重彩的一笔。色彩的灵活运用、数学的巧妙入诗，蕴含了古人多彩的生活追求和丰富的数学思想及方法，体现了中国独特的文化体验和内涵。

我们的祖先很早就开始使用颜色，诗词中的色彩使用可追溯到《诗经》，发展到清代可考的就有七百多种。其命名大多根据古人生活的日常、经历的节气、游历的山野，再结合古人的文化素养提炼而成。诗歌虽然不能像绘画那样直观地再现色彩，但是却能用生动形象的语言描绘出一幅幅多彩的画卷，引起我们和作者共同的审美愉悦。

◎ 五色相浅深， 百金相厚薄

古典诗词借助色彩进行表意与构图，与我国在颜色使用上的传统密不可分，单是黄、红、黑、白、紫这五个单色词就有着深厚的文化寓意。

黄色在心理上给人以愉悦、灿烂、温暖的感受，也有人认为黄色是黄金色，代表着稀有与珍贵。随着文化发展，人们对其认识愈加深刻，尤其是统治者对黄色的推崇使黄色变得更加神圣不可侵犯。

中国先民有着强烈的黄土崇拜，同时深受五行观念影响。五行中，五种最基本的物质——金、木、水、火、土，它们相生相克、循环往复，构成了这个世界。此外，古人以黄配土居中，而中国传统文化恰恰强调以"中"为贵，因此形成了"尚黄"和"尚中"的传统。基于这些特点，它被皇家选中成为专用色彩。如在服饰上，汉代建立了尚黄的舆服制度，只有皇帝才能使用赤黄的绶带；建筑上，金碧辉煌的宫殿更加凸显了皇家的庄严气派。在民间，黄色也被视作吉祥的颜色，有"飞黄腾达、平步青云"之意，甚至将美好的日子称作黄道吉日。

红色，也称朱红，即今天所说的中国红。因皇帝御批用朱红，宫室建筑、富贵人家也多用朱红色装饰，朱红在古代成了典型的正色，也成为身份的象征，"朱门酒肉臭，路有冻死骨"即是直接体现。此外，红色容易让人联想到太阳、火焰、血液，具有积极向上的倾向，常代表喜庆、幸福、激情、斗志、革命等。春节时，人们要贴红色年画、穿红衣、佩戴红色饰物等，以此祈愿新的一年能趋吉避凶、消灾免祸、红红火火。可以说，红色是中华民族最喜欢的颜色，是我们的文化象征和精神皈依。

黑色和铁色相似，因此，黑色常象征刚毅、严正、无私，如尉迟恭、包拯等人物形象在戏曲中均为黑色脸谱，象征其刚直不阿、铁面无私的高尚品行。此外，黑色同夜色，与"光明"相对，加之大量古代神话和佛教典籍中记载的阴曹地府和地狱都是暗无天日的，因此，黑色又有黑暗、死亡、恐怖等含义。

《古代汉语词典》中对"青"的解释有五种：分别为蓝色、黑色、东方的代称、春的代称和古州名（如山东青州）。此外，青色主要是用从蓝草中提取的靛蓝染成，其具有普遍、成本低、易提取的特点，促使青色这一染料快速在民间普及，逐渐平民化。汉朝以后，平民、仆人的衣物常用"青"来染色，久而久之，青色便成了平民化色彩，也成了平民群体的典型特点。

白色，有白净、纯洁、美好之意，后又引申为清白、清正廉洁、空白。因此，亲朋去世相当于给周围人的思想情感及生活留下了空白，白色就有了"悲伤"这一象征义，故丧服的制作用白色。唐宋时期，白色发展成为凶色，从民间到官方都忌白。在戏曲中，那些阴险狡诈令人生厌的角色脸谱常为白色，如秦桧、赵高等。

紫色是高贵、祥瑞、神秘的，在传统色彩中有着尊贵的地位，这与道家"尚紫"有关。"紫气东来"这一典故源自老子，表示祥瑞和美好希冀。道家认为，紫色是天空之色，寓意神圣。古代帝王宫殿常称紫台、紫宫、紫庭、紫阁等。"一去紫台连朔漠"中的"紫台"就是指"汉宫"。

◎ | 世上非无好颜色，诗人所赏是风姿

自然界中的色彩是随着景物的变化而变化的，而景物又随季节更替呈现不同颜色。多彩的颜色不仅能让自然景物活跃起来，也影响着观看者的情绪，由此看来，"触景生情"最主要的还是受到了景物色彩的影响。色彩具有冷暖的视觉效应，这主要是因为人是以感性获取信息的。在人的生理反应上，色彩的深浅有收缩与扩张的感觉，如红、黄有热烈、兴奋的感觉，所以我们把红和黄以及倾向红和黄的颜色称为暖色调，蓝色看上去安静、寒冷，故而我们把蓝色和倾向于蓝色的颜色称为冷色调，而红与蓝则处于冷暖色的两个极端。

中国古典诗词有着极高的文学艺术成就，通过品味色彩这一情感表达媒介，我们可以观赏到作者借助语言勾勒的一幅幅令人惊叹的画面，走进诗中画，品味画中诗。唐代王湾的《次北固山下》中写道：

客路青山外，行舟绿水前。潮平两岸阔，风正一帆悬。
海日生残夜，江春入旧年。乡书何处达？归雁洛阳边。

作客南方的游子乘船在碧绿轻盈的水面上航行，而遥远的行程还在那巍巍青山之外。诗人被青山绿水的壮丽风光吸引，写下了此

脍炙人口的名篇。"青""绿"属冷色调，是令人感到安心和舒适的色彩，是作者行船中所见之色彩。本来远离故乡而又行程遥远，难免使游子心绪惆怅，却因大自然中的"青山""绿水"而增添了一抹宁静。

"苍"本来是指草的颜色，多指青色，给人以安定祥和之感。如唐代刘长卿在《逢雪宿芙蓉山主人》中写道：

> 日暮苍山远，天寒白屋贫。
> 柴门闻犬吠，风雪夜归人。

暮色苍茫，风雪之中，"苍山"对"白屋"，二者遥相呼应，构成了一个银白苍茫的世界。此时诗人路途跋涉艰辛，急于投宿，白雪遮盖下的青山在暮色中显得遥远迷蒙，辛酸之感中夹杂着庆幸和温暖。

此外，古典诗词还善用黄色、红色等暖色调的意象来寄寓情感，这些色彩自带活力与温柔，最能体现作者的性格与情趣。

唐代王维的《新晴野望》中写道：

> 新晴原野旷，极目无氛垢。郭门临渡头，村树连溪口。
> 白水明田外，碧峰出山后。农月无闲人，倾家事南亩。

诗人眺望原野，见到了初夏乡村，雨后新晴，目之所及，由远及近又由近到远，虽无直接的色彩描写，但令读者仿佛置身诗境，走进了这暖阳春色中。

南宋杨万里的《宿新市徐公店·其二》中写道：

> 篱落疏疏一径深，树头花落未成阴。
> 儿童急走追黄蝶，飞入菜花无处寻。

菜花、蝴蝶的色彩都属于暖色调，但色彩深浅浓淡不同，淡黄融入深黄，蝴蝶和花浑然一体，表达了诗人对景物的喜爱之情。

唐代李世民的《守岁》写道：

> 暮景斜芳殿，年华丽绮宫。寒辞去冬雪，暖带入春风。
> 阶馥舒梅素，盘花卷烛红。共欢新故岁，迎送一宵中。

皇宫里外迎新年，夕阳将华丽的宫殿装扮得更加辉煌。红烛点燃，像一簇簇花团，营造出了暖洋洋、乐融融的节日气氛。君臣共饮，喜度良宵辞旧岁。

除了冷暖色调的运用，古人还常将多种色彩进行搭配。多色彩互相衬托、对比、晕染，让诗词中的颜色有了渐变梯度，同时又使画面更为活泼。如唐代白居易的《忆江南》中的"日出江花红胜火，春来江水绿如蓝"，红日普照与花朵红艳同色相衬，同时将"红""绿""蓝"等颜色进行对比，江边花朵的红、江水的绿，经过比较，花朵更红、江水更绿，呈现了一幅色彩浓郁的春景图。鲜明的色彩对比使意境更加完美，情感体现得更加淋漓尽致。

唐代杜甫的《绝句》中的"江碧鸟逾白，山青花欲燃"也充分运用了对比鲜明的色彩表现手法，碧绿的江水衬托着水鸟的羽毛，显得更加纯净洁白，"碧""白"就是一组色彩鲜明的对比，加上一个"逾"字，使"碧"者更碧、"白"者更白。而"山青花欲燃"写出青翠的山峦衬托着鲜艳的红花，使花儿红得像燃烧的火焰，加上一个"欲"字，运用拟人手法，使花像人一样有了一种生命的喷发和生命的自觉。诗人把江、鸟、山、花四种景物抹上碧绿、莹白、青翠、火红的色彩，构成一组瑰丽无比的意象，像一幅色彩缤纷的油画平铺在我们眼前。他在《蜀相》一诗中写道："映阶碧草自春色，隔叶黄鹂空好音。"碧草和黄鹂，一碧一黄，一静一动，对仗工整，画面灵动。

北宋潘阆《九华山》中的"好是雨余江上望，白云堆里泼浓蓝"，"泼"字将"白""蓝"两色相互晕染的立体画面表现得生动而颇具美感。

◎ 语言玉润篇篇锦， 心胆冰清字字香

除了直接描绘色彩，古人们还善用语言进行画面构图，运用动静、俯仰、虚实、工笔、白描等写作技巧，除了揭示诗人所处的环

境背景外，还能渲染烘托出诗人的心情，奠定文章的感情基调。如唐代戴叔伦的《兰溪棹歌》：

> 凉月如眉挂柳湾，越中山色镜中看。
> 兰溪三日桃花雨，半夜鲤鱼来上滩。

此诗为民间棹歌，写出了兰溪春天月夜的优美以及渔家的生活情趣。"凉月如眉挂柳湾，越中山色镜中看"着笔于静景描写：上句仰视如眉的新月悬挂在柳湾上空，一派清净澄澈之景；下句为俯视，写出兰溪的水色山影，以"镜"喻水，既呼应了皎洁的月光，又暗示了水的澄澈，写出了渔人夜间行舟的怡然自得。后两句为动态描写，写出了春雨和鱼汛的特点，接连的春雨使得溪水上涨，鱼群活蹦乱跳，涌上滩头，洋溢着春天欢乐的气息。动静结合的手法使春天显得更加生机勃勃，使人产生身临其境之感。再如宋代潘大临的《江间作四首·其三》：

> 西山通虎穴，赤壁隐龙宫。形胜三分国，波流万世功。
> 沙明拳宿鹭，天阔退飞鸿。最羡渔竿客，归船雨打篷。

诗人独自来到赤壁，不禁浮想联翩，三国时英雄人物叱咤风云，却犹如这滚滚东去的波浪一样，不由思绪回到眼前实景，俯视看到沙滩上栖息着许多白鹭，仰望天空，鸿雁飞向云端，而此时最羡慕的是江上的垂钓者，悠闲地泛着扁舟，听着雨打船篷的声音。诗人借登临古地俯仰所见的开阔旷远之景，衬托自己情绪的低沉郁苦，缅怀英雄来抒发归隐之志。而北宋苏轼的《鹧鸪天·林断山明竹隐墙》则将远近结合运用得恰到好处：

> 林断山明竹隐墙，乱蝉衰草小池塘。翻空白鸟时时见，照水红蕖细细香。村舍外，古城旁。杖藜徐步转斜阳。殷勤昨夜三更雨，又得浮生一日凉。

该诗写于作者被贬黄州期间，上片写景，下片写人。"林断山明竹隐墙，乱蝉衰草小池塘"两句，作者由远及近，由远处树林、高山写到近处屋舍、池塘，短短两句，七种景物，一派幽狭气氛；继而描绘自己身处的具体环境，青山绿水，斜阳村舍，吮吸着荷花散发出的芳香，尽享这雨后的清凉。生活在这样的环境中，理应是闲适雅致的，但"殷勤昨夜三更雨，又得浮生一日凉"两句却透露出诗人被贬后的无所事事，感慨幸运地度过凉爽的一天，却在不经意间表达出自己的辛酸无奈。

在诗词鉴赏中，虚与实是相对的。可触可摸、客观具体、当下已知的为实写，反之则是虚写。如唐代李白的"天门中断楚江开，碧水东流至此回。两岸青山相对出，孤帆一片日边来。"第一句看似写山实则写水，第二句看似写水实则写山。诗中的山水是李白无坚不摧、一往无前、巍然屹立、坚强不屈的象征。再如唐代刘禹锡的《乌衣巷》：

> 朱雀桥边野草花，乌衣巷口夕阳斜。
> 旧时王谢堂前燕，飞入寻常百姓家。

"野草""夕阳""燕"等眼前所见之景是实写，而对当年桥头百姓摩肩接踵、车水马龙、美人珍宝聚集的繁华等回忆是虚写。如今野草丛生，荒凉无比，昔盛今衰、物是人非的历史沧桑感油然而生。

工笔也可以称为细描，是指对事物一笔一画进行精雕细刻，与白描相对。作者将所见所感所闻等运用细腻的笔触通过文字表达出来，同时还运用修辞、动静结合等多种写作技巧来刻画所要描写的对象。如南宋赵师秀的《约客》：

> 黄梅时节家家雨，青草池塘处处蛙。
> 有约不来过夜半，闲敲棋子落灯花。

主人孤坐候客已久，无聊却不想离开，静坐正思索着，不经意间用手上拿着的棋子敲打在桌子上。细腻的笔触，将主人等待时的烦躁、焦灼心情表现得淋漓尽致。又如唐代张籍的《秋思》：

洛阳城里见秋风，欲作家书意万重。

复恐匆匆说不尽，行人临发又开封。

诗人因思绪重重而无从下笔，却又因托"行人"捎信匆忙无暇细加考虑，细致入微地再现了诗人当时饱含深厚丰富的情义却难以表达的矛盾情状。

白描，即作画时只用线条勾勒，不加任何渲染烘托。这一绘画技巧被引入诗歌中就是不用形容词和修饰语，直接叙述描写对象的形状、声音、动作等，甚至多个意象简单组合，不加渲染雕刻，以此抒发作者的感受。如唐代温庭筠的《商山早行》：

晨起动征铎，客行悲故乡。鸡声茅店月，人迹板桥霜。

槲叶落山路，枳花明驿墙。因思杜陵梦，凫雁满回塘。

此诗为温庭筠离开京师长安途经商山时所写，径直写"茅店"中的其他商客于天将破晓之际纷纷起床，忙于驾车套马，准备上路。颔联"鸡声茅店月，人迹板桥霜"为本诗名句，诗人仅用十个字即鸡声、茅店、月、人迹、板桥、霜，运用白描淡淡几笔就将商山中凌晨的初春景色活现出来，用移步换形的写法写出了途中的所见之景。

◎ 横看成岭侧成峰， 远近高低各不同

诗词属文，数学属理，看似风马牛不相及的两个领域却有相通的地方，这种"数学味"的古诗，达到了感性与理性的共融，做到了数学与诗词意境的相融相通，不仅凸显了数字本身的简洁美，还蕴含着古人高超的数学智慧。如宋代邵雍的《山村咏怀》：

一去二三里，烟村四五家，亭台六七座，八九十枝花。

阳春三月，诗人外出游玩，用十个数字和"里""家""座""枝"几个量词将乡间野外迷人的春色和乡村风物编织在一起，简单几笔就将乡村宁静恬淡的场景生动地表现出来，简约而不失雅致。

又如清代陈沆的《一字诗》：

> 一帆一桨一渔舟，一个渔翁一钓钩。
> 一俯一仰一场笑，一江明月一江秋。

短短四句，将渔翁荡桨泛舟、手持钓钩，在皓月当头的碧波上垂钓的闲情和欢喜生动地表现了出来，绘声绘色，充满诗情画意，让人回味无穷。诗人巧妙安排，化平淡为神奇，10个"一"字将意象及动作安排得错落有致，犹如舞台剧一般灵动轻快。

函数单调性是数学学习的重要基础，历史上也有许多可以体现函数单调性的情形。东晋陶渊明在辞去彭泽令归隐田园后，一位少年来向他请教读书妙法，陶渊明听后，以"勤学如春起之苗，不见其增，日有所长；辍学如磨刀之石，不见其损，日有所亏"的道理教导少年，读书、获取知识同禾苗生长是一样的，都需从点滴积累，随着日子的增加不断增加，有时连自己也察觉不到，也就是数学中函数单调性的特点：随着自变量的增加，函数值在不断增加（或不断减少），"日子"就是这里的自变量。

而数学中的对称性在生活、学习中则更为常见，不仅图形具有对称美，数字、诗词也有对称美，如下面的这组数学表现形式：

$$11 \times 11 = 121$$
$$111 \times 111 = 12321$$
$$1111 \times 1111 = 1234321$$
......

诗词中的对称也称"回文诗"或"回环诗"。回环是汉语特有的一种使用词序回环往复的修辞方法，正读倒读皆能成相同词句。如清代吴绛雪的《四季回文诗》：

《春》：莺啼岸柳弄春晴，夜月明。
莺啼岸柳弄春晴，柳弄春晴夜月明。
明月夜晴春弄柳，晴春弄柳岸啼莺。

《夏》：香莲碧水动风凉，夏日长。

香莲碧水动风凉，水动风凉夏日长。

长日夏凉风动水，凉风动水碧莲香。

《秋》：秋江楚雁宿沙洲，浅水流。

秋江楚雁宿沙洲，雁宿沙洲浅水流。

流水浅洲沙宿雁，洲沙宿雁楚江秋。

《冬》：红炉透炭炙寒风，御隆冬。

红炉透炭炙寒风，炭炙寒风御隆冬。

冬隆御风寒炙炭，风寒炙炭透炉红。

　　四首回文诗，每首上两句用轴辘体，下两句用回文，完美体现了数学中的轴对称。每首均只用 10 个字，字句凝练，妙趣横生，既不失季节特点，又借助文字表情达意。再如南齐王融《春游回文诗》：

枝分柳塞北，叶暗榆关东。垂条逐絮转，落蕊散花丛。

池莲照晓月，幔锦拂朝风。低吹杂纶羽，薄粉艳妆红。

离情隔远道，叹结深闺中。

　　"池莲照晓月，幔锦拂朝风"为清晨所见的暮春景象，晓月照映着池中的莲叶和绽放的莲花，晨风吹拂着锦绣的帷幔，既有动景，也有静景。更巧妙的是，此诗倒读亦可成诗，且思想内容基本不变：

中闺深结叹，道远隔情离。红妆艳粉薄，羽纶杂吹低。

风朝拂锦幔，月晓照莲池。丛花散蕊落，转絮逐条垂。

东关榆暗叶，北塞柳分枝。

　　"池""月""风""幔"相互衬映，题目为"春游"，实际写的是闺怨。借暮春景象的优美反映春游男女的欢乐，其实都是为了反衬闺中少妇的伤感。

　　此外，诗人们还经常借助意象来表达自己的旨趣，其中的意象经过串联形成点、线、面和时空，共同营造出完整的画面。如唐代杜甫的《绝句》：

两个黄鹂鸣翠柳，一行白鹭上青天。

窗含西岭千秋雪，门泊东吴万里船。

诗句"两个黄鹂鸣翠柳，一行白鹭上青天"中"两个黄鹂"是两个点，"一行白鹭"是一条线，由点到线，使空间得到无限延伸。"窗含西岭千秋雪"是一个面，"门泊东吴万里船"则是一个空间体。诗歌句式对仗整齐，铿锵欢快的节奏传达出了诗人愉快的心声。诗人身在草堂，却视通万里、思接千载，运用简洁的几何图形勾勒了一幅开阔恢宏的图景。再如唐代王维的《使至塞上》：

单车欲问边，属国过居延。征蓬出汉塞，归雁入胡天。

大漠孤烟直，长河落日圆。萧关逢候骑，都护在燕然。

诗人肩负使命，轻车出行，前往边塞慰问将士、察访军情。虽山高路远，一路漂泊，像随风远飘的蓬草那样出临汉塞，又像北雁回归似的奔赴辽阔的大西北，但诗人却并未一味纠结于个人的局促处境，在身处边塞风光之中时，以艺术家的审美慧眼，敏感地捕捉并刻画出了祖国大西北雄浑壮阔的景致，写出了颈联"大漠孤烟直，长河落日圆"这一被王国维赞为"千古奇观"的名句。

毕达哥斯拉学派认为："一切立体图形中最美的是球，一切平面图形中最美的是圆。"圆形有着对称、均衡等特点，总能给人以"柔和、圆满"之感，而直线被赋予了"简洁"的象征意义，角则多指"锋利、锐利"。这首诗中的"大漠"正是数学中的平面，"孤烟"则是简洁的直线，"长河"即曲线，而"落日"即平面中的圆。日落的过程即太阳与地平线从相离到相切再到相交的过程，正好是数学平面中直线与圆的位置关系。又如唐代陈子昂的《登幽州台歌》：

前不见古人，后不见来者。

念天地之悠悠，独怆然而涕下！

"古人""来者"观照古今。诗人登上幽州台眺望这辽阔大地，视野开阔，空间无限之感袭上心头；而诗人却独自在这高台上怆然泪下，感慨自身的渺小。作者借登台抒发自己对时间绵长如直线无起点无尽头的感触，回望历史，犹如数学中的负无穷大；"后不见来者"则可理解为时间向正无穷大方向延伸，诗人站在这条时间线上，感慨时空的浩渺无尽。"念天地之悠悠，独怆然而涕下"则写出了诗人在天与地构建的这个立体几何空间中，放眼望去悠悠无尽，心中积蓄已久的悲愤、怀才不遇的惆怅迸发而出。

此外，该诗句法长短参差，音节抑扬流畅，在后人面前展现了一幅境界雄浑、浩瀚空旷的艺术画面，以慷慨悲凉的基调将自身失意的境遇和寂寞苦闷的心情表现得淋漓尽致。

极限思想是数学分析的重要基础，通过设法构思与未知量有关的变量来求取未知量。古诗词中也多有极限思想的运用，将绵延难以诉说的情感借助具体的物象抒发出来，如南唐末代君主李煜的《虞美人》："春花秋月何时了？往事知多少。""春花秋月"本为美景，作者却感慨何时才能结束；物是人非，回忆越美好越衬托出现实的残酷，层层叠叠的往事涌上心头。"问君能有几多愁？恰似一江春水向东流。"将亡国之痛、故国之思寄寓其中，通过具体的物象"一江春水"将抽象且无尽的"愁"具象化，"愁"之多如同"一江春水"，此即极限思想的运用。这"愁"，无尽、无形，也抓不住，既有空间的无尽，也有时间的无尽。再如唐代李白《送孟浩然之广陵》：

故人西辞黄鹤楼，烟花三月下扬州。
孤帆远影碧空尽，唯见长江天际流。

李白送别东游吴越的孟浩然，恰逢"烟花三月"，柳色如烟，百花开放。前两句表面看是交代送别的地点、时令及友人的去向，实际也透露出开元盛世时物华天宝、一派春光耀眼的时代气氛。后两句为诗人别后所见，"孤帆远影碧空尽"含蓄深邃，友人所乘的船越走越远，直到只能望见一点恍惚的影子，而这影子也逐渐融入远远的碧空，以至于最后"尽"了。此时，除了浩渺的江水滚滚流去，直到天边，什么也看不见了，海天成一色，此时海天的距离看上去无限逼近于 0，形象地描写出了极限的意境。

　　我国古典诗词中蕴含的色彩魅力及数学思想，在我们今天的精神生活及文化建设中都有着重要意义，其作为中国传统文化之精华必将永远熠熠生辉。

单元任务

一　对于诗歌，"读"是获取第一手材料的先决条件，可以使我们粗浅地感知诗歌意境、作者情感等方面的轮廓。这样做虽模糊、朦胧，却给诗歌的深层鉴赏奠定了基础、指明了方向。请同学们以学习小组为单位，任选本单元的一章内容，先设置情境，在一定的情境中读。这个情境可以是喜境，也可以是悲境，在喜境中读婉约诗歌，在悲境中读豪放诗歌或山水田园诗歌，还可以事先选出与所读诗歌类型相同或完全相反的诗歌，比较着读。读的形式灵活多样，读出诗歌的韵律节奏，读出诗歌的意境，读出诗人的意绪（情感）。

二　诗词"唱和"，是诗词创作的一种形式。原作称为"唱诗"，自己写的称为"和诗"。因为"和诗"要受到唱诗用韵、格律或内容等多方面的约束，所以"和诗"更难驾驭。请同学们在本单元中任选一首自己喜爱的诗词，对他人的诗词依照题目、题材、格律、用韵再写一首。要求格律严谨，意境优美。

第四单元

人与自然是辩证统一的关系，两者之间相互依存、彼此渗透。自然界中的节气物候、日月星辰、梅兰竹菊、名山大川、花鸟鱼虫、杨柳桃李等，与人类生活息息相关。借助古典诗词对自然的描写从而反观自然，通过发掘古典诗词中蕴含的相关文化元素，可以提升对自然万物的感悟能力，激发对自然和生活的无限热爱，增强对中国文化的自信力量。

本单元选择了不同时期、不同内容、不同体式、不同风格的诗词作品，表意丰富而深刻。白居易"野火烧不尽，春风吹又生"，是对自然规律的体悟；郑板桥"千磨万击还坚劲，任尔东西南北风"，是对孤高隐韧的坚守；李白"孤帆远影碧空尽，唯见长江天际流"，流露出对朋友的不舍与牵挂；刘禹锡"淮水东边旧时月，夜深还过女墙来"，寄寓着对历史的感慨与思考；曾巩"乱条犹未变初黄，倚得东风势便狂"，于写景中暗喻讽刺；黄巢"冲天香阵透长安，满城尽带黄金甲"，于状物中彰显豪情。

学习本单元，要自觉养成连类比读、提要钩玄、纵横掘进的深度阅读习惯。要在认识古典诗词文化价值和当代意义的基础上，不断积累和丰富天文、地理、生物等方面的学科知识，并在具体的学习实践中尝试运用科学探究的方法，优化理性思维和综合思维，逐步形成尊重自然、保护环境、关爱生命的意识。

竹外桃花三两枝，春江水暖鸭先知
——古典诗词中的节气物候

中国文化博大精深、源远流长。我国古代劳动人民很早就根据地球围绕太阳公转一周的天文气象变化规律，确定了二十四节气；后来又将每个节气划分为"三候"，并规定"五日为候，三候为气，六气为时，四时为岁"。这样，一年就被分为七十二候，每候都被赋予一个形象化的名字，用来表示当时的物候特点，例如立春三候："一候东风解冻，二候蛰虫始振，三候鱼陟负冰。"今天的"气候"一词，就是从"节气"和"物候"取并而来。

◎ │ 露从今夜白， 月是故乡明

"春雨惊春清谷天，夏满芒夏暑相连。秋处露秋寒霜降，冬雪雪冬小大寒。"二十四节气是我国古代劳动人民实践智慧的结晶，对农耕时代的生产生活起着非常重要的作用，也体现了古人对自然时序的敬畏之心。古典诗词中，有很多名篇涉及二十四节气。

春天是一个生机勃勃的季节，也是一个充满诗情画意的季节。人们总是对春天有着格外的期待。"阳春布德泽，万物生光辉"。美丽的早春景色，最能激发诗人酣畅、蓬勃的诗情。古往今来，无数诗人对早春情有独钟，留下了许多脍炙人口的篇章。例如唐代韩愈《早春呈水部张十八员外》：

天街小雨润如酥，草色遥看近却无。

最是一年春好处，绝胜烟柳满皇都。

本诗通过简朴的文字、浅近的构思，基于平日司空见惯的"小雨"和"草色"，细腻地描绘出了早春淡雅素洁、清新自然、若无似有的独特景致，造句精警，写意优美，把早春的明丽景色抽象、提炼为艺术美感，语浅情深，言简意赅地表达出诗人对春天的无比热爱和赞美之情。又如唐代杨巨源的《城东早春》：

诗家清景在新春，绿柳才黄半未匀。

若待上林花似锦，出门俱是看花人。

诗歌的前两句由诗家的普遍感受引出对早春景色的具体描绘，用语清浅，遣词雅脱，生动的笔触饱含着诗人对早春景色的喜悦和赞美。尤其是诗的后两句笔锋陡转，寓有理趣，旨在说明诗人必须感觉敏锐、思维绵密，才能发现新的东西、确定新的立意、写出新的境界。当然，诗歌也讽喻朝廷要善于及时从民间发现和重用贤才。

惊蛰，是二十四节气当中的第三个节气，意即春雷鸣响惊醒了冬眠中的动物，标志着自然万物开始复苏。我国古代劳动人民历来非常重视惊蛰，往往把它看作春耕开始的时间起点。例如唐代韦应物《观田家》：

微雨众卉新，一雷惊蛰始。田家几日闲，耕种从此起。

丁壮俱在野，场圃亦就理。归来景常晏，饮犊西涧水。

饥劬不自苦，膏泽且为喜。仓廪无宿储，徭役犹未已。

方惭不耕者，禄食出闾里。

诗人用通俗的语言、朴实的笔法，通过对劳动人民繁忙劳碌却得不到基本温饱的境况的描述，深刻揭露了封建时代赋税繁重的现实和不合理的社会制度，表达了对劳动人民的深切同情。特别是"方惭"两句，与其"身多疾病思田里，邑有流亡愧俸钱"两句异曲同工，都表现了诗人情系黎庶的思想情感。

清明既是一个节气，也是重要的传统节日。清明与端午、中秋和春节，并称为中国四大传统节日。2006 年 5 月，清明节经国务院批准，被列入第一批国家级非物质文化遗产名录。历代诗人吟诗作赋，将清明描写得具有独特的人文内涵和审美意蕴，其中最脍炙人口的当属唐代杜牧的七言绝句《清明》：

> 清明时节雨纷纷，路上行人欲断魂。
> 借问酒家何处有，牧童遥指杏花村。

春日最愁是清明。在本该礼敬先祖、慎终追远的清明，诗人却独自颠沛在漫长的旅途上，其生命不能承受之重可见一斑；又恰逢春雨连绵，更增添了诗人内心的焦虑和惆怅。全诗语言通俗，叙事婉曲，画面丰盈，耐人寻味。又如宋代黄庭坚的《清明》：

> 佳节清明桃李笑，野田荒冢只生愁。
> 雷惊天地龙蛇蛰，雨足郊原草木柔。
> 人乞祭余骄妾妇，士甘焚死不公侯。
> 贤愚千载知谁是，满眼蓬蒿共一丘。

诗歌首联以清明节的桃欢李笑与荒冢生愁对比，流露出诗人对世事无常的喟叹；颔联展现万物复苏之景，与后面两联的满眼蓬蒿荒丘也形成对比；颈联由清明扫墓想到齐人乞食，由寒食禁烟想到介子推之死，暗含诗人对介子推高洁人格的肯定与赞扬；尾联浸透着诗人因人生坎坷而生的满腔悲愤，以及看透生死后的佯装豁达。

夏天是一个炎热的季节，也是一个热闹的季节。然而，在这个季节里，古代诗人有的闲适、有的洒脱、有的惆怅、有的烦懑……但不管怎样，夏日都会如期而至，展现它的张扬个性、奔放热情。例如唐代李白的《夏日山中》写道：

> 懒摇白羽扇，裸袒青林中。
> 脱巾挂石壁，露顶洒松风。

本诗虽然只有短短的四句，描写的场景画面也不算很大，却能够真实而贴切地把夏日的山中情形和山中的夏日之景展现在读者面前。清风徐徐吹拂，山林中松叶"沙沙"作响，诗人不禁解下头巾挂在山中的悬崖峭壁之上，任凭凉爽的山风从头顶吹过。全诗写出了作者悠闲逍遥、旷达潇洒和豪放不羁的形象。又如南宋陆游的《幽居初夏》：

> 湖山胜处放翁家，槐柳阴中野径斜。
>
> 水满有时观下鹭，草深无处不鸣蛙。
>
> 箨龙已过头番笋，木笔犹开第一花。
>
> 叹息老来交旧尽，睡来谁共午瓯茶。

全诗章法严谨，特色显著，堪称上品。诗歌紧扣标题"幽居初夏"四字展开，前六句写景状物，尤其颔联中的"水满""下鹭""草深""鸣蛙"，动静结合，视听相间，描写的是典型的初夏景色；后两句感物抒情，抒发了诗人故旧凋零、志士空老的悲怆之情。

芒种是一个忙碌的节气，正是南方种稻与北方收麦之时，故亦称"忙种"。此时，气温升高，雨量充沛。芒种意味着盛夏之幕将启。唐代窦常的《北固晚眺》描绘的就是这个节气：

> 水国芒种后，梅天风雨凉。露蚕开晚簇，江燕绕危樯。
>
> 山趾北来固，潮头西去长。年年此登眺，人事几销亡。

这首诗朴素自然、简洁平淡，但意蕴深致，表现出诗人远离喧嚣的隐逸情怀。首联概述江南芒种时节的气候风物，中间两联具体描绘北固山一带的景物，尾联写出了诗人看淡人事得失的洒脱胸襟。又如唐代白居易《观刈麦》（节选）：

> 田家少闲月，五月人倍忙。
>
> …… ……
>
> 足蒸暑土气，背灼炎天光。
>
> 力尽不知热，但惜夏日长。
>
> 复有贫妇人，抱子在其旁，
>
> 右手秉遗穗，左臂悬敝筐。
>
> …… ……

家田输税尽，拾此充饥肠。

今我何功德，曾不事农桑。

吏禄三百石，岁晏有余粮。

念此私自愧，尽日不能忘。

本诗描写了夏日芒种季节里农民割麦的艰辛与贫妇拾麦穗的劳碌，表达了作者对劳动人民遭剥削、受压迫命运的深切同情，以及对封建官府繁重税赋的无情鞭挞和尖锐批评；同时又为自己不稼不穑却能丰衣足食而深感惭愧与内疚，彰显出一个善良正直的封建官吏的人文情怀，这在封建时代实属难能可贵。

"悲秋"是中国古典诗词的重要母题，诗人常借此抒发思乡之情、仕途之悲、生命之叹、家国之忧。屈原的"袅袅兮秋风，洞庭波兮木叶下"两句，巧妙地将惆怅心境同凄凉秋景有机融合，流露出因长遭放逐而产生的思乡之情和家国之忧；骆宾王的"露重飞难进，风多响易沉"两句，以秋蝉自况，暗喻自己蒙冤受屈的仕途之悲和生命之叹。

白露是秋天的第三个节气，此时北半球太阳直射点南移，日照时间变短，天气逐渐由暖转凉。鸟类对气候的变化最为敏感，古人因此常常把鸿雁、群鹊当作白露节气的"候应"。例如唐代杜甫在《月夜忆舍弟》中写道：

戍鼓断人行，边秋一雁声。露从今夜白，月是故乡明。

有弟皆分散，无家问死生。寄书长不达，况乃未休兵。

诗歌首联渲染了凝重凄凉的气氛：边秋萧瑟，路断行人，是写所见之景；戍鼓频点，雁声惊寒，是写所闻之声。颔联点题，抒发了诗人对故乡舍弟的思念之情：上句既是写景，也点明时令；下句看似写景，却融入了主观感情。诗歌的后两联进一步写诗人对家乡亲人的无限牵挂。又如北宋秦观的《鹊桥仙》：

纤云弄巧，飞星传恨，银汉迢迢暗度。金风玉露一相逢，便胜却人间无数。柔情似水，佳期如梦，忍顾鹊桥归路。两情若是久长时，又岂在朝朝暮暮。

这首词的上片写相会之盛况，下片写惜别之深情。全词融抒情、写景与议论为一体，含蓄蕴藉，余韵悠长。词中"金风"两句由叙述转为议论，表达了词人的爱情理想。"两情"两句更是惊世骇俗、振聋发聩之笔，升华了词的认识深度与思想境界。

秋分是秋季的第四个节气，既意味着当天昼夜平分，又表示这一天平分秋季。古代帝王有春分祭日、夏至祭地、秋分祭月、冬至祭天的习俗。现在的中秋节由传统的"祭月节"而来。古代诗人留下了很多关于秋分的诗词，例如北宋谢逸的《点绛唇》：

金气秋分，风清露冷秋期半。凉蟾光满，桂子飘香远。
素练宽衣，仙仗明飞观。霓裳乱，银桥人散，吹彻昭华管。

词中"金气"指金秋，"凉蟾"指秋月。全词写出了秋分意境：一点凉，一缕香，些许惆怅和忧伤。词的上阕中，词人从触觉和嗅觉两个角度写出了秋分时节特有的清冽凉爽。词人在下阕中飘飞思绪，驰骋想象，描绘出空灵澄澈的月宫之景，又暗含着一种秋夜的凄寒落寞之情。

冬至和清明一样，既是二十四节气之一，也是古代重要的传统节日。每逢佳节倍思亲，羁旅在外的游子尤其思念家乡亲人。例如唐代白居易在《邯郸冬至夜思家》中写道：

邯郸驿里逢冬至，抱膝灯前影伴身。
想得家中夜深坐，还应说着远行人。

诗歌描写了诗人冬至夜宿邯郸驿舍时的所思所感，字里行间流露出非常浓厚的乡愁。全诗运用了虚实结合的手法，前两句是实写"思家"，后两句是从对面落笔写（虚写）"思家"，加深了思乡念亲的浓度，也给读者留下了回味的空间。全诗语言朴实无华，构思精巧别致，感情真挚动人。

冬至时节，诗人最容易感时伤世，常借诗歌来抒发内心的苦闷与抑郁。例如唐代戎昱在《谪官辰州冬至日有怀》中写道：

> 去年长至在长安，策杖曾簪獬豸冠。
> 此岁长安逢至日，下阶遥想雪霜寒。
> 梦随行伍朝天去，身寄穷荒报国难。
> 北望南郊消息断，江头唯有泪阑干。

诗中"长至""至日"均指冬至。诗歌前两联感怀去年冬至身份还很显赫荣耀，如今却被贬至辰州，心中犹如霜雪般寒冷彻骨；后两联直接抒发诗人有志难酬、报国无门的苦闷与抑郁。全诗今昔对比，虚实结合，情感真挚。

大寒是二十四节气中的最后一个节气。这时我国大部分地区，尤其是北方，都会出现北风凛冽、天寒地冻的严冬景象。古代文人喜欢用诗句来描写大寒景物，用诗句来抒发自己在大寒时的别样感受。例如宋代文同在《和仲蒙夜坐》中写道：

> 宿鸟惊飞断雁号，独凭幽几静尘劳。
> 风鸣北户霜威重，云压南山雪意高。
> 少睡始知茶效力，大寒须遣酒争豪。
> 砚冰已合灯花老，犹对群书拥敝袍。

全诗前后勾连，脉络清晰。诗歌前两联侧重写景，诗人通过对大寒夜窗外寒风呼啸、孤雁号鸣、彤云密布、大雪将临景象的描写，渲染了气氛，奠定了情感基调；颈联写饮茶失眠、遣酒争豪，反衬出诗人淡泊的性格与超然的心态；尾联写"对群书""拥敝袍"，侧重抒发感情，表达了诗人安享宁静、珍视友谊的性格。

◎ | **绿野徘徊月， 晴天断续云**

物候是自然界中的生物因为受到气候因素的影响，而出现的一种季节性变化的现象。中国是世界上最早有物候观察和物候记载的国家。我国第一部诗歌总集《诗经》里面，就有"四月秀葽，五月鸣蜩……八月剥枣，十月获稻"的记录。《夏小正》里有每月物候的记载，是先秦时期较早的物候专篇。贾思勰的《齐民要术》是我国保存完整的最早的农书，它系统总结了物候知识。时至今日，物候学已逐渐发展成为一门介于生物学和气象学之间的边缘学科。

在中国古代，农民经常根据物候变化来安排农事，文人墨客也于游山玩水中留下了许多反映物候现象的名篇。他们借景抒情、寓理明志的同时吟咏节气，客观上起到了观察和记载物候的作用。例如《诗经》中的"蒹葭苍苍，白露为霜"两句，既是写景，又表明秋天的气温明显下降。

唐诗是中国古代文学的巅峰，名家辈出，佳篇如云，其中有很多诗歌明确提及物候（气象）知识，例如来鹄的《云》：

> 千形万象竟还空，映水藏山片复重。
> 无限旱苗枯欲尽，悠悠闲处作奇峰。

诗歌前两句是典型物候知识的反映。诗人先写云的千姿百态、变幻无穷（千形万象），忽又随风倏散、降雨成空（竟还空），后写云时而倒映水中时而藏于山峰（映水藏山），时而轻云缭绕时而浓云密布（片复重），细腻地描绘出夏天云朵的形状和特征。这与气象学上所定义的淡积云、浓积云、积雨云的概念非常类似。又如白居易的《赋得古原草送别》：

> 离离原上草，一岁一枯荣。野火烧不尽，春风吹又生。
> 远芳侵古道，晴翠接荒城。又送王孙去，萋萋满别情。

本诗前半部分写物候：首句紧承诗题中的"古原草"三字，通过"离离"这一叠词描写春草葳蕤；次句进一步描写古原野草春生秋萎、年年循环、岁岁不已的自然规律；最后两句一"枯"一"荣"，形象地表现出古原野草顽强的生命力。再如杜审言的《和晋陵陆丞早春游望》：

> 独有宦游人，偏惊物候新。云霞出海曙，梅柳渡江春。
> 淑气催黄鸟，晴光转绿蘋。忽闻歌古调，归思欲沾巾。

诗歌在开篇就提到了"物候"的概念。首联中"独有""偏惊"两个词语，表现出诗人游宦江南时的矛盾心理，也为下文粗笔勾勒了总体画面轮廓。诗歌颔、颈两联更是具体描绘了江南早春伊始物候更变的特点，表现了江南风和煦暖、花香鸟语、春意盎然的景色。尾联点明诗人伤春的本意，增强了诗歌的容量和密度。

宋代诗歌是继唐诗巅峰之后中国古典诗歌发展的又一个非常重要的时期，产生了诸如苏轼、黄庭坚、陆游、王安石、杨万里等著名诗人。宋诗整体成就虽不及唐诗，但在唐诗已经高度繁荣的情况下，宋诗却能另辟蹊径形成自己的特性，亦是难能可贵。其中，很多篇章也涉及物候，例如苏轼的《惠崇春江晚景》：

> 竹外桃花三两枝，春江水暖鸭先知。
> 蒌蒿满地芦芽短，正是河豚欲上时。

本诗是诗人题写在惠崇《春江晚景》上的一首题画诗。诗歌既保留了原画的形象之美，也体现了诗歌在表现景物方面的独特优势——填充或弥补画面不能表现的内容和意境。诗人运用虚实结合的表现手法，将原画所描绘的春色表现得淋漓尽致，令人心驰神往。尤其值得一提的是，诗人从植物冬芽萌动、桃花枝头初绽到动物习性随季节变化，生动细腻地记录了早春时节特有的物候信息。又如王安石的《泊船瓜洲》：

> 京口瓜洲一水间，钟山只隔数重山。
> 春风又绿江南岸，明月何时照我还？

诗中，王安石竭力描绘春回江南、满目葱郁的自然景色，表现出诗人这次为官的无奈和急欲回归的愿望。尤其是诗中的"又"字，反映了四时更替、循环往复的物候规律。诗中"绿"字形容词动用，有色彩感和动态感，同时也增强了诗歌的画面感和意境美。当然，诗歌的字里行间也寄寓着作者想要重返政治舞台、推行新政理想的渴盼。再如杨万里的《晓出净慈寺送林子方》：

毕竟西湖六月中，风光不与四时同。

接天莲叶无穷碧，映日荷花别样红。

本诗是"诗中有画，画中有诗"的典范作品。诗歌开篇"毕竟"二字，突出了西湖六月物候的迥异独特、非同寻常。然后，诗人用充满强烈色彩对比的句子，给读者描绘出一幅美妙绝伦的画面：碧绿的视野里，阳光映照下的荷花分外鲜艳娇红。诗歌表面上写对西湖美景的赞美，同时也曲折表现出对友人的眷恋之情。

古典诗词中，许多篇章通过具体的诗句，或给读者以揣测具体节令方面的提示，或反映不同地域之间气候的差异。例如南宋朱淑真的《即景》：

竹摇清影罩幽窗，两两时禽噪夕阳。

谢却海棠飞尽絮，困人天气日初长。

诗歌的前两句动静结合，写诗人的幽居环境和烦闷心绪；后两句从物候学的角度来看，描述的时节正当海棠凋残、柳絮纷飞，应是春末夏初。又如唐代白居易的《大林寺桃花》：

人间四月芳菲尽，山寺桃花始盛开。

长恨春归无觅处，不知转入此中来。

诗歌的前两句概括说明了山地气候与平原气候之间的巨大差异，形象反映出气温随海拔增加而递减。从地理学角度而言，海拔每升高 100 米，气温就下降约 0.6 摄氏度。大林寺（位于庐山上）的海拔大约在 1000 米以上，它比"人间"（九江市）的气温要低 6℃左右，因此，山上的物候比山下的物候要推迟一个月左右。再如唐代李白的《塞下曲六首·其一》：

五月天山雪，无花只有寒。笛中闻折柳，春色未曾看。

晓战随金鼓，宵眠抱玉鞍。愿将腰下剑，直为斩楼兰。

诗中提及的五月，南方正值盛夏，鸟语花香，万木争荣，生机盎然。而地处西北边塞的天山（祁连山），有的只是凛冽寒风、皑皑白雪、萧瑟荒寂、极度苦寒，由此不难看出内地与塞外巨大的气候差异。诗歌后四句概括了戍边将士奋发向上、时刻待命的精神风貌，以及其中洋溢着的为国牺牲的爱国情感。

在中国古典诗词中，还有一些篇章，既记载了物候现象，又描绘了相关天象；还有一些篇章，既关涉了天象，又勾连了人事。唐代杜牧的《秋夕》属于前者：

> 银烛秋光冷画屏，轻罗小扇扑流萤。
> 天阶夜色凉如水，卧看牵牛织女星。

整首诗歌描写了失意宫女的寂寞生活和无聊心境。第一、三句写秋景，第二、四句写宫女，既描绘了物候"流萤"，又描绘了星象"牵牛织女星"。质朴晓畅，含蓄蕴藉，虽然没有直接抒情，但宫女那种哀怨凄婉与希冀渴盼交织的复杂感情溢于言表，令人感慨唏嘘。唐代杜甫的《赠卫八处士》（节选）属于后者：

> 人生不相见，动如参与商。今夕复何夕，共此灯烛光。
> 少壮能几时，鬓发各已苍。访旧半为鬼，惊呼热中肠。

诗歌前四句借参商此出彼没、不能同现的事实，概述了安史之乱中人生离别的痛楚和难以相见的哀愁，从离别说到聚首，表达了强烈的人生感慨。后四句写久别重逢的感慨：离别时彼此都还年轻，相聚时俱已两鬓霜白；互相询问才知亲朋故旧竟有过半离世，难免大声呼号，内心惊悸。

甚至，有些古代诗歌所描述的物候现象，还从侧面反映了当时的地域气候特征。众所周知，竹子大都生长在温暖湿润、土深肥沃的地方，即现在的江淮以南地区。唐诗中很多篇章都提及长安附近的竹子，这说明那时长安的气候比现在的西安暖和许多。例如唐代李颀的《望秦川》写道：

> 秦川朝望迥，日出正东峰。远近山河净，逶迤城阙重。
> 秋声万户竹，寒色五陵松。有客归欤叹，凄其霜露浓。

诗歌前六句描写的是李颀告别长安时的频频回望之景：远山巍峨，江河明净，城阙逶迤，秋竹迎风，五陵蔓松。结尾两句是全诗的主旨，表明了作者辞官归隐的坚定决心。又如唐代杜甫的《陪诸贵公子丈八沟携妓纳凉晚际遇雨》写道：

> 落日放船好，轻风生浪迟。竹深留客处，荷净纳凉时。
> 公子调冰水，佳人雪藕丝。片云头上黑，应是雨催诗。

丈八沟指长安城郊的水渠，很多老百姓沿渠而居。诗中"竹深""荷净""纳凉"等词语，既写出了长安城郊修竹翠茂、藕荷飘香的优美景象，同样也说明当时长安城的气候温暖。

当然，诗词毕竟属于文学作品，不同于通常的科学记录。我们在鉴读这些诗歌时，有必要了解其写作背景、歌吟对象和作者情感。如果仅仅从字面上进行解读，就难免会被表象蒙蔽。下面两首诗都描写了江南黄梅时节的天气，但呈现出两种完全不同的情感基调。先看南宋赵师秀的《约客》：

> 黄梅时节家家雨，青草池塘处处蛙。
> 有约不来过夜半，闲敲棋子落灯花。

诗人因约好的朋友受雨阻隔未能践行，深感失落惆怅，故而借诗抒怀。诗中"家家雨"极言梅雨的绵延与广阔，"闲敲棋子"犹说诗人候客的百无聊赖。整首诗弥散的是一种淡淡的愁绪。然而，同为南宋诗人的曾几在《三衢道中》却写道：

> 梅子黄时日日晴，小溪泛尽却山行。
> 绿阴不减来时路，添得黄鹂四五声。

诗歌依次写到了出行的时间、路线以及沿途的景物，表现出诗人的轻松愉悦。也许去年的黄梅时节阴雨连绵，而今年却适逢几日晴朗，诗人小溪泛舟、山路步行，领略绿树成荫、黄鹂清啼，赋诗以抒发他的闲适之情。

最后，需要特别指出的是，古典诗词中有些诗歌所描述的物候

237

现象有时也与时令节气相悖。例如唐代李白的《与史郎中钦听黄鹤楼上吹笛》：

> 一为迁客去长沙，西望长安不见家。
>
> 黄鹤楼上吹玉笛，江城五月落梅花。

众所周知，梅花通常在冬季的寒风中凋落，五月又怎么会落梅花呢？联想到本诗写作背景便不难理解。诗人因被贬流放夜郎，途中难免"西望长安"。诗歌的前两句，既有对长安往事的回忆，也有对国运的关切和对朝廷的眷恋。当诗人听到黄鹤楼上《梅花落》的笛声，便感到分外凄凉，不禁以寒冬梅落之状来宣泄自己的悲愤之情。

中国古典诗词关于节气与物候丰富、细腻的描写，对读者来说不仅具有文学方面的艺术价值，也是我们研究中国文化、增强文化自信的宝贵资料和重要载体，还是中国贡献给世界的文化瑰宝，是世界文化的中国表达。

此夜星繁河正白，落月摇情满江树

——古典诗词中的日月星辰

古典诗词中有一组非常独特的意象——日月星辰，在科技发达的今天，这些天体身上依然有很多未解之谜，更何况在遥远的古代，在芸芸众生眼中，它们高高在上而又神秘莫测。日挂中天，光辉灿烂；皓月当空，清幽朦胧；群星璀璨，震撼人心。在凡人眼中这都是可望而不可即的仙家气象。智慧的古人把自己对现实和人生的感悟、思考经由日月星辰化成隽永的诗行，这些诗歌徜徉在文化的长河，润物无声，以启来者。

◎ | 日暮长亭正愁绝， 紫阙落日浮云生

自古以来，太阳对万物似乎都是绝对的主宰，所以古人习惯把高高在上的君王比作光辉灿烂的太阳，这种现象主要出现在为君王歌功颂德的应制诗中，如李白在《驾去温泉后赠杨山人》诗中写道："忽蒙白日回景光，直上青云生羽翼。"此处"白日"就比喻君王，君王的垂青就像白日之光照耀，让诗人如同生出羽翼，直飞于青天之上。这类诗歌往往与时政密切相关，部分反映了个人或者当时的历史事件，只是诗歌的政治意义大于艺术价值，所以流传不广。

以"白日"喻君王成为共识，就使得"浮云蔽日"和"白虹贯日"这样的天象富有政治隐喻。孔融《临终诗》中"谗邪害公正，

浮云翳白日"之诗句中浮云蔽日即揭发奸臣当道的现实，这样的隐喻在魏晋南北朝及以后的乱世都比较常见。

"浮云蔽日"有政治隐喻，"白虹贯日"呢？它是一种罕见的大气光学现象，词典的释义是白色的长虹穿日而过。这种天象在现实生活中非常少见，古人以为有此天象必有不凡之事，故有"虹贯日，天子命绝，大臣为祸"之说，如曹操的《薤露行》（节选）写道：

> 白虹为贯日，己亦先受殃。
>
> 贼臣持国柄，杀主灭宇京。

节选的前两句写的是汉末大将军何进密谋诛杀宦官之事，但是他寡谋少断，以致误己误国，君王蒙难。节选的后两句写董卓之乱，少帝被挟持，古都洛阳焚毁殆尽。仅四句诗就涵盖汉末那么多政治大事，除却曹操创作之高妙，也可见"白虹贯日"之政治意蕴普及。此诗也为曹操赢得了"史诗"之誉。

日之意象多见于诗歌中，还有一个更为深入人心的原因，即日暮、黄昏、落日、夕阳等意象广受青睐。日处中天之时，也是由盛转衰的分界，接着慢慢西沉，而后日薄西山。这个过程就是生命轮回的过程，在多愁善感的诗人笔下，黄昏日暮具有非常多的意蕴，其中悲愁苦恨的情绪最为多见。

寄托思乡之情，如唐代王湾的《次北固山下》：

> 客路青山外，行舟绿水前。潮平两岸阔，风正一帆悬。
>
> 海日生残夜，江春入旧年。乡书何处达，归雁洛阳边。

行路之中，停泊在三面临水的北固山，其时青山绿水，诗人巧妙地把时空之纵横嵌入颈联，夜色（时间）即将过去，海上（空间）旭日升起；新的一年（时间）未到，江上（空间）春色已现。时空交错推进对照，使得诗人的思乡之情浓烈而又深沉蕴藉。

表达迟暮之意，如唐代马戴的《落日怅望》：

> 孤云与归鸟，千里片时间。念我何留滞，辞家久未还。
>
> 微阳下乔木，远烧入秋山。临水不敢照，恐惊平昔颜！

诗中的微阳即夕阳。日落时分，夕阳从树梢慢慢下沉；落日余晖，呈现火烧云的灿烂。然而夕阳即便无限好，终究下落之势不可挽回。诗人触景生情，羁旅漂泊已久，思乡之情更甚。在水边亦不敢揽镜自照，其实是不愿面对迟暮衰老。正所谓"落日思归常作客，百年迟暮惊昔颜"。

寄托个人身世之悲和家国离乱之愁，这样的诗词不胜枚举，摘选如下几组：

北宋柳永《八声甘州》（节选）：渐霜风凄紧，关河冷落，残照当楼。

宋代赵令畤评价此三句"不减唐人高处"，连用"渐""紧""冷"三字，画出秋霜渐至、万物凄凄冷落的景象，加之夕阳残照，至此当落日楼头，那份凄怆幽邃真是写到极致，个人的困顿不遇浓缩了那个时代没落文人的悲苦。

南宋辛弃疾《水龙吟·登建康赏心亭》（节选）：

> 落日楼头，断鸿声里，江南游子。
> 把吴钩看了，栏杆拍遍，无人会，登临意。

这首词扑面而来的依然是辛词的热血衷肠，落日隐喻南宋衰朽之势，断鸿是失去伙伴的孤雁，游子实则是远离故国的词人。日薄西山，哀鸿声声，纵把栏杆拍碎，也难消词人的抑郁愤懑。

唐代李白《灞陵行送别》（节选）：

> 古道连绵走西京，紫阙落日浮云生。

本诗与一般的送别诗不同，别情之中蕴含着对朝局的担忧。这样的政治预见性在李白的《蜀道难》中也有体现，漫长的古道绵延曲折通向西京，然而浮云升起遮挡了即将落下的太阳，紫色的宫阙黯淡无光。落日浮云暗示朝廷中君王被蒙蔽，邪佞当道。

在描写黄昏的诗句中，如唐代诗人王之涣的"白日依山尽，黄河入海流"和王维的"大漠孤烟直，长河落日圆"这样的壮阔之境是比较少见的，唯其稀有，更显不凡。这些诗句都是盛唐气象的重要组成部分。因为处于封建社会的顶峰，唐代诗人的眼界和气度以及对生命自然的描摹和感悟也比其他时代更有深度和广度。从某种角度来说，盛唐气象的内核就是蓬勃向上的生命力和雄浑壮阔的生命观。如唐代诗人刘禹锡所说的"莫道桑榆晚，余霞尚满天"，就是这样的生命韧性和风骨。

从以上的诗词中，我们能够感受到"日"的文化内涵往往是互相碰撞交融的，这与时代背景和它自身的沿革有很大关系。它的自身就有多重矛盾性：既象征着至高无上的帝王和皇权，又有后羿射日、夸父逐日这样富有叛逆精神的传说；既有白日之皎皎灿烂，也有"日暮浮云滋"的晦暗；既有固定的政治隐喻，也有丰富的文化内涵。总的来说，在中国的文化里有轻日重月的审美倾向。这又是为什么呢？"月"因何备受钟爱呢？让我们继续探索。

◎ 青山一道同云雨，明月何曾是两乡

诗月相生应该算是中国古典诗词最独特的现象之一，"月"历来是文人们特别钟情的歌咏对象。唐代大诗人李白被称誉"绣口一吐，就是半个盛唐"，仅以他为例，这位谪仙写月的诗歌约占其作品总量的40%，这其中有很多都是传世佳作。诗歌中有了月就像是有了不一样的灵魂，不同的月有不同的意蕴，同一个月也经常承载丰富的内涵。我们不妨随着古人的诗词去探寻一下其中之妙。

无论是明月、皓月、残月、孤月，还是"淮水东边旧时月"，月首先是人们最熟悉的物象。在传统的农业社会，很多时候人们要"带月荷锄归"。到了夜晚，月是黑夜中造物主赐予天地的唯一光源。在人们的眼中，在诗人的笔下，月是富有灵性的神祇。从自然地理学的角度来看，这份灵性中有比现代社会更多的自然纯净和生态和谐。它总是动静相宜、虚实相生，天然去雕饰。如南宋辛弃疾的《西江月·夜行黄沙道中》（节选）：

明月别枝惊鹊，清风半夜鸣蝉。

稻花香里说丰年，听取蛙声一片。

这首小词浅近易懂，词中描绘的美好画面是农耕文明最好的写照。

月是美景的代名词，这份美自身就带有朦胧和娴静。类似的作品还有很多：西晋诗人陆机在《赴洛道中作》中写有"清露坠素辉，明月一何朗"之句，此时明月是发出清朗之光辉的清露；以梅为妻以鹤为子的北宋诗人林和靖，在《山园小梅》中"疏影横斜水清浅，暗香浮动月黄昏"的诗句流传至今，依然被人称道。朦胧的月色、清浅的水边，树影疏淡、暗香缕缕，这些景致堪称绝配！若无明月，梅之高洁似蒙尘；若无暗香浮动，月之清辉亦失色。月是美景，也经常与其他风物相伴相生、美美与共。如唐代李白的《峨眉山月歌》写道：

峨眉山月半轮秋，影入平羌江水流。
夜发清溪向三峡，思君不见下渝州。

因为对朋友的思念，诗人不远千里，先后经过峨眉山、平羌江，而后同样在夜晚从清溪出发，经渝州，向三峡。这一路上似乎始终有峨眉山上的半轮秋月相伴，而山月之影又倒映在江水之中，山月和江水辉映一直与诗人相随，夜夜可见，使思念朋友却无法相见的情感更为深沉蕴藉。这首诗也引发了很多地理爱好者的兴趣，探究诗人之行踪和所历景致。至于当时的诗人是否有心赏景，那就不得而知了。

月渐渐被赋予更多的情感和意蕴其实是顺理成章的。月虽有盈虚之变，但不变的是脉脉清辉一直洒向人间。这类似一种无声的给予和见证，人们自然不吝于对月表达自己的感恩和青睐。

月寄托着人们的美好愿望，《东京梦华录》中曾记载："中秋夜，贵家结饰台榭，民间争占酒楼玩月。丝簧鼎沸……"中秋团圆赏月，这是民众共同的文化习俗。这一轮月或圆或缺，成了羁旅漂泊、离别盼归、戍边思乡之人的精神寄托。如唐代杜甫的《月夜》：

今夜鄜州月，闺中只独看。遥怜小儿女，未解忆长安。

香雾云鬟湿，清辉玉臂寒。何时倚虚幌，双照泪痕干。

这首诗题为"月夜"，整篇除却首句点出月，而后不直接写月，而又处处有月的影子。看似对面落笔，写鄜州之妻子于闺中独自望月怀远，甚至想象到雾气浸湿发鬓、月辉侵寒玉臂的细节。妙在尾句以"双照泪痕干"作结，既呼应前面之"独看"的想象，使得诗人描绘的妻子月夜相思的情状更可感，又借此生发出自己对家人深深的思念和祈盼：相信将来明月同样会照着终于相聚的两人。此诗与一般的借月抒怀诗不同，思亲之情写得格外真挚动人，个人的身世际遇之背后折射着时代的乱离动荡。

当然在月这一意象具有越来越丰富和相对固定的文化意蕴的过程中，它始终既超然有别于其他的物象又时时与其他物象有机融合；它是最独特的月神，也是最普世的文学意象。能体现这一特质的诗句比比皆是，下面节选比较典型的诗句来体会一下。

宋代柳永《雨霖铃》：今宵酒醒何处？杨柳岸，晓风残月。

宋代姜夔《扬州慢》：二十四桥仍在，波心荡，冷月无声。

宋代苏轼《卜算子》：缺月挂疏桐，漏断人初静。

宋代李清照《一剪梅》：云中谁寄锦书来，雁字回时，月满西楼。

唐代李白《关山月》：明月出天山，苍茫云海间。

仅仅从上面的诗句，我们也不难发现与月相和的意象也各有美学意蕴，销离别愁之酒、寓离别意之柳、经战火之二十四桥、疏朗栖凤之梧桐、传递相思之鸿雁、不息之水流、苍茫之山海……此时的月变成了残月、冷月、缺月、斜月、明月……月随情境和情思而多变，所以古典诗词中的每一轮明月都不同；月又是恒久不变的，所以明月清辉之下有重叠的清影。它的身影跨越深宫闺阁和大漠边疆，徜徉在岁月的长河，辉映古今。如果按照题材给古诗词分类，如闺怨、思乡、送别、怀古、边塞等，每一类诗词中都有大量的诗篇与月有关，探究其原因一定是非常有趣又有溯源意义的课题。

月的意象既然能融汇于古典诗词的海洋，自然就与人类有了灵犀和默契，也就有了生命和哲学的内涵。其实人生而孤独，从某种意义上说，古代的文人士子们更孤独，因"人生亦有命"，也少有言论和人身自由，生活和事业常常无法把控在自己手中，很多时候只能是"吞声踯躅不敢言"。所以"月"常常被文人士子们引为知己，以倾吐心中郁积之情，最典型的如唐代李白的《月下独酌》（节选）：

> 花间一壶酒，独酌无相亲。举杯邀明月，对影成三人。
>
> 月既不解饮，影徒随我身。暂伴月将影，行乐须及春。
>
> 我歌月徘徊，我舞影零乱。醒时同交欢，醉后各分散。

一个人在花间独酌，景虽美，奈何无人相伴，诗人竟举杯邀约明月，加上自己的影子遂成三人共饮。这组诗作于诗人失意苦闷之时，字里行间孤独寂寞的意绪是很明显的，整个天地间与诗人共徘徊、齐歌舞的只有这一轮明月。但是反复诵读诗句，却会有一种飘逸洒脱之美感。人是酒中之谪仙，月是谪仙的知音，这就是李白诗歌中常有的豪放气度：我确实孤独寂寞，但是并非没有知己，俗世之庸碌者哪里能了解我呢？我的知音是那天上的明月。这首诗给人以强烈的审美对冲感，一方面是失意的苦闷，一方面是自我排遣的旷达不羁。越是孤寂落寞，越显得知己之可贵；可贵的月被赋予了灵性和思想，使得诗人摆脱了精神桎梏，超越了自我和同时代的众人。

苏轼在《赤壁赋》中采用主客问答的方式，来呈现自己身处困境时内心的挣扎矛盾和释怀；而本诗中的月和诗人在精神上是极致的同一，月是诗人最完美的知己，给予诗人最长情的陪伴。

有了人情人性的月，自然就会触及生命哲学。所谓天涯共此月，古代文人士子中不乏时代的先锋者，他们通过对月的关照，思考生命、自然、宇宙，探究生与死、变与常。其中典范首推唐代张若虚的《春江花月夜》，这首诗被闻一多先生誉为"诗中的诗，顶峰上的顶峰"，几乎完美地把月身上的文化元素都展示了出来。我们只节选其中的两组诗句进行分析，下面的四句是全诗的开篇：

> 春江潮水连海平，海上明月共潮生。
> 滟滟随波千万里，何处春江无月明！

诗人起笔就雄浑壮阔，这首诗涉及的五种景致，除却"花"，其余悉数登场：江潮连海，月共潮生。若非胸中有大丘壑之人，哪能有如此笔力？其中"生"字最为精练传神：春江潮水绵延不绝，明月当空生生不息。天上之月与地上之江水的共生，是多么大气磅礴！

> 江畔何人初见月？江月何年初照人？
> 人生代代无穷已，江月年年只相似。

如果说开篇的描写让人惊艳，那上面节选的诗句则称精绝！生命的起点与终点，生命的变与不变，个体和宇宙的哲思，从任何一个角度看，似乎那一轮明月才是永恒的，又似乎月与我皆无尽也。

如今中秋赏月、中秋团圆的习俗在华夏大地依然盛行，华夏大地依然在明月的清辉中繁衍生息，"但愿人长久，千里共婵娟"是盛世中华永远不变的心愿。

◎ 闲云潭影日悠悠， 物换星移几度秋

古时，社会生产力低下，人们生活的自然条件由土地、气候和天象等人力不可改变的因素构成，因此，人们常通过祭祀、祈年等活动表达美好的愿景，其根本是人类依赖于大自然这一异己力量甚至处于完全屈服的状态。如《史记》中记载，雍州的百座庙宇中，大多都通过供奉食物、焚烟烧烛等祭祀北斗、太白等星辰，表达对星辰的崇拜、渴求星辰的庇佑。但与此同时，我们也可以看出，智慧的人们总想通过自身甚至是超乎自然的力量去获得自然的支配权。

灿烂的星空能够深深震撼人的心灵，自古以来闪耀的星空给了诗人们以无穷的想象空间，同时，诗人们也赋予了星辰一定的文学性。《诗经》中，有古代劳动人民欢歌劳动、简单纯朴的生活写照，

当然也不乏生活中的琐碎零落，如《国风·召南·小星》：

> 嘒彼小星，三五在东。肃肃宵征，夙夜在公。寔命不同。
> 嘒彼小星，维参与昴。肃肃宵征，抱衾与裯。寔命不犹。

这首诗写的是一位小吏头顶星辰，星光熹微，天还未亮就出门当差，不由感叹劳苦命薄，乃是上天注定。疲乏劳累，看着天上的星星，思考为什么有的星星只发出微弱的光，而有的却光芒闪耀。借星辰之景抒发内心慨叹，这天地人间的秩序都是一样的。再如《国风·郑风·女曰鸡鸣》（节选）：

> 女曰鸡鸣，士曰昧旦。子兴视夜，明星有烂。
> 将翱将翔，弋凫与雁。弋言加之，与子宜之。
> 宜言饮酒，与子偕老。琴瑟在御，莫不静好。

这首诗，犹如一幕生活情景剧，通过丈夫和妻子的对话，呈现了三对夫妇情谊融融的生活画面。其一为公鸡打鸣，勤劳的妻子早已起床准备劳作，用委婉的言辞催促丈夫起床；其二为女子祈愿丈夫能打猎丰收、与丈夫的生活和美、携手共白头；其三为男子赠送杂佩，将自己对妻子热烈的爱表现得淋漓尽致。

"明星"指启明星，即金星。女子起床，对丈夫说道"子兴视夜，明星有烂"，让人仿佛看到了启明星闪耀着，晨光熹微中一对相亲相爱的夫妻和谐生活的场景，星辰也成了两人和睦生活的见证。

星辰宇宙的浩瀚，总能激励人们憧憬未来的美好，因此，诗人们常借星辰银河的闪耀和博大来抒发渴望建功立业的远大志向，如东汉曹操在《观沧海》中写道：

> 东临碣石，以观沧海。水何澹澹，山岛竦峙。
> 树木丛生，百草丰茂。秋风萧瑟，洪波涌起。
> 日月之行，若出其中。星汉灿烂，若出其里。
> 幸甚至哉，歌以咏志。

本诗为曹操战争取胜，班师回朝，中途登上碣石山时所作。大

247

海苍茫浩荡，气势雄浑，山岛耸立，虽秋风瑟瑟，但岛上树木依旧繁茂。站在疾劲的秋风中，诗人借助想象，写出自己如大海般开阔的胸襟、如星汉般耀眼灿烂的未来，将自己胸怀天下的奋进昂扬的精神面貌展现在世人面前。而唐代李白则借星辰将世人的视线引向了灿烂的夜空，如《夜宿山寺》：

> 危楼高百尺，手可摘星辰。
> 不敢高声语，恐惊天上人。

作者夜游寺庙，运用夸张和想象的技法极言山上寺庙之高，一个"危"字确切、形象地描摹了寺楼的高耸挺拔，一改世人"高处不胜寒"的看法，反而通过"摘星辰"勾起人们对这"危楼"的向往。"摘星辰"、惊"天人"形象贴切地为我们展现了一位豪放、率真、可爱的诗人。

星象入诗，以牵牛和织女两颗星较为常见，如唐代李商隐的《银河吹笙》：

> 怅望银河吹玉笙，楼寒院冷接平明。
> 重衾幽梦他年断，别树羁雌昨夜惊。
> 月榭故香因雨发，风帘残烛隔霜清。
> 不须浪作缑山意，湘瑟秦箫自有情。

作者久久凝望着银河，独自吹着笙，院里楼内阵阵西风吹过，一片清寒冷落，天刚刚放亮。"怅"则奠定了全诗的感伤基调。银河星光闪烁，一片浩渺，这里曾有过一个美丽的爱情神话，牛郎织女至今仍隔河相望。此时诗人想到，往日的欢情美好像一场幽梦一样破灭了。昨晚窗外栖息的雌鸟啼鸣不已，它们是否也像我一样失去了伴侣，昔日与爱人聚首的台榭时时在脑海中闪现。诗人通过"银河"联想到牛郎织女美好的爱情，奈何爱妻早亡，借此表达出了一份哀婉深挚的感情。又如唐代杜牧的《秋夕》：

> 银烛秋光冷画屏，轻罗小扇扑流萤。
> 天阶夜色凉如水，卧看牵牛织女星。

秋日月夜，清冷的烛光映照着画屏，主人公手执画扇拍打着飞舞的流萤，以此打发时光、排遣愁绪；看着如井水般清凉的月色，深夜难眠，仰望牛郎织女星，心中一阵悲苦。这位失意的女子幽居深宫，手中拿着的小扇则别有深意。秋天天气转凉，用来挥风取凉的扇子显然用处不大。诗人借秋扇表明女子失宠，这就不难理解为什么女子要坐在石阶上仰望牛郎织女星了。再如宋代秦观的《鹊桥仙》：

> 纤云弄巧，飞星传恨，银汉迢迢暗度。金风玉露一相逢，便胜却人间无数。
>
> 柔情似水，佳期如梦，忍顾鹊桥归路。两情若是久长时，又岂在朝朝暮暮。

这首词吟咏七夕，借牛郎织女一年一度鹊桥相会的爱情故事来歌咏坚贞诚挚的爱情。词人明确了自己的爱情观——"两情若是久长时，又岂在朝朝暮暮"：变幻多端的云彩，闪耀的明星，遥远无垠的银河，美好却不能时时相伴，但终究是胜过尘世间无数朝夕相处却貌合神离的夫妻，借此一诉衷肠，表达了对思慕之人的诚挚和忠贞。

我国古典诗词中，除了以上这些借星辰表达对思慕之人的情义的，还有不少借星辰灿烂、星空浩渺反衬自身孤苦伶仃、仕途失意的。如唐代杜甫的《旅夜书怀》：

> 细草微风岸，危樯独夜舟。星垂平野阔，月涌大江流。
> 名岂文章著，官应老病休。飘飘何所似，天地一沙鸥。

这首诗写于诗人遭到排挤被迫离开成都之际。诗人辞去节度使之职，加之好友去世，正处于孤苦无依的境地，于是决意离开。正如这孤零零停泊在江面的小舟，微风拂岸，星星低垂，平野开阔，月光随着波涛涌动，加之灿烂的星月，更加反衬出了诗人此时颠沛流离的凄怆心境。这就是古典诗歌景中含情、情景交融的范例。再如唐代寒山的《众星罗列夜明深》：

众星罗列夜明深，岩点孤灯月未沉。

圆满光华不磨莹，挂在青天是我心。

　　寒山本为皇室后裔，出身显赫，但因深受佛教思想影响，加之遭到皇室排挤而遁入空门。其诗歌直白如话，多为佛门说教和幽居深山的情趣之作。这首诗描写了寺中月夜星空的美景，星星像棋子一样排列着，月亮像一盏灯悬挂在山崖上，诗人不由得感慨，这挂在青天山上的是我的心啊！又如元代唐温如的《题龙阳县青草湖》：

西风吹老洞庭波，一夜湘君白发多。

醉后不知天在水，满船清梦压星河。

　　这首记游诗将景物描写与神话传说相结合，洞庭湖在秋风的吹拂下似乎衰老了，美丽的湘君也在一夜之间生出了白发，这犹如诗人的自画像。客观景物已是如此，而诗人自己自然不言而喻。如童话般美好的梦境中，周围都是一片星光闪耀的世界，而梦醒之后，这梦中的甜甜已经不复存在，足可看出诗人在现实生活中的衰颓与失意。再如唐代韩愈的《三星行》（节选）：

我生之辰，月宿南斗。牛奋其角，箕张其口。

牛不见服箱，斗不挹酒浆。箕独有神灵，无时停簸扬。

……　……

三星各在天，什伍东西陈。嗟汝牛与斗，汝独不能神。

　　此诗写于韩愈被贬后再度被召回朝廷，但不久又因小人谗言被贬之时，此时，韩愈十分苦恼。

　　"三星"指的是斗宿、牛宿和箕宿。诗中韩愈感慨，牛宿像牛却并没有拉车驮物，斗宿像酒杯但却并没有被用来斟酒，唯独箕宿名副其实却始终没有停止地簸扬。韩愈在此借斗宿、牛宿暗喻自己不能尽其才，而箕宿虽然名副其实但却"簸扬"不断，暗喻自己仕途不畅，不断受到诋毁和排挤，坎坷颠簸，内心郁结。

　　在古典诗词中，诗人描绘的一景一物总是关乎情感的，除了借星辰反衬表明心迹的，也有直接吟咏自然风光抒发内心畅意的。如唐代杜甫的咏物诗《天河》：

> 常时任显晦，秋至辄分明。纵被微云掩，终能永夜清。
> 含星动双阙，伴月照边城。牛女年年渡，何曾风浪生。

"天河"指银河。天河平时或明或暗，但到了秋天的夜晚总是分外明亮，虽然有薄云遮挡，但大多时候都还是清朗的。银河中无数的星星足可以撼动宫阙，甚至可以和明月一同照亮边城，牛郎织女每年都要渡过天河相会，也没有起过风浪。诗人直接吟咏天河，虽然家国动荡，自己也因受牵连被贬，但诗人断然不会因为奸佞小人而失掉自己的气节和风采，借天河的美好景象来抒发自己对美好世界的向往。

从《诗经》《楚辞》开始，浩瀚无垠、讳莫难测的星象就成为诗词中极具代表性的元素。灿烂的星辰既是诗人们情感抒发的载体，也融入了人们生活的方方面面，反映了人类对自然认识的不断深化。在探索浩瀚宇宙的道路上，我们的脚步从未停止。

春夏秋冬四时景，不同桃李混芳尘
——古典诗词中的梅兰竹菊

在中国的传统文化中，每一种花草树木都被赋予了相应的品行风骨。梅兰竹菊因其外在形态，更因其清新孤傲、空灵幽雅、萧疏虚直、清贞高卓的精神气度，自古以来就深受中国人民的喜爱，并被赋予了高雅品格和审美特质。梅兰竹菊占尽冬春夏秋，也正好表现文人雅士关于时间秩序、生命意义和理想境界的深刻感悟，成为他们诗词创作最常见的题材之一。

◎ | 疏影横斜水清浅， 暗香浮动月黄昏

梅花与兰花、竹子、菊花一起被列为花中"四君子"，与松、竹并称"岁寒三友"。梅花味有清香、态有风骨、品有高格，是中华民族精神的象征。梅花在文人笔下，常被赋予丰富意蕴和深刻内涵：或挺拔坚韧，或豁达奔放，或愁情百结。

古代文人大多命运坎坷、仕途多舛，得不到朝廷重用，空怀满腔壮志，于是寄情山水、隐遁山林。他们看到迎霜冒雪却傲然挺立、尽情绽放的梅花，便将其气质诠释为一种冰清玉洁、卓尔不群的君子情操。例如宋代陆游《卜算子·咏梅》写道：

驿外断桥边，寂寞开无主。已是黄昏独自愁，更著风和雨。

无意苦争春，一任群芳妒。零落成泥碾作尘，只有香如故。

词的上片刻画梅花的艰难处境：梅花生长在荒残的断桥边，寂寞孤独，无人欣赏。黄昏日落本就愁苦不堪，再加上狂风大作、暴雨如注，更添愁苦。下片借梅喻人，托梅言志：梅花无意争春却遭群芳妒忌，践踏成泥，梅花不在意，仍散发出淡远的幽香。诗人以梅花自喻，表现出不愿与世沉浮的独特风姿。又如宋代林逋《山园小梅》写道：

> 众芳摇落独暄妍，占尽风情向小园。
> 疏影横斜水清浅，暗香浮动月黄昏。
> 霜禽欲下先偷眼，粉蝶如知合断魂。
> 幸有微吟可相狎，不须檀板共金樽。

本诗被誉为咏梅诗的"巅峰之作"。诗歌先由"疏影""暗香"直写梅花倒映水中，似真似幻；接着又以水陪衬月，描摹梅花端庄的神韵；最后用禽蝶烘托，从侧面烘托梅花的幽独超逸、飘逸孤高。本诗描绘梅花园里风情、月下横枝、水中疏影的情状，寄寓了诗人的人生追求，成为咏梅诗中的千古绝唱。再如宋代王安石的《梅花》：

> 墙角数枝梅，凌寒独自开。
> 遥知不是雪，为有暗香来。

诗人先用"墙角"点出环境，又用"数枝"示梅清瘦，再用"凌寒"渲染气候，层层铺垫；后两句概述梅花不惧严寒风雪，独自飘香绽放。诗歌诗意直白但寓意内敛，诗人通过描写梅花的高洁品性赞扬在恶劣环境中仍能坚持操守的人们。

梅花远离喧嚣，甘于寂寞：不喜欢蜂飞蝶舞，也不喜欢桃红柳绿，而喜欢于严冬之中默默绽放，给人以美的享受。梅花的这种精神，备受古今文人墨客青睐。例如李清照《渔家傲》写道：

> 雪里已知春信至，寒梅点缀琼枝腻。香脸半开娇旖旎，当庭际，玉人浴出新妆洗。
>
> 造化可能偏有意，故教明月玲珑地。共赏金尊沉绿蚁，莫辞醉，此花不与群花比。

词中"雪里"两句，刻画梅花即使身处风霜雨雪，也要将最美的风姿绽放，以自己的赤诚向人们传递春近的消息。"此花"句既突出梅花超尘绝俗的高贵品格，又表现出词人鄙弃世俗的坦荡胸襟和高尚情操。又如元代王冕《墨梅》写道：

我家洗砚池头树，朵朵花开淡墨痕。

不要人夸好颜色，只留清气满乾坤。

这是一首题画诗。诗歌前两句直接描写墨梅的素净淡雅，后两句盛赞墨梅的骨秀神清、端庄高洁。诗人将画格、诗格和人格三者有机融合，表达出诗人对待人生的态度，以及鄙薄流俗、孤芳自赏、不向世俗献媚邀宠的品格。再如毛泽东《卜算子》写道：

风雨送春归，飞雪迎春到。已是悬崖百丈冰，犹有花枝俏。

俏也不争春，只把春来报。待到山花烂漫时，她在丛中笑。

词中的梅花不惧气候寒冷，不畏环境艰险，在悬崖峭壁上毅然绽放。上片中的"俏"字，除却结构上的过渡作用，既概述了梅花美好的身姿，更凸显出梅花花中豪杰的精神气度。全词运用逆向思维，托物言志，洋溢着革命英雄主义和乐观主义精神。

梅花随处可见，本属平常之物，但在诗人眼中却超凡脱俗，常常牵引出许多情愁，成为他们表情达意的一种信物和载体。例如南朝陆凯《赠范晔》写道：

折梅逢驿使，寄与陇头人。

江南无所有，聊赠一枝春。

文人墨客思念故友亲人之时，通常会用书信互递问候，但本诗作者却别出心裁，选用"一枝春"（报春的梅花）作为信物，来表达自己对友人无尽的思念和美好的祝愿。又如王维《杂诗》写道：

君自故乡来，应知故乡事。

来日绮窗前，寒梅著花未？

诗歌化繁为简、寓巧于朴，将作为故乡象征的梅花设定成反问对象，从而把异乡游子特定情形下的心理情感和神态口吻表达得淋漓尽致，感人至深。诗中的梅花是温馨与悲凉交织的聚合体，是诗人忧伤的思想情感的见证物。

总之，梅花以其不俗的丰姿与品格赢得了文人雅士的赞誉，他们或借梅表节，或托梅抒情，或寓梅达意，从而使梅花身上汇聚了丰富的审美特质和深厚的文化内涵。

◎ | 千古幽贞是此花， 不求闻达只烟霞

兰花是一种观赏价值很高的植物，因纤细柔弱、疏朗淡雅、倨傲孤僻的特点，往往与隐逸高士和不遇志士联系在一起，成为古典诗词中非常重要的意象和题材。

兰花喜阴，多生长在人迹罕至、远离世俗的深山丛林之中。历代诗人常将兰花与高人联系在一起，以兰花比德高人，表现其超凡脱俗的气质风韵。例如唐代张九龄的《感遇》写道：

> 兰叶春葳蕤，桂华秋皎洁。欣欣此生意，自尔为佳节。
> 谁知林栖者，闻风坐相悦。草木有本心，何求美人折。

诗歌前四句表面上是说兰桂之花会在合适的时节如期绽放、生机盎然，其实暗含诗人遭遇排挤之后的愤懑心情，并流露出希望被重新起用的渴盼。后四句写山林隐士以兰桂相互砥砺，委婉含蓄地说明诗人行芳志洁并非是为了博取廉价的美名，而只是为了呈现本心。又如宋代杨时《春晚》写道：

> 浮花浪蕊自纷纷，点缀梅苔作绣茵。
> 独有狞兰香不歇，可纫幽佩系余春。

张载是北宋理学创始人之一，其"横渠四句"，言简意赅，传诵至今。诗歌前两句称寻常之花为"浮花浪蕊"，只能用作陪衬和点缀，含有贬损意味。后两句极言兰花的芳香永续、卓尔不凡，是典型的高人气质。

我国历朝历代都有"尊隐"传统，隐士是一个备受人们敬重和景仰的群体。诗人也喜欢通过兰花来写自己的隐逸情怀。例如宋代赵以夫《咏兰》写道：

> 一朵俄生几案光，尚如逸士气昂藏。
> 秋风试与平章看，何似当时林下香。

诗歌前两句文字平浅而内蕴丰厚，写出了兰花的质朴雅洁。后两句写林间幽兰傍石临风流芳清远的天姿高韵，使诗旨更加鲜明。全诗歌咏兰花超逸脱俗的出世之志，寄托了作者对隐逸生活的向往与追求。又如清代郑板桥的《高山幽兰》写道：

> 千古幽贞是此花，不求闻达只烟霞。
> 采樵或恐通来路，更取高山一片遮。

诗中，诗人把高山幽兰比喻成山中隐士，赞誉兰花不像其他花一样妖娆于世间，甚至都不愿意让樵夫看见自己，宁愿伴随着清云彩霞（或把争名逐利看作烟霞一般），与世无争，怡然自乐。

兰花既有无人自芳的气节操守，又有不畏严寒的坚贞品质，因此诗人还将兰花与那些具有贞刚节操、怀才不遇的仁人志士联系在一起。例如宋代郑思肖《墨兰》写道：

> 钟得至清气，精神欲照人。抱香怀古意，恋国忆前身。
> 空色微开晓，晴光淡弄春。凄凉如怨望，今日有遗民。

诗歌首联赞美兰花的光彩照人，颔联是诗人概述对南宋旧事的追忆；最后两联由回忆转到现实，抒发诗人身为前朝遗民的怨恨之情、屈辱之疼。全诗托物咏怀，借兰花抒发了诗人的无尽伤痛，寄托了诗人坚贞不屈的志士品格。又如明代陈献章《题画兰》写道：

> 阴崖百草枯，兰蕙多生意。
> 君子居险夷，乃与恒人异。

诗歌首句渲染兰花的生存环境，次句叙写兰花的勃勃生机；后两句上升到哲学高度，与"疾风知劲草，板荡识诚臣"有异曲同工之妙，说明人只有经过恶劣环境的考验才能显示其品德和才华。再如唐代陈子昂《感遇·其二》中写道：

> 兰若生春夏，芊蔚何青青。幽独空林色，朱蕤冒紫茎。
> 迟迟白日晚，袅袅秋风生。岁华尽摇落，芳意竟何成。

诗歌首联写兰叶的茂盛；颔联叙花与茎的色泽，以"林色"作陪衬，突出兰的独秀群芳；颈联述兰在秋风中遭到打击；尾联叹兰的芬芳竟无人理解。诗人通过兰花的遭遇，寄寓自己怀才不遇、壮志难酬的感慨。

兰花不媚俗、不争春，不因无人欣赏而不芳，寂寞无闻，幽而独绽，具有孤高的气质神韵。兰花的这一特征，在宋代众多的咏兰诗作中得到了全面的揭示和表现。例如宋代徐鹿卿的《咏兰》：

> 丛兰抱幽姿，结根托山壤。所据良孤高，其下俯深广。
> 云气接清润，雨露从资养。虽然翳深林，未肯群众莽。
> 轮蹄纷紫陌，谁此事幽赏。幽赏纵不及，香风自来往。

本诗描写的是山崖之兰。这里的兰花扎根山崖，隐蔽幽谷，俯瞰群山，清高自傲，不与众草为群，孤芳自赏。实际上，这里的兰花是疏远污浊政治、存续美好人格的诗人象征。又如宋代刘克庄的《兰》：

> 深林不语抱幽贞，赖有微风递远馨。
> 开处何妨依薜砌，折来未肯恋金瓶。
> 孤高可把供诗卷，素淡堪移入卧屏。
> 莫笑门无佳子弟，数枝濯濯映阶庭。

本诗描写的是深林之兰。这里的兰花不怨幽僻，不慕荣贵，独抱幽贞，孤高自守。同时诗歌也表现出兰花对自己馨香品质的充分自信。再如宋代郑清之的《竹下见兰》：

> 竹下幽香祗自知，孤高终近岁寒姿。
> 垂杨曼舞多娇态，倚赖东风得几时。

本诗描写的是竹下之兰。这里的兰花独自散发幽香,岁寒不改其姿,孤贞高洁。"垂杨"两句犹言身若无品,纵使凭借外物显赫一时,也难以恒久保持。

◎│千磨万击还坚劲, 任尔东西南北风

竹子没有桃李的芬芳,也没有牡丹的雍容,更没有松柏的俊伟,但历代无数诗人都以竹为题,连篇缀句,歌颂和赞美竹子虚心谦逊、宁折不弯、超然脱俗的精神和品质。例如清代郑板桥《竹石》写道:

> 咬定青山不放松,立根原在破岩中。
> 千磨万击还坚劲,任尔东西南北风。

本诗是一首赞美岩竹的题画诗。诗歌首句运用拟人的修辞手法,把竹之刚毅的性格和神韵表现得淋漓尽致;次句写竹立根破岩,衬托其顽强生命力;诗歌后两句以恶劣的客观环境,进一步写竹的坚韧顽强。总之,全诗通过对岩竹的歌咏,暗寓自己刚正不阿、坚韧执着和倔强乐观的高尚情操。又如宋代苏轼《竹》(节选)写道:

> 今日南风来,吹乱庭前竹。低昂中音会,甲刃纷相触。
> 萧然风雪意,可折不可辱。风霁竹已回,猗猗散青玉。

这是一首托物言志的诗歌。诗歌前四句写竹子在南风中的情态,"乱"字写竹任风摆布的无可奈何;五六句描写风雪交加的自然环境,也表现出诗人决不妥协的人生态度;七八句写大风停息,翠竹又恢复原貌。诗中竹之安然自若、柔韧刚毅,颇扣"回首向来萧瑟处,归去,也无风雨也无晴"的豁达旷远。再如宋代辛弃疾《点绛唇》写道:

> 身后功名,古来不换生前醉。青鞋自喜,不踏长安市。
> 竹外僧归,路指霜钟寺。孤鸿起,丹青手里,剪破松江水。

本词体现了辛弃疾傲视权贵、刚直不阿的思想。上片主要表现

古典诗词中的文化元素

◎ 第四单元 ◎

第21课 春夏秋冬四时景,不同桃李混芳尘

词人不汲汲于富贵功名、洁身自好的追求；下片通过写自己与居住在幽静竹林之外的僧人交游，进一步衬托词人远离喧嚣、超尘绝俗的人生理想。

儒家知识分子始终恪守"达则兼济天下"的行为准则，见贤思齐更是他们的共同心理。他们通过科举获仕不只是为个人前途，更是为了为国效力。这也是历代很多诗人在"咏竹"的时候表现出的人生期待。例如唐代李贺《昌谷北园新笋》写道：

> 箨落长竿削玉开，君看母笋是龙材。
> 更容一夜抽千尺，别却池园数寸泥。

李贺曾经写过很多首"咏竹"诗歌，以寄托自己经时用世的政治理想。这首诗表面上是写"新笋"抓住机会从园中拔地而起，直插云霄；实际上是诗人借"竹"以自况，希望自己能够尽快超越仕途的困厄，摆脱沉沦下僚的现实处境，成为朝廷"龙材"，以实现自己建功立业的宏伟抱负。又如清代郑板桥《潍县署中画竹呈年伯包大中丞括》写道：

> 衙斋卧听萧萧竹，疑是民间疾苦声。
> 些小吾曹州县吏，一枝一叶总关情。

诗歌前两句写诗人在自己的官衙内听到"萧萧"的竹声，立即就想到了民间的疾苦；后两句写自己虽然官品低微，但只要有利于百姓的事情，无论大小都会放在心上。全诗短小质朴，但诗人"为生民请命"的儒家积极用世思想分明跃然纸上。再如唐代白居易《题李次云窗竹》写道：

> 不用裁为鸣凤管，不须截作钓鱼竿。
> 千花百草凋零后，留向纷纷雪里看。

本诗篇幅虽短，但寄慨遥深。栽在窗前的竹子不愿意被做成用来吹奏的笙箫，也不愿被截为钓鱼竿；它只希望冬天千花百草凋零之后，仍然葱翠碧绿。诗中作者描摹的凌霜傲雪的竹子，又何尝不是诗人坚韧不屈的君子品格的真实写照。

有着安邦治国之才的人，不一定能够为时所用。因而，怀才不遇、壮志难酬成为中国传统文学的重要主题，这在咏竹诗词（尤其是唐宋诗词）中也经常得到体现。例如唐代李商隐的《宿骆氏亭寄怀崔雍崔衮》：

> 竹坞无尘水槛清，相思迢递隔重城。
> 秋阴不散霜飞晚，留得枯荷听雨声。

李商隐生逢藩镇割据、朋党纷争的晚唐，一生命途多舛、怀才不遇。诗歌首句以简练的笔调勾画出"骆氏亭"清幽的环境，次句写山高路远阻挡住了自己对友人的思念；三四句继续写景，沉沉暮霭给诗人原本落寞的心境上投射了重重阴影，而身世的凄苦又为现实景物抹上了一层忧郁的色彩。又如宋代辛弃疾的《卜算子》：

> 修竹翠罗寒，迟日江山暮。幽径无人独自芳，此恨知无数。
> 只共梅花语，懒逐游丝去。著意寻春不肯香，香在无寻处。

诗歌表面上是在写日暮时分，一个孤子的佳人独倚修竹；实际上，这时的修竹已经成为词人孤独、寂寞的象征。辛弃疾借佳人情状来寄托自己壮志难酬、忧谗畏讥的愤激之情。

诗贵含蓄。诗人在言说这种有志难伸的感叹时，往往不是直抒胸臆，而是借助外物，以隐逸的身份出现，体现出中华民族千百年来的生命智慧与生存哲学。例如唐代钱起的《暮春归故山草堂》：

> 谷口春残黄鸟稀，辛夷花尽杏花飞。
> 始怜幽竹山窗下，不改清阴待我归。

诗歌前两句用"稀""尽""飞"三字，渲染出谷口暮春时节万物凋零的空寂气氛；后两句写窗前摇曳多姿的幽竹不改"清阴"，迎接主人归来。全诗在赞美翠竹的同时，诗人年华易逝、时不我待的感伤也就蕴含其中。又如唐代杜甫的《苦竹》：

> 青冥亦自守，软弱强扶持。味苦夏虫避，丛卑春鸟疑。
> 轩墀曾不重，剪伐欲无辞。幸近幽人屋，霜根结在兹。

本诗表面上写竹，实则借竹抒情。首联描写"苦竹"艰难的生存环境，颔联写"苦竹"的外形内质，颈联借"苦竹"之遭遇表现诗人为世疏弃的感伤和无力改变时局的痛苦，尾联犹言诗人虽寄身山野却能自守情操的心志。再如唐代王维的《竹里馆》：

> 独坐幽篁里，弹琴复长啸。
>
> 深林人不知，明月来相照。

本诗作于诗人晚年隐居蓝田辋川时期，全诗用语简约、风格淡雅、意境清幽。前两句通过描写诗人在幽静的竹林中"独坐""弹琴""长啸"，以动衬静，传达出诗人高雅闲适、怡然自得的心态，以及心无杂念、超凡脱俗的禅意境界。

◎ | 露湿秋香满池岸， 由来不羡瓦松高

菊花凌霜怒放、风骨清高、清雅淡泊，具有崇高的气节和卓然的品格，是古典诗词中一道亮丽的风景线。千百年来，菊花赢得了诗人的高度赞誉，并被赋予不同的形象和内涵，成为历代文人普遍的人格追求和精神寄托。例如晋代陶渊明《饮酒》（节选）写道：

> 结庐在人境，而无车马喧。问君何能尔？心远地自偏。
>
> 采菊东篱下，悠然见南山。山气日夕佳，飞鸟相与还。

诗歌的前四句直言只要摆脱红尘世俗的束缚和桎梏，即使身处嘈杂喧嚣的环境，也能乐享生命的安宁静谧；后四句寓理性于形象之中，具体写出了诗人归隐田园之后精神世界与自然景物的浑然契合。又如唐代郑谷《菊》写道：

> 王孙莫把比蓬蒿，九日枝枝近鬓毛。
>
> 露湿秋香满池岸，由来不羡瓦松高。

诗歌通篇不着一"菊"字，但仔细读来却是句句写"菊"、字字关"情"。前两句从不同人对待菊花的迥异态度，初步点明菊之高

洁；后两句将"岸边菊"与"瓦上松"进行对比，旨在说明长在低洼之处的菊花远比那雄踞高位的瓦松更有价值。总之，全诗以菊喻人，表明诗人不慕高位、不逐名利的崇高品质。再如唐代黄巢《不第后赋菊》写道：

> 待到秋来九月八，我花开后百花杀。
> 冲天香阵透长安，满城尽带黄金甲。

诗歌首句交代菊花开放的季节，次句通过"我花开"与"百花杀"的对比突出菊花不畏严寒的品质，后两句具体描写菊花盛开的壮观景象。尤其诗中的"冲""透"两字，既表现了菊花的本性，也体现出诗人藐视天地的雄伟气魄。全诗既写菊花外形，也写革命者的精神气度。黄巢还有一首《题菊花》：

> 飒飒西风满院栽，蕊寒香冷蝶难来。
> 他年我若为青帝，报与桃花一处开。

诗中"蕊寒"一句通过写蝴蝶竟也不来寻香的残酷事实，表现诗人对菊花处境的惋惜；"他年"两句犹言应该无差别地对待菊花与桃花，折射出诗人"万民平等"的朴素观念。全诗以菊喻人、托物言志，表现出诗人敢于摧枯拉朽的精神和必胜的信念。

当然，菊花并非总给人们带来欢愉的感受，有时诗人也借菊花意象来抒发离别的悲情以及对恋人的无限思念之情。宋词在这方面的表现尤为突出，例如李清照的《醉花阴》：

> 薄雾浓云愁永昼，瑞脑消金兽，佳节又重阳，玉枕纱厨，半夜凉初透。
> 东篱把酒黄昏后，有暗香盈袖。莫道不销魂，帘卷西风，人比黄花瘦。

本词通过描写重阳佳节词人独自把盏赏菊的情景，渲染出凄凉的氛围，表现词人对远游丈夫刻骨铭心的思念。尤其最后三句，用西风吹卷帘幕展露比黄花更为憔悴的面容，形象抒写了词人的相思之苦与惆怅之状。又如秦观的《满庭芳》（下片）：

> 伤怀。增怅望，新欢易失，往事难猜。问篱边黄菊，知为谁开。谩道愁须殢酒，酒未醒，愁已先回。凭阑久，金波渐转，白露点苍苔。

词中"伤怀"四句，写词人遭遇贬谪之后的生活历程和怀旧情绪；"问篱"五句，渲染了词人内心无限的辛酸悲苦；"凭阑"三句以景结情，营造出一种凄清的氛围，更进一步增强了作品的艺术感染力。再如晏殊的《蝶恋花》：

> 槛菊愁烟兰泣露，罗幕轻寒，燕子双飞去。明月不谙离恨苦，斜光到晓穿朱户。
>
> 昨夜西风凋碧树，独上高楼，望尽天涯路。欲寄彩笺兼尺素，山长水阔知何处？

词的上片中，词人用"槛菊""愁烟""明月"等意象营造出清冷的氛围，衬托了词人哀伤孤独的情感；下片"昨夜"三句写尽词人对恋人的苦苦寻觅与思念，"欲寄"两句更增加了诗歌摇曳不尽的情致。

战争是人类历史上永远难以消弭的伤痛。战争往往会给国家带来动荡，给百姓带来痛苦。因此，古典诗词中有很多作品就描绘了战乱之苦，例如唐代杜甫的《九日·其一》：

> 重阳独酌杯中酒，抱病起登江上台。
> 竹叶于人既无分，菊花从此不须开。
> 殊方日落玄猿哭，旧国霜前白雁来。
> 弟妹萧条各何在，干戈衰谢两相催。

本诗写于作者流寓西南时期，颇能代表杜甫七律的风格。诗人重阳佳节抱病登台，无心饮酒赏菊，怎奈此时又闻玄猿哀啼，又见雁阵惊寒，让诗人原本郁闷的内心更添愁肠。诗歌最后两句直抒胸臆，说明身逢战乱是造成自身悲苦命运的根源。又如宋代吕本中的

《南歌子》：

> 驿路侵斜月，溪桥度晓霜。短篱残菊一枝黄，正是乱山深处、过重阳。
>
> 旅枕元无梦，寒更每自长。只言江左好风光，不道中原归思、转凄凉。

上片"驿路"两句写诗人早行之景，类似于温庭筠"鸡声茅店月，人迹板桥霜"的意境；"短篱"两句触发了诗人的联想与感慨。下片直接交代了词人长夜难眠的原因，以及因家国沦陷而有家难回的无限苦痛。

被誉为"四君子"的梅兰竹菊承载着中华民族诸多优秀品质，是古今仁人志士的气质凝结、精神寄托和人格象征。历代歌咏梅兰竹菊的诗篇，也成为传承和弘扬儒家思想的重要载体。

三万里河东入海，五千仞岳上摩天
——古典诗词中的名山大川

中国人对山水总是情有独钟，从《诗经》的"秩秩斯干，幽幽南山""淇水汤汤，渐车帷裳"到楚辞的"沧浪之水清兮，可以濯吾缨；沧浪之水浊兮，可以濯吾足"，山水的身姿很早就出现在了诗歌中，然后逐渐由人物、事件的陪衬上升为独立的审美对象。从东晋的谢灵运开始，山水诗成为单独的门类，此后的山水诗佳作更是层出不穷。

在名山大川的壮美秀丽中，中国人不仅欣赏着自然的美，也将自己的情思志趣投射到山水中，所以《文心雕龙》中才会说"登山则情满于山，观海则意溢于海"。因此，诗词中的名山大川，不仅展现着我国雄奇秀丽的风光，还承载着我国文人丰富的思想内涵。

◎ | 会当凌绝顶，一览众山小

我国名山多不胜数，古诗词中的名山中首先表现出的是诗人对祖国壮丽景色的热爱及赞美。如唐代李白的《望庐山瀑布》，诗云：

> 日照香炉生紫烟，遥看瀑布挂前川。
> 飞流直下三千尺，疑是银河落九天。

诗人前两句概括写瀑布全景：香炉峰顶水汽蒸腾、紫烟缭绕，山间白练高悬。后两句中"飞流直下"既写出了庐山的高峻陡峭，又表现出水流之急势不可当。"疑是银河落九天"在奇特的想象中生动形象地展现了庐山瀑布壮丽的景色。

此外，名山或雄奇壮阔或清幽深邃，这些特点常常能激发诗人的理想追求。因此，诗人以诗言志，诗词中的山也往往被赋予某些诗人欣赏向往的品质。如唐代杜甫的《望岳》：

岱宗夫如何？齐鲁青未了。造化钟神秀，阴阳割昏晓。

荡胸生曾云，决眦入归鸟。会当凌绝顶，一览众山小。

写作此诗时杜甫正处于青年时期，洋溢着浪漫与激情。诗人笔下的泰山，充满着一种雄浑的力量和磅礴的气象。它被自然钟爱所以神奇秀丽，它巍峨高大因此遮天蔽日，它有缥缈的云气和投归的宿鸟，它的一切都让诗人向往不已。在这里，审美主体与客体达成了统一。"会当凌绝顶，一览众山小"，泰山的高峻在和众山小的对比中再次得以凸显。登顶的理想表现出诗人敢于攀登绝顶、俯视一切的雄心和气概，也是诗人志存高远的直接表达。

诗歌中的名山还表现出文人隐居求仙的愿望。这种愿望的形成，一方面是受追求"逍遥""隐逸"的老庄思想的影响，另一方面和当时的社会黑暗因而个人抱负得不到施展有关，当然，也不乏因山川特点引发的想象，如唐代李白《登峨眉山》（节选），诗云：

蜀国多仙山，峨眉邈难匹。

周流试登览，绝怪安可悉？

青冥倚天开，彩错疑画出。

泠然紫霞赏，果得锦囊术。

…… ……

倘逢骑羊子，携手凌白日。

前四句突出峨眉山在蜀中无与伦比，交代自己初到名山亲历奇景。然后具体写峨眉山高峻磅礴，山中奇光异彩，宛如图画。诗人沉浸于丹霞翠霭之间，心与天和，似乎得到了仙家的锦囊之术。最后在云影烟霞中涤尽尘世百虑，甚至说如果遇到骑羊成仙的葛由，就和他携手仙去。李白二十五岁之前在蜀地读书游学，先后两次登上峨眉山。当时的他有着远大的抱负，想干一番经国济世的大业，按理说是不可能在此时想要出世的，但在峨眉山奇丽的风景中竟会产生这样的念头，一方面表现出了峨眉山美若人间仙境，另一方面也可看出老庄玄学对李白创作思想的影响。另外，李白在入长安遭受政治挫折后创作的《梦游天姥吟留别》也表现出了强烈的隐居求仙愿望。诗的最后写道：

> 世间行乐亦如此，古来万事东流水。别君去兮何时还？且放白鹿青崖间，须行即骑访名山。安能摧眉折腰事权贵，使我不得开心颜！

由此诗可以看出，在名山之游中寻仙访道是李白蔑视权贵、不屈于世俗的叛逆表现，说明自身经历挫折也能使文人产生隐居求仙的愿望。

除了对理想的追求表达，诗人也常常借山路难行、险峻崎岖抒发自己怀才不遇、抱负得不到施展的感受，如《行路难》（节选）写道：

> 金樽清酒斗十千，玉盘珍馐直万钱。
> 停杯投箸不能食，拔剑四顾心茫然。
> 欲渡黄河冰塞川，将登太行雪满山。
> ………………
> 长风破浪会有时，直挂云帆济沧海。

"行路难"本来是乐府旧题，多写世道艰难，表达离情别意。这首诗是李白被"赐金放还"离开长安时所作。诗人在一个盛大的饯行宴上"停杯投箸""拔剑四顾"，然后借虚写的山水点明原因：他想要渡黄河，冰雪堵塞了这条大川；想要登太行，莽莽的风雪早已封山。这里的黄河彼岸和太行山巅是诗人理想的所在，但却路路不通、路路断绝！难能可贵的是，尽管理想与现实有着巨大的差距，诗人却于困境中振起，鼓起了沧海扬帆的勇气。

在山势的蜿蜒转折中，也有诗人写出了对友人的关切与不舍，如唐代岑参的《白雪歌送武判官归京》（节选）写道：

> 纷纷暮雪下辕门，风掣红旗冻不翻。
> 轮台东门送君去，去时雪满天山路。
> 山回路转不见君，雪上空留马行处。

诗句描写了在风雪交加中送别的情景。诗人遥望朋友远去的身影，朋友在山回路转中渐渐不见，只看见雪地上留下的一行人马走过的脚印……诗句表达了诗人对朋友在风雪中返京的不舍、担忧和惆怅，达到了"言有尽而意无穷"的艺术效果。

除了对个人情感的细腻表达之外，还有一类诗借名山表现作者强烈的爱国情怀。如唐代王昌龄的《从军行·其四》：

> 青海长云暗雪山，孤城遥望玉门关。
> 黄沙百战穿金甲，不破楼兰终不还。

青海湖上空乌云密布，使祁连雪山一片暗淡；驻守孤城的将士，只能遥望玉门关方向。景物描写渲染出的是一种边塞的苍凉之感，侧面交代了戍边条件艰辛、环境恶劣。"黄沙百战穿金甲"更表现出了戍边时间漫长、战事频繁、战斗艰苦，但将士的报国壮志却坚定不移："不破楼兰终不还"。本诗表现出将士们保卫祖国矢志不渝的崇高精神。

再如南宋陆游的《桃源忆故人》：

> 中原当日三川震，关辅回头煨烬。泪尽两河征镇，日望中兴运。
> 秋风霜满青青鬓，老却新丰英俊。云外华山千仞，依旧无人问。

词人上阕先写北宋朝廷在秦桧的推动下向金割地求和的屈辱事件，雄伟奇崛的华山也在割让的范围之内。像词人一样的爱国志士悲愤不已，立志收复失地。然而事与愿违，因为投降派当政，主战的词人屡遭排挤而闲置在家，只能白白任由年华老去。千仞华山仍然沦于敌手，收复中原的大业依旧无人过问。词人一边极言华山之高峻一边谴责统治者麻木不作为，满腔悲愤溢于言表。全词充满了强烈的爱国主义精神。

从写名山的古诗词中，我们除了可以感受到诗人们丰富的情思志趣、家国情怀外，还能从这些诗词中看到独特的地理风貌。如南北朝的《敕勒歌》：

敕勒川，阴山下，天似穹庐，笼盖四野。
天苍苍，野茫茫，风吹草低见牛羊。

这首诗中的阴山位于我国内蒙古自治区中部，是一条绵亘的山脉。它作为敕勒川草原的背景出现，给人以壮阔雄伟的印象。再加上茫茫的草原、青苍的天空，寥寥数语就勾勒出了北方草原壮丽的风光。然后用"风吹草低见牛羊"写出了牧草的丰茂、牛羊成群，再加之把天空比作"穹庐"——一种游牧民族居住的毡帐，整首诗歌充满了鲜明的游牧民族的色彩，具有浓郁的草原气息。

诗人在写山时，因为细致的观察和准确的描写，也会在诗词中表现出客观的自然规律。如唐代祖咏的《终南望余雪》：

终南阴岭秀，积雪浮云端。
林表明霁色，城中增暮寒。

终南山位于长安南面大约六十里处。作者当时身处长安，从长安眺望终南山，看到的是山岭之北。因为其背对太阳，所以称为"阴岭"。正因为是北面的山岭，所以才会有余雪。"积雪浮云端"说明积雪不多，只在高高的山巅才有。这符合海拔越高温度越低的自然规律，同时也再次回扣"余雪"。"霁"表明当时天气转晴，所以作者视野清晰，才能看到远处的山上有夕阳余晖落在林梢。日暮之时，加上融雪需要吸收大量的热，所以会"增暮寒"。

有的诗词还在对山的刻画中说明哲理，表现出诗人们敏锐的洞察力和深刻的思考。如北宋苏轼的《题西林壁》：

横看成岭侧成峰，远近高低各不同。
不识庐山真面目，只缘身在此山中。

这首诗的前两句写诗人游览庐山时见到的景象，说庐山因角度不同看到的风景也就不一样；后两句写诗人思考后的结论：之所以不能辨认庐山的真实面目，是因为身在庐山之中。人在山中，看到的自然只是山的一个局部，要想认识山的"真面目"，须得到山外去看山的全貌。这两句诗有着丰富的内涵：人们因为自身所处位置的限制，对事物的看法可能会存在一定的片面性，而跳脱客观的环境限制和主观思想的成见有助于认清事物的真相与全貌。

再如南宋辛弃疾的《菩萨蛮·书江西造口壁》：

郁孤台下清江水，中间多少行人泪。西北望长安，可怜无数山。
青山遮不住，毕竟东流去。江晚正愁余，山深闻鹧鸪。

词人先写郁孤台下的清江水中流注了无数苦难人的眼泪，然后写向西北遥望长安，但视线却被数座青山遮挡；而青山虽然无数，能挡住视线，把长安遮住，却拦不住浩荡江水滚滚东流。这两句言简意丰，词人上阕感叹无数山遮住了长安，后面又说其遮不住东流，则其所喻当指敌人。但词本身似乎又不只是在说青山挡不住流水、敌人终究不可能胜利，它似乎还在传达着更深层的含义：任何事物从诞生到发展直至消亡都有其客观规律，它不是人为的力量能干预和阻止的。

这类诗词中的山的形象除了给人以美感之外，又有深邃的哲理启人心智。诗人们用深入浅出、质朴无华的语言表述着耐人寻味的哲理，鲜明的感性与清晰的理性交织一起，诗词达到了形象性和逻辑性的高度统一。

◎ **星垂平野阔，月涌大江流**

长江奔腾，黄河浩荡，激起无数文人对自然美景的喜爱，他们用诗词传递着江河之美，表达着真诚的赞美之情。如唐代白居易《忆江南·其一》写道：

江南好，风景旧曾谙。日出江花红胜火，春来江水绿如蓝。能不忆江南？

诗人在青年时期漫游江南，此后又先后担任过杭州、苏州刺史，对江南美景甚为了解。这首《忆江南》是诗人回到洛阳后于67岁高龄时写下的。他别出心裁，以"江"为中心落笔，通过"江花红胜火"和"江水绿如蓝"颜色的对比表现色彩绚丽的江南春景，喜爱之情溢于言表。

从孔子发出"逝者如斯夫"的感叹，流水就成为时间流逝不返的象征。面对"青山不改，绿水长流"的自然，文人们除了发出由衷的赞美，也从中感受到了人事的变迁，从而对历史兴亡进行深沉的思考，抒发人生感慨。如明代杨慎的《临江仙》，词云：

滚滚长江东逝水，浪花淘尽英雄。是非成败转头空，青山依旧在，几度夕阳红。

白发渔樵江渚上，惯看秋月春风。一壶浊酒喜相逢，古今多少事，都付笑谈中。

词中的长江向东奔腾而去，宛如时间流逝不可阻挡，带走了英雄人物的丰功伟绩，也带走了是非成败。"青山依旧在"是永恒，"几度夕阳红"是变迁，"古今多少事"在永恒与变迁中流逝。在历史的画面上，白发的渔夫、悠然的樵汉，托趣于秋月春风，借一壶浊酒，且谈且笑，王图霸业、丰功伟绩不过是他们的谈资。全词在苍凉悲慨中又有恬静淡泊。词人在历史长河的奔腾流逝中探索永恒的价值，在是非成败之间寻求深刻的人生哲理，抒发了对历史兴衰、人生沉浮的感慨。

除了表现时光流逝、历史变迁，诗人也常常借江河抒发自己的身世感怀，如唐代杜甫的《登高》，诗云：

风急天高猿啸哀，渚清沙白鸟飞回。

无边落木萧萧下，不尽长江滚滚来。

万里悲秋常作客，百年多病独登台。

艰难苦恨繁霜鬓，潦倒新停浊酒杯。

当时杜甫正在夔州，他眼中的长江三峡秋景是这样的："无边落木萧萧下，不尽长江滚滚来。"前一句写出了山中落叶纷飞的景象，后一句则写江水浩荡。"萧萧"两字表明秋风劲疾，落木无边写出了辽阔的空间。长江"滚滚"除了继续构成一个宏大的格局外，也写出了岁月不居、时间流逝，为下句抒情做铺垫。萧瑟的秋江景色引发了作者复杂悲哀的心绪：流寓他乡多年，穷困潦倒，年迈体衰，多病难愈……

再如清代宋琬的《渡黄河》：

> 倒泻银河事有无，掀天浊浪只须臾。
> 人间更有风涛险，翻说黄河是畏途。

诗人先用天上银河倒泻的传说衬托黄河的掀天浊浪，然后笔锋一转，说人间的险恶胜于黄河上的波涛。宋琬早年中举做官，后来被族人诬告，满门都被牵连，押赴北京关押，三年后才出狱。在这期间，他对于人情的反复、世间的险恶有深刻的体会，所以才会借写黄河波涛凶险表达对社会人生的认识与感叹。

长亭、津渡一向是古人送别的地方，流水载着行舟带走了亲友故人，而脉脉无尽的水流又恰似思亲怀人的愁绪，因此，悠悠江水就承载了无数的惜别盼归之情。如唐代李白《黄鹤楼送孟浩然之广陵》写道：

> 故人西辞黄鹤楼，烟花三月下扬州。
> 孤帆远影碧空尽，唯见长江天际流。

诗人送走故友之后，看着孤帆逐渐远去直至消逝，极目所见只有长江流向天边。流不尽的江水在这首诗中表现出了诗人对朋友的不舍与深厚的情感。

流水送走知交故友，也会带来乡愁思念。游子离家，有时与故乡远隔万水千山，与家人音讯难通，思念难以托付；所到之处，唯有脉脉流水似乎与家乡的水相通相连。因此，游子临水思乡就成了一种必然。如北宋柳永的《八声甘州》（节选）写道：

对潇潇暮雨洒江天，一番洗清秋。渐霜风凄紧，关河冷落，残照当楼。是处红衰翠减，苒苒物华休。惟有长江水，无语东流。

不忍登高临远，望故乡渺邈，归思难收。

一番暮雨后，游子登楼远望，景物显得尤为寒凉清冷。秋风凄冷，余晖残照，红花凋零绿叶枯落，原本生机勃发的景物也已衰残。一年将尽，游子依然漂泊在外，自然满怀愁思；但故乡渺远，自己又归思难收，只能将深切的思乡之意倾注在无语东流的长江水中。

再如明末清初张文光的《清淮晓发》写道：

老鬓萧条逐客程，秋风瑟瑟唤愁生。
五更月照他乡影，万里河流故国声。
落拓人当疑慢世，浮沈吾亦厌虚名。
何时归去衡门下，竹杖芒鞋傍鹤行。

诗人年老依然漂泊在外，又值万物萧瑟的秋季，愁绪自然而生。深夜月明所照，不过是他乡景物。诗人在感伤思乡的情绪之中，听见水流声声，似乎带来的是万里之外故国家园的音讯。诗人未见长江，只听见流水声就引发了故园之思，可见平日思念积蓄之深。

用山水表达爱情的传统在我国由来已久，先秦思想家把阴阳与山水对应了起来，以山水相配来象征男女结合。因此，诗词中的山水有时也传递出诗人对爱情的热烈向往和执着追求。如汉乐府民歌《上邪》：

我欲与君相知，长命无绝衰。山无陵，江水为竭，冬雷震震，夏雨雪，天地合，乃敢与君绝！

一位痴情女子对爱人热烈表示了"与君相知，长命无绝衰"后，转而说了"与君绝"的种种条件，首先提到的就是"山无陵，江水为竭"。作者用群山消失不见、滔滔江水干涸枯竭、冬天雷声轰鸣、夏季雨雪纷飞等离奇荒谬的设想来表达自己至死不渝的爱情。

除此之外，水也会成为爱情的一种阻隔，如《诗经》中的"所谓伊人，在水一方，溯洄从之，道阻且长，溯游从之，宛在水中央"。这种传统在后世诗文中也多有表现，如《古诗十九首》：

> 迢迢牵牛星，皎皎河汉女。
> 纤纤擢素手，札札弄机杼。
> 终日不成章，泣涕零如雨。
> 河汉清且浅，相去复几许？
> 盈盈一水间，脉脉不得语。

作者借着牛郎织女的民间故事，写这对恋人隔水相望，因为思念的痛苦，织女终日劳作也无法织成美丽的布匹。阻隔二人的河水清浅，他们相隔也不远，但这种阻隔却无法跨越，二人可望而不即，甚至连传递话语也做不到。全诗表达的是痛苦的相思之情。

再如北宋李之仪的《卜算子》：

> 我住长江头，君住长江尾，日日思君不见君，共饮长江水。
> 此水几时休，此恨何时已，只愿君心似我心，定不负相思意。

全词围绕着长江水展开，表达男女的思念之情。长江水既是二人爱情的阻隔，也是二人联系的纽带。词中主人公借绵绵无尽的江水诉说着对爱情的执着追求和热切期望。

除了对个人情感的热烈追求，也有文人表达着对国家的赤胆忠心。如南宋文天祥的《扬子江》写道：

> 几日随风北海游，回从扬子大江头。
> 臣心一片磁针石，不指南方不肯休。

写作此诗之前，文天祥在去与蒙古谈判时被扣留，历经千辛万苦得以逃脱，经过数日海上漂流才重新回到了扬子江头。这样艰险的经历，诗人使用"随风北海游"这样几个字就轻描淡写带过，似乎真的只是一次简单的出游。只要回到扬子江口，就意味着能继续向南回到南宋。后两句他以"磁针石"比喻对宋朝的忠诚，字里行间洋溢着保卫南宋政权的坚定决心。

还有的诗借江水的波涛险恶表达作者对百姓民生的关注，他们用独有的方式表现出了知识分子的忧患意识和责任担当。如北宋范仲淹《江上渔者》，诗云：

> 江上往来人，但爱鲈鱼美。
> 君看一叶舟，出没风波里。

诗人用白描手法把岸上和水中两种情形都表现了出来，"江上"和"风波"、"往来人"和"一叶舟"、"往来"和"出没"并置一处，用"君看"引导视线，似乎在与岸上人对话，显示出全诗主旨：正是"往来人"对味美的鲈鱼的追求，导致了渔人不顾危险在波涛中艰辛捕捉。全诗言简旨深，饱含诗人对渔人疾苦的同情及对"岸上人"的劝导。

说到古诗词中记录的自然奇观，钱塘江大潮值得一提。早在汉魏时期，观赏钱塘江大潮的风气就已经形成；到唐宋时期，观潮的风气更盛。苏轼曾有诗云："八月十八潮，壮观天下无。"农历八月十八这天逐渐成为观潮节。在观潮时，还有"弄潮"表演。《武林旧事·观潮》记载："吴儿善泅者数百，皆披发文身，手持十幅大彩旗，争先鼓勇，溯迎而上，出没于鲸波万仞中，腾身百变，而旗尾略不沾湿，以此夸能。"此外，从北宋潘阆的《酒泉子》中，我们也能了解到当时"观潮""弄潮"活动的具体情形。词云：

> 长忆观潮，满郭人争江上望。来疑沧海尽成空，万面鼓声中。
> 弄潮儿向涛头立，手把红旗旗不湿。别来几向梦中看，梦觉尚心寒。

词中写道观潮之日，全城出动争相观看：说明人数之多。大潮来时排山倒海，声如万鼓齐鸣：说明大潮声势浩大。但作者并未详写潮水如何汹涌澎湃，而是笔锋一转，写到了弄潮的健儿踏浪而立，连手上的红旗都未弄湿，仿佛漫天大潮只是为弄潮儿提供了一个表现本领的背景。结尾句说自己多年后梦到此景仍感到心悸，更加深化了钱塘潮雄壮的意象。作者于自然的力量中凸显了人的存在，在自然奇观中也表现了人文风俗。

除了自然风光和人文风俗，古诗词也能反映历史事件。诗词中记录的历史事件因为诗歌篇幅短小、长于抒情等原因不如史书中的详尽客观，但它们却能在一定程度上和史书内容互相印证，同时也能为读者了解历史提供一条渠道。如北宋苏轼的《念奴娇·赤壁怀古》，词云：

> 大江东去，浪淘尽，千古风流人物……遥想公瑾当年，小乔初嫁了，雄姿英发。羽扇纶巾，谈笑间，樯橹灰飞烟灭。故国神游，多情应笑我，早生华发……

这首词上阕写了长江壮美的景象，下阕则追忆了周瑜非凡的功业。其中提到的"谈笑间，樯橹灰飞烟灭"的赤壁之战的情形在《三国志·周瑜传》中能找到相关记载："瑜等在南岸……盖放诸船，同时发火。时风盛猛，悉延烧岸上营落。顷之，烟炎张天，人马烧溺死者甚众。"尽管《念奴娇·赤壁怀古》中反映的历史事件属实，但记录史实并非苏轼写词的目的，他不过是想借周瑜的年少得志、建功立业来慨叹自己的怀才不遇罢了。

祖国名山大川多不可数，正是这些奇山秀水孕育了文人的锦绣文心与浩然正气。面对祖国大好河山，古代诗人有发自内心的由衷赞美，有坚定不移的守护信念。他们借山水表达着对理想的执着追求，传递着对历史兴亡的深刻思考，激荡着满腔的爱国情怀。江山留胜迹，我辈复登临。今天的我们徜徉在诗词中的壮美河山中时，更应该热爱祖国、热爱自然，同时执起智慧之笔写就新的壮丽诗篇。

不要人夸好颜色，只留清气满乾坤

——古典诗词中的花鸟鱼虫

中国古典诗词里，有着一个充满生命意识的世界。究其原因，中国人有着天人合一的理念，认为人与自然万物能息息相通、共有生命。故诗词作者观察生活，感受自然中的花草树木、鸟兽虫鱼，并加以丰富的想象、大胆的联想，一切生命皆入诗词，言志达情。

我国最早的诗歌总集《诗经》仿佛就是一个动植物的世界。《论语·阳货》记载，孔子说学习《诗经》可以"多识鸟兽草木之名"。胡扑安《诗经学》云："计全《诗经》中言草者一百零五，言木者七十五，言鸟者三十九，言虫者二十九，言鱼者二十；其他言器用者约三百余。"丰富的动植物生命，丰富了诗人的生命，形成了具有中国独特审美的物我一体的语言符号。本章就中国古典诗词中的花鸟鱼虫为例进行探析。

◎│滩惊浪打风兼雨， 独立亭亭意愈闲

花鸟鱼虫是怡情之物，其形态、色泽、习性等都会引发作者的审美情趣。张岱年《中国思维偏向》云："整体、直觉、取象比类是汉民族的主导思维方式。"在中国古典诗词中，花鸟虫鱼，皆入文人之笔，尽显诗人才情。

中国人深爱梅花，在文学史上，写梅花的诗数量特别多，足以

让任何一种花都望尘莫及。如唐代柳宗元《早梅》：

> 早梅发高树，迥映楚天碧。朔吹飘夜香，繁霜滋晓白。
> 欲为万里赠，杳杳山水隔。寒英坐销落，何用慰远客。

此诗前四句写梅花外在之形，昂首怒放、生机盎然的"发"，深夜寒风中的"飘"，严霜晨晓中的"白"，梅花绽开的生机蓬勃，一写外形，二写傲视风霜的内在气质。诗中梅花的品格也是诗人心灵的一种物化。

诗歌后四句从咏物转为抒怀言志，写诗人想念故人、欲折梅相赠而不能相见的怅惘之情。最后两句，诗人担忧梅花早开早落，"何用慰远客"也是诗人的自我勉励、自我鞭策。诗人咏梅为的是抒怀，梅的生命与诗人的生命互为印证，诗人以此表现自己孤高的品格和对理想的执着追求。再如宋代李清照《渔家傲·雪里已知春信至》：

> 雪里已知春信至，寒梅点缀琼枝腻。香脸半开娇旖旎，当庭际，玉人浴出新妆洗。
> 造化可能偏有意，故教明月玲珑地。共赏金尊沉绿蚁，莫辞醉，此花不与群花比。

这首词上阕写了梅花刚刚绽放，时间背景为冬春之交，空间背景为冰雪天，而梅花显得光明润泽、玉洁冰清；下阕写月下赏梅，以月光侧面烘托梅花，月光、酒樽、梅花共织一幅梅花高洁图。结句"此花不与群花比"，赞美梅花孤高傲寒品格的同时，又展现了词人鄙弃世俗的坦荡胸怀。徐北文《李清照全集评注》说："这首词，通过咏梅写出梅花的高标逸韵，这也是作者借梅以自况。"以花自况，以花之品格见人之品格，此类诗歌在中国古诗词中存量较多。再如清代纳兰性德《眼儿媚·咏梅》：

> 莫把琼花比澹妆，谁似白霓裳。别样清幽，自然标格，莫近东墙。
> 冰肌玉骨天分付，兼付与凄凉。可怜遥夜，冷烟和月，疏影横窗。

在这首词中，作者全篇没有写一个"梅"字，却处处都是梅。梅本自有着美丽的白色霓裳，不需要雪花来做她的淡雅妆饰；清幽的她，"莫近东墙"，只可远观而不可亵玩；上苍赋予她冰清玉洁，也给了她孤高与凄凉；遥远的冬夜，清冷的烟雾和皎洁的月亮笼罩着她，疏朗的花影映于窗上。全诗不着梅字，梅骨、梅神、梅魂却皆在其中。诗中不着一个"人"字，却也处处见人的品格。

"疏影横斜水清浅，暗香浮动月黄昏"（林逋《山园小梅》），"零落成泥碾作尘，只有香如故"（陆游《卜算子·咏梅》），"江南无所有，聊赠一枝春"（陆凯《赠范晔》），"更无花态度，全是雪精神"（辛弃疾《临江仙·探梅》），"不要人夸好颜色，只留清气满乾坤"（王冕《墨梅》），中国诗词中写梅的数不胜数，中国诗人咏其风韵、吟其神形，或赞其品格、颂其节操。

荷又称为莲、菡萏、芙蕖、水芙蓉、草芙蓉、水旦、六月春、六月花神等。荷花是佳人，是爱情，是君子，是青春意趣。例如唐代李商隐《赠荷花》写道：

世间花叶不相伦，花入金盆叶作尘。

惟有绿荷红菡萏，卷舒开合任天真。

此花此叶常相映，翠减红衰愁杀人。

诗的前两句对比了花与叶不同的命运。本是同根生、同一花枝生长的花和叶，却各有其姿态、有其芳馨，各美其美。但花被移栽金盆精心呵护，绿叶却遭受遗弃飘零落地化为尘土。

后四句赞美荷叶荷花互照互映互衬，荷花"任天真"开放闭合，与荷叶共荣、同衰。诗人赞花，赞其真诚而不虚伪的美德，以花性写人性，立意新奇。

"荷叶罗裙一色裁，芙蓉向脸两边开。"（王昌龄《采莲曲二首·其二》；"白莲生淤泥，清浊不相干"（苏辙《盆池白莲》）；"出浴亭亭媚，凌波步步妍。"（纳兰性德《荷》）。诗词中，诗人常把佳人与荷花构建关联，荷美，人美，美美相通。佳人与荷有着别样的美丽，荷韵、人韵共为一体。

李白《古风十九首》写道："素手把芙蓉，虚步蹑太清。"陆龟蒙《白莲》写道："素花多蒙别艳欺，此花端合在瑶池。"白居易《感白莲花》写道："不与红者杂，色类自区分。"莲花的高洁寄寓了诗人高洁的情怀，看荷看的是诗人的精神世界。

菊花写进文学作品，最早源于屈原，后经陶潜更加彰显，历代文人骚客也多咏菊花。菊，不似牡丹富丽，不如兰花名贵。作为傲霜之花，它一直受人偏爱，在中国古典诗词中，愈来愈彰显其审美价值。例如唐代元稹《菊花》写道：

> 秋丛绕舍似陶家，遍绕篱边日渐斜。
> 不是花中偏爱菊，此花开尽更无花。

前两句中两个"绕"字，第一个"绕"字写秋菊之多、花开之盛，第二个"绕"字写诗人赏菊兴致之浓、悠闲之情态。字里行间，写景、抒情，加之作者的联想，全诗充满了诗人爱菊、赏菊的愉悦之情。

诗歌三四句"不是花中偏爱菊，此花开尽更无花"，用否定的形式说明了诗人钟爱菊花的缘由。菊花是所有花中最后凋零的：秋天一过，菊花便凋谢殆尽，便再无花可赏了。诗人爱菊的特殊感情，爱的不只是自然植物之菊，更爱菊历尽风霜后凋的坚贞品格。例如唐代黄巢《不第后赋菊》写道：

> 待到秋来九月八，我花开后百花杀。
> 冲天香阵透长安，满城尽带黄金甲。

自陶渊明写出"采菊东篱下，悠然见南山"的名句后，菊花就与孤傲、绝俗、高士、隐者结下了不解之缘，成了精神的象征。黄巢的这首菊花诗，却一洗孤高之意，诗中饱含雄伟、豪迈之情，表现出全新的勃勃生机和英雄风貌。

首句不待"九月九"而待"九月八"，诗人迫不及待，呼唤革命的情绪喷薄而出。次句"我花开后百花杀"，用傲霜盛开的金菊和遇霜凋零的百花对比，展示菊花生机盎然的顽强生命力。三四句"冲天香阵透长安，满城尽带黄金甲"，写菊花香气浓郁、沁人心脾，披上了黄金甲则写出了菊花直冲云天的非凡气势。"阵""透""尽"三字一洗菊花单只孤傲之姿，而写群体皆荣、无所不至的进取精神。

此诗托物言志，借咏菊塑造了主人公的形象；在菊的意象描写中，仿佛能看见主人公身披甲胄、擎长剑、气冲霄汉的英雄形象。全诗充满磅礴的气势。

花形、花香、花姿、花韵，诗人以身感知，又以情寄寓。花与人，物我一体。花不仅仅是审美对象，更是情感与文化的符号。

鸟、鱼、虫等动物的形态、生活、特点、习性有其生命力，诗人爱之、观之并且在自己的作品中赋予了它们丰富的情感和象征性的含义。"动物世界"在中国诗歌里充满了人文气息。例如晋代陶渊明《读〈山海经〉》写道：

> 精卫衔微木，将以填沧海。刑天舞干戚，猛志固常在。
> 同物既无虑，化去不复悔。徒设在昔心，良辰讵可待！

精卫鸟是炎帝小女儿溺水死后化为的精灵，虽然身小力薄，却衔西山之木以填于东海。诗人写精卫用"微木"来填"沧海"，形成力量悬殊的强烈对比，歌颂了精卫鸟坚持不懈的精神与矢志不移的决心；"刑天"之"猛志"与"精卫"共有百折不挠的刚毅精神。诗歌后半部分"同物"意思是精卫死后化为鸟，就算是鸟死去也会再化为另外一种物，既然都是物，就没有人之忧虑。"化去"两个词写的是刑天的故事：刑天化为了异物，但依然没有悔恨。这两个词阐明"精卫"和"刑天"刚毅的缘由：物化，无虑无悔，精神不死。作者赞扬精卫鸟的斗志，实是以此精神自策自励。精卫是满含复仇精神的鸟，陶渊明还写过平常之鸟，例如《归鸟》：

> 翼翼归鸟，晨去于林。远之八表，近憩云岑。
> 和风不洽，翻翻求心。顾俦相鸣，景庇清阴。
> 翼翼归鸟，载翔载飞。虽不怀游，见林情依。
> 遇云颉颃，相鸣而归。遐路诚悠，性爱无遗。

陶渊明和鸟犹如一物，鸟之于山林恰如陶渊明之于田园、自然。此诗分为四章，本文选用两章。四章分别写了鸟不安于故林之地而去林；鸟在外飞翔时不想远游见林思栖止；鸟不想再飞走，寻觅归栖之林；鸟出深林，宿则在茂密的树梢，再也不离此，止于林。诗中之鸟纯真、灵动、自由自在、生机盎然。全诗借鸟对林木的眷恋，倦飞知还，写诗人归隐的心事。再如宋代欧阳修的《鹭鸶》：

> 激石滩声如战鼓，翻天浪色似银山。
> 滩惊浪打风兼雨，独立亭亭意愈闲。

诗的前两句从听觉与视觉对仗写鹭鸶生存的环境。听觉写水浪声，突出水浪的巨大。视觉将翻滚的海浪比喻为银色的山，写鹭鸶栖息地的美丽，衬托其高洁。第三句仍对环境进行描写，体现海浪、风雨之汹涌。在营造出风吹雨打的江滩喧闹环境后，第四句"独立亭亭意愈闲"写鹭鸶伫立时的高雅轻盈的体态。这高洁不俗的禽鸟，亦为作者高洁娴雅的品格的写照。

蔡正孙《诗林广记》引《庚溪诗话》云："众禽中惟鹤标志高逸，其次鹭亦闲野不俗。"其又引佚名《振鹭赋》云："翛然其容，立以不倚，皓乎其羽，涅而不缁。"王维《积雨辋川庄作》写道："漠漠水田飞白鹭，阴阴夏木啭黄鹂。"李白《登金陵凤凰台》写道："三山半落青天外，二水中分白鹭洲。"鹭鸶在中国古典诗词里多次出现，鹭鸶高雅的品相里舞动着诗人高尚的灵魂。

鱼在水中是自由游动的，因此在古诗词中常常作为传达信息的载体。张若虚在《春江花月夜》中写道："鸿雁长飞光不度，鱼龙潜跃水成文。"古乐府诗《饮马长城窟行》中写道："客从远方来，遗我双鲤鱼。呼儿烹鲤鱼，中有尺素书。"在上面两首诗中，鱼是沟通的象征。鱼在古诗词里还可以象征爱情、相思、自由。如唐代李贺在《仙人》中写道：

> 弹琴石壁上，翻翻一仙人。手持白鸾尾，夜扫南山云。
> 鹿饮寒涧下，鱼归清海滨。当时汉武帝，书报桃花春。

此诗中写仙人静心养性、超然物外的形象。诗人追慕神仙，也希望如鱼归于大海，怡然自得，飘然物外。最后两句讽刺仙人中也有趋炎附势、迎合君主的人，急不可待地向汉武帝报告桃花开放的喜讯。虽为讽刺，前面的如鱼般自由的精神就更为宝贵。

鱼有鱼的精神世界，虫也有虫的象征意义。例如唐代虞世南的《蝉》：

> 垂緌饮清露，流响出疏桐。
> 居高声自远，非是藉秋风。

本诗咏蝉，咏中满含象征义。诗句中以"清露""疏桐""秋风"写蝉的形体、习性、声音和环境，人格化的蝉清华隽朗、雍容不迫，暗示着诗人品行志趣的高洁清远。咏物实为咏人，物我互释。

◎ | 仙掌月明孤影过，长门灯暗数声来

缪塞认为，最美的诗歌是最绝望的诗歌，有些诗歌是用最纯粹的眼泪写成的。花鸟鱼虫作为自然之物，生命也有风雨飘零时。诗人观之、感之、思之，联系自身，借花鸟鱼虫的生命展现自我的心灵世界。例如唐代卢照邻《曲池荷》写道：

> 浮香绕曲岸，圆影覆华池。
> 常恐秋风早，飘零君不知。

本诗前两句写盛开的荷花清香阵阵飘满曲折的池岸，圆圆的荷叶覆盖着荷池；后两句是花之自悼，作者借担忧秋风到来使夏荷飘零而抒发自我的零落之感、怀才不遇之情。

卢照邻写过《释疾文》："春秋冬夏兮四序，寒暑荣悴兮万端。春也万物熙熙焉感其生而悼死，夏也百草榛榛焉见其盛而知其阑，秋也严霜降兮殷忧者为之不乐，冬也阴气积兮愁颜者为之鲜欢。圣人知性情之纷纠。"诗人对事物变化非常敏感，物的遭遇和诗人的遭遇虚实相映，最后完全融合。又如宋代苏轼《定风波·红梅》：

第23课 不要人夸好颜色，只留清气满乾坤

283

好睡慵开莫厌迟，自怜冰脸不时宜。偶作小红桃杏色，闲雅，尚余孤瘦雪霜姿。

休把闲心随物态，何事，酒生微晕沁瑶肌。诗老不知梅格在，吟咏，更看绿叶与青枝。

词以"好睡"起笔，以"自怜"承接。红梅"好睡"，写的是红梅苞芽期漫长的特征。"慵"字，隐含着红梅的孤寂艰难的处境。"冰脸"刻画了红梅冰清玉洁的仪表。"小红桃杏色"写的是红梅的颜色。"孤瘦雪霜姿"写红梅孤高劲瘦的本性。下片三句继续对红梅作渲染，以美人喻花，花之红色，似美人微醺，也未曾失其孤高之本性。最后一句以典故点明红梅不同于桃杏，自有其冰清玉洁的花格。花格、人格在词中相互契合，词人通过词中傲然挺立的红梅书写了自己被贬谪后的纷乱心境与艰难处境，体现了词人豁达洒脱的品格。

花到秋天只剩菊花绽放，菊也将面临凋零，同时重阳节赏菊等习俗也赋予了菊思乡、感时伤怀的感情。岑参写过《行军九日思长安故园》："强欲登高去，无人送酒来。遥怜故园菊，应傍战场开。"杜甫写过《九日》："重阳独酌杯中酒，抱病起登江上台。"唐寅写过《菊花》："故园三径吐幽丛，一夜玄霜坠碧空。多少天涯未归客，尽借篱落看秋风。"菊花之形和诗人的思索、高尚的灵魂融为一体，造就了永恒的美。例如宋代欧阳修《画眉鸟》写道：

百啭千声随意移，山花红紫树高低。
始知锁向金笼听，不及林间自在啼。

此诗前两句写景，写画眉鸟自由自在、任意翔鸣，山花姹紫嫣红、赏心悦目；后两句"锁向金笼"与"林间自在啼"形成对比，体现出诗人希望挣脱牵绊、神往自由的心理。诗人写作此诗时在朝中受到排挤被贬到滁州，借咏画眉表达自己的内心选择、寄寓自己的追求。

诗人可以借飞鸟抒发自己的自由与自在，也可以通过飞鸟表达自己的孤单无依、漂泊孤独。例如苏轼《和子由渑池怀旧》写道：

> 人生到处知何似，应似飞鸿踏雪泥。
> 泥上偶然留指爪，鸿飞那复计东西。
> 老僧已死成新塔，坏壁无由见旧题。
> 往日崎岖还记否，路长人困蹇驴嘶。

诗歌前四句，以雪泥鸿爪喻人生。飞鸿留印是偶然，鸿飞东西是必然。诗人用巧妙的比喻，把自我的遭遇视为无常，既为无常，不如顺适对待。后四句深化雪泥鸿爪的感触，人事既无常，故人不可见，旧题无处觅，回忆起当年旅途的艰辛，更应珍惜现在、勉励未来。诗歌中不仅有怅惘于人生来去的无常，还有眷念于回忆的情深。又如杜甫《燕子来舟中作》写道：

> 湖南为客动经春，燕子衔泥两度新。
> 旧入故园尝识主，如今社日远看人。
> 可怜处处巢居室，何异飘飘托此身。
> 暂语船樯还起去，穿花贴水益沾巾。

诗人此诗写尽漂泊动荡的忧思，慨叹自我茫茫的身世。前两联，诗人仔细观燕衔泥筑巢，燕好似认识主人却又不肯亲近，而是迟疑地远观，让诗人倍感凄凉。后两联，诗人想到自己和燕子到处筑巢一样，居无定所，四处漂泊，对燕自伤。诗人眼中含有燕子的多情，燕子的眼中又含有诗人的不幸，燕子与诗人在诗中仿佛没有差别。整首诗中充满了倾诉不尽的辛酸苦难之心的低语。

又如唐代杜牧《早雁》写道：

> 金河秋半虏弦开，云外惊飞四散哀。
> 仙掌月明孤影过，长门灯暗数声来。
> 须知胡骑纷纷在，岂逐春风一一回。
> 莫厌潇湘少人处，水多菰米岸莓苔。

这首诗首联想象金秋时节于塞外，胡骑挽弓射猎，天空飞过的大雁被胡骑射击惊飞四处，发出哀鸣之音。颔联写明月映照着宫中金铜仙人舒掌托着的露盘，大雁飞过长安上空发出哀鸣，氛围凄凉，画面静寂。天空飘过孤雁，境界清寥，营造出衰颓时代悲凉的气氛。颈联又遥想征雁北归、秋来春返时，是否有家可归。尾联深切地劝说大雁不如暂居潇湘。雁南飞而又北返，象征的是流离失所的边地人民。全诗看上去是写雁，写雁流亡的事，实是句句在写人。作者的劝慰，正是对流亡者的深情关切。

又如北宋辛弃疾《菩萨蛮》写道：

> 郁孤台下清江水，中间多少行人泪。
> 西北望长安，可怜无数山。
> 青山遮不住，毕竟东流去。
> 江晚正愁余，山深闻鹧鸪。

辛弃疾借此首词的写作，表达其深沉的爱国情思。上片写郁孤台下的一江激流的清江水，激愤磅礴，是行人流不尽的伤心泪；紧接的后两句却一改开篇时的磅礴气势，变得封闭顿挫。遥望向西北方的长安，奔来眼底的是国家的存亡危急，但无数青山重重遮拦而看不见。

换头句"青山遮不住，毕竟东流去"内涵丰富，既写眼前景，又带有明显情感色彩；江水东流喻正义之向。"江晚正愁余，山深闻鹧鸪"，此情此境又成为词人沉郁孤怀的写照，暗应合上片开头之郁孤台景象；意境凄迷沉郁，哪里能再听到鹧鸪声声哀鸣"行不得也哥哥"。白居易《山鹧鸪》写道："啼到晓，唯能愁北人，南人惯闻如不闻。"鹧鸪鸣叫，呼唤着词人不要忘记南归，勾起其志业未就之悲愤。词中尽显蕴藉深沉的爱国情思。

又如李白《枯鱼过河泣》写道：

> 白龙改常服，偶被豫且制。
> 谁使尔为鱼，徒劳诉天帝。
> 作书报鲸鲵，勿恃风涛势。

涛落归泥沙，翻遭蝼蚁噬。

万乘慎出入，柏人以为识。

本诗大量地使用了典故。开头两句用典，写白龙改变常服化而为鱼，被渔人豫且射中眼睛，白龙告到天帝那里，天帝问其以什么形态出现，白龙说是鱼的形态，天帝反问白龙：谁让你用鱼身呢？渔人打鱼本来也没有错。诗人以鱼的典故侧面劝谏皇上微服出巡应该慎重。诗歌后六句中的"鲸鲵"是大鱼，比喻不义的人。诗人也在告诫不义的人不要兴风作浪，风雨总会停息，一旦停息就会被如蝼蚁般微小的、力量薄弱的人反噬。诗歌最后两句也是用典，使用《史记》中汉高祖过赵国的典故，汉高祖路途中想在路过的县住一夜，问所处地名为柏人，汉高祖认为不吉利，柏人有"迫人"之意，于是就选择离开而没有留宿。正是这样警觉的离开，使得赵国谋害他的计划落空。在此，作者使用典故，正面告诫了皇帝微服出巡当谨慎。"鱼"这与乐和欢快紧密相关的意象，在典故中被赋予了新的内涵。本诗也是李白为数不多大量用典、借典故劝诫的诗歌。又如宋代姜夔《齐天乐·庾郎先自吟愁赋》写道：

庾郎先自吟愁赋，凄凄更闻私语。露湿铜铺，苔侵石井，都是曾听伊处。哀音似诉，正思妇无眠，起寻机杼。曲曲屏山，夜凉独自甚情绪。

西窗又吹暗雨。为谁频断续，相和砧杵？候馆吟秋，离宫吊月，别有伤心无数。豳诗漫与，笑篱落呼灯，世间儿女。写入琴丝，一声声更苦。

词的第一句写庾信吟诵《愁赋》，第二句写听到的蟋蟀声凄凄切切似听"私语"。"更闻"和前一句"先自"互相呼应，词人本已愁情满怀，哪能再听蟋蟀悲吟呢？蟋蟀声中寄寓了词人感于深沉的身世、痛于家国之伤。"露湿"三句是写地点。门外、石井，到处可闻蟋蟀声声哀鸣。听其声，思妇更加无法入眠，只好起床织布消解烦忧。

古典诗词中的文化元素

◎ 第四单元 ◎

第23课
不要人夸好颜色，
只留清气满乾坤

288

词中蟋蟀的鸣声是全词的线索，巧妙地连接了词人、思妇、客子、帝王、儿童等不同的人事。下片"候馆""离宫"将空间和人事范围扩大，"候馆"中贬谪之人、游子等人，"离宫"中帝王、后妃、宫娥等人，皆闻蟋蟀声而伤心。"儿女"以小儿女天真无邪衬托愁情的深重。蟋蟀声声鸣，家国忧恨寄。秋虫之鸣，时代的哀音。又如三国时期嵇康《四言赠兄秀才入军诗·其十四》写道：

息徒兰圃，秣马华山。流磻平皋，垂纶长川。
目送归鸿，手挥五弦。俯仰自得，游心太玄。
嘉彼钓叟，得鱼忘筌。郢人逝矣，谁与尽言。

本诗借想象哥哥嵇喜行军时的空闲生活情景来书写自己纵心自然的情趣：在长满兰草的野地上休息，在开满鲜花的山坡上喂马，在草地上用石弹打鸟，在长长的河边钓鱼。目送南归鸿雁的同时，又抚弹着五弦琴。心神游于天地与自然，领悟自然之道。诗中动物马、归鸿、鱼，作者信手拈来融入诗歌，与自我情感高度融合，传达出飘然出世的高士悠然自得、与造化相伴的哲学境界。

令公桃李满天下，何用堂前更种花

——古典诗词中的杨柳桃李

中国古典诗词中有许多都以植物作为意象，《诗经》中出现植物名称或对植物进行描写的篇章就有 153 篇，占其总量的一半以上。"兼葭"、桑梓、薇、黍、柳等都是我们熟知的写作对象，但是这一类植物在《诗经》中多是作为比兴使用，不具有更多的内涵。诗歌艺术发展的过程中，植物意象逐渐产生了衍生义，被诗人用来抒情表志。"杨柳桃李"是诗歌中多次出现的植物，本课试对其进行研究，探索"杨柳桃李"在诗歌中丰富的意蕴。

◎ 诗家清景在新春， 绿柳才黄半未匀

杨柳桃李，是春季标志性的植物。柳眼初展时，季节之新春与生命之活力就共生。桃李，在中国古诗词中常成对出现，共同表情达意。桃红李白，初春到来，满含生机；桃花李花，开放时间短，倏忽即逝。诗人赏春爱春，随着时光流逝，叹春惜春之情就油然生发。

杨柳进入中国诗歌很早，《诗经·小雅·采薇》里就有名句："昔我往矣，杨柳依依；今我来思，雨雪霏霏。"在此之后，诗歌中，杨柳便是一个常见的意象。杨与柳，在中国古典诗词中相类，杨就是柳，柳就是杨，二者通称为杨柳。朱熹曾说："柳，杨之下垂者；

杨，柳之扬起者也。"按这个说法，枝条下垂的为柳，枝条上扬的为杨。柳这一植物品种很容易种植，扦插即可成活，适应性比较强，生命力蓬勃。人们的习俗也与之颇有关联。古代寒食节，家家户户门前插柳；到了宋朝，风俗更盛，不但门前插柳，人们还插柳游春，头戴柳条帽圈，坐插满柳条的车轿。在风俗里，杨柳与人民的生活密切关联，杨柳蕴含着生机与朝气。这种生命力与诗歌的意蕴颇为契合，这样的意象先河一开，杨柳的生命力就和中国诗人的艺术生命紧密相连在一起了。例如唐代杨巨源《城东早春》写道：

> 诗家清景在新春，绿柳才黄半未匀。
> 若待上林花似锦，出门俱是看花人。

此诗写柳叶初萌，诗人用"半未匀"描绘绿柳初生时鹅黄之色尚未均匀的情景，勾画出新春时柳条刚刚露出几芽嫩黄的风姿。早春之时，气候寒冷，百花未开，柳枝新叶冲寒而出，生机勃勃，清新喜人，带来了春天的讯息。本首诗歌前两句饱含作者喜春赞春之情；后两句用"若待"两字来假设，假设仲春时节之景，上林苑繁花似锦，春色艳丽，游人如织，熙熙攘攘，看花、赏花人极多。以后两句的假设反衬出前两句中早春的"清景"，前后鲜明的对照更衬出了诗人对早春时节、对柳充满生机和朝气的景致的喜爱。诗人对春的热爱，常常寄托于柳。又如宋代杨万里《新柳》写道：

> 柳条百尺拂银塘，且莫深青只浅黄。
> 未必柳条能蘸水，水中柳影引他长。

诗歌第一句写远景"柳条百尺拂银塘"："银塘"是池水反光之景象，用"银"字修饰水面，给水面镀上了一层银色的光芒；用"百尺"来描摹柳条之"长"，呼应篇末所写的"柳影引他长"的诗句，在此写出了柳枝的修长身姿。第二句以"浅黄"之色来紧扣诗题写作，写出了新柳刚刚生长出的色泽；"且莫"二字的使用，恰恰流露了诗人爱惜新柳的深情，希望柳保留住浅黄之色、新春之姿。诗歌的三、四两句，写水中柳影"引申"垂柳的柳条，仿佛柳条能蘸到水，照应了开头所写的柳枝"百尺"之长。全诗写新柳，妙趣横生，新颖活泼。诗歌中，作者借对新柳的描写表达了自己对新柳的爱惜之心，其中也借柳表达了诗人对新春的喜爱之情。不同的诗人，不同的年龄，不同的心境，看柳会有不同的感受。再看唐代李白《金陵酒肆留别》：

> 风吹柳花满店香，吴姬压酒唤客尝。
> 金陵子弟来相送，欲行不行各尽觞。
> 请君试问东流水，别意与之谁短长？

诗歌写风吹杨柳飞花，酒店满溢香气，当垆的酒家女子捧着新压的酒唤客人品尝。柳花香还是酒香无法分清，但沁人心脾，如沐春风，满店飘香，令人陶醉。金陵的青年们来送别诗人，无限的留恋。诗歌最后两句巧妙结尾，不写诗人的留恋，而是以问作结，问"东流水"，别意谁短谁长呢？这一问，含蓄蕴藉，言有尽而意无穷。

古人写离别，多是愁苦，多为不舍。本诗虽是写离别，却一扫消沉，年轻的李白与青年的朋友们告别，各自痛快喝尽酒杯里的酒，情谊悠长，告别之时满含的是青年的豪迈与潇洒之意。

杨柳桃李皆为新春常写植物，且看新春之桃花。例如唐代张志和的《渔歌子》：

> 西塞山前白鹭飞，桃花流水鳜鱼肥。
> 青箬笠，绿蓑衣，斜风细雨不须归。

诗歌写白鹭自由自在地飞翔，鳜鱼欢快地游在江水中，鲜艳的桃花漂浮在流水中。一位老翁，头戴青箬笠，身披绿蓑衣，在斜风细雨中悠然闲适地垂钓。

全诗于文字中构建出一幅色彩鲜明的水乡画。流水清澈，鳜鱼肥美，白鹭自在，桃林鲜艳，渔人悠闲，诗情画意的自然景致中寄寓着作者爱自然爱自由的情怀。再如唐代王维《寒食城东即事》：

> 清溪一道穿桃李，演漾绿蒲涵白芷。
> 溪上人家凡几家，落花半落东流水。
> 蹴踘屡过飞鸟上，秋千竞出垂杨里。
> 少年分日作遨游，不用清明兼上巳。

　　本诗写于早春时节，清澈的溪水穿过种满桃李的树林，水波荡漾，绿蒲飘荡在水上，白芷被溪水滋养。溪旁有几户人家，溪水中飘着凋零的桃花李花。在柔美宁静的环境中，年轻人玩蹴鞠、荡秋千，游玩开心，气氛热烈。初春时少年的欣悦之情溢于纸上，不需要等到清明节和上巳节。以桃李起始的整个画面，满含早春景象：青春之蓬勃，既展现了春天的魅力，又展现了青春的力量。又如唐代李白《宫中行乐词·其五》：

> 绣户香风暖，纱窗曙色新。宫花争笑日，池草暗生春。
> 绿树闻歌鸟，青楼见舞人。昭阳桃李月，罗绮自相亲。

　　诗中展现出一幅生动画面：宫内，香风和暖，朦胧的纱窗外出现曙光。宫殿中的花争相迎朝日开放，池中的青草悄悄生长，让人感到满目皆春意。绿树间鸟儿在放声歌唱，青楼上宫女在尽情舞蹈。昭阳殿前，桃花李花绽放；月亮西沉，狂舞了一夜的宫女们还在嬉戏逐闹。桃李，凸显了诗中人物游玩的季节。春景动人，女孩子们充满活力。全诗充满生命力。

　　借杨柳桃李描写春天，是诗人写作的偏好。李白《宫中行乐词·其七》写道："寒雪梅中尽，春风柳上归。"杜甫《腊日》写道："侵陵雪色还萱草，漏泄春光有柳条。"崔湜《饯唐州高使君赴任》写道："芳春桃李时，京都物华好。"卢照邻《山行寄刘李二参军》写道："万里烟尘客，三春桃李时。"岑之敬《洛阳道》写道："路傍桃李节，陌上采桑春。"……"杨柳桃李"以其生命勃勃之姿出现于诗歌中常意味着春天已来临，天地一片生机。诗人满溢喜春、爱春、惜春之情，借杨柳桃李等植物的表达给读者增加了想象空间，韵味丰富，画面感极强。

古人善用谐音表情达意，"柳"与"留"谐音，"丝"与"思"谐音，加之柳生命力强，容易成活，折之送人，象征它无论漂泊何处都能安适、都可叶茂枝繁。长此以往，产生了折柳送别的习俗，柳也成为诗人抒发感情、寄情于物的载体。

春柳柔丝万缕，似柔情万种。情侣间折柳相送，既表相思之情，又表忠贞之爱。例如宋代晏殊《诉衷情》写道：

> 东风杨柳欲青青。烟淡雨初晴。恼他香阁浓睡，撩乱有啼莺。
> 眉叶细，舞腰轻。宿妆成。一春芳意，三月和风，牵系人情。

这首词，上片写景，把春风、春柳、春雨、春晴融为一体：经过一番春雨后，柳色清新，春意盎然，但"恼""乱"两字透露了人物内心情态的异常。春色令人烦恼，莺啼让人心乱，上片以乐景反衬了香阁女子的怨思。下片写人，"眉叶""舞腰"既是绘柳又是写人，柳如美人，美人似柳，杨柳的枝叶与女子的眉腰相互叠印，柳具风神，人显韵致。下片结句"一春芳意，三月和风，牵系人情"暗以柳作结，柳芽萌春意，春风拂柳条，柳丝"牵系"香阁女子，杨柳与闺中情思牵连绾合，情景交融。

再如南北朝萧纲《折杨柳》写道：

> 杨柳乱成丝，攀折上春时。叶密鸟飞碍，风轻花落迟。
> 城高短箫发，林空画角悲。曲中无别意，并是为相思。

诗的起句"杨柳乱成丝"，写如丝如缕的柳丝随风飘拂之态。上春，原指农历正月，在这里泛指春天。第三、四句写柳叶茂密，鸟儿飞行其中受到阻碍；微风轻吹，柳花飘落轻而缓。前四句"乱成丝"之"乱"，"攀折"之姿势，写出了折杨柳者心绪的烦乱、春光的明媚，却反衬出她的相思之情。

五至八句中"短箫""画角"都是乐器。"城高短箫发，林空画角悲。"此二句为互文，短箫、画角所奏之曲发自高城、穿越空林。所奏的曲子，应为"折杨柳"曲。"曲中无别意，并是为相思。"那苦于相思的女子，本已感到离别伤情，恰恰又听到饱含离别的"折杨柳"曲，委婉缠绵，相思之情更甚！

李渔《窥词管见》云："词虽不出情景二字，然二字亦分主客，情为主，景是客。说景即是说情，非借物遣怀，即将人喻物。有全篇不露秋毫情意，而实句句是情、字字关情者。"诗和词的写作是具有一定相似性的。作品中的景物，饱含着作者的心血和炽热的情感。而古诗中的"柳"，诗人感物联类，用来抒发情绪，寄托着诗人的感情。再如唐代王之涣《送别》：

> 杨柳东门树，青青夹御河。
> 近来攀折苦，应为别离多。

诗歌前两句写送别时的时间、地点，还渲染出浓浓的离情别绪。"东门"是长安青门，唐时东行者多在此地送别。"青青"写明了杨柳的颜色，也点明了时节为深春。绿色的杨柳树生长于御河两岸，青青杨柳让人想到送别，宁静的环境于此反而衬出了诗人与好友分别时的不舍。

诗歌后两句既叙事又抒情，写送别的人很多，人们都来攀折杨柳，写了攀折杨柳不便之苦。"苦"字，看上去是不便于折杨柳，实际是要表达离别的愁苦，写尽诗人不舍的送别深情。这首小诗，语言精练，言简意赅，满含离别时友人之间的不舍和依依惜别深情。

以杨柳寄托离别意的诗歌在中国古诗词中数不胜数，戴叔伦的《堤上柳》写道："垂柳万条丝，春来织别离。"罗隐的《柳》写道："灞岸晴来送别频，相偎相倚不胜春。"刘禹锡《杨柳枝词·其八》写道："长安陌上无穷树，唯有垂杨管别离。"又如唐代李白别出心裁借柳写离别情的《劳劳亭》：

> 天下伤心处，劳劳送客亭。
> 春风知别苦，不遣柳条青。

诗歌前两句说天下伤心处在离亭，写离别不直接写离别事却写离别之地，构思精巧。后两句"春风知别苦，不遣柳条青"运用联想，把没有联系的离别和春风联系在了一起，想象春风深知离别之苦，故意不吹拂，故意不让柳条发青，情景交融，使没有感情的春风具备了人的情感，成为了离情的化身。诗人对柳、对自然充满深情，也常用拟人的手法赋予自然以生命，情景交融，抒写诗人感情。例如唐代杜甫《后游》写道：

> 寺忆新游处，桥怜再渡时。江山如有待，花柳更无私。
> 野润烟光薄，沙暄日色迟。客愁全为减，舍此复何之。

诗人重游修觉寺对桥与寺皆生爱怜之情。诗人不对江山直接抒情，却说美好的江山好像在等待诗人。花绽笑，柳拂腰，无私地奉献，欢迎诗人再度登临。花柳有情。"野润烟光薄，沙暄日色迟"以晨景和晚景两幅画面写景色之美。全诗感慨作结，最后两句写在外作客的愁闷完全减消了，除了这儿还要往哪儿去呢？读罢全诗，表面是赞美风景绝佳的豁达之语，实则充满沉郁之情。作者漂泊西南山水间，想到未定之中原、不止之干戈、破碎之山河、多艰之民生，满腔愁愤，有愁难解，只好徜徉于山水，强作豁达之语。

杨柳的特点是牵愁惹恨，寓意是"留"和"思"，所以诗歌中写到杨柳多与离愁别恨有着密切的关联。但同作为植物意象的桃李却稍有不同：春天到来，桃李盛放，花开灼灼，是生机盎然的、蓬勃向上的。少女的容貌也如此，美好事物的隐喻也正如此。例如唐代崔护《题都城南庄》写道：

> 去年今日此门中，人面桃花相映红。
> 人面不知何处去，桃花依旧笑春风。

诗句"人面桃花相映红"是说：艳丽的桃花既是"人面"美好的背景，又是光彩照人的少女的面影。诗歌三、四两句写重寻不遇：同样美好烂漫的春季，同样的地点，与桃花相映成趣的"人面"已不知如何寻找，只有春风中的桃花仍凝情含笑。"依旧"二字，深含诗人内心无限的怅惘。此诗借对如桃花的"人面"的思念抒写了一种普遍的人生体验：自己不经意间曾遇到过的某种美好事物，当想有意去追求时，却再也不可复得。

◎ | 曾逐东风拂舞筵， 乐游春苑断肠天

"杨柳桃李"意象早时偏重植物的属性，但随着文学的发展、联想的丰富、意蕴的生发，内涵也在不断地发生变化，由单一走向了多元。唐代以后，其意象在古典诗词中运用更为广泛，对后世文学产生了深远的影响。例如唐代白居易《杨柳枝词》写道：

> 一树春风千万枝，嫩于金色软于丝。
> 永丰西角荒园里，尽日无人属阿谁？

诗歌首句写经春风一吹枝条繁盛、舞姿优美的春日垂柳。第二句写柳枝色泽之秀美、柔软之娇态。诗句中，垂柳生机勃发、轻盈袅娜，洋溢着作者的欣喜与赞美之情。这样美好的垂柳，受到诗人赞赏，理应也受到人们的欣赏、被人珍爱。但诗歌后两句却写此柳生长于"西角"背阳阴寒之地、"荒园"无人所到之处，处境极为荒凉冷落。生长于此，垂柳再美，"尽日"无人，只剩终日的寂寞。诗句中饱含诗人对垂柳深深的痛惜。诗歌后两句的孤寂落寞和前两句的美妙风姿形成鲜明的对比，对比越鲜明，越突出了强烈的感叹。

咏物以言志，是植物诗歌中常见的表现手法。《杨柳枝词》中白居易表面上是咏柳，实际上是感慨自己的身世。时值诗人为避朋党之争，自己请求外放京城。诗人的才华无法施展，孤寂、落寞之情皆寓于此诗中。李商隐在写作"桃李"诗时亦有同样的巧思，如其《赋得桃李无言》：

> 夭桃花正发，秾李蕊方繁。应候非争艳，成蹊不在言。
> 静中霞暗吐，香处雪潜翻。得意摇风态，含情泣露痕。
> 芬芳光上苑，寂默委中园。赤白徒自许，幽芳谁与论。

诗歌起始即写桃李：春天伊始，夭桃秾李繁盛开放。桃李无言，观赏者在其周围踩出了小路。桃花娴静如霞光微吐，李花香气飘荡如翻雪，各竞其妙，迎风时得意摇曳，多情时低泣露痕。诗歌以桃李的美好隐喻自己的多才多感。紧接着，诗歌写花落时的寂寞，和前文形成对比，纵使再风光，现在也只能寂寞地委于园中，无人知论。全诗表面写桃李，实际却是隐喻自己，写自己进士及第却只能罢职隐居，寂寞衰颓，才高而无人识。诗中桃李的形象是诗人自身的形象，诗人的怀才不遇的烦愁跃然纸上。李商隐善观察外物，以外物反观自我。他写杨柳桃李的诗歌都很多，不仅借桃李来言志，也写《咏柳》以抒情。他写作《咏柳》词达十九首之多，下面选其《柳》：

> 曾逐东风拂舞筵，乐游春苑断肠天。
> 如何肯到清秋日，已带斜阳又带蝉。

本诗写的是秋日之柳。诗人不直接写眼前的零落之柳，却去追想柳春日飘然的舞姿、欢乐的情景。"断肠"意为销魂，"断肠天"是指春风荡漾、百花争艳、令人心醉的春日。诗的前两句写了长安乐游苑舞筵上觥筹交错、春光明媚的场景。

诗歌三、四句写景陡然一转，出现了"清秋"和"蝉"，用两个"带"字表现出秋日之柳的零落境遇。第三句中的"如何肯"是反诘，既是感叹，又是转折，意思为还不如不要到秋天来。后两句与前两句形成强烈的对比，表现了对秋柳零落稀疏的伤叹之意。诗歌中春天的柳树和秋天的柳树分别代指春风得意时的诗人和沉沦憔悴的诗人。本诗借咏柳自比，伤迟暮、诉隐衷。

王国维言："以我观物，故物皆著我之色彩。"物是诗人表达情意的载体，或是自然之物牵触诗人的情思，使其有感而表现于文字；或是诗人带着自我的主观感受观察外物，融情感于外物。诗人的生命和情趣移于对象，使对象呈现出人格化的现象。诗歌除了表情达意，有的时候还承载着说理的价值要求。例如宋代曾巩《咏柳》写道：

乱条犹未变初黄，倚得东风势便狂。

解把飞花蒙日月，不知天地有清霜。

本诗前两句写早春时节，柳条杂乱尚未变黄，依仗着东风的吹拂就狂扭乱舞。后两句中"飞花"指柳絮，在东风的助力之下，狂飘乱舞，遮天蔽日。诗人用"不知"一词，讽刺柳树的猖狂愚昧。其以为自己能遮蔽天日，却不知道还有秋天霜降来临柳叶凋零的时候。柳，在本诗中被诗人赋予了人格。诗人写咏柳，实为讽世，嘲讽那些势利小人得志便猖狂的形象。本诗中，写景、状物和说理融为一体，令人深思。再如唐代李商隐的《嘲桃》：

无赖夭桃面，平明露井东。

春风为开了，却拟笑春风。

这首《嘲桃》和曾巩的《咏柳》写法相同，都是用人格化的植物来讽喻，状物与说理融为一体。桃花是美艳的，可爱活泼地绽开在水井旁，风姿绰约的花枝倒映在平静深邃的井水中。但它却忘恩负义，忘了是春风催开了它，反而"拟笑"起春风来了。诗歌采用讽喻手法，表面嘲桃，实际嘲人，讽刺洋洋得意和忘恩负义的恶行。

柳的人格化，与陶渊明有着较深的渊源：隐逸之宗陶渊明在自家门前种下五棵柳树，自号"五柳先生"，以柳寄寓自己高洁的情操。后代文人对陶渊明仰慕，也会仿效其诗，以抒其怀。例如唐代王维《辋川闲居赠裴秀才迪》写道：

寒山转苍翠，秋水日潺湲。倚杖柴门外，临风听暮蝉。

渡头馀落日，墟里上孤烟。复值接舆醉，狂歌五柳前。

此诗前两联写山水田园暮秋的景象，后两联写诗人与友人闲适的乐趣。尾联借用了陶渊明典故："复值接舆醉，狂歌五柳前。""接舆"是春秋时代"凤歌笑孔丘"的楚国狂士，"五柳"是王维以陶渊明自况。诗中写自己的友人裴迪沉醉狂歌，狂士风度表现得淋漓尽致；而作者王维，表现出的是倚杖柴门临风听蝉的隐士之风。两人表现出的个性虽然不相同，但超然物外的心迹却是相似的。

借桃李来喻女性之美、歌颂人品之纯、向往人格之高的诗歌非常多，光李白就有 37 首诗歌写桃李。但是"桃李"这一意象，在中国古诗词里有一个独特的意义，即门生弟子的代名词。由这一意义，形成了诸多的词汇，如"桃李满天下""桃李之教""桃李门墙"等。例如唐代白居易《奉和令公绿野堂种花》写道：

> 绿野堂开占物华，路人指道令公家。
> 令公桃李满天下，何用堂前更种花。

诗歌开篇写绿野堂尽占万物精华，为下文的赞扬做铺垫：令公的门生弟子遍布天下，何用在堂前种花呢？诗中的桃李指代门生弟子，全诗赞美了裴度扶携晚辈、芳名远播的人格之美。

杨柳与桃李，在古诗中有其特别的文化内涵，意象并不完全固定，而是随意而动的；意象也不只是单独使用，而是可以组合出现并构成完整的意境与情趣的。例如唐代王维《春日上方即事》：

> 好读高僧传，时看辟谷方。鸠形将刻仗，龟壳用支床。
> 柳色青山映，梨花夕鸟藏。北窗桃李下，闲坐但焚香。

此诗既写杨柳又写桃李，清幽之景烘托出老僧的恬淡心境。首联写老僧的阅读喜好——高僧传、辟谷方，写出了老僧既勤学又有着不同寻常的生活志趣。颔联用典，"鸠形刻杖""龟壳支床"写老僧高龄的情态与古朴生活超尘脱俗的心性。颈联、尾联两联借杨柳、桃李写僧院春色，青青杨柳与青山相互映衬，梨花、桃花、李花色彩鲜明，杨柳桃李营造出娴静清幽的景色；"闲坐但焚香"说的是老僧虔诚的佛心与自然的美好融为一体。

在诗歌中，杨柳和桃李意象是可以单独存在且单独成立的，也可以根据诗人写作需求的不同而组合出现。上面这首诗歌就是较好地融合"杨柳"和"桃李"两组意象而出现的诗歌。

单元任务

一　风、霜、雨、雪是我们经常见到的自然现象，也是古代诗人进行创作的重要题材和常用意象。请你选择其中的一种现象，收集整理相关的诗词作品，就你感触最深的方面，写一篇 2000 字左右的小论文，并在班上进行交流。如果条件成熟，可以向报纸、杂志投稿。

二　中华民族是一个具有智慧的民族，创造出了灿烂辉煌的中国古代文明。蔚为壮观的古典诗词中，就蕴含着非常丰富的学科内容，值得我们深入研究。请你以"中国古典诗词中的××知识"为题，组建一个项目式学习小组，到图书馆详细查找相关资料，在合理分工的基础上，进行扎实有效的研究，并撰写一份 5000 字左右的研究报告。

后记

　　《古典诗词中的文化元素》付梓之际，喜悦和欣慰之下回想起编写的过程：十五位编委，聚在一起，启动会、分工会、推进会，几个月下来，有过心领神会的微笑，有过相持不下的争鸣，有过思路阻滞的烦扰。在为此而建起的微信交流群里，留下了太多美好的印记。这个字斟句酌的打磨成书的过程，对于挤时间完成此项工作的我们而言，很多时候挑灯夜战，确实是一个煎熬的过程。但是，初心和责任鼓励着我们在能力范围内如期完成，"煎"出了文字的金黄，"熬"出了诗词的幽香。这一桌文化的菜肴端到大家面前时，品味如何，我们心怀忐忑，却也相信其中的精神营养还是会有所裨益。

　　作为百年品牌学校，在新时代教育背景下，把"求实"校训精神内涵融合"做有教养的十中人"的教育追求，百年办学历史与时代教育要求贯通，提出构建学校"求实"课程体系的顶层设计。各学科的教师群体纷纷行动，基于学科甚至跨学科开发校本教材。我们编写《古典诗词中的文化元素》正是基于这样的前提，首先贴近学生的学习需求，落实学生发展核心素养，助力学生的综合发展，同时又着眼于使之成为一本文化类普及读物。在此以第四单元做一个简要例说：本单元我们把自然界中的"节气物候""日月星辰""梅兰竹菊""名山大川""花鸟鱼虫""杨柳桃李"组合在一起，以古典诗词为载体，深入探寻其中的文化元素，归结"人与自然辩证统一"的人文主题，引导学生感悟自然万物，激发他们热爱自然、珍惜生活的情感，使他们自觉养成连类比读、提要钩玄、纵横掘进的深度阅读习惯，并促使他们在具体的学习实践中尝试运用科学探究的方法，收集整理与单元人文主题相关的诗词作品，写成小论文；或是在单元任务的驱动下组建项目式学习小组，分工合作，开展扎实有效的研究，撰写研究报告。这样编排体例，符合学生阅读学习的规律，让学生在阅读中浸润人文素养，在学习中延伸充实文化内涵，在探究中提升自主实践能力。当然，我们抛开学习任务不说，单是对书中各个章节人文主题下所涉及的颇为丰富的古典诗词及其赏析，寻一个温暖的清晨或午后，一杯清茗相伴，静心阅读，或是引起读者的共鸣，或是引起读者的批驳，这一场因古典诗词而产生的相会肯定是难以名状的愉悦过程。

在成书的过程中，我们的编委团队勠力同心：主编李正兵负责整体策划、统筹协调，并撰写第 19 课、第 21 课；主编王杰波负责第一单元、第二单元协调整合，并撰写前言、后记及第 3 课；主编张淑红负责第三单元、第四单元协调整合，并撰写第 5 课、第 20 课；副主编陈媛负责第一单元统稿并撰写第 6 课；副主编明珠负责第二单元统稿并撰写第 23 课、第 24 课；副主编林洪涛负责第三单元统稿并撰写第 16 课；副主编陈立红负责第四单元统稿并撰写第 8 课；副主编朱云霞负责有关编写事务并撰写第 4 课、第 22 课。七位编委承担了相应撰写：侯文兰撰写第 12 课，蔡仲康撰写第 10 课、第 11 课，樊菊蓉撰写第 1 课、第 2 课，郭宋撰写第 15 课、第 17 课，周志全撰写第 13 课、第 14 课，墙紫薇撰写第 7 课、第 9 课，张燕撰写第 18 课。本书倾注了编委团队的心血和智慧。其中也少不了专家学者切中肯綮的指点以及领导的支持。在查重、审校等过程中，也得到了许多幕后专业人士的默默支持。例如学校的历史教师谭海泉、政治教师王荣虎，以及云南师范大学中文系硕士研究生王焱、丁丽涛、彭倩、蒲富欣和周庭碧。正像汉代大家刘安所言："乘众人之智，则无不任也；用众人之力，则无不胜也。"感激之情，难以言表。

　　本书缘起于对古典诗词的热爱，对开发校本教材的责任；定型于对文化元素的共识，对创新意识的共鸣；坚守于对文化自信的担当，对教学相长的深度理解。我们的愿望和期盼融合进了这本书。清代诗人赵翼有云："预支五百年新意，到了千年又觉陈。"我们在守正中力求创新，从某个层面上讲，只是依托灿烂的中国古典诗词，站在先贤前哲的肩膀上自信地眺望文化的远方，绵薄之力怎敢沾沾自喜。然而，迈出了这一步，即便书中还会有不尽如人意的地方，在专家学者、师生读者的关心指正下，我们有理由相信，本书会在修订中日臻完善，未来会越来越好。

后记

图书在版编目（CIP）数据

古典诗词中的文化元素/李正兵，王杰波，张淑红
主编. --北京：中国人民大学出版社，2023.1
ISBN 978-7-300-31256-9

Ⅰ.①古… Ⅱ.①李… ②王… ③张… Ⅲ.①古典诗
歌-诗歌欣赏-中国 ②中华文化-研究 Ⅳ.①I207.2
②K203

中国版本图书馆 CIP 数据核字（2022）第 220660 号

昆明市第十中学求实系列丛书
古典诗词中的文化元素
主　编　李正兵　王杰波　张淑红
副主编　林洪涛　陈　媛　陈立红　明　珠　朱云霞
编　委　周志全　蔡仲康　侯文兰　郭　宋　樊菊蓉
　　　　墙紫薇　张　燕
Gudian Shici zhong de Wenhua Yuansu

出版发行	中国人民大学出版社			
社　　址	北京中关村大街 31 号		**邮政编码**	100080
电　　话	010 - 62511242（总编室）		010 - 62511770（质管部）	
	010 - 82501766（邮购部）		010 - 62514148（门市部）	
	010 - 62515195（发行公司）		010 - 62515275（盗版举报）	
网　　址	http://www.crup.com.cn			
经　　销	新华书店			
印　　刷	涿州星河印刷有限公司			
规　　格	170 mm×240 mm　16 开本		**版　　次**	2023 年 1 月第 1 版
印　　张	19.75 插页 1		**印　　次**	2023 年 1 月第 1 次印刷
字　　数	265 000		**定　　价**	58.00 元